Like a kiss

Für alle, die an die Magie eines Kusses glauben.

Playlist

Ed Sheeran – Shape of you
Rudimental – Lay it all on me (feat. Ed Sheeran)
BB Cooper & Kaphy – Born to lose
Taylor Swift – Love Story
Halsey – Gasoline
Halsey – Hurricane
Lizzo – Boys
Nelly Furtado – Maneater

1. Kapitel

Olivia

Hektisch sehe ich mich nach einem freien Parkplatz auf der breiten durchfurchten Wiese um und verfluche den Anweiser von dem Turnier, der mich in die hinterste Ecke geschickt hat. In die, die natürlich besonders schlammig ist, da sich tiefe Rillen von Rädern der anderen Teilnehmer in das Gras gegraben haben.

Mein Wagen müht sich ab, die Räder drehen durch und ich beschließe, dass als Nächstes unbedingt Auto mit Allrad einziehen muss. Allerdings hat Auto auch nicht einfach. Immerhin muss es nicht nur einen schweren Pferdeanhänger ziehen, sondern auch noch eine halbe Tonne darin.

Die halbe Tonne auf dem Hänger rumpelt gerade herum, obwohl ich so langsam und vorsichtig wie möglich fahre, und wiehert dabei schrill. »Wir haben es gleich geschafft, Button«, murmle ich vor mich hin, um mich selbst zu beruhigen.

Erleichtert atme ich auf, als ich einen freien Platz entdecke. Zwar stehe ich so eingequetscht zwischen zwei riesigen Pferde-Lkws, aber besser, als wenn ich meinem Pferd noch eine längere Parkplatzsuche zumute.

Da Button wieder der Meinung war, dass er heute zunächst keine Lust hatte, auf den Anhänger zu gehen, und ich ihn nur mit ein paar Möhren vom Gegenteil überzeugen konnte, kam ich zu spät los. Dass ich auch noch verschlafen habe, da ich vor Aufregung kaum die Augen zumachen konnte, trägt ebenfalls dazu bei.

Prüfend sehe ich mich um, ob ich so stehen bleiben kann und niemanden behindere, und schalte danach den Motor aus. Ich ziehe den Schlüssel aus dem Schloss und steige mit etwas zu viel Schwung aus.

»Autsch!«, zische ich, da ich mir den Kopf am Türrahmen anstoße. Das ist heute echt nicht mein Tag!

Da zum Jammern wie auch zum Fluchen keine Zeit ist, halte ich mir nur kurz die lädierte Stelle und gehe danach zur Laderampe, damit ich Button fertig machen kann.

Er lässt erneut ein ohrenbetäubendes Wiehern los und bekommt von einigen Pferden, die um uns herum auf den anderen Hängern stehen, eine Antwort.

Jedes Mal, bevor es losgeht, ist er wahnsinnig angespannt und aufgeregt. Ich kann es ihm nicht verübeln, denn mir geht es genauso. Vermutlich macht meine Nervosität seine noch schlimmer. Tiere haben für so etwas ein gutes Gespür.

Kaum ist die Rampe unten, weicht mir sämtliche Farbe aus dem Gesicht. »Das ist nicht dein Ernst!«, blaffe ich und Button dreht seinen Kopf zu mir, als wüsste er ganz genau, weswegen ich mich aufrege.

Seine Nüstern sind weit gebläht und er hat die Ohren

aufmerksam in meine Richtung gedreht. Sein Blick wirkt gehetzt und wäre nicht alles so stressig, würde ich ihm ein Leckerli zustecken, damit er sich entspannt.

Allerdings hätte er das im Moment absolut nicht verdient. Denn sein Schweif ist statt strahlend weiß, wie zu dem Zeitpunkt, als ich ihn aufgeladen habe, jetzt braun. Und zwar ein richtig dunkles Braun. Wie Schlamm.

Angewidert hebe ich die langen Haare an, doch das Ergebnis bleibt dasselbe. Es tropft sogar noch Flüssigkeit heraus.

Frustriert seufze ich. Er blickt mich nach wie vor aus seinen Teddyaugen an und scheint mich frech anzuzwinkern.

Ich atme noch einmal tief durch, bevor ich mit dem Schuh die Reste seiner Notdurft zur Seite schiebe und danach einen Eimer mit Wasser besorge. Normalerweise binde ich seinen Schweif zusammen und lege einen Schoner an, doch dafür blieb heute keine Zeit mehr. Also bin ich selbst schuld.

Seufzend schleppe ich den Eimer zurück zum Anhänger und grüße ein paar andere Reiter, die ich kenne. Die anderen haben ihre Pferde bereits gesattelt. Und ich? Ich versuche, einen braunen Schweif wieder weiß zu machen. Ganz toll.

Andere Turnierteilnehmer interessiert es vermutlich nicht, wie ihr Pferd aussieht und ob es noch Flecken im Fell hat, aber ich bin der Meinung, dass man sein Bestes zeigen und sich herausputzen will.

Ich würde sogar so weit gehen, zu sagen, dass man

am Aussehen der Pferde ableiten kann, wie sehr sich ihre Besitzer um die Tiere kümmern.

So gut, wie es geht, wasche ich die Hinterlassenschaften aus Buttons Schweif und bürste ihn danach durch. Zwar hat er nun eine gelbe Verfärbung, aber alles ist besser als dieses Braun, was man aus fünfhundert Metern Entfernung gesehen hat. Normalerweise würde ich mich so nicht sehen lassen, aber mir bleibt jetzt leider nichts anderes übrig, wenn ich noch rechtzeitig bei meiner Prüfung starten will.

Ich bürste ihm noch schnell über das weiße Fell, das glücklicherweise sauber geblieben ist, bevor ich den Sattel auflege. Die meisten machen das vorm Hänger und binden ihre Pferde daran an, doch für Button ist das keine Option. Er ist stets aufgeregt und steht kaum eine Sekunde still, weshalb es so am besten geht – auch wenn es sehr eng ist und ich meinen nicht vorhandenen Bauch einziehen muss. So kann er jedoch nicht weg und herumzappeln.

Sobald ich den Sattelgurt geschlossen habe, tauche ich wieder unter der Anbindestange hindurch und streichle sanft über seinen Kopf. »Alles gut, Dicker?«, frage ich ihn und er schenkt mir keinerlei Aufmerksamkeit, sondern starrt aus dem kleinen Fenster.

Gerade wirkt er relativ normal, doch das wird sich ändern, sobald wir auf dem Abreiteplatz sind, auf dem man die Pferde für das bevorstehende Springen aufwärmt.

Ich wende mich von ihm ab und ziehe mir meine dunkelbraunen Stiefel über, das schwarze Jackett sowie meinen Helm. Auf meiner weißen Reithose sind ein paar Flecken von seinen Hinterlassenschaften zu sehen, die ich versuche wegzuwischen. Natürlich verschlimmert sich dadurch nur das Problem, sodass ich es schnell sein lasse. Stattdessen schnappe ich mir die Gamaschen, die Trense und das Martingal.

Dieses Vorderzeug dient zum einen dazu, dass das Pferd den Kopf nicht hochreißen kann und man womöglich die Kontrolle im Parcours verliert, und zum anderen, dass der Sattel nicht nach hinten rutscht. Es wird dazu an den Zügeln, am Sattel und am Gurt befestigt.

Früher habe ich es ein paarmal ohne versucht, doch mit ist Button wesentlich einfacher zu reiten. Und wieso sollte ich es für ihn schwieriger gestalten, wenn es auch so geht?

Nachdem ich alles angebracht und verschnallt habe, öffne ich die Stange, die verhindert, dass er rückwärts runtergeht, und er setzt sich sofort in Bewegung. Ich greife nach den Zügeln, damit er nicht abhauen kann, doch sobald er unten steht, blickt er sich sowieso erst einmal um.

Sein weißes Fell strahlt mit der Sonne um die Wette und wäre nicht der gelbe Schweif, würde ich fast sagen, dass er das schönste Pferd auf diesem Turnier ist. Womöglich bin ich aber auch etwas voreingenommen.

Ich will gerade die Steigbügel nach unten ziehen, als Button plötzlich einen Satz zur Seite macht und mir dabei beinahe die Zügel aus der Hand reißt. Die Muskeln in meinem Arm werden schmerzhaft beansprucht und ich muss die Zähne zusammenbeißen.

»Brrr, alles gut!«, sage ich sanft, doch er kriegt sich kaum wieder ein und beginnt, rückwärtszulaufen.

Ich blicke mich um, um herauszufinden, was ihn so in Aufruhr versetzt. Es dauert einen Moment, aber dann sehe ich den schwarzen Kurzhaardackel, der auf meiner Laderampe sitzt und uns mit wedelndem Schwanz ansieht. Button ist mittlerweile stehen geblieben und schnauft so laut, als hätte er bereits einen Parcours hinter sich. Das kann heute heiter werden!

»Oh, wer bist du denn?« Der Hund wedelt noch heftiger mit dem Schwanz und wackelt dabei mit seinem Hintern.

Ich muss grinsen, da er eine Art weinrote Warnweste trägt. Kein Wunder, so klein wie er ist, wird er bei dem ganzen Trubel vermutlich schnell übersehen. Mein Grinsen wird bei dem Schriftzug darauf breiter. *Sugar Dog.* Wer kommt denn bitte auf so etwas?

Ich sehe mich um, doch keine Menschenseele ist zu erkennen. Wo kommt der Dackel nur her?

Ich ziehe an den Zügeln von meinem Schimmel und er setzt sich tatsächlich in Richtung des Dackels in Bewegung. Nur widerwillig, aber immerhin. Langsam gehe ich in die Hocke und strecke meine Hand nach dem Hund aus, um zu erkennen, ob er vielleicht ein Halsband trägt, auf dem eine Nummer oder der Name des Besitzers steht.

Schließlich kann ich ihn jetzt nicht so zurücklassen. Nicht auszudenken, wenn er auf irgendeinen Hänger klettert, bei dem die Rampe offen ist, und Pferde drin stehen.

Der Dackel hat keinerlei Angst und wedelt abermals mit dem Schwanz, während ich ihn sanft hinter dem Ohr kraule. »Du bist aber freundlich«, murmle ich.

Eigentlich mag ich keine Hunde, die kleiner sind als eine Katze, doch dieser hier ist wirklich niedlich. Nur leider trägt er kein Halsband, sodass ich nach wie vor nicht weiß, zu wem er gehört. Allerdings läuft mir auch weiterhin die Zeit davon.

Ich müsste schon seit locker fünfzehn Minuten auf dem Pferd sitzen. »Wohin gehörst du nur?« Als Antwort wedelt er wieder mit dem Schwanz und ich streichle ihn. Mein Blick schweift zu Button, der uns beide beobachtet. Er wirkt nach wie vor, als stünde er unter Strom.

»Rosi! Rosi!«, höre ich eine tiefe Männerstimme rufen und der Dackel neben mir richtet sich auf und scheint zu lauschen. Doch es hält nur einen Moment an, bevor er sich wieder freudig mir zuwendet. »Roswitha! Wo zum Teufel steckst du?!« Die Stimme wird lauter und nähert sich, bis auf einmal ein Mann vor meinem Hänger steht.

Und nicht nur irgendeiner.

Es ist Sean O'Connor.

Der Newcomer-Star in der Reitszene.

Der Mann, von dem nahezu die komplette Reiterwelt schwärmt.

O. Mein. Gott.

»Rosi! Ich habe dich gerufen!« Der Dackel neben mir wackelt freudig mit dem Schwanz und mir wird bewusst, dass es eine Sie ist und sie offenbar zu ihm gehört.

Ich muss schmunzeln, da ich nicht damit gerechnet hätte, dass Sean O'Connor ausgerechnet so einen kleinen Hund besitzt. Irgendwie hätte ich ihm etwas anderes zugetraut, etwas Stattlicheres, einen Schäferhund vielleicht oder einen Terrier.

»Danke, dass Sie sich um Rosi gekümmert haben! Wenn man mal einen Moment nicht aufpasst, haut sie ab«, richtet er das Wort an mich, sieht mich jedoch nicht an, sondern streichelt weiter seinen Hund.

»Keine Ursache«, murmle ich und beobachte, wie weich seine Gesichtszüge werden, als er die kleine Rosi voller Liebe betrachtet. Dieser Hund muss ihm sehr viel bedeuten, wenn ich seine Miene richtig deute.

»Ich schulde Ihnen etwas.« Er hebt den Dackel auf seinen Arm und steht auf. Sobald sich sein Blick auf mich richtet, bleibt mir für einen Moment die Spucke weg und ich vergesse, wo ich mich überhaupt befinde.

Ich habe ihn zwar oft im Fernsehen, in den Social-Media-Kanälen oder von Weitem auf Turnieren gesehen, aber noch nie ist mir bewusst geworden, dass seine Augen so … intensiv sind.

Sie haben ein derart helles Blau, dass es fast wie Eis wirkt. Seine Gesichtszüge sind zudem markant, ein leichter Bartschatten liegt um sein Kinn und seinen Wangen und die kurzen schwarzen Haare auf seinem Kopf sind oben etwas länger und gelockt.

Seine vollen Lippen bewegen sich und mir wird bewusst, dass er mit mir spricht.

»Entschuldigung, was sagten Sie?« Er lächelt und entblößt dabei so weiße Zähne, dass er damit jedem Zahnpastalächeln in der Werbung Konkurrenz machen kann. Ich spüre, wie meine Wangen siedend heiß werden, und hoffe, dass sie sich nicht röten. So viel Glück werde ich vermutlich nicht haben.

»Ich wollte wissen, ob das Ihr Pferd ist. Er sieht gut aus. Wundervolle Fellfarbe. Respekt, dass Sie ihn so sauber bekommen haben.«

Ich lächle gequält. »Von hier aus sieht er sauber aus, ja, aber schauen Sie sich lieber nicht den Schweif an. Es gab vorhin ein kleines Malheur.«

Er grinst und zuckt mit den Schultern, nachdem er kurz einen Blick darauf geworfen hat. »Geht noch. Habe schon Schlimmeres gesehen. Ich bin übrigens Sean.«

»Ich weiß«, sage ich, bevor ich darüber nachgedacht habe. »Also, ich meine … ich kenne Sie.«

»Und Sie sind?«, hakt er nach und geht Gott sei Dank nicht auf mein Gestammel ein. Wahrscheinlich ist er das gewöhnt.

»Olivia.«

»Und wie heißt der Hübsche hier?« Er kommt auf mich zu und in meinem Magen kribbelt es, da er mir nun so nahe steht. Sein würziges Aftershave weht mir in die Nase und ich atme seinen männlichen Duft ein. Sean bekommt es nicht mit, denn seine ganze Konzentration gilt meinem Pferd.

»Das ist Button.«

Er klopft ihm auf den Hals und nickt. »Er sieht sehr

gut und top gepflegt aus. Bekommt man nicht so oft zu Gesicht.«

Meine Brust schwillt vor Stolz an. Wann bekommt man schließlich schon mal von jemandem wie Sean O'Connor ein Kompliment? »Vielen Dank.«

»Dann viel Erfolg. Wir sehen uns bestimmt noch mal, ich reite ebenfalls mit.«

Meine Augen weiten sich und erst jetzt realisiere ich, was die Begegnung mit ihm zu bedeuten hat. Er ist hier. Auf diesem Turnier, was zwar recht groß für diese Region ist, aber nichts im Vergleich zu dem, was er sonst reitet. Schließlich wird er als nächster Kandidat für Olympia gehandelt.

»Wirklich?«, entfährt es mir und ich mustere ihn kurz. Er steckt bereits in weißen Reithosen und sein blaues Hemd, was seine ungewöhnliche Augenfarbe noch betont, spannt über seiner Brust. Dabei wirkt er keineswegs übermäßig muskulös, sondern einfach nur sportlich und definiert. Himmel, ganz falsche Gedanken! Ich wende meine Aufmerksamkeit wieder seinem Gesicht zu, auch wenn der Blick aus seinen eisblauen Augen mich beinahe schmelzen lässt.

»Allerdings. Ich bin hier in der Nähe aufgewachsen und komme gerne auf dieses Turnier. Ich habe zudem zwei junge Pferde mit, für die ist das hier ein guter Einstieg.« Ich nicke, unfähig, etwas darauf zu sagen. Warum habe ich nicht gewusst, dass er heute kommt? Vielleicht sollte ich mir doch vorher mal die Starterlisten ansehen, um dann nicht wie eine starrende Verrückte vor ihm zu stehen. »Also, bis später. Ich muss Rosi noch die Ohren lang ziehen, ehe ich reite. Danke noch mal!«

Er schenkt mir ein breites Lächeln und bevor ich etwas erwidern kann, dreht er sich um und geht. Sein Hund blickt mich über seine Schulter an und ich muss grinsen.

Ich sehe den beiden einen Moment nach und erst Button, der mich mit seiner Nase anstupst, reißt mich aus meinem Starren.

Mist, ich komme wirklich zu spät!

Eilig schiebe ich die Gedanken an Sean beiseite, ziehe den Sattelgurt nach, streife die Steigbügel herunter und steige auf.

2. Kapitel

Sean

Aus großen Augen schaut mich Rosi an, sobald ich sie abgesetzt habe, um mit ihr zu schimpfen. Aber wie soll ich das jetzt noch übers Herz bringen, wenn sie mich so traurig ansieht?

Sie schlägt träge mit ihrem Schwanz und tapst auf mich zu. Ich halte jedoch meine Arme weiterhin verschränkt und werfe ihr einen wütenden Blick zu.

Leise gibt sie ein wehklagendes Jaulen von sich, bei dem ich nicht länger standhalten kann. Ich hocke mich vor sie und streichle über ihren Kopf. Sie wackelt mit ihrem Hintern und ich muss lachen. Verdammt, sie weiß wirklich, wie sie mich um den kleinen Finger, oder eher die Pfote, wickeln kann.

»Heute keine spontanen Ausflüge mehr, klar?«, sage ich ernst und sie schaut, als würde sie mich verstehen. Dabei weiß ich, dass das ganz und gar nicht der Fall ist.

Sobald man sie aus dem Blick gelassen hat, verschwindet sie und ist auf der Suche nach neuen Freunden. Nur deshalb habe ich ihr mittlerweile diese kleine Warnweste gekauft. Daheim auf meinem Hof ist das kein Problem, aber gerade hier, an einem unbekannten Ort, wo viele Pferde sind und auch Autos fahren, ist es gefährlich.

»Wo zum Henker warst du?«, mault mich Manuel an, der plötzlich neben mir steht. Er hat die Arme in die Seiten gestemmt und ohne dass ich ihm ins Gesicht schauen muss, weiß ich, dass er vor Wut kocht.

Seit knapp zwei Jahren ist er mein Manager, Agent und Kindermädchen in einem. Meine Mutter hat darauf bestanden, dass ich mir jemanden suche, der mich vor den falschen Leuten in diesem Business schützt. Denn ausgenutzt wird man überall, egal, in welcher Sparte man erfolgreich ist – sei es als Sportler, Künstler oder Politiker. Mittlerweile nervt mich dieser Typ jedoch nur noch und ich schaue mich bereits heimlich nach jemand anderem um. Allerdings ist das nicht einfach, denn eines muss ich Manuel lassen: Er ist verdammt kompetent in dem, was er tut. Zwischenmenschlich ist er jedoch eine völlige Katastrophe.

»Sean?!«, blafft er und ich wende ihm nun doch meine komplette Aufmerksamkeit zu, nachdem ich Rosi ihr Halsband mit Leine übergestreift habe. Leider hat sie das Talent, sich aus allem zu befreien.

»Sorry, Rosi war abgehauen. Ich habe sie bloß wieder eingefangen.«

Er rollt mit den Augen und streicht sich über seine Glatze. Seine fehlenden Haare sind das Einzige, was auf sein Alter hinweist, denn trotz seiner fünfzig Jahre ist er noch fit und sportlich aktiv. Mit Anfang dreißig war er ein erfolgreicher Reiter, doch ein schwerer Sturz hat seine Karriere vorzeitig beendet. Ich kann von Glück reden, dass es bei mir damals besser ausging. Ein Schauer läuft mir bei der Erinnerung über den Rücken und ich bin froh, dass Manuel wieder das Wort an mich richtet und mich so aus meinen Gedanken reißt.

»Dann lass diesen verdammten Hund daheim! Du weißt genau, dass sie ständig abhaut!«

Rosi gibt ein helles Bellen von sich, als würde sie wissen, dass er über sie gemeckert hat, und sich nun darüber beschweren. Ich hebe sie kurzerhand auf meinen Arm und streichle sie. Sofort entspannt sie sich etwas, auch wenn sie Manuel nicht aus dem Blick lässt und ein leises Knurren von sich gibt.

Allein das sollte mir zu denken geben. Immerhin ist sie sonst zu jedem freundlich und lässt sich gerne anfassen – nur nicht bei Manuel. Vielleicht liegt das aber auch an seiner lauten Art. Seine Stimme ist sehr tief und er ignoriert meine kleine Dackelhündin ständig. Ein Umstand, den sie nicht ab kann.

»Und du weißt, dass Rosi überall mit hinkommt.«

Ein weiteres Mal rollt er mit den Augen. Das ist seine gewohnte Reaktion, wenn ich irgendetwas sage, das ihm nicht passt. »Du machst das bestimmt nur, damit du Frauen kennenlernst, aber das hast du gar nicht nötig. Die fliegen auch so auf dich.«

Manuel zeigt auf mich und ich bin dieses Mal kurz davor, selbst die Augen zu verdrehen. Für ihn ist das die einzige Erklärung, warum ich Rosi dabeihaben möchte. Dass ich sie stets mithabe, weil sie für mich das Wichtigste auf der Welt ist, kapiert er einfach nicht. Aber was soll man von jemandem erwarten, der keine

Tiere mag? Manchmal frage ich mich wirklich, wie er früher reiten konnte. Vermutlich waren die Pferde für ihn nicht mehr als ein Sportgerät.

»Wie viel Zeit habe ich noch?«, frage ich ihn stattdessen, um von dem Thema abzulenken. Es gibt vieles, worüber ich mit meinem Manager sprechen möchte, aber mein Liebesleben gehört ganz sicher nicht dazu. Es reicht, wenn alles in der Presse und im Internet ausgeschlachtet und aufgebauscht wird.

Manuel blickt auf seine Uhr und gibt ein Schnaufen von sich, das ich ebenfalls bereits gut von ihm kenne. Es bedeutet, dass wir viel zu spät dran sind, zumindest seiner Meinung nach. Dabei bleibt meist noch locker Zeit, um einen Kaffee zu trinken.

Er ist ständig auf mein Auftreten bedacht und will, dass ich mich vor den Zuschauern und den anderen Reitern sehen lasse. Nicht selten vereinbart er kurz vor Turnierstart einen Interviewtermin.

Schon öfter habe ich ihm gesagt, dass ich darauf keinen Bock habe, doch bei Manuel stößt man auf taube Ohren.

Ihm geht es nur darum, mich größer und berühmter zu machen. Er hat jedoch nie begriffen, dass mir das nicht so wichtig ist. Natürlich arbeite ich hart, um mich reiterlich immer mehr zu verbessern und siegreich auf Turnieren zu sein, doch dieser ganze Medienrummel ist absolut nichts für mich. Wenn ich könnte, würde ich das am liebsten weglassen, auch wenn ich weiß, dass es zwangsläufig dazugehört.

»Du hast nur noch zwanzig Minuten, bevor du auf

dem Abreiteplatz sein musst«, antwortet er und reißt mich aus meinen Gedanken.

Ich nicke und gehe mit Rosi zum Pferdeanhänger, um meine zwei Stuten fertig zu machen. Ich hatte sie bereits ein paarmal mit, doch die eine von ihnen ist meist sehr aufgeregt, weshalb es besser ist, wenn ich etwas länger auf dem Abreiteplatz reite. So kann sie sich an die Umgebung gewöhnen und entspannen.

»Danach hast du noch einen Fototermin. Und heute Abend bist du live bei Instagram im Pferdesportkanal!«, ruft er mir hinterher, doch ich reagiere gar nicht mehr.

Das wird ein langer Tag, denke ich mir, bevor ich Rosi absetze, sie ermahne, ja hierzubleiben, und danach die Klappe vom Pferdeanhänger öffne.

Meine zwei Damen wiehern, sobald sie mich sehen, und ich muss lächeln. »Na, seid ihr bereit?« Tari, die Aufgeregtere von beiden scharrt mit dem Vorderhuf und atmet laut. Marica dagegen steht fast schon gelangweilt da und schaut durch das kleine Fenster vor ihr nach draußen.

Die beiden reagieren gar nicht, als ich ihnen auf den Hintern klopfe. Kurz lasse ich meinen Blick über sie gleiten, aber sie sind nach wie vor sauber.

Ich sehe zu den schwarzen Schweifen, denn es sind beides braunfarbige Stuten, und atme erleichtert aus, da sie ebenfalls nicht dreckig sind. Ich könnte sie hochbinden, damit auch wirklich nichts geschieht, allerdings war es bisher nie ein Problem.

Prompt muss ich an die junge Frau von vorhin denken. Wie hieß sie noch gleich? Olivia?

Ein Lächeln macht sich auf meinen Lippen breit. Irgendwie war sie mir sympathisch. Sie hat zwar fast genauso reagiert wie jede Frau, wenn sie mich sieht, aber an ihrem Verhalten war doch etwas anders. Sie hat offen und herzlich gewirkt.

Ich höre ein bekanntes Bellen, das ziemlich weit entfernt klingt. Alarmiert schaue ich zu der Stelle, an der bis eben Rosi saß, doch natürlich ist sie wieder verschwunden. Lediglich die Leine und das Halsband liegen dort.

Dank ihrer Warnweste entdecke ich sie gleich ein paar Meter entfernt bei einem anderen Anhänger und laufe auf sie zu. »Roswitha, komm sofort her!«, rufe ich und sie hat noch die Frechheit, mich anzusehen und dabei mit dem Schwanz zu wedeln, als würde sie sich freuen, dass ich ihr Spiel endlich verstehe.

***

Manuel hat dieses Mal nicht übertrieben, als er meinte, dass wir etwas in Zeitnot sind, denn die Springprüfung, die vor meiner dran ist, ist fast zu Ende. Da ich mit zwei Pferden starte, bin ich einmal ganz am Anfang und dann in der Mitte dran.

Zwar stehen bei der jetzigen Prüfung noch drei Starter aus, aber meist geht das schneller, als man denkt. Zudem wird der Parcours nur minimal umgebaut, da es sich fast um den gleichen handelt. Nur die Höhe der Hindernisse wird etwas nach oben geschraubt.

Ich überlege einen Moment und komme zu dem

Entschluss, dass ich noch ungefähr fünfzehn Minuten habe, bis ich dran bin.

Marica ist wie immer tiefenentspannt und schaut sich lediglich neugierig um, während ich sie schon mal warmreite. Im zügigen Schritt laufen wir über den Platz.

Ein Schimmel, der an mir vorbeigaloppiert, erregt meine Aufmerksamkeit. Das muss Olivia sein!

Ich sehe dem Reiterpaar nach und beobachte, wie sie springen, obwohl ich mich eigentlich um mich selbst kümmern sollte. Das Pferd zieht vorm Sprung ordentlich an und hebt ab, als würde es hier bereits um Geld gehen. Nicht schlecht.

Anerkennend nicke ich vor mich hin und beschließe, den beiden im Parcours zuzusehen. Das kann ich zum Glück auch von hier aus machen, sodass ich weiter im Schritt reiten kann.

Der Gong ertönt einen Augenblick später, was mir sagt, dass der nächste Reiter dran ist. Olivia reitet mit ihrem Schimmel zum Ausgang und auf den sandigen Turnierplatz zu, der sich genau gegenüber befindet.

Sie lobt ihr Pferd und strahlt über das ganze Gesicht, als hätte sie bereits gewonnen. Bei ihrem glücklichen Lächeln macht sich ein warmes Gefühl in meiner Magengegend breit.

Der Reiter vor ihr ist nach nicht mal einer Minute fertig und sie wird aufgerufen. Ich versuche, ihren vollen Namen zu hören, doch die Lautsprecher sind nicht gerade gut eingestellt. Somit bekomme ich nur ein weiteres Mal den Namen des Pferdes mit.

Push the Button, denke ich mir und muss grinsen.

Sie grüßt die Richter, die Klingel ertönt und sie galoppiert los. Button legt einen starken und raumgreifenden Galopp hin und ich kann selbst von hier aus erkennen, dass sie ziemlich viel zu tun hat, um ihn an ihren Hilfen zu halten.

Doch ab dem ersten Sprung werden die beiden zu einer Einheit. Button hebt wie vorhin richtig ab und nachdem er beim vorletzten Hindernis mit einem der Vorderhufe die Stange minimal touchiert hat, hebt er sie beim letzten noch mehr an.

Erstaunt ziehe ich beide Augenbrauen nach oben. So ein vorsichtiges Pferd ist in unserem Sport Gold wert. Ich habe selbst zwei davon daheim, doch Marica und Tari sind nicht von diesem Kaliber. Sie sind sehr rittig und brav, aber auch unvorsichtig und kassieren gerne mal einen Fehler, wenn nicht alles zu hundert Prozent passt.

Olivias Zeit wird verkündet und sie lobt ihr Pferd, bevor der letzte Reiter vor mir an den Start geht. Höchste Zeit für mich, endlich meine Stute warm zu reiten.

Ich drücke meine Fersen in den Bauch von Marica und sie trabt sofort an. Locker setzt sie sich in Bewegung und lässt sich leicht unter mir biegen.

Aus dem Augenwinkel bekomme ich mit, wie Olivia mit ihrem Schimmel ebenfalls noch mal auf den Abreiteplatz kommt. Mittlerweile wird es immer voller, da gleich die nächste Springprüfung beginnt.

Ich trabe auf sie zu und unsere Blicke begegnen sich. »Nicht schlecht«, sage ich anerkennend und zwinkere ihr zu. Ich bekomme noch ihr Strahlen mit, bevor ich mich auf meinen bevorstehenden Ritt konzentrieren muss.

3. Kapitel

Olivia

Glücklich und völlig zufrieden, und das nicht nur, weil ausgerechnet Sean O'Connor ein gutes Wort für uns übrig hatte, lobe ich Button und klopfe seinen Hals. Er schnaubt unter mir und streckt seine Nase nach vorn, sobald ich die Zügel locker lasse.

Sein Atem geht nach wie vor schnell und sein Fell ist verschwitzt, aber kein Wunder bei den Temperaturen. Ich fühle mich ebenfalls völlig fertig und bewundere einmal mehr die Reiter, die mit drei Pferden oder noch mehr an den Start gehen.

»Du warst spitze«, sage ich zu meinem Schimmel und komme aus dem Strahlen nicht mehr heraus. Zwar war unsere Zeit nicht so schnell, dass es für eine Platzierung reicht, doch das ist mir egal.

Es lief nicht immer so gut und deshalb weiß ich diese glückseligen Momente besonders zu schätzen. Button habe ich nun schon seit zwei Jahren. Ich habe ihn einem jungen Mann abgekauft, der nicht mit ihm zurechtkam. Und ich kann es ihm nicht verübeln, denn Button ist wirklich schwierig.

Beim Aufsteigen will er nicht stehen bleiben und hat

er sich in etwas hineingesteigert, ist er nicht wieder zu beruhigen. Zudem muss man ihn im Parcours einfach machen lassen. Damit meine ich nicht, die Kontrolle abzugeben, sondern ihm zu vertrauen. Er weiß sehr genau, wann er das Tempo anziehen muss oder noch einen Galoppsprung vor dem Hindernis einbauen sollte.

Manche sagen, ich sitze einfach nur drauf und lasse mich mitnehmen, doch dem ist nicht so. Ich gebe ihm minimale Hilfen und das ist auch genug, denn wenn man einmal ins Ziehen kommt, hat man bei ihm verloren. Vermutlich kam sein Vorbesitzer damit nicht zurecht. Er wollte Button in eine Form reinpressen, die ihm nicht gefallen hat.

Ich würde sogar so weit gehen und sagen, dass er einen Knacks hat, aber sobald man mit seinen Macken klarkommt und ihn zu verstehen weiß, ist er das bravste und talentierteste Pferd, das ich je hatte.

Pferde wie Button sind mehrere Zehntausend Pfund wert. Umso besser für mich, dass ich ihn zu einem Schnäppchenpreis ergattert habe.

Ich reite ein paar Runden Schritt, bevor ich bemerke, dass Sean O'Connor nach draußen reitet. Ich war wohl doch etwas mehr in Gedanken versunken, als ich bisher angenommen hatte. Mein Herz klopft immer noch wie wild, wenn ich daran denke, dass er mich vorhin gelobt hat. Mich! Ausgerechnet mich! Das Lächeln auf meinen Lippen wird breiter, obwohl ich mich gedanklich dazu ermahne, mir nicht zu viel darauf einzubilden.

Aber verdammt, Sean ist Profi und wenn er einen

lobt, dann ist es nicht so dahergesagt. Denke ich zumindest. Ach, selbst wenn, meine gute Laune kann mir heute keiner mehr nehmen!

Button schnaubt mittlerweile nicht mehr und ich beschließe, zum Hänger zu reiten, um ihn abzusatteln und danach nach Hause zu fahren.

Vorher werde ich mir jedoch noch Seans Runde ansehen. Der Reiter vor ihm ist fast fertig und er reitet bereits mit seinem braunen Pferd ein. Das Tier ist deutlich kleiner als Button und hat einen schmalen Körperbau. Sean ist so schon recht groß, doch auf dem Pferd wirkt er noch riesiger.

Umso gespannter bin ich, wie das ungleiche Paar sich schlagen wird.

Der Reiter vor ihm beendet den Parcours, die Richter sagen seine Zeit und die Fehlerpunkte an und danach ist Sean dran.

»Meine Damen und Herren, wir freuen uns, heute den talentierten Sean O'Connor begrüßen zu dürfen!«, beginnt der Richter, den man kaum über die Lautsprecher versteht, und Sean winkt knapp, da tatsächlich das halbe Publikum laut pfeift und johlt. Mir fällt auf, dass die Ränge, die sich um den Platz herum erheben, nun schon deutlich mehr gefüllt sind. Etwa nur seinetwegen? Wenn ich den Applaus richtig deute, dann trifft meine Vermutung wohl zu. Der Richter plaudert noch etwas über Sean und betont mindestens dreimal, dass er als nächster Olympiakandidat gehandelt wird.

Ich richte meinen Blick weiter auf Sean und meine, dass er genervt wirkt. Aber das bilde ich mir vermutlich nur ein. Jemand wie er ist solche Publicity mit Sicherheit gewöhnt und freut sich darüber.

»Sean geht heute mit Marica, einer sechsjährigen Stute, gezogen von ihm selbst, an den Start.«

Der Gong ertönt endlich und er galoppiert los. Button wird unter mir unruhig, da er keine Lust hat, doof rumzustehen, und ich drehe mich einmal mit ihm im Kreis, bis ich wieder den Platz in Sicht habe.

Sean reitet im versammelten Galopp auf das Hindernis zu und meine Augen weiten sich, sobald ich den ersten Sprung sehe. Diese Stute fliegt quasi darüber. Ihre fehlende Größe macht sie mit hohem Springvermögen wett und ich höre, wie um mich herum immer mehr Leute tuscheln. Kein Wunder, denn dieses Pferd ist wirklich talentiert. Und Sean ist völlig im Einklang mit ihr.

Jeder Weg, jeder Absprung und jede Landung sitzt perfekt. Seine Körperhaltung könnte so im Lehrbuch abgedruckt werden und ich finde auf Anhieb nichts, was ich korrigieren würde.

Kam ich mir vorhin noch talentiert vor, fühle ich mich jetzt wie ein Anfänger. Ich habe ihn zwar schon ein paar Mal im Fernsehen reiten sehen, doch es live mitzuerleben, ist noch mal etwas ganz anderes. Und das ausgerechnet in diesem Kaff, in das sich sonst keiner her verirrt!

Wie konnte ich nicht wissen, dass er von hier stammt? Immerhin wohne ich nur eine knappe halbe Stunde entfernt.

Sean reitet auf den letzten Sprung zu, einen Oxer, der

ein Hochweitsprung ist, und die Stute gibt ein letztes Mal alles. Die Landung ist wie auch die anderen sauber und er hat sein Pferd komplett unter Kontrolle, als er noch ein paar Galoppsprünge reitet und danach durchpariert.

Er lobt seine Stute knapp und die Zuschauer applaudieren ihm freudig. *Fast so, als hätte er schon Olympia gewonnen,* denke ich mir schmunzelnd.

Button unter mir scharrt aufgebracht mit dem Huf und erinnert mich so daran, dass er lieber nach Hause möchte. Ich gebe seinem Drängen nach und lenke ihn Richtung Anhängerparkplatz. Bevor der Platz außer Sicht ist, drehe ich mich ein letztes Mal um, um noch einen Blick auf Sean zu erhaschen. Jedoch drängeln sich viele andere Reiter um ihn herum, sodass ich ihn nicht ausmachen kann.

Es muss schön sein, so ein Leben wie er zu führen, denke ich mir und richte meine Aufmerksamkeit danach wieder auf meinen Schimmel.

***

Nach einer kurzen Fahrt biege ich wieder in die Stalleinfahrt ein und muss lachen, als Button hinten auf dem Anhänger wiehert. Da soll noch mal einer sagen, Tiere wären nicht schlau, denn er weiß ganz genau, dass wir da sind.

Ich parke auf dem Anhängerparkplatz, der sich neben dem Stallgebäude befindet, und steige aus. Mein armes Auto ist von oben bis unten mit Schlamm bespritzt und der Anhänger sieht nicht besser aus. Dagegen ist die Farbe von Buttons Schweif strahlendes Weiß.

Ein Glück, dass ich nicht stecken geblieben bin. Andererseits … vielleicht hätte mir dann Sean geholfen.

Bei dem Gedanken schüttle ich sofort mit dem Kopf und kann nicht glauben, dass ich jetzt da weitermache, wo ich nach meinem Ritt aufgehört habe.

Klar, er ist mir öfter aufgefallen und ich fand ihn schon immer wahnsinnig attraktiv. Dennoch habe ich nie weiter über ihn nachgedacht. Ich mochte seine Art, zu reiten, aber das war es auch. Als ich ihn heute jedoch live erlebt habe … Schätze, mit seinem Charme hat er es nie schwer, irgendwelche Frauen kennenzulernen. Wobei man dazu sagen muss, dass nie irgendwo eine erwähnt wurde. Vielleicht hält er sie aus dem Medienrummel heraus?

Mist, immer noch falsche Gedanken, ermahne ich mich selbst.

Button zieht meine Aufmerksamkeit auf sich, indem er erneut wiehert. Allerdings klingt es nicht so freudig wie vorhin, sondern frustriert.

Jemand, der nichts mit Pferden am Hut hat, würde vermutlich keinen Unterschied erkennen, doch ich höre ihn klar und deutlich heraus.

»Komme schon, Dicker«, rufe ich und bekomme als Antwort Hufscharren. Ich öffne die Laderampe, gehe nach vorn und löse den Strick von der Stange, damit ich ihm diesen über den Hals hängen kann, und laufe anschließend wieder nach hinten, um die Stange hinter

Button zu öffnen. Kaum habe ich sie gelöst, läuft er los. Button hat das schon so oft gemacht, dass er routiniert nach unten kommt, ohne dass ich Angst haben muss, dass er neben die Rampe tritt und sich womöglich verletzt.

Ich schnappe mir den Strick und er läuft brav neben mir her. Sobald ich in den Stallgang einbiege, werde ich von den anderen Reitern laut jubelnd empfangen. Das machen sie immer so, egal ob ich erfolgreich war oder nicht, und es gibt mir stets einen Aufschwung. Ich lache über sie, führe Button in seine Box, der sich prompt auf sein frisches Heu stürzt, und wende mich den anderen zu, nachdem ich die Tür verriegelt habe.

»Na, wie war es? War er gut drauf?«, fragt meine beste Freundin Lizzy, doch bevor ich ihr antworten kann, kommt Zoe auf mich zugestürmt und greift nach meiner Hand.

»Olivia!«, sagt sie und ihre Stimme klingt anklagend. Ich mustere sie erstaunt und bemerke, dass ihre Wangen gerötet sind und sich aus ihrem blonden Pferdeschwanz einige Strähnen gelöst haben.

»Ähm, ja?«, hake ich nach, da sie mich noch immer anstarrt und nichts sagt.

Ich spüre die fragenden Blicke der anderen, doch ich weiß selbst nicht, was hier los ist.

»Warum hast du uns nicht erzählt, dass Sean O'Connor an dem Turnier teilnimmt? Ich musste es von einer Freundin erfahren, die heute ebenfalls mitgeritten ist.«

Ich pruste laut los und kann nicht fassen, dass sie

deshalb so drauf ist. »Sorry, ich wusste nicht, dass er dort sein wird. Außerdem, was ist schon dabei?«

»Was dabei ist?« Zoe bekommt beinahe Schnappatmung und ich muss mich zusammenreißen, damit ich nicht erneut loslache. »Der Typ ist einfach mal megaheiß und reitet zudem wie ein Gott! So einen wie den sieht man doch sonst nicht in unserer Stadt!«

»Er war auch gar nicht in unserer Stadt«, stelle ich richtig, aber sie winkt ab.

»Haarspalterei. Wie war er denn so drauf? Hast du mit ihm gesprochen?«

Da sie vermutlich in Ohnmacht fallen würde, wenn ich ihr die ganze Geschichte erzählen würde, entscheide ich mich lieber dafür, es unerwähnt zu lassen. »Ich habe ihn nur mit seinem Hund gesehen und als er das erste Pferd geritten ist. Marica oder so hieß sie. Ein wirklich talentiertes Tier.«

Ich habe offenbar das Richtige gesagt, denn Zoe beginnt nun, mit den anderen zu fachsimpeln, wie viel die Stute wohl wert ist. Froh, dass ich aus dem Mittelpunkt heraus bin, wende ich mich Lizzy zu, die schließlich noch auf meinen Bericht wartet.

»Die sind wie die Aasgeier«, sage ich grinsend zu ihr und sie rollt mit den Augen. Lizzy ist ziemlich pragmatisch und ich habe es in den fünf Jahren, seit ich sie kenne, noch nie erlebt, dass sie für irgendetwas geschwärmt hat. Sie beschränkt sich lieber auf die Tatsachen.

»Nur Zoe, sie hat echt ein Auge auf ihn geworfen.«

»Das hat sie doch auf jeden Typen, der halbwegs gut

aussieht«, stelle ich klar und wir beide sehen uns kurz an, bevor wir lachen müssen.

Zoe ist wirklich eine liebe Person, allerdings auch ziemlich überschwänglich. Meist kann ich nicht deuten, was bei ihr echt ist und was nicht. Es reicht mir also völlig, dass wir nur im Stall, ab und an bei Turnieren und beim Training miteinander zu tun haben.

Lizzy dagegen ist für mich mittlerweile eine richtige Freundin geworden. Wir treffen uns auch öfter außerhalb der Reitanlage und verbringen Zeit zusammen. Tatsächlich muss ich zugeben, dass sie meine einzige Vertraute ist.

Klar, ich kenne viele Leute, doch die sind meist mehr Bekannte für mich. Aber wer braucht schon zehn oberflächliche Freundschaften, wenn er eine echte haben kann?

»Und? Wie lief es nun?«, hakt sie nach und wir gehen ein paar Schritte, um uns von den anderen zu entfernen, die nach wie vor hitzig miteinander diskutieren. Manchmal ist es hier wirklich schlimmer als im Hühnerstall.

Wir schlendern den Stallgang entlang und die Pferde schauen neugierig in ihren Boxen auf. »Ganz gut. Button war fantastisch drauf und hat eine super Runde hingelegt. Wir waren nur etwas zu langsam.«

Lizzy lächelt mich von der Seite an und ihre hellbraunen Augen blitzen mich schelmisch an. »Du meinst wohl eher, du warst zu langsam. Button hätte mit Sicherheit ein paar Abkürzungen nehmen wollen.«

Ich muss grinsen, da sie recht hat. Mein Pferd ist eines von der Sorte, die ehrgeizig ist. Er gibt sich mehr

Mühe, als er müsste, und wenn wir doch mal bei einer Siegerehrung dabei sind, bemerke ich stets, wie er den Hals stolz wölbt und sich präsentiert, als wäre er ein Hengst.

»Du musst dir mehr zutrauen, Olivia. Neben dir könnte dann auch ein Sean O'Connor einpacken.«

Obwohl ihre Worte lieb gemeint sind, muss ich darüber lachen. »Glaub mir, er ist auf einem ganz anderen Level als wir. Du hättest ihn heute reiten sehen müssen. Ich meine, auf Videos sieht das schon beeindruckend aus, aber live … Wow!«

Sie nickt, doch ihre Miene bleibt ernst. »Er hat auch mal klein angefangen und zu Anfang lief es bei ihm ebenfalls nicht rund.« Nachdenklich streicht sie sich eine braune Haarsträhne hinter die Ohren.

Ich ziehe die Augenbrauen zusammen. »Was meinst du?« Immerhin habe ich noch nie irgendwo gesehen, dass er sich mal einen richtigen Patzer geleistet hat. Daheim wird es mit Sicherheit ab und an passieren, dass er vom Pferd stürzt, gerade bei den jungen Tieren, aber bei einem Turnier ist das noch nicht geschehen. Zumindest nicht, dass ich wüsste.

Lizzy bleibt stehen und stemmt ihre Hände in die Hüften, als könnte sie nicht fassen, dass ich davon nichts weiß.

»Manchmal glaube ich, dass du auf dem Mond lebst«, reißt sie mich aus meinen Gedanken und ich wende ihr wieder meine Aufmerksamkeit zu.

»Erzähl schon und mach es nicht so spannend.«

»Vor knapp fünf Jahren, kurz bevor Sean mit

zwanzig durch diesen einen Modelauftrag für Pikeur richtig bekannt wurde, hat seine damalige Freundin mit ihm Schluss gemacht.« Ich horche auf, da ich davon noch gar nichts wusste. Das mit dem Modelauftrag war mir bekannt, immerhin bin auch ich so auf ihn aufmerksam geworden, aber dass er eine Freundin hatte …

»Und weiter?«

»Es muss wohl an demselben Tag gewesen sein, an dem das Turnier stattgefunden hat. Jedenfalls ritt er trotzdem mit, obwohl er nicht ganz bei der Sache war. Er stürzte schwer und lag ein paar Tage im Koma.«

Meine Augen weiten sich und ich kann kaum glauben, dass ich davon noch nie etwas gehört habe.

»Grundgütiger, was ist denn passiert?«

»Ich weiß es nur aus ein paar Artikeln, aber er hat sich wohl mit seinem Pferd überschlagen, da er eine Wendung vor dem Sprung zu eng genommen hat. Alle Videos von damals im Internet wurden sofort gesperrt, da der Sturz so krass war. Allerdings findet man dennoch immer mal wieder welche im Netz.«

Ein Kloß bildet sich in meinem Hals und ich schlucke ihn herunter. »Und das Pferd?«, frage ich nach, obwohl ich mir die Antwort bereits denken kann.

Lizzy presst die Lippen zusammen und das sagt alles. »Das meine ich damit, dass er mal klein angefangen hat und nicht perfekt ist. Auch er macht Fehler und du hast auf jeden Fall das Talent, genau so weit im Reitsport zu kommen, wie er.«

Ihre Lobeshymnen auf mich sollten mir eigentlich

schmeicheln, doch stattdessen fühle ich mich unwohl. Ich habe es noch nie jemandem gesagt, nicht einmal ihr, aber ich bin gerne dort, wo ich jetzt bin. Ich will nicht für Olympia reiten oder Meisterschaften gewinnen. Ich möchte einfach nur eine gute Zeit mit meinem Pferd erzielen und beim Springen Spaß haben.

»Button ist auf jeden Fall bereit dazu, jetzt musst du es nur noch werden«, bohrt Lizzy weiter nach und ich muss über meinen persönlichen Cheerleader lächeln. Was würde ich nur ohne sie machen?

»Ich gebe mir Mühe. Übrigens hatte er einen total niedlichen Dackel dabei«, bringe ich das Gespräch auf ein anderes Terrain. »Nur durch diesen kleinen Hund bin ich mit ihm ins Gespräch gekommen.« Lizzy blickt mich verwirrt an und ich berichte ihr davon, wie Rosi von Sean abgehauen ist.

»Ah, okay! Die Hündin habe ich schon mal auf ein paar Bildern von ihm gesehen! Die ist wirklich goldig.«

Ich nicke. »Und wie. Button fand sie allerdings eher gruselig.«

Lizzy lacht und wir gehen wieder nach vorn. Mittlerweile ist die Meute verschwunden und im Stall ist Ruhe eingekehrt. Somit kann ich jetzt mein Sattelzeug aus dem Hänger holen und Button sauber machen, ohne dass ich erneut von Zoe belagert werde. Zudem hat er sich ein paar Möhren verdient.

»Sehen wir uns am Wochenende?«, frage ich Lizzy, bevor sie geht.

»Klar. Komm einfach rum, wenn du Lust hast.« Ich strecke den Daumen nach oben und sie lacht darüber.

»Bis dann, Olivia. Und denk nicht so viel an Sean«, zieht sie mich auf und fächert sich gespielt Luft zu.

Ich winke nur ab, doch sie sieht es gar nicht mehr, da sie sich bereits umgedreht hat.

Mein Handy klingelt und ich seufze, sobald ich den Namen von meiner Mutter aufleuchten sehe. Bevor ich überhaupt dran gegangen bin, weiß ich auch so, dass meine restliche Tagesplanung mit diesem Anruf über den Haufen geworfen wird.

***

Nachdem ich bei meiner Mom war, sitze ich mit meinem Laptop auf dem Schoß auf meiner Couch und starre auf den Bildschirm. Seit einer Weile grüble ich, ob ich es wirklich wagen soll.

Aber was habe ich schon zu verlieren?

Bevor ich es mir erneut anders überlege, drücke ich kurzerhand auf *Senden.*

O Gott.

Was habe ich nur getan?, denke ich mir eine Sekunde später und klappe den Laptop schnell zu, als würde es das ungeschehen machen.

Ich bin verrückt. Eindeutig. Anders kann ich mir mein Verhalten nicht erklären. Warum sonst habe ich eine Mail an Sean O'Connor geschrieben? Natürlich nicht ohne vorher stundenlang auf seiner Website zu surfen und jedes Bild von ihm genau anzuschauen. Ich bin so dumm. Und naiv. Und … ach, einfach alles!

Bevor ich noch mehr durchdrehe, schnappe ich mir

mein Handy und rufe kurzerhand Lizzy an. Bereits nach dem zweiten Klingeln nimmt sie meinen Anruf an.

»Ich habe gerade etwas wirklich Dummes getan«, sage ich anstelle einer Begrüßung und sie lacht am anderen Ende leise.

»Lass mich raten, es hat mit Sean O'Connor zu tun?«

Ich verziehe den Mund, da sie sofort weiß, worum es geht. »Leider ja.«

»Und was genau? Hast du ihm etwa Nacktfotos geschickt?«

»Um Himmels willen, nein!«, sage ich entsetzt und muss anschließend lachen. Dabei lockert sich der Knoten in meinem Magen und ich bin nicht mehr ganz so angespannt.

»Was dann? Ich wusste, dass er dir nicht mehr aus dem Kopf geht!«

Ich fahre mir durch meine langen Haare, die nass vom Duschen sind, und atme laut aus. »Ich habe ihm nur eine Mail geschrieben, in der ich mich noch mal für das nette Gespräch bedankt und ihm gesagt habe, dass ich hoffe, ihn mal wiederzusehen.« Erneut verziehe ich den Mund, da sich das selbst in meinen Ohren furchtbar anhört. Vielleicht hätte ich vorher Lizzy anrufen und sie nach ihrer Meinung fragen sollen.

Jep, das wäre definitiv schlauer gewesen. Gut, dass mir so etwas immer erst danach einfällt.

»Du hast ihm echt eine Mail geschrieben? Wow, das ist so oldschool, dass es schon wieder in ist.«

Ich reibe mir über die Stirn. »Ich weiß. Ich bin doof, aber er war wirklich sehr nett und …«

»Klar und dass er der heißeste Typ auf Erden ist, ist völlig nebensächlich.«

Ich muss über sie mit dem Kopf schütteln. »Du weißt genau, dass mir das nicht so wichtig ist. Wobei ich nicht leugnen kann, dass er sehr gut aussieht.«

»Ach, tu nicht so! Du findest ihn scharf und willst, dass du auch mal auf ihm reiten kannst.«

»Lizzy!«, herrsche ich sie an, doch sie lacht nur noch lauter los. Manchmal ist sie wirklich furchtbar.

»War nur ein Spaß, jetzt werde ich wieder ernst. Vielleicht hast du Glück und er antwortet dir. Wenn nicht, ist auch okay. Mach dir nicht so viele Gedanken. Ich bin stolz auf dich, dass du dich mal etwas getraut hast.«

Ich muss über ihre Worte lächeln und nicke. »Danke dir. Jetzt fühle ich mich wenigstens nicht mehr wie ein kompletter Idiot.«

»Keine Ursache. Sobald er antwortet, rufst du mich aber an, klar?«

»Logisch.«

Wir plaudern noch eine Weile, bevor ich auflege und meinen Laptop erneut einschalte, um zu sehen, ob er mir bereits geantwortet hat.

Natürlich nicht.

Aber selbst wenn, was erhoffe ich mir davon?

Er ist ein Superstar im Reitsport und ich bin nur ein kleines Licht an diesem schillernden Himmel. Was will er schon mit mir?

4. Kapitel

Sean

Ich reibe noch mal über meine schwarzen Stiefel und richte mich anschließend auf. Ein neues Wochenende. Ein neues Turnier und erneut eine Menge Erwartungen.

Die letzten Tage hat mich Manuel erbarmungslos von einem Termin zum nächsten gehetzt, sodass ich kaum zum Reiten gekommen bin. Er wollte jedoch nichts davon hören und hat darauf bestanden, dass wir die Welle des Erfolges nutzen müssen.

Ich hingegen habe das Gefühl, dass die Leute bald genug von mir haben werden, wenn sie mein Gesicht überall sehen und meinen Namen ständig hören.

Zumindest konnte ich es ihm ausreden, dass ich bei einem Musikvideo mitmache. Erstens kann ich null schauspielern und zweitens mag ich nicht mal die Band. Wie sollte ich da glaubhaft in deren Video rüberkommen?

Manuel kommt auf mich zugelaufen und ich setze eilig meinen Reithelm auf, um ihm so zu verdeutlichen, dass ich keine Zeit mehr für irgendein Gespräch habe. Es nervt mich schon so, dass er ständig darauf besteht, mit zu den Turnieren zu fahren. Zwar hat er Ahnung von Pferden, allerdings hilft er mir nie, sondern ist auf der Suche nach neuen Kontakten. Da kann ich genauso gut alleine fahren.

»Du sitzt noch gar nicht auf dem Pferd!«, ruft er mir zu und steht einen Moment später vor mir.

»Rosi ist wieder abgehauen«, erkläre ich ihm, wobei er es sich vermutlich denken kann. Schließlich haut mein Hund ständig ab und das, obwohl ich schon bei einigen Hundetrainern war. Ich weiß, dass es an mir liegt, weil ich nicht konsequent genug bin, aber verdammt … es ist immerhin meine kleine Rosi. Wie könnte ich ihr jemals wegen etwas böse sein?

Er rollt mit den Augen und seufzt. »Wo ist sie jetzt?«

Ich zeige auf den Hänger, an dem sie angeleint dasitzt und leise winselt. Mein Herz schmilzt bei diesem Anblick und ich muss mich zusammenreißen, um sie nicht von der Leine abzumachen und wieder nach Hause zu fahren. Hätte mir mal einer vor fünf Jahren erzählt, dass ich einen Hund mehr lieben würde als meine Pferde, hätte ich das denjenigen nie geglaubt.

»Sie haut doch eh wieder ab.«

»Deshalb sollst du auch auf sie aufpassen.«

Ich lasse ihn stehen und gehe stattdessen zu Comer, ein großer Rappe, der brav gesattelt und getrenst am Hänger steht. Er ist das einzige Pferd, was ich habe, das nie versucht, abzuhauen oder zu fressen. *Meine anderen könnten sich da eine Scheibe abschneiden,* denke ich schmunzelnd und gehe auf ihn zu. Ich streichle sanft über seinen schwarzen Hals und gurte nach.

»Ich passe ganz sicher nicht auf Rosi auf!«, mault

Manuel herum, nachdem er mir gefolgt ist. Rosi gibt ein Bellen von sich, als würde ihr das ebenfalls nicht passen. Normalerweise lasse ich sie auch nicht bei ihm, sondern im Auto, aber dafür ist es heute viel zu warm.

»Du musst. Ich bin doch nicht lange weg. Halbe Stunde, wenn überhaupt.«

Mein Manager schüttelt entsetzt mit dem Kopf. »Ich bin hier, um Kontakte zu knüpfen, und nicht, um auf Hunde aufzupassen!« Ein verächtlicher Unterton schwingt in seiner Stimme mit und ich seufze.

»Dann nimm sie mit. Sie ist lieb und stört niemanden«, schlage ich ihm vor, doch er winkt sofort ab.

»Auf keinen Fall! Wir können sie wie immer in den Wagen sperren.«

Fassungslos starre ich ihn an. »Willst du mich veralbern? Es sind über zwanzig Grad und die Sonne brennt wie verrückt. Sie würde in dem Auto einen Hitzschlag kriegen!« Er hat tatsächlich die Unverfrorenheit, mit den Augen zu rollen. So ein Idiot! Ich beiße die Zähne zusammen, um nicht ausfällig zu werden. »Du kümmerst dich um sie und basta!«

Ohne seine Antwort abzuwarten, steige ich auf und reite los. Ich höre ihn hinter mir fluchen, aber das ist mir egal. Lediglich Rosis Winseln bringt mich beinahe dazu, umzudrehen. Doch ein paar Meter weiter höre ich sie nicht mehr und hoffe, dass sich die beiden verstehen werden.

Comer trabt bereits halb unter mir, da er so aufgeregt ist, und ich muss die Zügel annehmen, damit er wieder in einen Schritt fällt. Kein Wunder, dass er aufgedreht ist. Der Wallach ist sehr sensibel und solche Streits bringen ihn schnell aus dem Gleichgewicht.

Mittlerweile habe ich ihn seit drei Jahren und weiß damit umzugehen. Womöglich ist sein feines Gespür auch einer der Gründe, warum wir uns so gut verstehen.

Heute sind wir in Carterham, eine beschauliche Stadt am Rande von London. Jedes Jahr findet hier eine große Pferdemesse mit anschließendem Turnier statt. Ich mag die Atmosphäre und freue mich jedes Mal, wenn ich mich für das Springen qualifiziere.

Mittlerweile ist das für mich kein Problem mehr, aber das liegt zum Großteil auch an den hervorragenden Pferden, die ich habe. Die meisten Reiter haben nur ein- oder zweimal die Chance, je nachdem, wie viele Pferde sie reiten. Ich dagegen habe sechs und somit ist es nicht verwunderlich, dass ich jedes Jahr dabei bin.

Ich reite auf den Abreiteplatz und schaue kurz nach, wie viele Starter vor mir sind. Gerade ist das vierunddreißigste Reiterpaar drin und ich bin als sechzigster dran. Also noch genügend Zeit und ich muss mir keinen Stress machen.

Comer schaut sich neugierig um und hat die Ohren aufmerksam gespitzt. Ich lasse die Zügel wieder etwas länger und er streckt seinen Hals, während wir im Schritt über den Sandplatz reiten.

Draußen ist zum Glück nicht viel los, da das eigentliche Springen in einer riesigen Halle stattfindet. Dort befinden sich alle Zuschauer und hier schwirrt fast keiner herum. Der einzige Nachteil ist, dass man so nicht sehen kann, wie es bei den anderen läuft. Nicht, um über sie urteilen zu können oder um sich zu vergleichen, sondern um zu schauen, welche Sprünge sich als besonders schwierig erweisen und wo man eine Abkürzung nehmen könnte, um Zeit zu sparen.

Vorhin beim Abgehen des Parcours habe ich mir schon ein, zwei Wege ausgesucht, bei denen ich die Wendung enger reiten könnte. Ob ich es wirklich mache, entscheide ich immer in dem Moment. Immerhin handelt es sich hier um ein S-Springen mit bis zu ein Meter vierzig Höhe. Da muss jeder Galoppsprung und Abstand sitzen, sonst kann es schnell gefährlich werden. Ein Umstand, den ich schon einmal auf die harte Tour lernen musste.

»Hey Sean, heute mal wieder Comer?«, ruft mir jemand zu und ich wende mich in die Richtung, aus der die Stimme kam.

Ich grinse, sobald ich erkenne, dass es Nate ist. Er kommt auf seinem Fuchs auf mich zu und reitet neben mir her. Nate und ich kennen uns seit … eigentlich schon immer. Bereits als Kinder haben wir uns auf Turnieren gesehen oder bei verschiedenen Lehrgängen und Kursen. Er ist ein typischer Charmeur mit seinen schwarzen Haaren, der sonnengebräunten Haut, den strahlend weißen Zähnen und nie um eine freche Antwort verlegen. Schon allein deshalb mag ich ihn und auch, weil es zwischen uns keine Konkurrenz gibt. Wir freuen uns stets für den jeweils anderen, ohne Neid oder Eifersucht, auch wenn wir uns manchmal etwas aufziehen.

»Er musste mal wieder raus«, antworte ich ihm.

»Dann muss ich mich heute anstrengen«, witzelt er und ich lache.

»Das musst du doch immer, wenn ich da bin.«

»Wow, der war schlecht.« Er lacht laut auf. »Wann bist du dran?«

»Sechzigster. Und du?«

»Zweiundvierzigster und danach habe ich noch einen. Aber erst ganz am Schluss.«

»Oh, viel beschäftigt also heute?«

Er zwinkert mir zu und grinst. »Wie immer. Du hast wohl nur einen mit?«

»Leider ja. Selma hat Husten, meine beiden Schimmel sind lahm und die anderen beiden Stuten sind lange nicht so weit.«

»Ach, Scheiße. Tut mir leid.«

Noch ein Grund, warum ich ihn mag: Nicht nur der Erfolg ist ihm wichtig, sondern auch seine Pferde. Lieber verzichtet er auf ein Turnier, anstatt etwas zu riskieren.

»Trinken wir nachher einen Kaffee zusammen?«, frage ich ihn und er grinst.

»Nur wenn du bezahlst.« Ich halte den Daumen nach oben. »Dann bis später, ich muss los. Nicht dass du noch gewinnst.« Ich schaue ihm einen Moment hinterher, während er mit seinem Fuchs angaloppiert und sich weiter vorbereitet.

***

Comer tänzelt unter mir nervös, doch ich lasse mich davon nicht aus der Ruhe bringen. Der Starter vor mir ist gerade im Parcours und ich warte am Eingang, bis ich dran bin.

Mal sehen, wie es heute läuft. Mein Wallach hat beim Aufwärmen zweimal am Sprung gerissen. Eigentlich untypisch für ihn. Hoffentlich klappt es gleich besser.

Der Reiter vor mir ist fertig und reitet an mir vorbei, sodass ich endlich dran bin. Mein Herz klopft mir gefühlt bis zum Hals, doch äußerlich wirke ich völlig ruhig. Die vielen Zuschauer, die Höhe der Hindernisse und auch die Kameras, die auf mich gerichtet sind, interessieren mich nicht. Das Einzige, auf was ich mich konzentriere, ist das Pferd unter mir.

Ich drücke die Fersen in seinen Bauch und reite ein. Applaus ertönt und ich lächle kurz, da es mich ehrt, dass die Leute sich so freuen, mich zu sehen.

Der Moderator sagt etwas an, doch ich konzentriere mich nicht darauf. Stattdessen reite ich mit Comer zu der Dreifach-Kombination, die aus zwei Steilsprüngen und einem Oxer besteht. Nate hat mir erzählt, nachdem er mit seinem Ritt fertig war, dass es schwierig wäre, den ersten Sprung anzureiten. Kürzt man zu sehr ab, um Zeit zu sparen, hat man hinten raus nicht mehr genug Schwung und das Pferd verweigert möglicherweise vorm letzten Hindernis.

Nachdem der Moderator meinen Namen verkündet hat, wende ich mich den Richtern zu, die oben in einer Art Lobby sitzen. Knapp hebe ich meine rechte Hand zum Gruß an den Helm und einen Moment später ertönt das Klingeln als Zeichen, dass ich loslegen kann.

Kaum habe ich mein äußeres Bein etwas nach hinten gelegt, springt Comer in einem schwungvollen Galopp an. Ich reite eine halbe Runde, um ihn auf das perfekte Tempo zu bringen, bevor ich schließlich auf den ersten Sprung zugaloppiere.

Ohne zu zögern, zieht mein Wallach das Tempo an und springt über das Hindernis. In der Halle ist es so still, dass man eine Stecknadel fallen hören könnte, und mein Atem, gemischt mit dem meines Pferdes, kommt mir ohrenbetäubend laut vor.

Auch die nächsten Sprünge sind kein Problem, obwohl der Parcourschef hier ordentlich aufgebaut hat. Überall sind Untersteller unter den Sprüngen, es ist sehr bunt und Blumen und kleine Sträucher stehen daneben. Alles Dinge, bei denen viele Pferde stutzen und zum Teil auch scheuen. Aber Comer ist heute wie ein echter Profi drauf und schenkt dem keine Beachtung.

Vor der Kombination entscheide ich mich noch einmal um und nehme doch den kürzeren Weg. Mein Gefühl sagt mir, dass es die richtige Entscheidung ist. Viel Zeit zum Nachdenken bleibt mir jedoch eh nicht.

Ich lege noch mehr im Galopp zu, damit wir die Höhe überwinden, und steuere auf den ersten Steilsprung zu. Comer zögert kurz, springt es aber. Beim zweiten fehlt uns bereits etwas Schwung, sodass er sich ziemlich abmühen muss. Beim Oxer rechne ich eigentlich damit, dass er stehen bleibt, doch quasi aus dem Stand springt er darüber.

Ein Raunen geht durch die Zuschauermenge, da es

am Sprung klappert, aber keine Stange fällt. Auf das Hindernis, einen hohen Steilsprung, bei dem nur die oberste Stange drinliegt, reiten wir wieder souverän zu und überwinden auch das ohne einen Abwurf.

Kaum sind wir gelandet, setzt laute Musik ein und verkündet somit, dass wir eine fehlerfreie Runde hingelegt haben. Ich klopfe glücklich Comers Hals und grinse über das ganze Gesicht. Was für ein Erfolg!

»Da hat es Sean O'Connor aber an der Kombination richtig spannend gemacht. Aktuell Rang zwei, doch wir werden ihn noch einmal im Stechen sehen. Bislang haben sich dafür sieben Reiter qualifiziert«, verkündet der Moderator und ich winke dem Publikum kurz zu, bevor ich nach draußen reite.

Comers Fell ist schweißnass und ich lobe ihn erneut ausgiebig. Nie und nimmer hätte ich gedacht, dass wir doch noch so eine grandiose Runde hinlegen!

»Du hast mir echt den Arsch gerettet, Kumpel«, sage ich zu ihm und er schnaubt, als hätte er mich verstanden. Die meisten Pferde wären vor dem dritten Hindernis in der Kombination stehen geblieben, doch nicht mein Comer.

Ich reite auf den Abreiteplatz und Nate grinst mich kurz an und schüttelt mit dem Kopf. »Schon wieder eine Null-Runde, was?«, fragt er und ich nicke. Draußen bekommt man nicht viel mit, doch wenn die laute Musik für eine fehlerfreie Runde ertönt, hört man es selbst hier. »Wie hast du das an der Kombination gelöst? Den kurzen oder den langen Weg?«

»Den kurzen. Allerdings ist es so, wie du vorhin

meintest, gelaufen: Er hat gestutzt und beinahe verweigert.«

Nate nickt und reitet mit seinem Pferd, dieses Mal eine braune Stute, neben mich. »So ging es meinem Fuchs und vielen anderen auch. Mal schauen, ob wir uns im Stechen sehen.«

Ich grinse ihn an. »Du hast doch deine beste Stute mit, also schätze ich mal schon.«

Er nickt und trabt schließlich wieder an. Ich folge ihm und lasse Comer noch eine Runde am längeren Zügel gehen. Zwar sind wir für das Stechen qualifiziert, doch das findet frühestens in einer Stunde statt. In der Zeit kann ich noch mal zum Hänger reiten und ihn Heu knabbern lassen. Wäre Quatsch, wenn er sich hier die Beine in den Bauch steht.

Nach zwei Runden Trab pariere ich in den Schritt durch und lasse die Zügel komplett lang. Mein Wallach streckt erfreut seinen Hals und beobachtet neugierig die anderen Tiere und Menschen, die hier überall herumlaufen.

»Wow, Sean! Das war hervorragend!«, ertönt Manuels Stimme und ich suche ihn kurz, bevor ich ihn rechts am Platz ausmache. Ich reite auf ihn zu und bleibe vor dem Zaun stehen. Sein Gesicht ist gerötet und seine Glatze schimmert im Sonnenlicht. Schätze, heute Abend wird er einen schönen Sonnenbrand haben. »Stell dir vor, wenn du hier heute wirklich abräumst, dann …«

»Wo ist Rosi?«, unterbreche ich ihn und runzle die Stirn, da sie nicht bei ihm ist. Ich blicke mich um, doch nirgendwo ist etwas von meinem kleinen Dackel zu sehen.

»Sie ist noch am Anhänger«, spricht er meine Befürchtung aus.

Ich ziehe wütend die Augenbrauen zusammen. »Das ist nicht dein Ernst! Ich habe dir doch gesagt, dass du sie nicht alleine lassen sollst!«, blaffe ich ihn an.

»Und ich habe dir gesagt, dass ich nicht zum Hundesitten hier bin!«

Fassungslos mache ich mich auf den Weg, obwohl ich bereits ahne, dass Rosi abgehauen ist.

5. Kapitel

Olivia

»Okay, Mom, ich bin gleich da.« Seufzend lege ich auf und stecke das Handy ein. Ein Wunder, dass ich bei der Lautstärke, die um uns herum herrscht, überhaupt etwas verstanden habe. Lizzy hat nämlich für uns Karten für die Pferdemesse besorgt. Eben haben wir Seans Ritt gesehen, doch meine gute Stimmung ist mit dem Anruf meiner Mutter komplett verflogen.

»Und? Was wollte sie?«, fragt Lizzy nach und nippt an ihrem Kaffee.

Erneut will ein Seufzen über meine Lippen kommen, doch ich unterdrücke es. »Sie hat mich gebeten, zu ihr nach Hause zu kommen.« Mehr muss ich nicht sagen, denn ihre Miene wird mitfühlend.

»Geht es ihr wieder schlechter?« Ich nicke, da mein Hals plötzlich wie zugeschnürt ist.

Seit drei Jahren hat meine Mutter nun mit ihrer Psyche zu kämpfen, doch in den letzten Monaten ist es schlimmer geworden.

Normalerweise ist sie im Sommer gut drauf und nur die dunklen Monate drücken ihr aufs Gemüt, aber irgendwie ist es dieses Jahr anders.

Es sind keine Depressionen, sondern starke Stimmungsschwankungen. So würde ich es zumindest nennen. Was sollte sonst erklären, wieso sie den einen Moment himmelhoch jauchzend gut drauf ist und mich im nächsten anbrüllt?

»Tut mir leid, ich sollte wirklich los.« Zerknirscht mustere ich sie, doch sie winkt ab. Eigentlich hatten wir vorgehabt, uns einen schönen Mädelstag zu machen. Dass er nach nicht mal zwei Stunden so ein jähes Ende findet, hätte ich nicht erwartet.

»Kein Problem.« Sie packt ihre Sachen zusammen und trinkt den letzten Schluck ihres Kaffees aus.

Ich lege jedoch eine Hand auf ihre Schulter, damit sie innehält. »Bleib ruhig noch hier. Ich nehme mir ein Taxi.«

Sie zieht skeptisch eine Augenbraue nach oben. »Bist du verrückt? Das würde viel zu teuer werden.« Ich öffne meinen Mund, um Widerspruch zu erheben, doch sie lässt es nicht zu. »Vergiss es. Wir sind zusammen hergekommen und fahren auch wieder zusammen heim.«

Dankbar lächle ich sie an. »Ich schulde dir etwas.«

Ich packe meine Sachen ebenfalls ein und danach drängeln wir uns auf der Tribüne an den anderen Zuschauern vorbei. Sie murren teilweise, doch wir ignorieren es.

Während wir wenig später über den überfüllten Parkplatz laufen und gierig die frische Luft einatmen, da es in der Halle stickig war, überkommt mich Trauer darüber, dass ich Sean nicht noch mal beim Stechen sehen werde. Vermutlich kann ich es im Internet anschauen, aber live ist eben doch was anderes.

Noch immer bereue ich es, dass ich ihm eine Mail geschrieben habe. Wie zu erwarten war, hat er nicht geantwortet. Bleibt nur zu hoffen, dass er sie nicht zu Gesicht bekommen hat.

Dabei habe ich nichts geschrieben, was mir peinlich sein müsste. Aber vermutlich bekommt er jeden Tag Dutzende Nachrichten und Mails, sodass es ihm nicht mal mehr ein müdes Lächeln entlockt. Wenn er sie denn überhaupt liest.

Ich verdränge diesen Gedanken, als wir bei Lizzys kleinem schwarzen Wagen ankommen, und steige ein. Das schlechte Gewissen nagt an mir, dass wir eher aufbrechen müssen. Wir hatten uns beide so darauf gefreut und nun das. Wenn ich es nicht besser wüsste, würde ich sagen, dass meine Mom das extra macht, um mich von etwas Spaß abzuhalten. Aber das ist Quatsch.

»Tut mir wirklich leid«, murmle ich erneut und Lizzy schüttelt mit dem Kopf.

»Mach dir nicht solche Gedanken! Wir holen das einfach nach.«

»Aber die Tickets waren bestimmt teuer und …«

»Olivia, lass gut sein!« Ich verstumme und presse die Lippen aufeinander. Lizzy seufzt leise und wendet sich mir zu, nachdem sie den Schlüssel ins Schloss gesteckt hat, um den Motor zu starten. »Es ist wirklich alles in Ordnung. Deine Mutter ist wichtiger als ein Turnier. Das können wir nachholen.« Verständnisvoll blickt sie mich an und ich weiß nicht so recht, womit ich sie verdient habe. Es war damals wirklich ein Glücksfall, dass sie in den Stall gekommen ist.

»Okay. Danke.«

Wir lächeln uns an, bevor sie losfährt. Aus dem Augenwinkel kann ich etwas Schwarzes auf uns zurennen sehen, doch ehe ich reagieren kann, gibt es ein Jaulen und Lizzy bremst ruckartig.

»O mein Gott! Was war das?«, fragt sie entsetzt. Ich antworte ihr nicht, sondern springe aus dem Auto. Wir müssen irgendetwas angefahren haben oder …

Mein Herz rutscht mir in die Hose, sobald ich realisiere, was geschehen ist. Ein Hund ist vor unseren Wagen gerannt.

Er winselt leise vor dem rechten Reifen und liegt auf der Seite, unfähig, sich zu rühren. Langsam gehe ich auf ihn zu, während Lizzy ebenfalls aussteigt und ihr Handy aus der Tasche zieht. Vermutlich um einen Tierarzt zu rufen.

»Hey Kleiner, alles gut. Du wirst wieder«, murmle ich leise und versuche, meine Stimme ruhig klingen zu lassen, obwohl mein Puls rast und meine Finger zittern. Das linke Hinterbein des Hundes ist offen und steht seltsam ab. Grundgütiger, hoffentlich schafft er es …

Der Hund richtet seinen Blick auf mich und sobald ich in das Gesicht des Tieres sehe, setzt mein Herz einen weiteren Schlag aus. Das ist doch die kleine Dackelhündin von Sean O'Connor!

»Rosi«, sage ich geschockt und kaum habe ich ihren Namen ausgesprochen, wedelt sie träge mit ihrem Schwanz hin und her. Selbst in dieser Situation scheint sie sich zu freuen, dass ich ihren Namen weiß.

»Auf der Messe sind alle Leitungen belegt«, sagt Lizzy panisch und hockt sich neben mich. Ein Schluchzer kommt über ihre Lippen und ich lege eine Hand auf ihre Schulter, während uns Rosi beobachtet. »Gott, das wollte ich nicht! Ich habe den Hund nicht gesehen und ...«

»Bleib ruhig, Lizzy. Alles wird wieder gut. Hast du eine Decke im Auto? Oder eine Jacke?« Sie nickt und steht eilig auf. Vermutlich ist sie froh, etwas tun zu können.

Rosi beginnt erneut zu winseln und versucht aufzustehen, doch ich streichle sanft über ihren Kopf, damit sie sich beruhigt. Noch immer läuft Blut aus ihrer Wunde und wir müssen das schnellstmöglich verbinden.

Lizzy kehrt mit einer grünen Strickjacke zurück und gibt sie mir. »Keine Angst, Mäuschen. Wir wollen dir nichts tun, sondern dir nur helfen«, rede ich auf Rosi ein, während ich die Jacke um sie schlinge. Immerhin könnte es sein, dass sie versucht zu beißen oder sich zu wehren, doch die kleine Hündin scheint froh zu sein, dass ihr geholfen wird. Womöglich steht sie auch unter Schock und weiß gar nicht, wie ihr geschieht.

Ich hülle sie in die Jacke ein und entscheide nach kurzem Zögern, sie hochzuheben. Hoffentlich hat sie sich nicht an der Wirbelsäule verletzt, sonst würde ich es jetzt noch verschlimmern. Doch wir müssen sie schließlich irgendwie zu einem Tierarzt bringen. Auf dem Turnier ist auf alle Fälle einer, immerhin könnte sich jederzeit ein Pferd verletzen.

Rosi beginnt zu winseln und ich presse sie sanft an mich. »Willst du reingehen? Was machen wir mit ihr? Meinst du, sie wird wieder?«, bestürmt mich Lizzy mit Fragen und ich wende mich ihr zu. Ihr Gesicht ist kalkweiß und sie wirkt, als würde sie jeden Moment umkippen.

»Bleib ruhig, Lizzy. Fahr das Auto zur Seite und komm dann zur Halle. Ich suche in der Zeit den Tierarzt«, weise ich sie an, da ich glaube, dass sie momentan Abstand braucht. Anscheinend hilft es auch, denn sie nickt und steigt in ihren Wagen ein.

Ich laufe derweil so schnell wie möglich zurück zur Messehalle. Rosi jault leise, vermutlich da ihr die Bewegung wehtut. »Alles gut, Rosi. Wir sind gleich da. In ein paar Minuten geht es dir besser«, verspreche ich und hoffe, dass ich meine Worte auch halten kann.

Am Ticketschalter angekommen, drängle ich mich an der Schlange vorbei und ignoriere die Protestrufe. Der Mann von der Security stellt sich mir in den Weg, als ich die Halle betreten will.

»Kein Zutritt ohne Ticket!«, bellt er und ich atme genervt aus.

»Ich war eben schon drin und …«

»Sobald Sie die Halle verlassen haben, verliert die Karte ihre Gültigkeit«, erklärt er mir gelangweilt und verschränkt abwehrend die Arme vor seiner breiten Brust.

»Ich muss dringend zu dem Tierarzt! Meiner Freundin und mir ist ein Hund vor den Wagen gelaufen und er braucht Hilfe!« Tränen sammeln sich in meinen Augen und Verzweiflung macht sich in mir breit. Rosi scheint zu bemerken, dass ich unruhig werde, denn sie beginnt leise zu winseln.

Der Mann schaut nun auf das Bündel in meinen Armen und stutzt kurz, doch nach wie vor macht er keine Anstalten, mir zu helfen.

»Bitte! Sie stirbt sonst!«, sage ich und endlich gibt er nach.

»Warten Sie hier. Ich lasse nach dem Tierarzt ausrufen, damit er herkommt.«

»Danke!« Er nickt mir knapp zu und spricht in sein Telefon.

Die Menschen um mich herum starren Rosi und mich neugierig an, doch keiner bietet seine Hilfe an. Dadurch, dass mir wenigstens der Securitymann geholfen hat, wenn auch zögerlich, beruhigt sich mein Puls etwas.

Wenige Minuten später kommt ein älterer Mann aus dem Ausgang, der einen Koffer trägt. »Sir, hierher!«, ruft der Typ vom Einlass und der Neuankömmling läuft mit großen Schritten auf uns zu. Seine Brille sitzt schräg auf seiner Nase und er wirkt gestresst, doch sobald er Rosi auf meinen Armen entdeckt, macht sich ein sanfter Ausdruck auf seinem Gesicht breit.

»Sie sind die Frau mit dem Hund?« Ich nicke und erzähle ihm kurz und knapp, was geschehen ist.

»Okay, kommen Sie mit, wir gehen in den Erste-Hilfe-Raum.«

Dieses Mal lässt mich der Mann am Eingang durch

und ich folge dem Tierarzt. *Hoffentlich macht sich Lizzy keine Sorgen, wenn sie mich nicht gleich findet,* denke ich mir, wende meine Aufmerksamkeit jedoch gleich wieder dem Arzt zu. Nach zehn Metern öffnet der eine Tür und führt mich ins Innere.

Der Raum ist klein und schmal mit nur einer Liege und ein paar Schränken darin, in denen sich vermutlich Verbandszeug und Medikamente befinden, doch es ist besser als nichts. Er schließt die Tür hinter uns und sperrt so die Geräusche von der Messe aus.

»Legen Sie den Hund auf der Liege ab.«

Ich komme seiner Aufforderung nach, während er ein Stethoskop aus seiner Tasche zieht und sich Handschuhe überstreift. Sanft lege ich Rosi ab, die mich aus geweiteten Augen anschaut. Ihre Atmung geht flach und ihr Fell ist blutverkrustet, als ich die Jacke öffne. Mein Magen dreht sich um, sobald ich die Wunde betrachte, doch ich reiße mich zusammen. Ich muss jetzt stark sein.

»Okay, dann wollen wir mal.« Ohne mit der Wimper zu zucken, betrachtet der Arzt die Verletzung und bewegt das Bein von Rosi. Diese jault laut auf und er lässt sofort wieder davon ab. »Der rechte Hinterlauf ist definitiv gebrochen und muss gerichtet werden. Die Wirbelsäule dürfte intakt sein, aber das kann ich erst bestätigen, wenn ich sie geröntgt habe.«

Ich nicke und atme erleichtert aus. »Und was machen wir jetzt?«

»Ich verbinde zunächst die Wunde, um die Blutung zu stoppen, und rufe danach meine Partnerin an. Sie ist spezialisiert auf Unfallverletzungen und wird sie operieren. Ich selbst kann hier leider nicht weg.«

»Wird sie es schaffen?«, frage ich angespannt und er blickt mich durchdringend an, bevor er Verbandszeug aus einem der Schränke holt.

»Genau kann ich es nicht sagen, aber ich denke schon.« Routiniert säubert und verbindet er das Bein, spritzt Rosi danach noch etwas, vermutlich ein Schmerzmittel und was zur Beruhigung, bevor er seine Handschuhe wieder auszieht und sein Telefon in die Hand nimmt.

Während er telefoniert, gehe ich auf Rosi zu und streichle sie sanft. »Du bist ganz tapfer, meine Liebe. Heute Abend bist du wieder bei deinem Herrchen und dann wird alles gut. Okay?«

Sie wedelt träge mit dem Schwanz, gibt jedoch ansonsten keinen Laut von sich.

»Sind Sie mit dem Auto hier? Meine Partnerin kann leider nicht herkommen und die Hündin holen. Sie müssten sie selbst hinbringen.«

»Das mache ich. Kein Problem. Wo muss ich hin?« Er schreibt mir kurzerhand die Adresse auf und drückt mir den Zettel in die Hand. Eine Träne von mir fällt darauf und erst jetzt wird mir bewusst, dass ich weine. Himmel, wann ist das denn passiert?

Freundlich sieht mich der Mann an, von dem ich noch nicht mal den Namen kenne. »Machen Sie sich keinen Kopf, junge Dame. Die Hündin wird schon wieder.«

Ich nicke und bedanke mich, bevor ich Rosi auf

meinen Arm hebe und der Tierarzt mir die Tür öffnet. Schnell laufe ich zum Ausgang, um ja keine Zeit zu verlieren.

Davor angekommen, fällt mir sofort Lizzy auf, die hitzig mit dem Mann von der Security diskutiert, offenbar wollte er sie ebenfalls nicht reinlassen.

»Lizzy, ich bin hier!«, rufe ich ihr zu und sie wendet sich in meine Richtung. Erleichterung macht sich in ihrer Miene breit und sie kommt direkt auf mich zu. Ihre braunen Haare stehen wild ab und haben sich zum Teil aus ihrem Zopf gelöst. Zumindest hat ihr Gesicht wieder etwas Farbe.

»Gott sei Dank! Wie geht es dem Hund?«

Schnell erkläre ich ihr, was der Tierarzt gesagt hat und wo wir hinmüssen. Lizzy ist sofort dabei und wir gehen zurück zum Wagen.

Rosi beobachtet alles neugierig, gibt jedoch auf der gesamten Fahrt keinen Ton von sich. *Hoffentlich ist es nicht schlimmer, als der Tierarzt zunächst vermutet hat,* denke ich mir besorgt, während wir uns einen Weg durch die hoffnungslos überfüllten Straßen bahnen. Zeitgleich wird mir bewusst, dass wir Sean hätten ausrufen lassen müssen. Vermutlich macht er sich bereits Sorgen und sucht sie. Ich ziehe mein Handy hervor und suche die Nummer von der Messe raus.

6. Kapitel

Sean

In Gedanken habe ich Manuel bereits mit jedem Schimpfwort bedacht, das mir eingefallen ist, denn wie zu erwarten war, ist Rosi nicht mehr am Anhänger gewesen.

Comer habe ich deshalb schnell abgesattelt und wieder auf den Hänger gestellt, um nach ihr zu suchen. Es ist mir egal, dass ich somit nicht am Stechen teilnehmen kann, meine Hündin ist wichtiger.

Den Anhängerparkplatz habe ich bereits komplett abgesucht und sie nirgends gefunden. Auch auf meine Rufe und Pfiffe kam keine Reaktion, sodass sich langsam Panik in mir breitmacht. Rosi ist mein Ein und Alles. Wenn ihr etwas passiert sein sollte …

Ich verdränge diesen Gedanken und konzentriere mich auf die Suche. Mein Handy klingelt immer mal wieder, doch es ist nur Manuel, der sich entschuldigt und zeitgleich darauf hinweist, dass ich mich für das Springen fertig machen muss. Als hätte ich jetzt noch Nerven dafür!

»Rosi!«, rufe ich ein weiteres Mal und meine Stimme klingt verzweifelt.

Die neugierigen Blicke der anderen Reiter treffen mich, doch es ist mir egal, dass ich hier wie ein Verrückter herumrenne. Schließlich habe ich sogar noch meinen Helm auf, aber ich wollte auf keinen Fall Zeit verlieren.

Nachdem ich zum Schluss selbst den normalen Parkplatz für die Besucher des Turniers abgesucht habe, gehe ich mit hängenden Schultern wieder in das Innere in der Halle. Wenn sie auf den Parkplätzen nicht ist, muss sie irgendwo drinnen sein.

Ich beschließe, sie ausrufen zu lassen. Womöglich hat sie jemand gesehen. Immerhin ist sie stets zu jedem freundlich und lässt sich anfassen.

Mit großen Schritten eile ich auf die Tribüne zu, auf der die Richter und der Moderator sitzen. Leute sprechen mich an und rufen meinen Namen, doch ich reagiere gar nicht. Das Einzige, was jetzt zählt, ist, meine Rosi wiederzufinden.

Vor der Tür der Richter steht der Tierarzt mit einem anderen Mann und ich nicke ihnen knapp zu, bevor ich an der Tür klopfe und eintrete.

»Sagen Sie mal, geht's noch? Wir sind …« Der Typ, der sich beschwert hat, verstummt prompt und schaut mich perplex an. Manchmal hat es auch Vorteile, ich zu sein. »Mr O'Connor, hallo! Gibt es ein Problem?«

»Meine Hündin ist weggelaufen und ich suche sie bereits seit einer Weile. Könnten Sie bitte einen Ausruf machen, dass die Leute die Augen nach ihr offen halten sollen?« Ich höre selbst heraus, dass meine Stimme panisch klingt, doch der Mann vor mir nickt, während mich alle anderen neugierig anstarren.

»Aber natürlich. Wie sieht sie denn aus? Und wie heißt sie?«

Ich will mir durch die Haare streichen, erinnere mich jedoch im selben Moment daran, dass ich einen Helm trage. »Sie ist ein Dackel und heißt Rosi.«

»Rosi?«, wiederholt jemand hinter mir den Namen und ich drehe mich um. Der Mann blickt mich fragend an und ich gehe auf ihn zu. Der Moderator nimmt in der Zeit wieder seine Aufgabe auf und sagt den nächsten Reiter an.

»Wissen Sie etwas über sie? Haben Sie sie gesehen?« Er nickt und ich atme erleichtert auf. »Gott sei Dank! Wo ist sie?«

»Sie dürfte bereits in meiner Tierarztpraxis sein und von meiner Partnerin behandelt werden.«

»Was?!«, brülle ich beinahe und die Leute hinter mir zischen empört, doch ich ignoriere sie.

»Eine junge Frau war vorhin bei mir, die den Hund offenbar aus Versehen angefahren hat.« Meine Welt kommt kurz zum Stillstand und ich muss mich zwingen, weiterzuatmen. Um Himmels willen! Bevor ich fragen kann, wie es Rosi geht, spricht der Mann auch schon weiter: »Der eine Hinterlauf war definitiv gebrochen und sie muss geröntgt werden. Mehr kann ich Ihnen leider nicht sagen, aber ich denke, sie wird es schaffen.«

Ein Kloß bildet sich in meinem Hals, sobald ich nur darüber nachdenke, dass sie es nicht schaffen könnte. »Wo ist sie jetzt?«

Er nennt mir die Adresse und ich bedanke mich,

bevor ich auch schon an ihm vorbeisprinte. Weit komme ich jedoch nicht, denn ich laufe Manuel direkt in die Arme.

»Wo zum Teufel warst du?! Das Stechen geht in zwanzig Minuten los und …«

Ich bohre ihm meinen Zeigefinger in die Brust und spüre, wie Zorn in mir aufwallt. Er verstummt, sobald er meine Miene bemerkt. »Wegen dir wurde Rosi angefahren! Sie ist beim Tierarzt und ich muss um ihr Leben bangen. Du bist ein verfluchter Idiot!«, blaffe ich ihn an und ignoriere die neugierigen Blicke und das Getuschel um uns herum. Sollen sie doch alle denken, was sie wollen.

»Sean, beruhig dich. Du kannst nichts für sie tun. Reite am besten das Springen und danach fahren wir dorthin.«

Fassungslos schüttle ich mit dem Kopf. »Vergiss es! Sag der Meldestelle, dass ich nicht reite. Ich fahre jetzt zu Rosi.«

»Das kannst du nicht machen!«, sagt er aufgebracht und ich ziehe wütend die Augenbrauen zusammen.

»Und wie ich das kann!«

Ich werfe ihm noch einen kalten Blick zu, bevor ich zum Pferdeanhänger eile.

Zwar hätte ich Manuel nach seinen Autoschlüsseln fragen können, damit er Comer nach Hause gefahren hätte, doch diesem Trottel vertraue ich kein Tier mehr von mir an.

Mit rasendem Puls renne ich über den Parkplatz und mache mich auf den Weg zu meiner Hündin.

***

Je näher ich der Tierarztpraxis komme, umso fester schnürt sich mir die Kehle zu und ich bete, dass nicht der schlimmste Fall eintritt.

Ich bin nicht dazu bereit, sie zu verlieren. Sie hat mich nicht nur aus dem dunklen Loch herausgeholt, in das ich hineingefallen bin, nachdem ich aus dem Koma aufgewacht war, sondern mir auch neuen Lebenswillen gegeben.

Ich werde aus meinen Gedanken gerissen, als mein Handy erneut zu klingeln beginnt, doch ich ignoriere es. Wer auch immer jetzt etwas von mir will, das kann warten.

Zehn Minuten später komme ich schließlich an und nehme mit meinem Auto und dem Anhänger hinten dran den halben Parkplatz ein. Schnell sehe ich noch einmal zu Comer, der gelangweilt an seinem Heu kaut, bevor ich die Praxis betrete und mich der Geruch nach Desinfektionsmittel umfängt.

Ich komme kurz ins Straucheln und fühle mich an damals erinnert, als ich dachte, ich könnte nie wieder reiten. Mühsam verdränge ich die Gefühle und gehe zu der jungen Frau am Empfang.

»Hallo, eine Dackelhündin muss gerade bei Ihnen zur Behandlung sein. Ich bin der Besitzer und mir wurde gesagt, dass sie verletzt ist und …«

Meine Stimme überschlägt sich und mir bricht der Schweiß aus, woraufhin die Frau mir ein mitfühlendes

Lächeln schenkt. »Sie reden von Rosi?«

»Ja, woher wissen Sie ihren Namen?«, frage ich perplex und erst jetzt fällt mir auf, dass sogar der Tierarzt ihn vorhin wusste.

»Den hat uns die Frau genannt, die Ihre Hündin hierhergebracht hat.«

Ich runzle die Stirn, denke jedoch nicht weiter darüber nach, woher sie den Namen meines Hundes weiß. »Wie geht es Rosi? Wo ist sie?«

»Sie wird gerade operiert und …«

»Operiert?«, frage ich fassungslos und sie hebt eine Hand, damit ich sie aussprechen lasse.

»Ihr rechtes Hinterbein ist mehrmals gebrochen und muss fixiert werden. Weitere Verletzungen konnten jedoch beim Röntgen ausgeschlossen werden. Am besten Sie setzen sich und warten, bis die OP vorbei ist. Die Ärztin wird dann mit Ihnen sprechen. Dennoch brauche ich erst einmal einen Nachweis, dass es auch wirklich ihr Tier ist.«

Ich nicke, gebe ihr Rosis Impfpass und Hundemarke, die ich stets bei mir trage, sowie meinen Personalausweis. Obwohl ich noch so viel mehr Fragen habe, nehme ich auf einem der Stühle Platz. Außer mir ist kein anderer hier und erst jetzt fällt mir wieder ein, dass ich meinen Helm aufhabe. Ich setze ihn ab und lege ihn neben mich hin, bevor ich mir mit den Händen über das Gesicht fahre.

Unglaubliche Erschöpfung umspült mich mit einem Mal, doch ich ignoriere es und hole mein Handy hervor, um zu sehen, wer mich angerufen hat. Vielleicht kann ich mich so etwas ablenken.

Wie zu erwarten stammen drei Anrufe von Manuel, doch einmal hat sich auch Nate gemeldet. Ich klicke die von meinem Manager weg und rufe nur meinen Freund an. Doch wie ich mir bereits gedacht habe, nimmt er nicht ab. Vermutlich läuft jetzt schon das Stechen und er wollte wissen, wo ich bin.

Seufzend lege ich auf und starre auf das Display, was Rosi neben meinem Pferd Tarik zeigt. Die beiden beschnuppern sich und Sehnsucht macht sich in mir breit.

Um das Bild nicht länger ansehen zu müssen, rufe ich meine Kontaktliste auf. Weit über hundert Nummern sind darin gespeichert, doch in diesem Moment wird mir bewusst, dass ich niemanden habe, den ich anrufen könnte. Keinen von diesen Personen, außer Nate, würde es kümmern, was mit Rosi ist, und versuchen, mich aufzumuntern.

Eine düstere Wolke schiebt sich bei dieser Erkenntnis über mich und mir ist speiübel. Ich stecke mein Handy eilig wieder ein und stehe auf, um etwas hin und her zu gehen. Ich ertrage es nicht, noch einen Moment länger hier herumzusitzen.

Aus dem Augenwinkel bemerke ich, wie mich die Empfangsdame kurz mustert, danach jedoch mit ihrer Arbeit fortfährt. Hoffentlich gibt es bald Neuigkeiten wegen der OP. Wenn Rosi nicht wieder wird …

Ich muss schlucken und verdränge diesen Gedanken schnell. Ich darf nicht einmal so denken.

***

»Hallo, Sie gehören zu Rosi?«, sagt jemand und ich zucke zusammen. Ich blicke zu der Frau am Empfang, neben der jetzt eine ältere Frau mit einem weißen Kittel steht. Offenbar muss ich kurz eingenickt sein, nachdem ich mich doch wieder hingesetzt habe.

Sofort gehe ich auf sie zu und nicke. »Ja, sie ist meine Hündin. Wie geht es ihr? Kann ich zu ihr?«

Sie schenkt mir wie die andere Frau vorhin ein sanftes Lächeln und nickt. »Kommen Sie mit. Sie steht noch unter Narkose, dürfte aber in der nächsten halben Stunde aufwachen.«

Mein Magen zieht sich zusammen, doch ich atme tief durch und gehe mit wackligen Schritten der schwarzhaarigen Tierärztin nach, die einen der Behandlungsräume betritt.

»Rosi!«, sage ich entsetzt, sobald ich meine bewusstlose Hündin auf der Liege sehe. Ihr rechter Hinterlauf ist dick einbandagiert und ihr Fell wurde dort abrasiert. Ein Kloß bildet sich in meinem Hals und ich muss gegen die Tränen ankämpfen, die sich in meinen Augen sammeln. Ich war nie sehr gefühlsduselig, aber meinen Hund so zu sehen …

Vorsichtig gehe ich auf sie zu und streiche ihr über das Fell. Es ist struppig und fühlt sich nicht so an wie sonst.

»Sie hat die OP gut überstanden und wird vermutlich keine bleibenden Schäden davontragen. Aber sie hatte wirklich großes Glück«, erklärt mir die Tierärztin und ich muss mich zwingen, meine Aufmerksamkeit von Rosi zu nehmen und stattdessen auf sie zu richten.

»Was genau ist geschehen? Man sagte mir, sie wäre angefahren worden.« Wut kocht in mir hoch, verpufft jedoch schnell wieder, sobald ich mich daran erinnere, dass die Fahrerin sich wenigstens um mein Tier gekümmert hat. Wie viele fahren Katzen oder andere Lebewesen an und hauen einfach ab, weil es sie nicht interessiert?

Die Tierärztin nickt und schaut sich noch einmal Rosi an, bevor sie mir antwortet. »Zwei junge Frauen waren hier. Die Hündin muss ihnen direkt vor den Wagen gerannt sein, aber sie haben schnell reagiert und sich um sie gekümmert. Die eine von ihnen kannte sogar den Namen Ihres Hundes.«

Ich runzle die Stirn. »Hat sie ihren Namen gesagt?«

»Sie hat nur gesagt, dass sie Olivia und ihre Freundin Lizzy heißt. Mehr weiß ich nicht, da ich dann mit der OP beschäftigt war. Aber vielleicht weiß meine Kollegin am Empfang mehr. Die Frauen haben bereits die Rechnung bezahlt.«

Erstaunt ziehe ich die Augenbrauen nach oben. »Sie haben das alles bezahlt?«

»Ich war auch überrascht, aber sie wollten sofort die OP-Kosten begleichen.«

»Wow, das ist … unerwartet«, murmle ich und streichle gedankenverloren über Rosis Fell. Ihre Flanken heben sich beim Atmen und ich bemerke, wie mehr Leben in sie kommt. Offenbar wird sie gleich aufwachen.

»Ich lasse Sie dann kurz alleine mit Ihrer Hündin. Kommen Sie raus, wenn Sie so weit sind. Ich packe Ihnen derweil ein paar Schmerzmittel und Verbandszeug zusammen.«

»Okay, danke«, krächze ich und sie verlässt den Raum, bevor ich noch mehr sagen kann.

Ich kann nicht fassen, dass zwei völlig Fremde die Kosten für die OP übernommen haben. Womöglich wollten sie so ihr schlechtes Gewissen besänftigen. Allerdings gibt es dafür keinen Grund. Schuld ist eigentlich nur Manuel, der sie allein am Hänger gelassen hat.

Der Name, den mir die Ärztin genannt hat, fällt mir wieder ein, doch ich kann nichts damit anfangen. Ich kenne keine Olivia und schon gar keine Lizzy. Woher sollten sie den Namen meines Hundes wissen, wenn nicht von mir?

Vielleicht von meinen sozialen Netzwerken? Dort zeige ich manchmal Rosi, aber wie hoch ist die Wahrscheinlichkeit, dass jemand sie anfährt, der mich kennt? Andererseits war es bei einer Pferdesportveranstaltung …

Olivia, denke ich mir erneut und erinnere mich an die hübsche Frau mit dem Schimmel, der einen gelben Schweif hatte. Sie ist die Einzige, die ich mit diesem Namen kenne. Aber das wäre doch etwas zu viel Zufall. Außerdem hätte sie mit Sicherheit gewartet, da wir schon mal ein paar Worte miteinander gewechselt haben. Oder?

Pochende Schmerzen in meiner Schläfe halten mich

von diesen verwirrenden Gedankengängen ab. Egal, wie sehr ich auch grüble, es gibt nur einen Weg, um zu erfahren, wer es war: Ich muss sie finden und mich bedanken. Das bin ich ihnen schuldig.

Ein leises Winseln lässt mich zusammenzucken und ich starre zu Rosi herunter. Es kommt Bewegung in ihren Körper und sie öffnet blinzelnd die Augen.

Ihr kleiner Schwanz wedelt langsam, sobald sie mich erkennt, und dieses Mal kann ich die Tränen nicht länger zurückhalten.

***

Keine Ahnung, wie viel Zeit vergangen ist, seitdem Rosi wach geworden und ich ihr Fell vollgeheult habe, doch die Tierärztin und die Frau am Empfang sind so diskret, sich nichts anmerken zu lassen. Immerhin kann ich mir auch so denken, dass man mir das ansieht.

Ich halte die Hündin vorsichtig in meinem Arm und sie schaut neugierig umher, obwohl ihr die Lider beinahe zufallen. Sie muss völlig erschöpft sein.

Die Tierärztin reicht mir eine kleine Tüte, die ich dankend annehme. »Darin ist ein Schmerzmittel. Geben Sie ihr heute Abend eine halbe Tablette und morgen früh noch mal eine. Sollte sie Schmerzen haben, geben Sie ihr morgen im Verlauf des Tages erneut eine, aber nicht mehr. Der Verband muss sauber gehalten und gewechselt werden. Zudem sollte er mindestens vier Wochen dran bleiben. Lassen Sie die Hündin noch mal von Ihrem Tierarzt durchchecken und passen Sie auf, dass sie das Bein nicht zu sehr belastet«, weist sie mich an und mir schwirrt der Kopf.

»Geht klar«, murmle ich und meine Stimme klingt wie ein heiseres Krächzen.

»Dann gute Besserung an die Kleine, die Rechnung wurde wie gesagt schon beglichen. Sollten Sie Fragen haben, rufen Sie gerne jederzeit an.« Sie reicht mir eine Visitenkarte und ich stecke sie ein.

»Vielen Dank für Ihre Hilfe.«

»Nichts zu danken«, antwortet sie und lächelt mir noch knapp zu, bevor sie wieder in einen der Behandlungsräume verschwindet.

Zurück bleiben nur Rosi, ich und die Empfangsdame, die mich neugierig mustert. »Die Ärztin erzählte mir, dass zwei Frauen Rosi hergebracht und auch die Kosten übernommen haben. Haben Sie eine Nummer dagelassen? Ich würde mich gerne bedanken.«

Bedauernd presst sie die Lippen zusammen und schüttelt mit dem Kopf. »Leider nicht. Sie haben die Rechnung mit Kreditkarte beglichen, allerdings darf ich aus rechtlichen Gründen nicht so einfach ihre Adresse herausgeben.«

»Okay, danke. Vielleicht finde ich sie trotzdem irgendwie.«

»Ich drücke Ihnen die Daumen und gute Besserung an Rosi. Sie wird schon wieder.« Die Dame schenkt mir erneut ihr mitfühlendes Lächeln und es beruhigt mich tatsächlich.

»Danke.« Ich nicke ihr zu, bevor ich meinen Helm von dem Stuhl nehme, auf dem ich ihn liegen lassen habe, und gehe danach zurück zu meinem Wagen.

Ich öffne die Kofferraumklappe, werfe den Helm einfach hinein und ziehe stattdessen zwei Pferdedecken hervor, die ich neben dem ganzen Sattelzeug darin liegen habe. Rosi gibt ein leises Winseln von sich, was mein Herz einen Schlag zum Aussetzen bringt.

»Alles gut, Mäuschen. Ich mache es dir nur bequem und danach fahren wir nach Hause. Okay?« Ich sehe zu ihr herunter und sie blickt zu mir auf. Mein Herz schmilzt bei diesem Anblick und ich danke den Göttern dafür, dass sie noch lebt.

Ich lege eine Decke auf den Beifahrersitz und setze sie danach vorsichtig darauf ab. Sie rollt sich auf die Seite, sodass das verletzte Bein oben liegt, und ich lege die andere Decke um sie. Nur ihr kleiner Kopf lugt hervor, doch ihr scheint die Sonderbehandlung zu gefallen. Ich streichle ihr über den Kopf, bevor ich die Tür schließe und noch mal nach Comer sehe.

Mittlerweile hat er sein Heu leer gefressen und döst vor sich hin. »Wir fahren jetzt heim, Großer. Tut mir leid, dass du warten musstest.« Er zuckt nicht mal mit der Wimper und ich schließe wieder die Hängertür, bevor ich mich in meinen Wagen setze und nach Hause fahre.

7. Kapitel

Olivia

Seufzend sammle ich die Scherben vom Boden auf. Wenn meine Mutter nicht gerade melancholisch ist und kaum aus dem Bett kommt, dann schmeißt sie mit Sachen um sich. Sie ist wie ein Tornado – unberechenbar. Doch ich kenne das und so versuche ich, mir ihre harschen Worte nicht zu Herzen zu nehmen, auch wenn mir das nicht immer leicht fällt.

»Stets kommst du zu spät! So habe ich dich nicht erzogen!«, schimpft sie ein weiteres Mal los, doch ich lasse sie einfach machen. Sie wird sich wieder beruhigen. So wie immer.

Ich werfe die Scherben weg und hole ein neues Glas aus dem Schrank. Zwar lebt meine Mutter in ihrer Wohnung, doch wenn sich ihr Zustand verschlimmert, kann das nicht so bleiben. Ich schaue jeden Tag bei ihr vorbei, manchmal sogar zweimal, aber ich spüre, wie es mir immer mehr Kraft raubt. Sie ist in ihrer eigenen Welt gefangen und weiß nicht, was mit ihr geschieht. Kein Wunder, dass sich Dad auf und davon gemacht hat. Auf eine grausame Art und Weise kann ich ihn verstehen, schließlich wird mir auch langsam alles zu viel.

»So etwas habe ich nicht verdient!«, zetert sie weiter, bevor sie plötzlich in Tränen ausbricht. Ich stelle das Glas vor ihr ab und nehme sie in den Arm.

»Schon gut, Mom. Alles ist okay«, beruhige ich sie und streichle sanft über ihren Rücken. Sie schmiegt sich an mich und in solchen Momenten habe ich das Gefühl, als wäre die Frau zurück, die ich all die Jahre kannte.

»Ich bin so froh, dass ich dich habe, Olivia«, murmelt sie in meine Haare und ich schließe die Lider, um die Tränen zurückzuhalten.

»Ich auch, Mom. Ich hab dich lieb.«

Sie erwidert die Worte nicht, sondern lässt mich los und ich löse mich ebenfalls von ihr. In ihren haselnussbraunen Augen hat sich der Sturm gelegt, doch ich weiß nur zu gut, dass es nicht lange anhalten wird.

Es gibt immer wieder neue Auslöser, die sie entweder dazu bringen, sich in sich zurückzuziehen oder vollkommen auszuflippen. Ich kann einfach nichts dagegen tun.

»Ich habe dir dein Essen in den Kühlschrank gestellt, Mom. Du musst es nur noch aufwärmen, okay?« Sie nickt und wie so oft komme ich mir vor, als wäre ich die Mutter und sie das Kind. »Wenn du Hilfe brauchst, ruf mich an.«

»Danke. Was würde ich nur ohne dich machen?« Sie streichelt über meine Wange und ich schenke ihr ein Lächeln. Sie wendet sich von mir ab und ich kann sehen, wie sie sich erneut in sich zurückzieht.

Die vergangenen Monate sind nicht spurlos an ihr vorbeigegangen. Früher war sie für mich die schönste Frau, die es gab, doch jetzt sind ihre Wangen eingefallen und ihre Hautfarbe ist besorgniserregend blass, da sie so gut wie nie vor die Tür geht.

Früher hat sie viel Wert auf ihr Äußeres gelegt und sich schick gemacht. Aber jetzt …

Ich erinnere mich nicht einmal mehr daran, wann ich sie in etwas anderem als Jogginghosen gesehen habe. Meine Kehle schnürt sich zu und ich wende den Blick ab. Sie wird es wieder aus diesem Zustand schaffen, da bin ich mir sicher. Sie muss einfach.

»Ich fahre jetzt heim, Mom.« Ich gebe ihr einen Kuss auf die Wange, doch sie bekommt schon nichts mehr mit. Niedergeschlagen ziehe ich meine Jacke an und beschließe, heute Abend noch mal herzufahren, um zu sehen, ob sie etwas gegessen hat. Sie wird immer dünner und so langsam habe ich das Gefühl, dass sie verhungern will. Wenn sie doch nur mit mir reden würde …

Traurig wende ich meinen Blick ab und gehe raus zu meinem Wagen. Ich wohne nur drei Querstraßen entfernt, aber da ich noch mal in den Stall fahren will, bin ich heute mit dem Auto hier.

Die warme Sommerluft streicht über meine eiskalte Haut und ich gebe einen wohligen Seufzer von mir. Die Stimmung meiner Mutter drückt stets die meine. Es raubt mir immer mehr Kraft, je öfter ich bei ihr bin. Doch was soll ich tun? Ich kann sie schlecht zurücklassen, so wie Dad es getan hat.

Ich sehe noch mal zu ihrem Fenster herauf, aber nichts rührt sich. Traurig wende ich mich ab und fahre in den Stall. Button ist in so einer Situation der Einzige, der mich aufmuntern kann.

***

Die Sonne brennt unnachgiebig auf meinen Nacken, der leichte Wind trocknet den Schweiß und der Geruch nach frisch gemähtem Gras hängt in der Luft. Glücklich atme ich tief ein und aus, während ich mit Button über ein abgeerntetes Feld reite.

Er hat den Hals gestreckt und dreht seine Ohren neugierig hin und her. Ihm scheint es ebenfalls zu gefallen, an der frischen Luft zu sein.

Mit jedem weiteren Meter, den wir zurücklegen, kommt es mir vor, als würde ich mehr Stücke von der Last auf meinen Schultern zurücklassen.

Nicht nur meine Mutter hat mich die vergangenen fünf Tage und besonders heute auf Trab gehalten, sondern auch der Unfall mit Seans Hund. Glücklicherweise geht es Rosi wieder besser, denn Lizzy hat mir erzählt, dass er ein Bild mit ihr zusammen auf seinem Instagram-Profil gepostet hat.

Sie macht sich schreckliche Vorwürfe, aber es ist nun mal passiert. Wer konnte auch damit rechnen, dass sie uns vors Auto läuft?

Am liebsten hätten wir auch auf Sean gewartet, aber da meine Mutter so schlecht am Telefon klang, ging das einfach nicht.

Button schnaubt unter mir und lenkt so wieder meine Aufmerksamkeit auf sich. Ich nehme die Zügel etwas auf und trabe an. Als hätte er darauf gelauert, stürzt er los. Ich versuche, im Leichttraben langsam aufzustehen und mich hinzusetzen. Würde ich noch hektisch mitmachen, würde Button vermutlich kurzerhand angaloppieren. So jedoch werden seine Schritte gleichmäßiger und entspannter.

Wir traben eine ganze Weile an dem Feld und anschließend auf einem Landwirtschaftsweg lang, bis ich wieder durchpariere. Die meisten würden hier jetzt vermutlich galoppieren, doch überall liegen dicke Erdbrocken und große Steine herum, sodass ich es lieber lasse. Die Gesundheit meines Pferdes ist mir wichtiger als ein paar Minuten Spaß.

Ich drehe kurzerhand um und reite im Schritt zurück. Natürlich bekommt er sofort mit, dass wir auf dem Nachhauseweg sind, denn er erhöht das Tempo.

Ich lasse ihn gewähren und genieße den kurzen Moment der Ruhe, bevor mich wieder der Trubel vom Stall empfängt.

Seitdem ich vor einer knappen Stunde losgeritten bin, sind einige Autos auf dem Parkplatz hinzugekommen und vorm Eingang steht ein Grüppchen zusammen und unterhält sich lautstark.

Button ist das prompt zu viel, denn er will auf der Hinterhand umdrehen. Ich drücke ihm jedoch meine Fersen in den Bauch und bewege ihn so dazu, weiter nach vorn zu gehen.

Die Blicke der anderen Reiter richten sich auf mich und ich nicke ihnen knapp zu, was sie ebenfalls so kurz erwidern.

Lobend streichle ich über Buttons Hals, den er wie eine Giraffe in die Luft gereckt hat, um die anderen nach wie vor im Auge zu behalten, und steige anschließend ab.

Ich nehme die Zügel in eine Hand und führe ihn an der Gruppe vorbei und ins Stallinnere hinein. Einen Moment muss ich blinzeln, da es mir hier drinnen mit einem Mal so dunkel vorkommt.

Button geht bereitwillig in seine Box und ich nehme ihm die Trense und den Sattel ab. Gierig widmet er sich seinem Gras und mampft daran herum, als hätte ich sonst etwas von ihm verlangt.

»Da bist du ja! Ich habe schon auf dich gewartet!« Lizzy taucht neben mir auf und streicht sich eine Strähne aus ihrem Gesicht.

Ihre Wangen sind gerötet und sie wirkt gehetzt. Irgendetwas sagt mir, dass sie nicht wegen der Hitze so aussieht.

»Ist etwas passiert?«, frage ich besorgt und runzle die Stirn.

»Und wie! Pack deine Sachen, wir fahren Eis essen und dann erkläre ich dir alles«, bestimmt sie und ich bin für einen Moment so perplex, dass ich zunächst gar keine Worte finde. »Und nein, ich erzähle es dir nicht hier. Du wirst danach verstehen, warum.«

Sie wirft mir einen bedeutungsschweren Blick zu und nun bin ich noch verwirrter. Was ist nur in sie gefahren?

»Okay. Ich will dir jetzt nicht ausweichen, aber ich wollte Button die Beine etwas abwaschen und …«

»Dann mach das, ich bringe in der Zeit dein Sattelzeug weg.« Bevor ich Einwände erheben kann, hat sie sich meine Sachen geschnappt und ich blicke ihr fragend hinterher.

Auch wenn ich es eigentlich nicht zugeben will, bin ich jetzt neugierig. Was ist nur so wichtig, dass sie es mir nicht hier gleich sagen möchte?

Da ich es so oder so nicht eher herausfinden werde, egal, wie viel ich grüble, nehme ich Buttons Halfter, betrete die Box und streife es ihm über, bevor ich ihn auf den Waschplatz führe.

***

Zufrieden schlendere ich mit Lizzy durch den angrenzenden Park, der sich direkt bei der Eisdiele befindet. Es ist so warm, dass mein Eis in der Waffel zu schmelzen beginnt.

Die Äste der Bäume wiegen sich im lauen Sommerwind, man hört die Vögel fröhlich zwitschern und bekommt nichts von der lauten Stadt um uns herum mit. Nicht nur wir hatten die Idee, hierherzukommen, sondern anscheinend halb London. Dennoch ist die Atmosphäre entspannt und nimmt einem etwas den Stress von den Schultern.

»Und? Gut?«, fragt sie und ich wende mich ihr zu. Ich muss lachen, als ich bemerke, dass Erdbeereis an ihrer Nase klebt.

»Sehr sogar. Deiner Nase und dir scheint es auch zu schmecken.« Sie wischt sich schnell über das Gesicht. »Verrätst du mir jetzt, was so wichtig ist, dass du es vor niemand anderem sagen willst?«

Die ganze Fahrt bis hierher und während wir angestanden haben, konnte ich meine Neugierde im Zaum halten, doch länger halte ich es nicht aus. Wie auch? Sie hat mich immer wieder verschwörerisch angegrinst.

»Okay, ich glaube, ich habe dich genug auf die Folter gespannt.«

»Und wie«, schnaube ich und lecke weiter an meinem Schokoeis, bevor noch alles wegläuft.

»Halt dich fest: Sean hat einen Aufruf auf seinen Social-Media-Seiten gemacht.«

Ich ziehe eine Augenbraue nach oben und wende mich ihr zu. »Und was soll daran so besonders sein? Er postet doch ständig irgendetwas.«

Sie atmet laut aus und wirkt genervt. »Manchmal vergesse ich wirklich, dass du noch in der Steinzeit lebst. Sean postet tatsächlich sehr selten etwas. Er scheint nur so präsent zu sein, weil er ständig auf irgendwelchen Modelfotos zu sehen ist.« Ich zucke mit den Schultern, da ich nicht so recht weiß, was ich darauf antworten soll. Er kann schließlich tun und lassen, was er will. »Dass er letztens ein Bild von Rosi und sich gepostet hat, habe ich dir erzählt. Aber heute Morgen hat er ein weiteres hochgeladen.« Ihre Augen glänzen und sie scheint völlig vergessen zu haben, dass sie noch ein Eis in der Hand hat. Mittlerweile läuft alles über ihre Finger. Ich will sie darauf hinweisen, doch sie redet schon weiter. »Er bittet, dass sich die zwei Frauen melden, die seiner Rosi geholfen haben. Er hat auch explizit geschrieben, dass er ihnen keine Schuld gibt, er möchte sich vielmehr bedanken.«

Sie strahlt mich an und ich bin so sprachlos, dass ich sie nur anblinzeln kann. »Das hat er geschrieben?«, hake ich nach und weiß selbst nicht, wieso meine Stimme auf einmal wie ein heiseres Krächzen klingt.

»Ja! Soll ich es dir zeigen?« Bevor ich antworten kann, nestelt sie an ihrer Handtasche herum, um ihr Handy hervorzuholen.

»Schon gut, ich glaube dir. Aber … das ist irgendwie seltsam, oder?«

Lizzy zieht die Augenbrauen zusammen und scheint nicht wirklich begreifen zu können, was ich meine. »Wieso sollte es seltsam sein? Das ist doch sehr nett von ihm und eine tolle Chance für dich, um ihn endlich kennenzulernen!«

Ich seufze und schüttle mit dem Kopf. Wir laufen an einem Mülleimer vorbei und ich werfe mein Eis hinein. Der Appetit darauf ist mir mit einem Mal vergangen.

»Wieso nicht?«, bohrt sie nach, doch ich winke nur ab. Ich will weiterlaufen, aber Lizzy bleibt stehen, sodass ich mich ihr zuwenden muss. »Was ist denn los? Warum willst du diese Chance nicht nutzen? Und sag jetzt nicht, dass er dir nicht gefällt. Ich habe genau mitbekommen, wie du ihn ansiehst. Du stehst auf ihn, und das ist der erste Typ, der dir gefallen könnte, seitdem ich dich kenne. Normalerweise nimmst du doch stets Reißaus, sobald dich nur einer anspricht.«

Ich streiche mir eine Strähne hinter das Ohr und verziehe den Mund, da sie recht hat. In unserem Stall gibt es genug junge Männer, auch einige, mit denen ich mich verstehe, doch ich halte sie stets auf Abstand.

Sean ist tatsächlich der Einzige, bei dem ich gedacht habe, dass ich mir etwas vorstellen könnte. Aber er ist völlig außerhalb meiner Liga und wird es auch immer sein. Außerdem habe ich mit meiner Mutter, Button und all den anderen Dingen in meinem Leben genug um die Ohren.

Überhaupt, wozu mache ich mir darüber Gedanken? Er will sich schließlich nur bedanken und mich nicht auf ein Date einladen.

»Olivia, jetzt sag schon. Was ist dein Problem?«, hakt Lizzy erneut nach, da ich ihr immer noch eine Antwort schulde.

Ich wende mich ihr zu. »Mir gefällt Sean, du hast recht.« Ihre Miene hellt sich sofort auf, doch bevor sie jubilieren kann oder augenblicklich auf seinen Aufruf antwortet, rede ich schnell weiter: »In meinem Leben ist momentan nur kein Platz für so etwas. Das weißt du.«

Lizzys Miene wird sofort verständnisvoll und sie wirkt zerknirscht, da sie mich so bedrängt hat.

»Ich wünschte, es wäre anders, aber so ist es nun einmal. Ich kann nicht für so etwas die Zeit finden, wo es doch so viel zu tun gibt.«

»Und du willst ihm wirklich nicht schreiben? Wir könnten uns einfach mit ihm treffen und …«

»Nein, ich möchte nicht. Aber du kannst das gerne machen«, schlage ich ihr vor, auch wenn sich bei dem Gedanken, dass sie mit Sean alleine sein könnte, ein seltsames Gefühl in meiner Magengegend ausbreitet. Himmel, was ist nur mit mir los? Normalerweise bin ich nicht eifersüchtig oder missgünstig! Schon gar nicht meiner besten Freundin gegenüber.

Lizzy schüttelt jedoch mit dem Kopf und wirft ihr Eis nun ebenfalls weg, bevor sie mit einem Taschentuch ihre klebrigen Hände säubert. »Auf keinen Fall. Entweder wir beide, du alleine oder gar nicht. Ich respektiere deine Entscheidung, selbst wenn ich sie nicht gut finde. Du kannst dein Leben nicht nur nach deiner Mutter und allem anderen ausrichten. Du hast auch noch ein eigenes«, erinnert sie mich, obwohl ich das sehr gut weiß.

»Danke«, antworte ich und wir gehen schweigend nebeneinander her.

Lizzy versucht, die Stimmung mit ein paar Episoden aus dem Stall aufzulockern, doch es nützt nichts. Das friedliche Gefühl, das ich während des Ausrittes und am Anfang bei unserem Ausflug genossen habe, ist verflogen.

Und zwar komplett.

Manchmal verfluche ich mein Leben wirklich, aber wenn ich nicht für meine Mutter da bin, wer dann?

8. Kapitel

Sean

Abwesend kraule ich mit einer Hand Rosis Kopf, während ich meine Mails und Nachrichten durchgehe. Zwar habe ich seit meinem Aufruf viele erhalten, doch von den Frauen, die meiner Hündin das Leben gerettet haben, war keine dabei.

Auch wenn es mir nicht gefällt, ich werde mich mit dem Gedanken anfreunden müssen, dass ich nie herausfinden werde, wer die beiden waren.

Mittlerweile ist seit meinem Aufruf eine Woche vergangen und ich schätze, die Chancen gehen gegen null, dass sich noch jemand melden wird.

Mit einem Seufzen schließe ich die Apps auf meinem Handy und lege es zur Seite. Zu viel Social Media drückt nur auf meine Stimmung.

Rosi dreht sich neben mir auf den Rücken und ich muss über sie lachen. »Na, Prinzessin, du genießt das alles, was?«, frage ich und sie wedelt kurz mit dem Schwanz.

Nach wie vor hat sie ihren Verband um und schont das Bein, aber ansonsten hat sie sich komplett erholt. Seit dem Unfall ist sie auch nicht mehr abgehauen. Ob sie dazugelernt hat oder auf drei Beinen einfach nicht so schnell ist, kann ich nicht genau sagen.

Ich kraule ihren Bauch, als mein Handy zu klingeln beginnt. Genervt seufze ich, da ich Manuels Namen aufblinken sehe. Seitdem er mich so enttäuscht hat, gehe ich ihm, so gut es geht, aus dem Weg. Allerdings ist er nach wie vor mein Manager und hat sich bereits mehrere Male entschuldigt. Ich zögere kurz, nehme seinen Anruf schlussendlich jedoch an.

»Hallo?«, murmle ich schlecht gelaunt, damit er gleich weiß, auf was er sich einstellen muss.

»Hey Sean, störe ich?«

Ich runzle die Stirn, da er das sonst nie fragt. »Nein, was gibt es?«

»Ich wollte nur wissen, ob sich die zwei Frauen auf deinen Aufruf gemeldet haben?«

Ein Verdacht beschleicht mich. »Warum fragst du?« Immerhin hat er an dem Tag, an dem ich ihn veröffentlicht habe, noch geflucht, wie sinnlos und dumm das wäre.

»Eine Zeitung hat wegen eines Interviews angefragt und sie meinten, sie könnten dazu eine gute Story aufziehen und …«

»Nein«, unterbreche ich ihn sofort und beiße die Zähne zusammen.

»Hör dir doch erst einmal die Idee an, Sean, bevor du gleich wieder ablehnst.« Er wirkt genervt, allerdings bin ich das auch.

»Meine Hündin ist zu Schaden gekommen und daraus werde ich ganz sicher keine Story machen!«

Manuel schnaubt und scheint nicht verstehen zu wollen, warum ich auf so etwas keinen Bock habe. »Das wäre super Werbung und …«

»Ich bin Reiter und kein Medienstar«, unterbreche ich ihn ein weiteres Mal.

»Das musst du aber zusätzlich sein, wenn du Chancen auf Olympia haben willst. Du brauchst mehr Sponsoren, um dir das zu ermöglichen.«

»Ich brauche nur Talent!«, maule ich ihn an, da er es nicht kapieren will. »Und du kannst froh sein, dass du noch deinen Job hast! Du solltest auf Rosi aufpassen und hast komplett versagt! Passiert dir erneut so etwas, bist du raus«, stelle ich klar und meine Stimme klingt so kalt, dass Rosi neben mir zu winseln anfängt. Sie mag Streit oder laute Auseinandersetzungen überhaupt nicht. Beruhigend streichle über ihren Kopf, damit sie sich entspannt.

»Sean …«

»Nichts Sean«, zische ich, auch wenn ich weiß, dass ich mich gerade ziemlich nachtragend benehme. »Das ist mein Ernst! Die ersten Tage hast du Reue gezeigt, aber jetzt willst du aus deinem Fehler auch noch Profit machen. Melde dich erst wieder, wenn es etwas Wichtiges gibt!«

»Wie du meinst«, blafft er und ohne auf meine Antwort zu warten, legt er auf.

So ein Idiot! Wieso noch mal wollte ich ihn als Manager haben?

Rosi jault neben mir und ich lege mein Handy neben ihr ab, um mich ihr zuzuwenden.

»Sorry, Maus. Aber dieser Trottel regt mich auf.« Sie blickt mich aus großen Augen an und mein Herz scheint zu schmelzen. Ich strecke mich kurzerhand neben ihr aus und sie kuschelt sich dicht an mich, bevor ich einen Film einschalte und mich von den bunten Bildern berieseln lasse.

9. Kapitel

Sean

Zwei Wochen später

Seit meiner Ansage ist Manuel wie ausgewechselt. Er fragt mich nach meiner Meinung, schließt nicht irgendwelche Deals ab und passt immer auf Rosi auf, wenn wir auf dem Turnier sind. Nach wie vor können sich die beiden nicht riechen, doch er gibt sich Mühe und das ist alles, was zählt.

Ich hebe Rosi aus meinem Auto und sie beginnt sofort, neugierig zu schnüffeln.

»Hey Sean! Was macht dein Hund?«, ruft mir Brianna zu, eine Reiterin, die mittlerweile um die fünfzig ist und dennoch ganz oben mitmischt.

»Sie ist wieder fast komplett fit. In zwei Wochen kommt der Verband ab.« Sie lächelt mir zu, bevor sie sich Rosi zuwendet und sie streichelt. »Du hast wohl heute auch ein paar junge Pferde mit?«, frage ich sie, da man sie meist nur auf bekannten Turnieren antrifft.

Solche kleinen Turniere wie hier in Chelsea sind hingegen für Pferde, die gerade erst im Sport einsteigen, perfekt. Nicht so viele Zuschauer oder anspruchsvolle Parcours, die sie schnell überfordern.

»Nur eins. Die Schimmelstute geht leider lahm. Schon das dritte Mal dieses Jahr«, antwortet sie und steht wieder auf.

»Mist. Dann drücke ich dir die Daumen, dass es schnell besser wird.«

»Danke. Bis später, Sean, und pass auf Rosi auf.« Sie zwinkert mir zu, bevor sie weiter zu ihrem Hänger geht. Rosi kommt auf mich zu und legt sich in das schattige Gras. Kein Wunder, heute ist es erneut so warm und die Temperaturen sollen noch weiter steigen. Zum Glück sind meine beiden Prüfungen gleich nacheinander, sodass ich zum Mittag fertig bin. Ich wende mich nun ebenfalls meinen Pferden zu und öffne die Hängertür, sodass ich zu ihnen hereinsehen kann.

Sie interessieren sich jedoch gar nicht dafür, sondern mümmeln an ihrem Heu herum. »Alles klar, Mädels?« Ich streiche beiden über den Kopf, bevor ich die Tür festmache, sodass sie offen bleibt, und Rosi auf meinen Arm nehme.

Die meisten lassen die Rampe offen, damit ein bisschen mehr Durchzug herrscht, aber mir hat Comer einmal eine Lehre erteilt: Er hat die hintere Stange irgendwie ausgehebelt und ist abgehauen. Es hat eine gefühlte Ewigkeit gedauert, ihn einzufangen, weshalb ich das nicht mehr mache.

Ich grüße immer mal wieder einige der Reiter, bevor ich am Turnierplatz ankomme. Ein Blick auf die Liste sagt mir, dass ich als siebzehnter Starter dran bin.

Bleibt also noch genug Zeit, um den Parcours abzugehen. Rosi genießt es derweil, dass ich sie wie eine

Königin herumtrage, und schmiegt sich an mich.

Auf dem Platz ist viel los, doch ich konzentriere mich nur auf die Sprünge. Wie zu erwarten, sind sie nicht allzu hoch gebaut oder dekoriert, aber dadurch sollte man nicht unvorsichtig werden. Junge Pferde finden immer etwas, wovor sie scheuen können.

Eine Frau mit braunen Haaren bremst meinen Weg aus und lächelt mich entschuldigend an, nachdem sie es gemerkt hat.

Ich stutze kurz, sobald ich sie mustere. Sie hat ein schönes und ebenmäßiges Gesicht mit hohen Wangenknochen. Ihre Lippen sind voll und ihre braunen Haare hat sie zu einem lockeren Pferdeschwanz zusammengebunden. Ihre Gestalt ist schmal und fast androgyn. Dennoch ist sie ein wahrer Hingucker. Irgendwie kommt sie mir bekannt vor. Nur woher?

»Hey, kennen wir uns nicht?«, spreche ich sie direkt an, da sie mir so bekannt vorkommt.

Und das will etwas heißen, denn mir begegnen täglich so viele Leute, dass ich mich kaum an ihre Gesichter erinnere. Doch an sie erinnere ich mich auf jeden Fall.

»Ähm, nein, ich denke nicht«, murmelt sie, doch ihre Wangen röten sich und strafen sie somit Lügen.

Fieberhaft grüble ich, bis es mir schließlich einfällt. »Sie haben einen Schimmel, nicht wahr? Der mit dem gelben Schweif.« Ich grinse, als sich ihre Wangen noch dunkler verfärben.

»Normalerweise ist er weiß«, redet sie sich heraus und ich muss lachen.

»Genau das haben Sie damals auch gesagt.« Rosi

bewegt sich auf meinem Arm und wedelt mit ihrem Schwanz. Ich verstärke meinen Griff, damit sie mir nicht vom Arm rutscht, und wende meine Aufmerksamkeit erneut der Frau vor mir zu. »Ich bin übrigens Sean«, stelle ich mich vor.

»Das sagten Sie damals schon«, bemerkt sie. »Ich muss jetzt auch weiter.« Sie wendet sich ab, doch ich hole sie stirnrunzelnd wieder ein. So schnell lasse ich mich nicht abwimmeln. Sie gefällt mir und ich möchte unbedingt mehr über sie herausfinden.

»Und wie heißen Sie noch gleich? Entschuldigung, aber ich vergesse Namen schnell.«

Sie starrt mich einen Moment an und scheint dabei mit sich zu ringen. Was hat sie nur? »Ich heiße Olivia«, antwortet sie leise und kaum hat sie den Namen ausgesprochen, fängt es in meinem Kopf an zu arbeiten.

»Freut mich, Olivia.« Sie lächelt mich sanft an und allein diese Geste sorgt dafür, dass mir kurz die Luft wegbleibt. Wow. Wie konnte ich sie nur nicht sofort erkennen, wenn sie mich jetzt so umhaut? Vermutlich war alles die letzten Wochen doch etwas viel.

»Mich auch. Sean.« Sie spricht meinen Namen so verheißungsvoll aus, dass ich direkt eine Gänsehaut bekomme.

»Darf ich dich nachher auf einen Kaffee einladen? Nach dem Springen?«, platze ich heraus, bevor ich es mir anders überlege.

Sie zieht die Augenbrauen nach oben. »Ähm, also … ich denke schon.«

»War das ein Ja?«, hake ich nach und sie blickt mich einen Moment an, bevor sie zögerlich nickt.

»Okay. Warum nicht?«

»Das klingt, als würde ich dich zum Zahnarzt schleifen wollen.« Sie lacht leise auf und schüttelt mit dem Kopf, sodass sich eine Strähne aus ihrem Zopf löst. Mir kribbelt es in den Fingern, sie ihr hinter das Ohr zu streichen, doch ich kann mich noch gerade so zusammenreißen.

»Entschuldigung, war nicht so gemeint. Ich freue mich darauf. Bis nachher.« Sie schenkt mir noch mal ein warmes Lächeln, bevor sie weiter den Parcours abläuft.

Ich sehe ihr kurz nach und versuche, Herr meiner Gedanken zu werden. Was ist hier nur eben geschehen?

10. Kapitel

Olivia

Mein Herz klopft mir bis zum Hals und ich frage mich, wie ich jetzt noch vernünftig reiten soll. Allein die Erinnerung an Seans Lächeln lässt meine Knie weich werden.

Zudem hatte ich jeden Moment damit gerechnet, dass er fragt, ob ich Rosi angefahren habe. Schon als seine Hündin mit dem Schwanz gewedelt hat, nachdem sie mich gesehen hat, dachte ich, er wüsste Bescheid.

Doch jetzt treffe ich mich mit ihm auf einen Kaffee. Dabei wollte ich genau das nicht. Mein Leben ist kompliziert genug, da brauche ich nicht einen Mann an meiner Seite.

Erneut bremse ich meine Gedankengänge. Sean hat mich nur auf einen Kaffee eingeladen. Da steckt nichts dahinter und ich sollte auch nicht mehr hineininterpretieren, als da überhaupt ist.

Selbst wenn ich es gerne würde.

Ach, verflucht! Was ist bloß mit mir los? Nur weil er mit mir ein paar Worte gewechselt und mich angelächelt hat, benehme ich mich wie all die anderen, die ihn ständig anhimmeln.

Ich konzentriere mich lieber wieder auf den bevorstehenden Ritt und laufe direkt zum Anhänger. Glücklicherweise kommen mir nur eine Handvoll andere Reiter entgegen, von denen ich die meisten lediglich vom Sehen kenne. So werde ich in kein Gespräch verwickelt, für das ich eh keine Zeit habe.

Am Hänger angekommen, lasse ich die Rampe herunter und Button wiehert aufgebracht. Er tut so, als hätte ich ihn vergessen und stundenlang hier stehen lassen.

»Bin schon da, Dicker.« Ich packe zunächst seinen Schweif aus, denn dieses Mal habe ich ihn eingeflochten und eine Bandage drum gewickelt. Darauf, dass er wieder gelb aussieht, habe ich keine Lust.

Heute starte ich mit ihm in einem ein L-Springen, was bis zu einer Höhe von einem Meter fünfzehn reicht. Bedeutet also, dass nicht viele Profis mitreiten werden, da man die meist in den höheren Klassen findet, wir haben somit eine gute Chance auf eine Platzierung. Es sei denn, sie haben heute alle wie Sean ihre jungen Pferde mit und reiten ebenfalls, dann kann ich mir das abschminken.

Ein Blick auf die Uhr sagt mir, dass ich noch eine halbe Stunde habe, bis es losgeht. Ich bin als zehnter Starter dran und somit weit am Anfang.

Wie immer mache ich Button auf dem Hänger fertig, bevor ich mir die Stiefel anziehe und ihn herunterhole.

»Ah, so schnell sieht man sich wieder«, ertönt eine mir nur zu bekannte Stimme und mein Puls beginnt sofort zu rasen.

Ich drehe mich nach rechts und Sean steht mit einem frechen Grinsen neben mir. Seine eisblauen Augen mustern mich. Er trägt Rosi nach wie vor auf einem Arm, sodass sein Bizeps deutlich hervortritt.

»Scheint so«, antworte ich nicht gerade schlagfertig, da mein Kopf bei seinem Anblick wie leer geblasen ist.

»Hätte ich gewusst, dass ich neben dir stehe, hätten wir auch zusammen hergehen können.« Er zeigt mit der freien Hand hinter sich und erst jetzt fällt mir auf, dass der freie Platz neben mir belegt ist.

Ich mustere ihn und bleibe erneut an seinen faszinierenden Augen hängen. Warum ist er nur so nett zu mir? Ob er womöglich doch etwas weiß, wegen Rosi?

Beinahe will ich ihn danach fragen, doch ich entscheide mich dagegen. Es war das Mindeste, was Lizzy und ich für seine Hündin tun konnten, da möchte ich nicht rüberkommen, als würde ich dadurch seine Aufmerksamkeit erlangen wollen. Zudem habe ich den Punkt schon lange verpasst, da ich es ihm hätte sagen können, oder?

»Wie geht es deinem Hund?«, frage ich, da sich sowieso gerade meine Gedanken um die Hündin drehen. Ich zeige auf ihr verbundenes Bein und Button steht in der Zeit gelangweilt neben mir, die Augen halb geschlossen. Normalerweise ist er aufgeregt, doch heute ist er das komplette Gegenteil. Vielleicht macht ihm die Hitze zu schaffen.

Seans Miene wird weich, sobald das Thema auf seine Hündin kommt, und er sieht zu ihr herunter. Sanft streichelt er über ihren Kopf und sie schließt genießerisch die Augen. »In zwei Wochen kommt der Verband ab und dann kann sie wieder so viel herumtoben, wie sie möchte. Zum Glück.«

»Das klingt gut.« Ich lächle ihn an und bemerke, wie mir erneut die Röte in die Wangen schießt. Was stellt er nur mit mir an?

Er nickt und richtet seine Aufmerksamkeit wieder auf mich. »Ich bin auch sehr froh darüber. Rosi bedeutet mir alles.« Seine Miene wird grüblerisch, doch er fängt sich schnell, sodass ich mich einen Moment frage, ob ich es mir eingebildet habe. »Ich würde mich gerne bei den zwei Mädels bedanken, die sie gerettet haben, aber leider sind sie nicht auffindbar.«

Kaum hat er das gesagt, schlägt mir mein Herz bis zum Hals und ich bringe keine Antwort hervor. Warum zum Teufel sage ich ihm nicht einfach, dass ich eine von den zwei Frauen bin, die Rosi angefahren und danach gerettet haben?

Sean seufzt und der Moment ist vorüber. »Also dann bis später.« Er grinst mich jungenhaft an und ist sich vermutlich nicht mal bewusst, wie stark er mein Innerstes in Aufruhr bringt. »Und denk an unseren Kaffee.«

»Klar«, sage ich mit piepsiger Stimme und wende mich wieder Button zu, bevor ich mich noch mehr blamiere.

Wie soll ich nur den Kaffee überstehen, wenn ich mich jetzt schon kaum unter Kontrolle habe?

***

Ich reite an der Tafel vorbei und stelle zu meinem Entsetzen fest, dass ich nur noch drei Starter vor mir habe. Höchste Zeit, einen letzten Sprung zu machen, um danach eine kleine Verschnaufpause einzulegen.

Da ich alleine hier bin und die Helfer auf dem Platz gerade wieder den Steilsprung runtergebaut haben, muss ich sie bitten, ihn für mich noch einmal höher zu machen. Ich reite auf den Sprung zu und positioniere mich daneben.

»Entschuldigung, könnten Sie vielleicht noch mal drei Loch erhöhen?«, rufe ich einem von ihnen zu und der Mann dreht sich mit einem grimmigen Gesichtsausdruck zu mir um.

»Später. Wir haben selbst die ganze Zeit gewartet.«

»Es dauert auch nicht lange, wirklich. Ich bin gleich dran und …«

»Nicht mein Problem«, blafft er und ich zucke bei seinem boshaften Ton zusammen. Dass es auf einem Turnier rau zugeht, kenne ich schon, aber bei diesem Tonfall bleibt selbst mir die Spucke weg.

Ich wende mich ab und nehme es hin, dass ich nur einen kleinen Sprung machen kann. Das ist nicht optimal, aber besser als nichts.

»Hey! Machen Sie bitte mal drei höher!«, ruft eine mir bekannte Stimme und der Mann zieht wütend die Augenbrauen zusammen.

»Ich sagte doch schon, dass … Oh, ja. Natürlich!« Perplex mustere ich ihn, als er den Sprung bereitwillig hoch baut. Was zum …

Ich werfe einen Blick über die Schulter: Sean reitet

direkt hinter mir auf seiner braunen Stute und schenkt mir ein kleines Lächeln. Er steckt also dahinter. Offenbar hat er mein Dilemma eben mitbekommen.

Ich erwidere sein Lächeln und galoppiere an. Obwohl es nur eine kleine Geste von ihm war, macht sich erneut dieses verräterische Kribbeln in meiner Magengegend breit und ich weiß noch immer nicht so recht, was ich davon halten soll.

Ich habe genug um die Ohren, da sollte ich mich nicht mit jemandem wie Sean beschäftigen. Denn dieser Mann bedeutet Ärger. Nicht wegen seines Aussehens oder seiner Art, ganz im Gegenteil. Es ist vielmehr die Macht, allein mit seinem Lächeln meine Gefühlswelt durcheinanderzubringen.

Nach dem Sprung reite ich noch eine Runde Schritt auf dem Abreiteplatz, um mich mental auf die bevorstehende Prüfung vorzubereiten. Button ist heute zwar gut drauf, jedoch nicht so energisch und feurig wie sonst. Vermutlich mache ich mir sinnlos Sorgen, aber dennoch …

Mir kommt Ronja mit ihrem großen braunen Pferd entgegen. Ich kenne sie eigentlich nur von den Turnieren und treffe sie nie irgendwo anders. Meist wechseln wir ein paar Worte oder gehen zusammen die Parcours ab, aber das war es auch schon.

»Hey Olivia! Wie läuft es?« Ich nehme kurz die Zügel auf, um Button anzuhalten. Wo er sonst nervös herumtänzelt und sofort weitergehen will, hält er heute brav inne.

Ich streichle über seinen Hals und verziehe den

Mund. »Ich werde nicht starten. Button ist nicht so gut drauf«, entscheide ich in diesem Moment.

Sie zieht verständnislos die Augenbrauen zusammen. »Dein Ernst? Aber du kannst es doch trotzdem probieren. Vielleicht läuft es gar nicht so schlecht.«

»Auf keinen Fall. Womöglich hat er etwas Ernsteres«, versuche ich, ihr zu erklären, aber sie presst missbilligend die Lippen zusammen.

»Wie du meinst. Dann gute Heimfahrt.« Bevor ich antworten kann, setzt sie sich wieder mit ihrem Braunen in Bewegung. Ich drehe mich kurz um und sehe ihr nach. Wow, so eine Reaktion hätte ich von ihr nicht erwartet.

»Was ist denn heute mit dem Schimmel los?«, fragt mich Sean im selben Moment und ich zucke zusammen. Er fällt neben mir mit seinem Pferd in den Schritt, um sich mit mir unterhalten zu können.

Sofort ist der Gedanke an Ronja vergessen. Ich frage mich, wieso er meine Hormone nur so durchdrehen lässt. Liegt es wirklich lediglich an seinem attraktiven Äußeren oder daran, dass er so unheimlich nett ist? Oder …

»Olivia?«, hakt er nach und runzelt die Stirn. Mir wird bewusst, dass ich ihn angestarrt habe, ohne etwas auf seine Worte zu erwidern.

»Sorry, ich war in Gedanken.« Er schenkt mir ein mitfühlendes Lächeln und ich weiche eilig seinem Blick aus. »Keine Ahnung, was mit Button ist. Er benimmt sich heute irgendwie … seltsam.« Ich halte es nicht länger aus und wende mich ihm wieder zu.

»Hmm, was sagt dir dein Gefühl? Hatte er das schon mal?«

Einen Moment grüble ich, doch dann schüttle ich mit dem Kopf. »Button ist sonst immer sehr aufgeregt und kaum zu halten. Bei den Sprüngen zieht er ordentlich an, aber heute … Er ist eigenartig ruhig. So kenne ich ihn gar nicht.«

In meinem Magen macht sich ein flaues Gefühl breit und ich tätschle den Hals meines Pferdes.

»Klingt nicht gut.«

»Ich werde auch zurückziehen«, sage ich. Ich kann keine Prüfung reiten, wenn ich das Gefühl habe, mein Pferd ist nicht komplett fit.

Für einen Moment erwarte ich, dass Sean es mir wie Ronja ausreden will, doch er überrascht mich ein weiteres Mal. »Würde ich an deiner Stelle auch so machen. Kein Turnier ist es wert, die Gesundheit des eigenen Tieres zu riskieren.«

Bei seinen Worten macht sich ein wohliges Gefühl in mir breit und lässt mein Herz schneller schlagen.

»So sehe ich das auch.« Ich lächle ihm knapp zu, bevor ich vom Abreiteplatz reite und jemandem von der Turnierleitung mitteile, dass ich nicht an den Start gehe.

Eigentlich wäre ich nach dem Paar, was gerade reitet, dran, doch es ist richtig so. Schon am Hänger ist mir aufgefallen, dass Button heute ruhiger als sonst ist. Aber da sich meine Gedanken wieder nur um Sean gedreht haben, habe ich das nicht wirklich realisiert.

Ich schüttle über mich selbst mit dem Kopf und reite

im gemächlichen Schritt mit Button zurück zum Anhängerparkplatz.

11. Kapitel

Sean

Mit einem guten Gefühl im Bauch reite ich zurück zu meinem Anhänger. An Manuel und Rosi bin ich ebenfalls vorbeigeritten und er hat sein Wort gehalten und auf sie aufgepasst.

Marica war heute super drauf und hat alles anstandslos gesprungen. Ich könnte nicht stolzer sein. Meine Stute hat den Hals lang gestreckt und läuft gemächlich Richtung Parkplatz. Sie dreht immer mal wieder ihre Ohren, wenn sie andere Pferde und Reiter hört, doch sie bleibt artig.

Sobald ich in der Nähe von meinem Anhänger bin, stutze ich überrascht. Bilde ich mir das ein oder räumt Olivia bereits alles weg? Je näher ich komme, umso klarer wird das.

Sie scheint es eilig zu haben, denn Button steht schon fertig eingepackt auf dem Anhänger. Ich bleibe vor meinem eigenen stehen und steige ab, doch sie bemerkt mich gar nicht, da sie so in Gedanken vertieft ist. »Hey Olivia. Alles in Ordnung?«

Sie zuckt zusammen, als hätte ich sie angebrüllt. Fahrig streicht sie sich durch ihre Haare und wendet sich mir zu. »Ähm, hi.«

Ohne auf meine Frage zu antworten, räumt sie weiter ihr Zeug weg. Ich bin ich es nicht gewöhnt, dass mich eine Frau links liegen lässt.

Stirnrunzelnd wende ich mich wieder Marica zu und trense sie ab. Danach streife ich ihr das Halfter über und hänge sie an. Brav wie sie ist, winkelt sie ihr rechtes Hinterbein an und döst vor sich hin. Da es mir keine Ruhe lässt, gehe ich erneut auf Olivia zu.

Sie zieht sich gerade ihre Stiefel aus. »Ist wirklich alles okay?«, hake ich erneut nach und mustere sie besorgt, doch sie schaut nicht mal in meine Richtung.

»Wieso fragst du?« Sie wirkt … angespannt und ich wundere mich, was in den paar Minuten passiert sein kann, in denen wir uns nicht gesehen haben. Ob etwas mit Button ist?

»Geht es deinem Pferd schlechter?«

»Weiß nicht.« Ich runzle die Stirn, da ihre Antworten so knapp ausfallen. »Ich muss los, war schön, dich zu treffen.«

Olivia will an mir vorbeigehen, vermutlich, um noch mal nach Button zu sehen, aber ich greife nach ihrer Hand, um sie zurückzuhalten. Irritiert blickt sie mich an und ich lasse sie wieder los, als hätte ich mich verbrannt.

»Wir wollten doch noch einen Kaffee trinken.« Sie runzelt die Stirn, als würde ich eine fremde Sprache sprechen. »Wir haben das vorhin ausgemacht.«

Sie greift sich an den Kopf und ist offenbar peinlich berührt. »Oh Mist, stimmt! Tut mir leid, ich habe einen wichtigen Anruf bekommen und das komplett vergessen.«

Ich lächle sie beruhigend an. »Kein Problem. Ich hoffe, es war nichts Schlimmes.« Olivia presst die Lippen zusammen und wirkt für eine Sekunde so, als würde sie es mir erzählen wollen, sich im letzten Moment jedoch umentscheiden. »Wollen wir das mit dem Kaffee auf nächstes Mal verschieben?«, frage ich, um die bedrückende Stille zwischen uns zu überbrücken.

Sie rauft sich erneut durch ihre langen Haare und scheint zu überlegen, wie sie mich abservieren kann, ohne meine Gefühle zu verletzen. Und das, obwohl ich vorhin noch gedacht habe, dass sie auf mich steht.

»Ähm, ja klar«, antwortet sie zu meiner Überraschung und ich ziehe die Augenbrauen nach oben.

»Das freut mich.«

Sie scheint gar nicht so wirklich bei der Sache zu sein, denn sie sieht mich nach wie vor nicht an. »Ich bin übernächste Woche vielleicht in Lexington. Da könnten wir uns sehen.«

Ich nicke und überlege kurz. »Da bin ich auch. Wie wäre es, wenn wir Nummern austauschen?«

Ich gebe meine Nummer ungern an Frauen raus, da sie schon oft genug ins Internet gestellt wurde, aber bei Olivia fühlt es sich richtig an. Es liegt nicht nur daran, dass sie mich abweist, ich habe wirklich Interesse an ihr. Sie ist nett, attraktiv und hat Pferdekenntnis. Was will ich mehr?

»Ähm, lass uns das nächstes Mal machen, okay?«,

antwortet sie und reißt mich so aus meinen Überlegungen.

»Okay.« Ich hole mein Handy hervor. »Warte mal, was?« Ich blinzle sie erstaunt an, sobald ich ihre Antwort realisiert habe. Sie hat Nein gesagt. Einfach so.

Bevor ich noch etwas darauf erwidern kann, wendet Olivia sich ab und geht zu Button. Verdattert blicke ich ihr hinterher und weiß nicht so recht, was eben geschehen ist.

Ein Schnauben reißt mich aus meinen Gedanken und erinnert mich daran, dass Marica noch immer darauf wartet, dass ich sie absattle. Ich gehe zu ihr und streichle über ihren Kopf. Sie grummelt leise und ich nehme ihr schließlich den Sattel ab.

Neben mir höre ich eine Autotür zuschlagen und einen Moment später fährt Olivia mit ihrem Anhänger los. Ohne ein Wort des Abschiedes an mich zu richten. Was zum …

Ich blicke ihr verdattert hinterher und weiß nicht so recht, wie ich ihr Verhalten heute deuten soll. Letztes Mal hat es noch gewirkt, als würde sie sich freuen, Zeit mit mir verbringen zu können. Und jetzt flüchtet sie vor mir, als wäre ich der Feind höchstpersönlich.

Nachdenklich ziehe ich die Augenbrauen zusammen und überlege fieberhaft, was ich falsch gemacht haben könnte. Je mehr ich jedoch grüble, umso weniger fällt mir ein.

Ich verschiebe das Grübeln auf später und wende meine Aufmerksamkeit stattdessen Marica zu. Ich bürste über ihr braunes Fell, kratze ihr die Hufe aus und stelle sie danach auf den Anhänger. Brav knabbert sie an ihrem Heu und scheint froh zu sein, es für heute geschafft zu haben. Wenn sie wüsste, dass sie nachher eine weitere Runde gehen muss, würde sie mich wahrscheinlich nicht so treu ansehen.

Ein helles Bellen bringt mich dazu, dass ich mich umdrehe. Es war Rosi, die von Manuel auf dem Arm getragen wird. Sie wedelt mit dem Schwanz und versucht, sich aus dem Griff meines Managers zu befreien. Seine grimmige Miene verrät mir, dass er nach wie vor nicht begeistert darüber ist, dass er sie tragen muss, aber zumindest tut er es.

»Hallo, meine Süße«, rufe ich ihr entgegen und nehme sie Manuel ab, kaum dass ich vor ihm stehe. Sie versucht, mich abzulecken, und ich muss lachen. »Ja, ich hab dich auch vermisst.«

Rosi windet sich in meinen Armen und ich streichle sie glücklich. Nach ein paar Augenblicken hat sie sich beruhigt und scheint froh zu sein, dass sie wieder bei mir ist. Ich setze sie kurzerhand ab und sie humpelt auf drei Beinen um den Anhänger.

»Danke fürs Aufpassen.«

Manuel gibt als Antwort nur ein Brummen von sich, das alles bedeuten könnte, von »Leck mich am Arsch« bis hin zu »Gern geschehen«.

»Ich gehe mir mal was zu essen holen. Kommst du mit?«

»Du bist heute beschissen geritten.«

Ich runzle die Stirn. »Ach, ist das so?« Dabei hatte ich nur einen Abwurf und das war einfach Pech. Okay, ich war etwas dicht, aber das kann schon mal passieren. Zudem ist mir Olivia im Kopf herumgekreist und ich habe mir Sorgen wegen ihres Schimmels gemacht.

»Wenn ich dir das sage, dann ist es so. Wo warst du nur mit deinen Gedanken?«, zetert er los und ich rolle mit den Augen.

»Es war nur ein kleines Springen. Jetzt flipp nicht gleich aus, als wäre das hier die Meisterschaft.«

Ich will mich abwenden, doch Manuel packt mich am Arm. »Du kapierst es echt nicht, oder?« Verständnislos blicke ich ihn an und er lässt mich wieder los. »Du stehst dauerhaft unter Beobachtung von Sponsoren, Talentscouts und anderen wichtigen Leuten. Jeder noch so kleine Fehler von dir wird ausgewertet und entscheidet darüber, ob sie dich weiter fördern oder nicht.«

Gelangweilt mustere ich ihn, da er mir diese Standpauke bereits hundert Mal gehalten hat. »Schon klar. Rosi, komm, wir gehen etwas essen.«

Ausnahmsweise hört meine Hündin auf mich und kommt zu mir gehumpelt. Ich hebe sie hoch und lasse Manuel stehen. Soll er doch rummeckern und zetern, wie er will. Sein Verhalten nervt mich immer mehr und ich nehme mir ein weiteres Mal vor, mir jemand anderes zu suchen. Jemanden, der mir nicht ständig die Ohren volljammert, nur weil ich mal einen Fehler begangen habe.

Schnurstracks laufe ich Richtung Turnierplatz und stelle mich an einer Essensbude an. Einige Leute grüßen mich und verwickeln mich in ein kurzes Gespräch. Sobald ich dran bin, hole ich mir ein belegtes

Brötchen und verkrümle mich mit Rosi in eine stille Ecke, wo uns niemand nervt.

Manchmal geht es mir auf den Sack, dass gefühlt jeder mich kennt und anspricht, als wären wir befreundet. Besonders an solchen Tagen wie heute, wenn Manuel mir eine seiner dämlichen Standpauken hält und eine Frau, die mir gefällt, mich abblitzen lässt.

Kaum habe ich das gedacht, taucht Olivias Gesicht wieder vor meinen Augen auf. Was war nur mit ihr los? War es wegen Button? Geht es ihm vielleicht doch schlechter, als es zunächst den Anschein hatte? Doch wieso hätte sie mir das verschweigen wollen?

Rosi jault leise neben mir und ich nehme eine Scheibe Schinken von meinem Brötchen und gebe sie ihr. Sie wedelt freudig mit dem Schwanz und sieht mich, nachdem sie sie verschlungen hat, mit ihrem herzschmelzenden Hundeblick an. »Mehr gibt es nicht, Süße.«

Sie grummelt vor sich hin und ich streichle über ihren Kopf, den sie auf meinem Oberschenkel abgelegt hat. Ich wende mich dem Reitplatz vor mir zu und beobachte die Reiter. Das Springen läuft noch eine halbe Stunde, danach gibt es eine Pause von zwanzig Minuten, um den Platz zu pflegen, bevor es mit der nächsten Prüfung weitergeht.

Ich nehme mein Handy hervor und schaue nach, ob es bereits eine Starterliste für das anschließende Springen gibt. So weiß ich schon, wann ich dran bin, und kann mich darauf einstellen.

Bevor ich auf die Liste klicke, kommt mir ein weiterer Gedanke: So kann ich auch herausfinden, wie

Olivia mit Nachnamen heißt!

Mein Puls beschleunigt sich bei diesem Einfall. Es dauert einen Moment, doch schließlich habe ich sie gefunden: Olivia Lark.

Ein Grinsen breitet sich auf meinen Lippen aus und ich mache schnell einen Screenshot. Neben ihrem Namen und dem des Pferdes steht auch der Verein drin, für den sie gestartet ist.

Ich weiß, dass ich etwas creepy wirke, aber so kann ich zumindest ein weiteres Mal Kontakt zu ihr aufnehmen. Wenn sie dann wirklich kein Interesse hat, lasse ich sie in Ruhe. Ich hatte heute nur das Gefühl, dass sie mit den Gedanken komplett woanders ist und meine Einladung gar nicht wirklich wahrgenommen hat. Vielleicht kann ich ihr auch wegen Button helfen, falls doch etwas mit ihm sein sollte.

Hoffentlich hält sie mich nicht für einen verrückten Stalker, denke ich mir, während ich durch die sozialen Medien klicke, sie jedoch nirgendwo finde.

Womöglich hat sie gar keinen Account. Aber das ist heutzutage eher unwahrscheinlich, oder?

Dann bleibt mir nur, herauszufinden, wo der Stall von ihrem Verein ist. Ein aufgeregtes Kribbeln macht sich in meinem Magen breit und ich greife zur Beruhigung mit einer Hand nach Rosi, um sie zu kraulen. Jedoch fasse ich ins Leere und nehme den Blick schnell von meinem Handy.

»Rosi, nein!«, schimpfe ich, doch es ist bereits zu spät. Da ich nicht aufgepasst habe, hat sie sich mein Brötchen geschnappt und die Wurst und die Butter verdrückt. Sie strahlt mich an und wedelt dabei mit dem Schwanz, als wüsste sie gar nicht, was mein Problem ist.

Aber wie kann ich ihr böse sein, wenn sie mich so liebevoll ansieht? »Alter Rabauke«, murmle ich, nur um sie danach auf meinen Schoß zu ziehen und zu kraulen. Ich bin wirklich eine schlechte Erziehungsperson. Eindeutig.

12. Kapitel

Olivia

Müde reibe ich mir über die Augen und obwohl ich erschöpft bin, bin ich innerlich nach wie vor unruhig. Kein Wunder, immerhin geht es Button schlecht.

Wie ich bereits beim Turnier vermutet habe, stimmte etwas nicht mit ihm. Als ich ihn danach daheim im Stall abgeladen habe, verhielt er sich jedoch relativ normal. Nur dass er kein Heu fressen wollte, hat mich stutzig gemacht. Zum Glück bin ich, nachdem ich meine Mutter besucht habe, noch mal hergefahren, denn da lag er mit einer Kolik in der Box. Glücklicherweise ist es noch zu keiner Darmverschlingung gekommen, die hätte tödlich ausgehen können.

»Das Colosan hat bereits angeschlagen«, richtet die junge Tierärztin Megan das Wort an mich und reißt mich so aus meinen Gedanken. »Es rumort in seinem Bauch.« Sie lächelt beruhigend. Wie sie so entspannt sein kann, ist mir ein Rätsel. Zudem wirkt sie überhaupt nicht müde oder übernächtigt und das, obwohl ich sie mitten in der Nacht aus dem Bett geklingelt habe. Sie meinte jedoch, dass sie vorhin bereits einen Hund als Notfall hatte. Er war am Pier angebunden ausgesetzt worden und wäre beinahe ertrunken. Bei dem Gedanken, dass Menschen so grausam sein können, wird mir schlecht.

Ich streichle über Buttons Nüstern und setze mich erneut mit ihm in Bewegung. Er trottet brav neben mir her und scheint genauso geschafft zu sein wie ich.

»Also wird er wieder?«, hake ich nach und die Angst in meiner Stimme ist deutlich zu hören.

»Ich denke schon. Ich lasse Schmerzmittel hier. Sollte noch etwas sein, wovon ich jedoch nicht ausgehe, dann rufen Sie noch mal an, Olivia.«

»Haben Sie vielen Dank!«

»Keine Ursache.« Megan kommt auf mich zu und tätschelt Buttons Hals. »Schön durchhalten, Kumpel.« Sie nickt mir noch mal lächelnd zu und verlässt danach die Reithalle. Zurück bleibe ich ganz alleine. Es ist bereits weit nach Mitternacht und obwohl es mich etwas ängstigt, genieße ich die Stille.

Button war schon immer sehr kolikanfällig, besonders, wenn das Wetter einen Umschwung gemacht hat. Wer weiß, was passiert wäre, wenn ich nicht noch mal hergefahren wäre.

Mein Magen zieht sich zusammen und ich denke lieber nicht weiter darüber nach. Mein Wallach stupst mich mit der Nase an, als wollte er mir sagen, dass er zurück in die Box möchte.

Ich lächle ihn an und streichle über seinen Hals, während ich weiter meine Runden durch die Halle gehe. Ein paar Minuten werde ich noch mit ihm laufen und dann bringe ich ihn zurück in die Box. Hoffentlich passiert heute nichts mehr.

Während ich über den Sand gehe, nehmen meine Gedanken, obwohl ich es eigentlich gar nicht will, ihren Lauf. Ich hätte bereits viel eher erkennen müssen, dass mit Button etwas nicht stimmt. Er war zu ruhig im Gegensatz zu sonst. Ich presse die Lippen zusammen, sobald mir bewusst wird, warum ich es nicht erkannt habe: Ich hatte nur Augen für Sean O'Connor.

Es wird dringend Zeit, dass ich mir diesen Mann aus dem Kopf schlage. Doch selbst jetzt, als ich mir lieber Sorgen um Button machen sollte, kreisen meine Gedanken nur um ihn. Vermutlich denke ich nur an ihn, um nicht völlig durchzudrehen und in Tränen auszubrechen.

Ich werde zum Stehen gezwungen, da mein Wallach innehält. Ich wende mich ihm zu und will schon mit der Zunge schnalzen, als er seinen Schweif hebt und äppelt.

Ich glaube, ich war noch nie so glücklich über einen Haufen von ihm. Erleichtert streichle ich seinen Hals, denn dieser Haufen bedeutet, dass seine Verdauung intakt und der Darm nicht verdreht ist. Das Schlimmste ist also überstanden.

Nachdem ich noch drei große Runden mit ihm gedreht habe, bringe ich ihn zurück in seine Box. Im Stall ist es eigentümlich still, man hört nur gelegentlich ein Rascheln.

Button geht direkt zu seinem Heu und knabbert daran herum. Dass er sich nicht erneut hinlegen möchte, ist ein sehr gutes Zeichen.

»Mach das bloß nie wieder«, brumme ich und er

blickt mich aufmerksam an, während er sein Futter mampft.

Ich nehme ihm das Halfter ab, schließe seine Boxentür und räume danach in der Halle den Haufen weg. Nachdem ich dort das Licht ausgeschaltet habe, laufe ich zurück an die Box von meinem Pferd, doch er steht ruhig und entspannt da.

Aus Angst, dass es ihm erneut schlechter gehen könnte, beschließe ich, noch eine halbe Stunde hierzubleiben.

An die horrende Rechnung von meiner Tierärztin, weil ich sie mitten in der Nacht rausgeklingelt habe, will ich lieber nicht denken. Ebenso wenig daran, dass ich in knapp fünf Stunden auf der Arbeit sein muss.

Ich seufze leise und reibe mir ein weiteres Mal die Augen. Egal, wie müde und erschöpft ich sein werde, das war es mir wert. Denn wenn es Button nicht gut geht, geht es mir das ebenfalls nicht. Ich würde alles für ihn opfern, nur damit er wieder fit wird. Da sind so ein bisschen wenig Schlaf und eine horrende Arztrechnung noch das Mindeste.

Kaum habe ich das gedacht, erinnere ich mich daran, wie liebevoll Sean seine Hündin angesehen hat, nachdem er sie wiedergefunden hatte.

Vielleicht sind wir uns doch ähnlicher, als ich dachte, geht es mir durch den Kopf, aber ich verdränge den Gedanken schnell, da es nicht gut für mich ist, wenn ich an ihn denke.

Das setzt mir nur Flausen in den Kopf und lenkt mich von wichtigen Sachen ab. Nein, damit muss jetzt

Schluss sein.

***

Ich fühle mich, als hätte mich ein Bus überfahren, und das ist noch untertrieben. Aber kein Wunder, ich hatte diese Nacht, wenn es hochkommt, drei Stunden Schlaf.

»Na, wieder alles okay, Kumpel?« Ich streichle Button über den Kopf und er hat die Augen halb geschlossen, da er vor sich hin döst. Kein Wunder, immerhin war es auch für ihn eine kurze Nacht.

Ich gehe wieder aus der Box heraus und schnappe mir einen Striegel und eine weiche Bürste. Eigentlich würde ich nichts lieber machen, als mich auf meine Couch zu lümmeln, aber ich will Button heute wenigstens locker longieren, damit er sich zumindest etwas bewegt.

Mit geübten Bewegungen striegle ich sein weißes Fell und bürste drüber. Gerade als ich mit dem Auskratzen der Hufe fertig bin, kommt Lizzy um die Ecke. Sie strahlt über das ganze Gesicht und ich frage mich, was wohl passiert ist.

»Hey! Ich habe gehofft, dass du da bist. Ich muss dir unbedingt etwas zeigen.« Sie quietscht vor sich hin und ich muss schmunzeln, da ihre braunen Haare wild abstehen und sie etwas durch den Wind wirkt.

»Na, da bin ich gespannt.«

Lizzy wischt auf ihrem Handy hin und her, bevor sie es mir unter die Nase hält. Ich muss ihre Hand etwas zurückschieben, da sie es mir so dicht hinhält, dass ich nichts erkenne.

Auf ihrem Handy ist das Bild von einem fuchsfarbenen Pferd zu sehen. Er wirkt sportlich und sehr hübsch. Offenbar hat sie mal wieder im Internet Verkaufsseiten durchforstet. Seit ein paar Monaten ist sie schon auf der Suche nach dem perfekten Pferd für sich, jedoch ist sie bisher nicht fündig geworden. »Der ist nett. Was ist das für einer?«

»Nett?«, schnaubt sie empört. »Das ist die kleine Schwester von Scheiße.«

Ich muss lachen und schüttle mit dem Kopf. »Wo hast du ihn gefunden? Wie alt? Was für eine Rasse? Und wie hoch ist der Preis?«

Sie rattert alle Eckdaten herunter, als hätte sie die Anzeige bereits auswendig gelernt. »Und? Was sagst du?«, hakt sie nach, kaum dass sie fertig ist.

»Klingt ganz gut. Hast du ein paar Videos bekommen?«

Sie nickt und hält mir ihr Handy ein weiteres Mal vor das Gesicht. Ich klicke auf *Abspielen*, doch die Freude, die ich bis eben noch für sie empfunden habe, legt sich schnell. Ich presse die Lippen zusammen und schaue meine Freundin direkt an, ohne das Video bis zum Ende anzusehen.

»Und?« Ihre Miene wirkt nicht mehr so glücklich, als wüsste sie, dass gleich ein dickes, fettes Aber von mir kommt.

»Schau dir noch mal den Trab von dem Fuchs an. Er hat hinten einen Taktfehler. Zudem wirkt er ganz schön temperamentvoll. Ich glaube, mit dem würdest du nicht glücklich werden. Aber ich will dir nicht reinreden, wenn du magst, können wir gerne mal hinfahren und ihn uns ansehen.«

Sie antwortet mir nicht, sondern schaut sich stattdessen das Video an. Danach verzieht sie den Mund und steckt das Handy wieder ein. Fast bereue ich es, dass ich ihre gute Laune so vermiest habe, doch ich bin nun mal ehrlich. Gerade, wenn es um das passende Pferd für sie geht. Immerhin sucht sie etwas Sportliches, aber dennoch sehr Braves, mit dem sie auch mal ins Gelände reiten kann. Keine leichte Aufgabe, so was zu finden. Besonders, wenn es nicht mehrere Zehntausend Pfund kosten soll.

»Du hast vielleicht recht. Ich habe schon gesehen, dass er beim Springen hektisch ist, aber … Na ja.« Sie zuckt mit den Schultern.

Ich lege einen Arm um sie und drücke sie an mich. »Wir finden schon noch das richtige Pferd für dich. Bis dahin kannst du auch gerne weiterhin Button reiten.«

Sie lächelt mir knapp zu und ich lasse sie wieder los. »Danke, Olivia. Irgendwann ergibt sich etwas, da bin ich mir sicher.«

»Genau. Also Kopf hoch. Außerdem hast du doch keinen Stress. Wenn es in nächster Zeit klappt, ist gut, und wenn nicht, auch, oder?«

Lizzy nickt zustimmend, bevor sie sich an die Boxentür lehnt und ich meine Putzsachen verstaue. »Bei dir eigentlich alles okay? Du wirkst heute so erschöpft.«

Ich winke ab und berichte ihr davon, wie es Button

gestern Abend noch ging. Vom Dilemma beim Turnier mit Sean weiß sie bereits. »Aber jetzt ist Button schon wieder gut drauf.«

Ihre Augen weiten sich und sie schüttelt den Kopf. »Und da sagst du mir nichts?!« Sie stemmt ihre Hände in die Hüften und ich muss schmunzeln.

»Ist doch alles wieder gut.«

»Nichts ist gut! Du hättest mich ruhig anrufen können, ich wäre sofort gekommen.«

»Das weiß ich.« Sie wirkt versöhnlicher, als sie Button streichelt, der mittlerweile aus der Box schaut.

»Lizzy? Kannst du mal kurz kommen?« Sie wendet sich nach links, von wo die Stimme kam.

»Kleinen Moment!« Sie dreht sich wieder zu mir und mustert mich eingehend. »Ist sonst wirklich alles okay?«

»Na klar. Ich longiere Button nur kurz und dann verkrümle ich mich auf meine Couch.«

»Klingt gut. Wenn aber etwas ist, melde dich. Egal, wann.«

Bevor ich noch was sagen kann, ist sie auch schon verschwunden. Ich blicke ihr kurz hinterher und schnappe mir danach meine Longe, eine Art langes Seil, mit dem das Pferd um mich herumläuft, ehe ich sie in Buttons Halfter einhake und ihn zur Halle führe.

Zum Glück ist gerade nicht viel los, sodass keiner mein Gähnen und meine Müdigkeit mitbekommt. Ich will eigentlich nur noch nach Hause und ein Nickerchen machen.

»Na, komm, Dicker. Nur ein paar Runden.« Ich schnalze mit der Zunge und mein Pferd setzt sich in

Bewegung. Es läuft brav um mich herum, trabt auch ein paar Minuten und danach lasse ich es wieder Schritt gehen.

»Reicht für heute.« Als hätte Button meine Worte verstanden, bleibt er stehen und blickt mich an. Ich muss über ihn schmunzeln und wickle die Longe auf, während ich auf ihn zugehe. Ich streichle über seinen Kopf und wende mich danach dem Ausgang zu.

Meine Müdigkeit ist jedoch wie weggeblasen, sobald ich erkenne, wer dort steht.

Sean.

13. Kapitel

Sean

Olivia blickt mich an wie ein Reh im Scheinwerferlicht. Und obwohl sie so schockiert und erschöpft wirkt, registriere ich, wie hübsch sie heute aussieht. Sie trägt ihre langen braunen Haare offen, sodass sie ihr ovales Gesicht umrahmen. Ihre vollen Lippen sind leicht geöffnet und ich bemerke eine zarte Röte auf ihren Wangen. Auch wenn es mich freut, dass ich offenbar doch eine Wirkung auf sie habe, erkenne ich die dunklen Schatten unter ihren moosgrünen Augen. Die waren gestern definitiv noch nicht da.

»Hi«, unterbricht sie meine Musterung und ich lächle sie an.

»Hey.«

Wir starren uns einen Moment an, doch sie setzt sich nicht in Bewegung. Stattdessen gehe ich auf sie zu. Ich spüre ihren Blick auf mir und mein Puls beginnt, sich zu beschleunigen. Das liegt vermutlich daran, dass ich nicht weiß, wie sie reagieren wird, weil ich hier bin.

Vorhin kam es mir wie die beste Idee überhaupt vor, doch jetzt bin ich mir da nicht mehr so sicher. Womöglich mache ich mich hier gerade zum Affen und sie hält mich für einen Stalker.

»Du schuldest mir noch einen Kaffee«, sage ich und lasse mir meine Verunsicherung nicht anmerken. Ich streichle Button über den Kopf, der genauso erschöpft wirkt wie Olivia, und mustere sie erneut.

Sie senkt ihre Lider, bevor sie mich wieder anblickt. Für einen Moment kommt es mir so vor, als könnte sie direkt in mein Innerstes schauen.

»Deswegen bist du extra hierhergekommen? Woher weißt du überhaupt, wo du mich finden würdest?« Sie zieht eine Augenbraue nach oben und ich grinse sie an.

»Ich habe auf der Starterliste beim Turnier den Verein gesehen, für den du reitest. Der Rest war ein Kinderspiel.«

»So, so. Ein Kinderspiel.« Sie hebt einen Mundwinkel und schenkt mir ein zurückhaltendes Lächeln.

»Dann lass es mich anders formulieren: Ich habe alle Hebel in Bewegung gesetzt, damit ich dich treffe und endlich auf einen Kaffee einladen kann.«

Ihre Wangen röten sich nach meinen Worten etwas mehr und ich kann nichts dafür, dass ich noch breiter lächle.

»Aber wieso?«

Ich ziehe die Augenbrauen zusammen. »Was meinst du?«

Sie zuckt mit den Schultern und streichelt ihrem Schimmel über den Hals, als könnte sie so sich selbst ermutigen, weiterzusprechen. »Warum ich? Nenn mir einen guten Grund, wieso du mit mir einen Kaffee trinken möchtest.«

Perplex mustere ich sie und bin tatsächlich kurz sprachlos. Ist das ihr Ernst? Doch ihre Miene wirkt entschlossen, sie wartet auf meine Antwort.

»Ich wüsste keinen, der dagegen spricht«, erwidere ich und sie schüttelt langsam mit dem Kopf.

Sie lässt sich Zeit mit ihrer Antwort und ich fühle mich, als stünde ich auf heißen Kohlen. »Tut mir leid, ich würde gerne, aber … ich habe keine Zeit.« Sie setzt sich mit Button in Bewegung und ich bin so überrascht, dass ich einen Augenblick brauche, bevor ich mich aus meiner Starre reißen kann.

Sie bringt ihn in seine Box. Ich ignoriere die anderen Leute im Stall, die zu tuscheln beginnen. Offenbar haben sie mich erkannt.

»Ist das wirklich deine letzte Antwort?«

Olivia wendet sich mir wieder zu und wirkt traurig. »Momentan ist es schlecht.« Ich runzle die Stirn. »Wirklich. Mein Leben ist ein einziges Chaos und ich weiß nicht, wo ich die Zeit hernehmen soll, um sie mit dir zu verbringen. Wie gesagt, ich würde mich wirklich gerne mit dir treffen, aber …«

Bevor sie weiterreden kann, stellt sich eine andere junge Frau direkt vor mich. »Oh mein Gott, du bist es tatsächlich! Sean O'Connor! Hier im Stall!« Die schwarzhaarige Frau strahlt mich an und überschüttet mich mit Komplimenten und Fragen. Ich beantworte sie alle zähneknirschend und stehe sogar noch für ein Foto bereit.

Doch kaum bin ich mit ihr fertig, kommt die Nächste. Olivia verlässt in der Zeit die Box von Button.

Als ich mich endlich loseisen kann, ist Olivia leider verschwunden.

Sobald ich auf dem Parkplatz stehe und bemerke, dass sie nirgendwo zu sehen ist, legt sich die Enttäuschung schwer auf meine Schultern.

***

Rosi schnarcht vor sich hin, während sie neben mir liegt und ich sie mit einer Hand streichle. In der anderen halte ich mein Handy und scrolle durch Instagram. Meine Hündin zuckt neben mir und ich wende mich ihr zu. Ich muss grinsen, sobald ich bemerke, dass sie offenbar irgendetwas im Traum fängt, denn sie bewegt sich erneut.

Ich streichle sie weiter und denke wieder daran, wie froh ich bin, dass ich sie habe. Noch immer trägt sie ihren Verband und erinnert mich so, dass es auch leicht anders hätte ausgehen können.

Ein Kloß bildet sich bei diesem Gedanken in meinem Hals und ich verdränge die Erinnerung daran.

Mein Handy gibt ein Piepen von sich und ich seufze leise, sobald ich bemerke, dass eine Nachricht von Manuel eingetrudelt ist. Sonst ruft er stets an, doch seitdem das mit Rosi war, schreibt er mir lieber. Vermutlich, weil er die Befürchtung hat, dass ich ihn sonst durch den Hörer ziehen würde. Wo er recht hat …

Schau bitte mal deine Mails durch, Pikeur hat dir bereits vor fünf Tagen eine geschickt und noch keine Antwort.

Auch wenn ich es nicht gern zugebe, ist es gut, dass Manuel mich an so etwas erinnert. Ich bin faul, was Social Media, meine Website und mein Mailkonto angeht.

Wie ich schon immer gesagt habe: Am liebsten würde ich nur reiten und mich um meine Pferde kümmern. Da das eine jedoch ohne das andere nicht funktioniert, muss ich wohl in den sauren Apfel beißen.

Und wie Manuel stets betont: Die Konkurrenz schläft nicht.

Ich logge mich in mein Mailkonto ein und würde es am liebsten gleich wieder schließen. Über einhundert Mails sind eingegangen, seitdem ich das letzte Mal hineingesehen habe. Ich versuche, mich daran zu erinnern, wann das war, doch es gelingt mir nicht.

Gelangweilt klicke ich die ersten Mails durch und lösche die meisten wieder. Ein paar Werbeangebote sind dabei, die ich an Manuel weiterleite, damit er sie prüfen kann. Normalerweise schreiben sie direkt ihm, doch ab und an verirrt sich auch eine zu mir. Gerade Pikeur schreibt meist mir direkt, da wir am Anfang meiner Karriere es genauso handhabten.

Nachdem ich geantwortet habe, schaue ich noch die Mails von Fans durch, wovon ich die meisten beantworte. Natürlich sind auch einige dabei, die mich beleidigen, doch die ignoriere ich konsequent und lese sie erst gar nicht bis zum Ende durch. Was sollte mir das bringen?

Ich öffne eine weitere Mail, die bereits vor ein paar Wochen eingegangen ist, und stutze bei dem Namen. Olivia? Doch nicht etwa die Olivia, oder?

Direkt setze ich mich gerader auf und erinnere mich zeitgleich an Rosi, die neben mir liegt. Aber die schlummert friedlich vor sich hin und bekommt nach wie vor nichts mit.

Hallo Sean,

ich wollte dir nur sagen, dass ich das Gespräch mit dir sehr interessant und nett fand! Im Fernsehen und auch bei Turnieren wirkst du sonst unnahbar, doch das war heute absolut nicht der Fall.

Mach weiter so, denn dein Weg ist genau der richtige.

Viele Grüße

Olivia Lark

(Die mit dem Schimmel, der einen gelben Schweif hat.)

Ich muss über den Zusatz in Klammern lachen und schüttle mit dem Kopf. Sie ist es tatsächlich. Die Frau, die mich vorhin ein weiteres Mal hat eiskalt abblitzen lassen.

Bevor ich es mir anders überlege, antworte ich ihr. Sie wollte einen guten Grund, warum sie mit mir einen Kaffee trinken gehen soll, also liefere ich ihr einen.

Hallo Olivia,

sorry für die späte Antwort, ich schaue hier nicht so oft rein, wie ich eigentlich sollte.

Hast du es dir noch mal überlegt, ob wir einen Kaffee trinken gehen? Ich könnte dir dabei erzählen, wie du einen gelben Schweif wieder weiß bekommst – wäre das Grund genug? :-)

Viele Grüße

Sean

Ich sende die Mail ab und ein Grinsen macht sich auf meinen Lippen breit.

Auch wenn meine Chancen nicht besser stehen als heute Nachmittag, bin ich nun doch positiver gestimmt.

Ich lege mein Handy beiseite und widme mich wieder Rosi, die mittlerweile aufgewacht ist und mich verschlafen anblinzelt.

14. Kapitel

Olivia

So müde, als wäre ich eben erst ins Bett gegangen, strecke ich mich und blicke auf meinen Wecker. Gerade mal sieben Uhr morgens. Ich seufze und lasse mich wieder in die Kissen sinken.

Manchmal hasse ich es, dass ich ständig so früh wach bin, egal, wann ich ins Bett gehe. Um nicht gleich aufstehen zu müssen, schnappe ich mir mein Handy. Zum Glück habe ich heute erst am Nachmittag Dienst, sodass ich entspannt in den Tag starten kann.

Ich öffne die Messengerapp, obwohl ich weiß, dass es eine schlechte Angewohnheit ist. Lieber sollte ich erst aufstehen, mich fertig machen und frühstücken, bevor ich schon wieder an meinem Smartphone klebe.

Lizzy hat mir geschrieben und ich muss schmunzeln, sobald ich bemerke, dass es zehn Nachrichten sind. Wahrscheinlich hat sie mitbekommen, dass Sean gestern im Stall war. Bevor ich alles lese, klicke ich auf die eingegangene Mail, die oben aufleuchtet.

Ich richte mich kerzengerade auf, als ich realisiere, von wem sie stammt.

O. Mein. Gott.

Mein Herz pumpt mit einem Mal wie verrückt und ich bin hellwach. Sean hat also tatsächlich meine Mail gelesen. Und das, obwohl es Wochen her ist, dass ich sie abgeschickt habe.

Ich spüre, wie mir Hitze in die Wangen kriecht. Auch der Umstand, dass er mich erneut nach einem Treffen gefragt hat, macht es nicht besser. Er meint es wirklich ernst.

Bevor ich ihm antworte, gehe ich in meine Kontaktliste und rufe Lizzy an. Scheiß egal, wie spät es ist, ich muss jetzt mit jemandem darüber reden.

»Ja?«, nuschelt sie in den Hörer, nachdem sie endlich das Gespräch angenommen hat.

Ich springe aus meinem Bett, da ich es mit einem Mal nicht mehr darin aushalte. Lieber klemme ich mir das Telefon zwischen Schulter und Ohr, sammle ein paar Klamotten zusammen und gehe ins Bad.

»Du glaubst nicht, wer mir auf meine Mail geantwortet hat! Sean!«, rede ich aufgeregt drauflos und kann mich nicht erinnern, wann ich das letzte Mal wegen eines Typen so in Aufruhr war. Ich muss verrückt sein!

»Aha, und?« Ich höre sie gähnen und runzle die Stirn, bis es bei ihr knarrt. Offenbar hat sie sich ebenfalls aufgesetzt. »Warte mal. Sean hat dir geschrieben? Der megaheiße Sean, der gestern im Stall war?«

Ein Lächeln macht sich auf meinen Lippen breit und ich nicke. »Genau der.«

»Grundgütiger! Ist nicht dein Ernst?! Er hat auf deine Oldschool-Mail geantwortet! Wie cool ist das denn bitte? Was hat er geschrieben? Warum schreibt er erst jetzt? Und weshalb war er gestern im Stall? Und wieso zum Teufel hast du mir nicht längst davon erzählt?«

Ich muss über sie lachen und erzähle ihr alles bis ins kleinste Detail. »Lizzy, ich habe ihn abblitzen lassen, weil er mir keinen guten Grund nennen konnte, warum ich mit ihm ausgehen sollte, und nun schreibt er mir eine Mail. Was hat das nur alles zu bedeuten? Denkst du, er meint es wirklich ernst?«, schließe ich meinen Vortrag ab.

»Was das bedeuten soll? Es bedeutet, dir steht heißer Sex mit Sean O'fuckingConnor bevor!«

Ich muss über ihre Worte kichern. »Oh Gott, Lizzy! Rede doch nicht so!«

»Es ist wahr! Du stehst auf ihn, er auf dich, also warum antwortest du ihm nicht, dass er sich gleich heute noch mit dir treffen kann?«

Ich seufze und setze mich auf den Rand meines Bettes, da mir abrupt bewusst wird, wieso es nicht geht. »Du weißt genau, wieso.«

»Wegen deiner Mom? Ein Date wird wohl drin sein. Sieh es als Trainingsstunde.«

Ich ziehe die Augenbrauen zusammen. »Als Trainingsstunde für was?«

»Na, fürs Reiten«, antwortet sie lapidar und ich weiß zunächst nicht, was sie damit meint, bis es bei mir klick macht.

»Manchmal bist du wirklich unmöglich«, antworte ich lachend und sie stimmt mit ein.

»Es ist mein Ernst. Versuch es doch einfach.«

Ich seufze und schüttle mit dem Kopf, um das Gefühl zu verdrängen, was die Erinnerung daran in mir auslöst. »Und was ist wegen seines Hundes? Wir haben ihn angefahren.«

»Dann erzähl es ihm doch.«

»Jetzt? Das hätte ich schon viel eher machen sollen!«

»Und warum hast du es nicht? Du hattest tausend Möglichkeiten.«

»Ja, danke für die Erinnerung«, murre ich, obwohl ich weiß, dass ich selbst schuld bin. »Ach, ich weiß auch nicht.«

»Was weißt du nicht?«

»Ob ich mich mit ihm treffen soll.« Ich höre Lizzy seufzen, doch bevor sie etwas dazu sagen kann, rede ich schnell weiter. »Ich meine, wer sagt mir denn, dass er wirklich Interesse hat und er nicht nur hinter mir her ist, weil ich ihn mal habe stehen lassen? Er könnte jede haben, also was will er mit mir?«

»Jetzt mach dich bloß nicht schlechter, als du bist.«

»Lizzy, du weißt, wie ich es meine.«

»Gib ihm doch einfach eine Chance. Vielleicht sehnt er sich nach Normalität und mal ehrlich, wieso sollte er dich nicht wollen? Du bist hübsch, sympathisch und kennst dich genau wie er mit Pferden aus. Also, wo ist das Problem?«

Ich denke einen Moment über ihre Worte nach. »Okay, du hast recht.«

»Na endlich! Halleluja!«

»Warte«, bremse ich ihren Enthusiasmus. »Ich werde mit ihm ausgehen.«

»Meine Rede«, quatscht sie dazwischen, doch ich lasse mich nicht beirren.

»Aber erst, wenn er mir selbst gute Gründe nennt.«

»O Gott, nein!«

»Es ist mein Ernst.«

Meine beste Freundin seufzt und ich kann förmlich vor mir sehen, wie sie mit den Augen rollt. »Okay, wenn du es so für richtig hältst, dann mach es. Aber ich finde, du solltest nicht zu lange warten, bevor Mr Sexy es sich anders überlegt.«

Ich muss grinsen und nicke. Wir plaudern noch etwas, ehe ich auflege und mich fertig mache. Während ich mich anziehe und mir danach die Zähne putze, überlege ich, was ich Sean schreiben könnte. Nur leider ist das schwieriger als gedacht.

Am Frühstückstisch starre ich seine Mail an, bevor ich einfach drauflos tippe.

Hey Sean,

freut mich, von dir zu hören. Tut mir leid, aber wie ich den Schweif sauber bekomme, weiß ich schon selbst.

Ich hoffe, Rosi geht es besser?

Viele Grüße

Olivia

Bevor ich weiter darüber nachdenke, schicke ich die Mail ab.

Und ärgere mich im selben Moment, dass meine Antwort so kühl klingt.

Mist.

Darauf antwortet er niemals. Aber sollte mir nicht genau das recht sein? Ich raufe mir einmal durch die Haare, schicke Lizzy einen Screenshot, da sie mich bereits wieder mit Nachrichten bombardiert, und beschließe, in den Stall zu fahren. Nicht, dass ich sonst noch alle fünf Minuten auf mein Handy schaue, in der Hoffnung, dass er geantwortet hat.

***

Ich habe kaum meinen Wagen auf dem Parkplatz abgestellt, als mir auch schon Zoe entgegenkommt. Sie wirkt aufgebracht, denn ihre Wangen sind gerötet und sie läuft so zielstrebig auf mich zu, als hätte sie mich bereits erwartet.

Obwohl ich ahne, was sie zu mir sagen wird, lasse ich mir nichts anmerken und lächle sie an. »Guten Morgen, du bist schon hier«, begrüße ich sie, da sie normalerweise nachmittags oder gegen Abend im Stall ist.

»Ich habe gehofft, dich zu sehen.«

»Was verschafft mir die Ehre?« Meine Stimme klingt abweisend, obwohl ich das eigentlich gar nicht will. Zoe scheint es jedoch nicht aufzufallen oder es interessiert sie nicht, denn sie geht darauf nicht ein.

»Wie kommst du denn zu Sean O'Connor?« Ihr Tonfall klingt verächtlich und ich zucke zusammen.

»Wie bitte?«

Sie mustert mich von oben bis unten, als wäre das Antwort genug. Ich blicke selbst an mir herunter, weiß jedoch nicht, wo ihr Problem liegen könnte. Okay, ich bin nicht so herausgeputzt wie sie, aber ich bin schließlich im Stall und nicht auf dem Laufsteg.

»Was ist denn los?«, hake ich erneut nach.

»Du hast mich angelogen.«

Nun bin ich wirklich verwirrt und weiß nicht, was ich sagen soll. Stattdessen ziehe ich die Augenbrauen zusammen und frage mich, wie der Tag so gut starten konnte, nur um jetzt so eine Wendung zu nehmen.

»Ich habe dich damals gefragt, ob du Sean kennst, und du hast verneint. Mittlerweile weiß ich, dass du ihn für dich behalten möchtest. Was läuft also mit ihm? Warum hast du nichts gesagt? Glaubst du, du bist etwas Besseres, weil du ihn privat kennst? Er wird dich sowieso bald satthaben. So wie wir alle«, blafft sie und hätte sie mir eine Ohrfeige verpasst, hätte das nicht weniger wehgetan.

Ich bin eigentlich niemand, der gleich emotional wird, doch nach ihren Worten schießen mir die Tränen in die Augen. Zoe blickt mich böse an, bevor sie sich abwendet und davongeht. Fassungslos sehe ich ihr nach, bis ich mich aus meiner Starre reißen und ihr folgen kann.

»Warte! Zoe!«, rufe ich, doch sie reagiert gar nicht. Ich hole sie ein und greife nach ihrem Arm. Sie entreißt sich jedoch gleich wieder meinem Griff und blickt mich wütend an. »Ich kenne Sean nicht privat. Wir haben beim letzten Turnier miteinander gesprochen und er wollte mich auf einen Kaffee einladen. Ich habe abgelehnt und er kam hierher, um mich umzustimmen. Das ist alles.« Ich weiß, dass ich ihr keine Rechenschaft schuldig bin, doch ich möchte den Frieden im Stall wahren.

Ihre Miene verändert sich nicht und ich seufze leise.

»Ich schwöre es, Zoe, auch wenn ich nicht verstehe, warum es ein Problem ist, wenn es so wäre.«

Sie kneift die Augen zusammen und ich ahne, dass ich genau das Falsche gesagt habe. »Du weißt, dass ich schon immer auf ihn stand, aber du wolltest stets alles für dich haben. Erst Button und jetzt Sean. Keine Sorge, die anderen kommen auch noch dahinter, was für ein Miststück du bist.«

Erneut wendet sie sich ab und geht in den Stall, doch dieses Mal versuche ich nicht, sie einzuholen, um sie zu beruhigen. Wir waren noch nie wirkliche Freunde, aber dass sie mich so hasst, hätte ich niemals vermutet. Immerhin war sie sonst freundlich.

Offenbar hat die Tatsache, dass ich ihr Button vor ihrer Nase weggeschnappt habe, mehr an ihr genagt, als ich gedacht hatte. Dabei ist das mittlerweile Jahre her.

Geplant ist das allerdings nicht gewesen. Sie hat Button damals von einem Bekannten empfohlen bekommen. Sie ritt ihn Probe, kam jedoch nicht so wirklich mit ihm klar. Ein paar Tage später erzählte sie mir davon und ich meinte, dass ich es mal versuchen könne, da ich zu diesem Zeitpunkt schon länger ein Pferd gesucht habe. Sie hat nicht gesagt, dass es ihr etwas ausmachen würde. Doch nachdem ich ihn gekauft hatte und sie mitbekam, dass Button und ich gut zurechtkamen, wollte sie ihn dann doch wieder. Dafür war es jedoch längst zu spät. Ein paar Wochen später war wieder alles gut zwischen uns, doch offenbar habe ich mich getäuscht.

Ich seufze leise und fahre mir durch die Haare, bevor ich in den Stall hineingehe. Neben Zoe ist nur Randy zu sehen, der den Stall ausmistet, und Alex, dem alles hier gehört. Ich rufe beiden ein Hallo zu, ehe ich zu Buttons Box laufe. Er blickt auf, sobald er meine Schritte hört, und grummelt leise.

»Hey Süßer. Na, bist du komplett fit?«

Ich öffne seine Tür und er kommt direkt auf mich zu und sucht meine Taschen ab. Ich muss lachen, da er wirklich wieder ganz der Alte ist. Wenn er noch eine Kolik hätte, würde er keine Leckereien haben wollen.

»Hier hast du eins.« Ich halte ihm eine Möhre hin und er verschlingt sie sofort. Während er danach an seinem Heu mümmelt, putze ich ihn und hole anschließend meine Longe. Zwar könnte ich ihn auch schon wieder reiten, doch ich will kein Risiko eingehen. Man weiß nie.

Ich hake die Longe in sein Halfter ein und gerade, als ich rausgehen möchte, kommt Zoe an mir vorbei. Sie blickt mich demonstrativ nicht an und hat das Kinn weit nach oben gereckt. Ich schüttle genervt mit dem Kopf und nehme mir vor, Lizzy nachher eine Sprachnachricht zu schicken, um ihr davon zu erzählen.

Ich setze mich mit Button in Bewegung und er trottet brav neben mir her, während wir auf den Platz gehen. Die Sonne scheint bereits unbarmherzig vom Himmel und die Vögel zwitschern freudig. Ich recke mein Gesicht der Sonne entgegen und nehme mir vor, dass mich heute nichts mehr aus dem Konzept bringen wird.

Wirklich gar nichts.

15. Kapitel

Sean

Ich nehme die Zügel etwas auf und treibe Comer weiter an. Er kommt meiner Hilfe sofort nach und verstärkt seinen Galopp.

»Sehr gut, Sean. Galoppsprünge verkürzen und an der langen Seiten wieder verlängern«, ruft mir Theodor, mein Trainer, zu.

Ich tue das, was er gesagt hat, und es fühlt sich mit Comer so einfach an, dass ich lächeln muss. Wenn es nur immer so gut laufen würde!

»Durchparieren in den Trab und auf den Zirkel.« Ich spüre Theodors wachsame Augen auf mir, auch wenn ich keine Zeit habe, um zu ihm zu sehen. Stattdessen lasse ich den Blick weiterhin geradeaus und konzentriere mich auf meinen Sitz und mein Pferd.

»Jetzt aussitzen!«, ruft er quer durch die Halle und ich drücke meine Knie an den Sattel und schwinge locker mit der Hüfte mit. »Perfekt!«, meint er nach zwei Runden und ich kann mich nicht erinnern, dass ihm schon mal dieses Wort über die Lippen gekommen ist.

Theodor ist zwar weit über siebzig, aber er ist der beste Trainer, den ich jemals hatte. In seiner Glanzzeit ist er sogar bei Olympia gestartet und hat dort Silber gewonnen. Weitere zahlreiche Siege und Trophäen folgten, doch dieser war für ihn der bedeutendste.

»Und Schritt!« Ich pariere sofort durch und lobe Comer stolz, der nun schnaubt. Sein schwarzes Fell glitzert vor Schweiß.

Ich reite ein paar Runden Schritt, bevor ich auf Theodor zureite, der uns nach wie vor keine Sekunde aus den Augen lässt, und bleibe vor ihm stehen. »Und? Was meinst du, alter Mann?«

Er lacht laut auf und ich grinse. Mittlerweile kenne ich ihn schon fünfundzwanzig Jahre, quasi mein ganzes Leben. Da kann ich ihn auch mal etwas ärgern.

»Sehr gut, dein Pferd hat brav mitgemacht.« Ich strahle stolz und lobe meinen Wallach ein weiteres Mal. »Nur du warst mit den Gedanken woanders.«

Ich runzle die Stirn und sehe ihn musternd an. Ein wissendes Lächeln liegt auf seinen Lippen und sein gebräuntes Gesicht lässt die Falten tiefer wirken. Er streicht sich durch seine weißen Haare, die noch immer voll sind, und wartet auf meine Antwort. Nur dass ich ihm keine liefern kann.

»Ich weiß nicht, was du meinst.«

»Der war gut, Sean.« Er klopft Comer ebenfalls den Hals und wendet kurz seinen Blick ab, bevor er mich ein weiteres Mal ansieht. Am liebsten würde ich mich unter seiner Musterung winden, doch diese Genugtuung werde ich ihm auf keinen Fall geben. »Raus mit der Sprache, Junge. Wer ist die Kleine und wie heißt sie?«

Perplex blinzle ich ihn an und er lacht laut auf. »Wie bitte?«, hake ich dümmlich nach, obwohl ich ihn klar und deutlich verstanden habe.

Theodor winkt ab und zieht eine Schachtel Zigaretten aus seiner Brusttasche. Er steckt sich eine zwischen die Lippen und zündet sie an.

»Ich werde nicht jünger, also rede.«

Fast will ich mich erneut dumm stellen, doch Theodor zieht eine Augenbraue nach oben. Wenn er einmal Lunte gerochen hat, dann ist er nicht mehr davon abzubringen.

»Sie heißt Olivia.«

»Halleluja! Ich wusste es!« Er strahlt und klatscht in die Hände, was Comer zusammenzucken lässt. Ich streichle beruhigend seinen Hals.

»Es ist nicht so, wie du denkst.«

»Ach, und wie dann?« Ich öffne meinen Mund, doch Theodor redet schnell weiter. »Streite es nicht ab, Junge. Wir wissen beide, dass du mich nicht hinters Licht führen kannst.«

Ich seufze geschlagen und steige ab, bevor ich ihm antworte. Er nimmt einen tiefen Zug von seiner Zigarette, während ich ihm im Schnelldurchlauf alles erzähle.

»Und weiter?«

Ich zucke mit den Schultern. »Das war alles. Sie hat meine Einladung auf einen Kaffee zweimal abgelehnt, obwohl sie meinte, dass sie Interesse hätte.« Allein bei dem Gedanken daran zieht sich mein Magen zusammen. Ich würde es niemals laut zugeben, doch es hat mich wirklich verletzt. Ich mag Olivia und ich würde sie gerne näher kennenlernen. Viel zu gerne, wenn ich ehrlich bin.

Theodor klopft mir auf die Schulter und ich ächze. »Tut mir leid, Junge. Es ist natürlich bitter, aber das musst du akzeptieren.« Comer ruckt neben mir seinen Kopf nach oben. Anscheinend hat er schon etwas gedöst. »Aber nach dem, was du mir gerade gesagt hast, ist sie dennoch die Erste, die nicht an deinem Namen, deinem Bekanntheitsgrad oder deinem Einfluss interessiert ist. Zudem ist sie die Einzige, von der du mir erzählst, seit Nicole. Also, wenn das nichts zu bedeuten hat, dann weiß ich auch nicht.«

Ich zucke bei der Erwähnung meiner Ex-Freundin unmerklich zusammen. Sie hat mir damals das Herz aus der Brust gerissen und ist anschließend darauf herumgetrampelt. Es ist zwar schon eine Weile her, aber seitdem habe ich mir geschworen, dass ich einer Frau nie wieder so schnell mein Herz schenke. Nur Rosi, die Nicole mir nach meinem Unfall gegeben hat, war die Einzige, bei der ich diesen Schwur gebrochen habe.

»Sean, steck den Kopf nicht in den Sand. Vielleicht führt euch das Schicksal doch noch irgendwie zusammen.« Er wendet sich ab. »Ich muss in den Schatten, bevor die Sonne mir noch das Hirn wegschmilzt und ich gefühlsduselig werde.«

Ich sehe ihm nach und muss über ihn schmunzeln. Theodor ist wirklich ein Unikat und ich bin froh, dass er stets an meiner Seite ist.

»Na, komm, Dicker«, murmle ich und trotte mit Comer noch ein paar Runden im Schritt über den Platz.

***

Theodors Worte schwirren mir durch den Kopf und lassen mich nicht in Ruhe, während ich Comer abwasche, ihn auf die Weide bringe und anschließend nach Hause fahre. Auch als ich mit Rosi einen Spaziergang durch den Park mache, dreht sich das Gedankenkarussell unaufhaltsam weiter.

»Was meinst du, hm? Soll ich ihr auf die Mail antworten?«, richte ich das Wort an Rosi, die zu mir aufblickt, sobald sie meine Stimme hört. Sie wedelt mit dem Schwanz und bellt. »Sie hat mich zumindest in der Mail gefragt, wie es dir geht. Also ist das doch ein Zeichen, dass ich mich weiter um sie bemühen soll, oder?«

Rosi wedelt nach wie vor mit dem Schwanz und schmiegt sich an mein Bein. Ich hocke mich neben sie und streichle ihren Kopf, bevor ich sie hochhebe und mit ihr auf eine Parkbank zugehe.

Dort setze ich mich hin und lege Rosi neben mir ab. Sie bettet ihren Kopf auf meinem Oberschenkel und beobachtet danach die Leute. Bei jedem, der vorbeigeht, wedelt sie mit dem Schwanz und bettelt um Aufmerksamkeit.

Ich kraule sie am Kopf, während ich mein Handy aus der Hosentasche ziehe. Bestimmt schon zum zehnten Mal lese ich die Mail von Olivia.

Es sind nur ein paar Worte und dennoch interpretiere ich viel mehr hinein, als ich eigentlich sollte. Was ist nur mit mir los?

»Ich muss verrückt sein«, murmle ich vor mich hin, während ich eine Antwort tippe. Ich lese sie mir noch einmal durch und schicke sie ab, bevor ich erneut ins Grübeln komme.

Ehe ich mein Handy wieder einstecke, schicke ich Nate eine kurze Nachricht.

Hab einer Frau meine Handynummer geschickt, auch noch einer, die mich immer versetzt, muss total bekloppt sein.

Ich schüttle über mich selbst mit dem Kopf, da ich es nicht glauben kann. So etwas habe ich schon lange nicht mehr gemacht.

Keine Minute später bekomme ich eine Antwort.

Wow, dann muss es dir ernst sein. Viel Glück, Bro! Halt mich auf dem Laufenden.

Ich schicke einen Daumen hoch zurück und stecke das Handy danach weg. Jetzt heißt es wohl oder übel warten. Ich wende mich Rosi zu und mein Herz setzt einen Schlag aus, sobald ich bemerke, dass sie nicht mehr neben mir sitzt.

Was zum …

»Rosi! Roswitha!«, rufe ich, als ich sie ein paar Meter entfernt bei fremden Leute entdecke. Sie wedelt mit dem Schwanz und lässt sich kraulen. Seit ihrem Unfall habe ich gedacht, dass sie vorsichtiger geworden wäre, aber anscheinend war das nur von kurzer Dauer. Kaum kann sie wieder laufen, haut sie ab.

Ich eile auf sie zu und schimpfe mit ihr, was ihr jedoch offenbar nicht mal ein schlechtes Gewissen beschert, so freudestrahlend wie sie mich anblickt.

Ich habe es wirklich nicht leicht. Ganz und gar nicht.

16. Kapitel

Olivia

Zwei Wochen später

Mein Herz setzt einen Schlag aus, sobald ich die Teilnehmerliste überfliege. Sean nimmt ebenfalls teil. Mist.

Ich blinzle mehrmals und blicke erneut auf die Liste, doch das Ergebnis bleibt dasselbe und mein Magen zieht sich zusammen.

Man könnte es schlechtes Gewissen nennen, was sich in mir regt, aber eigentlich dürfte es das nicht sein. Okay, er hat mir seine Nummer geschickt und geschrieben, dass er sich freuen würde, wenn ich mich melde. Habe ich es getan? Nein. Fühle ich mich deshalb beschissen? Ja. Hatte ich dafür meine Gründe und müsste nicht nervös sein? Ja. Möchte ich ihn eigentlich treffen, habe aber einfach keine Zeit für ihn? Ja.

Ich fahre mir aufgeregt durch die Haare und klicke die Liste schnell weg, bevor ich noch hyperventiliere. Natürlich könnte ich das Turnier auch einfach absagen, aber was sollte das bringen? Früher oder später würde ich ihm so oder so begegnen, da wäre es besser, ich bringe es gleich hinter mich.

Frustriert, weil ich mich selbst in so eine ausweglose Sackgasse manövriert habe, seufze ich.

»Was ist denn mit dir los?« Ich zucke zusammen und drehe mich nach links, von wo die Stimme kam. Lizzy steht neben mir und blickt mich misstrauisch an.

»Nichts, alles okay.«

»Nichts?« Sie zieht skeptisch eine Augenbraue nach oben. »Das Seufzen hat aber gerade eher geklungen, als müsstest du die Last der ganzen Welt auf deinen Schultern tragen. Was ist los?« Ich öffne meinen Mund, doch sie redet schnell weiter. »Und ich will jetzt keine Ausreden hören, sondern knallharte Fakten, klar?«

Ich muss über sie schmunzeln und stecke mein Handy ein, während ich überlege. Die letzten zwei Wochen habe ich es für mich behalten, dass Sean mir seine Nummer geschickt hat. Es war nicht einfach, es ihr zu verschweigen, doch ich wusste, dass sie es nicht verstehen würde, wenn ich ihr meine Gründe genannt hätte.

»Ich kann förmlich sehen, wie du denkst. Jetzt sag schon.«

»Aber du behältst es für dich, klar?«

Sie rollt mit den Augen. »Als hätte ich jemals irgendetwas ausgeplaudert.«

Ich atme erneut tief durch, bevor ich es ihr erzähle. »Ich habe dir doch von der Mail von Sean erzählt.«

Misstrauisch mustert sie mich mit ihren braunen Augen. »Jep, er hat dir dann einfach nicht mehr geantwortet.«

Schuldig verziehe ich das Gesicht. »Das war gelogen.«

»Was?!«, braust sie sofort auf und ich gebe ihr einen Klaps auf den Arm.

»Sei ruhig!« Ich sehe den Stallgang entlang und bemerke, dass uns die anderen bereits mustern. Besonders Zoe, die mir nach wie vor nicht wohlgesinnt ist. »Er hat mir seine Handynummer geschickt.«

»Seine Nummer? O mein Gott! Das ist so aufregend! Und was hast du …« Das Grinsen weicht von ihren Lippen und Erkenntnis macht sich auf ihrem hübschen Gesicht breit. »Moment mal, du hast ihm nicht geantwortet, nicht wahr?«

»Nein.«

»Aber wieso denn nicht? Bist du von allen guten Geistern verlassen? Du stehst auf ihn und er auf dich, was soll das? Willst du als alte Jungfer sterben?! Außerdem hast du versprochen, dass du mit ihm einen Kaffee trinken gehst, wenn er dir einen guten Grund nennt!«

Lizzys Stimme ist erneut lauter geworden und ich zische sie an. »So ist es nicht. Ja, ich mag ihn, aber ich kenne ihn eigentlich gar nicht. Außerdem weißt du genau, dass es bei mir drunter und drüber geht.«

»Olivia …«

»Egal, was du sagen willst, lass es«, unterbreche ich sie und blicke sie bittend an. Ich kann ihr ansehen, wie sehr sie das wurmt, doch sie nickt schließlich zustimmend. »Ich wette mit dir, wenn ich ihn morgen bei dem Turnier sehe, wird er mich nicht mal mehr kennen.« Diese Erkenntnis laut ausgesprochen zu haben, schmerzt zwar, doch es ist die Wahrheit.

»Meinst du wirklich? Ich denke, es hat etwas zu bedeuten und er war sogar extra hier, um dich zu fragen und …«

»Für mich ist die Sache abgeschlossen.«

Lizzy schiebt ihre Unterlippe nach vorn, als hätte ich ihr damit den Glauben an die wahre Liebe genommen. »Du hast mir trotzdem versprochen, dich mit ihm auf einen Kaffee zu treffen. Nur einen, Olivia.«

Ich will abermals verneinen, doch ihre Miene wirkt so bittend, dass ich schließlich nicke. »Okay, wenn er mich morgen erneut anspricht und einlädt, nehme ich an.«

»Das hast du zwar schon letztens versprochen, aber dieses Mal lasse ich dich nicht vom Haken.« Lizzy lächelt stolz.

»Mir macht allerdings noch die Sache wegen Rosi zu schaffen.«

»Wegen Rosi?«, fragt sie und runzelt dabei die Stirn.

»Seiner Hündin.«

»Oh, der kleine Dackel.«

»Genau. Wir sind schuld, dass sie verletzt wurde, und ich hätte es ihm eigentlich schon längst sagen müssen.« Ich will weiterreden, doch Lizzy stößt mich plötzlich mit dem Ellenbogen an und ich zucke zusammen. Bevor ich jedoch nachfragen kann, was das sollte, läuft Zoe an uns vorbei und schaut uns beide kalt an.

Sie verschwindet nach draußen und ich warte noch einen Moment, bevor ich erneut rede: »Meinst du, sie hat gehört, was ich gesagt habe?« Bei dem Gedanken, dass es so sein könnte und sie es brühwarm Sean erzählt, wird mir schlecht. Offenbar ist die Sache doch noch nicht so abgeschlossen, wie ich es versuche, mir einzureden.

»Ich denke nicht«, antwortet Lizzy, doch sie klingt nicht überzeugt.

Mist, ich muss es ihm dringend selbst sagen. Bevor er es durch einen dummen Zufall erfährt. Obwohl ich es nicht will, bilden sich bei dem Gedanken, dass ich ihn morgen erneut sehen könnte, Schmetterlinge in meinem Bauch. Selbst wenn ich es nicht laut zugeben würde, hat es mich erwischt. Und zwar so richtig.

***

Vorsichtig fahre ich über einen kleinen Hügel, damit Button auf dem Hänger hinten nicht ins Rutschen kommt. Bis heute kann ich nicht verstehen, wie manche in normalem Tempo fahren können, egal, ob ihr Pferd mit auf dem Hänger ist oder nicht.

»Wow, siehst du die Schnecke auf der Wiese? Sie hat uns gerade überholt«, lautet Lizzys Kommentar zu meiner Fahrweise und ich rolle mit den Augen.

»Ich mag eben mein Pferd und achte auf es.«

»Schon klar.«

»Hey! Das ist mein Ernst!«, zische ich und sie wendet sich mir grinsend zu. Ich hätte mir eigentlich denken können, dass sie mich nur aufziehen möchte, doch ich bin heute ein nervliches Wrack und zu nichts zu gebrauchen.

Dieses Mal liegt es jedoch nicht an dem bevorstehenden Turnier, sondern einzig und allein an Sean.

Auf der einen Seite hoffe ich, dass er mich ein weiteres Mal anspricht, auf der anderen wünsche ich mir, er hat mich bereits vergessen. Es ist zum Verrücktwerden und ich weiß selbst nicht so recht, was ich noch denken soll.

Lizzy ist heute zu meiner moralischen Unterstützung dabei, wobei ich jedoch glaube, dass sie nur mitgekommen ist, damit ich ihr keine Ausreden wegen Sean liefern kann.

Wir fahren weiter über die Wiese und ein Anweiser in einer orangenen Warnweste deutet nach rechts. Glücklicherweise hat es die letzten Tage nicht allzu viel geregnet, sodass ich nicht erneut im Schlamm versinken werde.

Nachdem ich eingeparkt habe, steigen wir aus. Lizzy läuft sofort zum Anhänger und schaut nach Button. Ich höre selbst von hier die piepsige Stimme, die sie immer macht, wenn sie mit Tieren spricht, und muss schmunzeln.

Ich nicke ein paar anderen Reitern zu, die ebenfalls schon da sind und ihre Pferde fertig machen. Ein Blick auf meine Uhr sagt mir, dass wir gut im Zeitplan liegen.

Etwas wacklig auf den Beinen gehe ich zu meiner besten Freundin und stelle mich neben sie. Sie streichelt Button gerade den Kopf, den er aus der kleinen Tür seitlich vorn am Hänger nach draußen gesteckt hat.

»Ich schaue mal, ob die Starterliste so geblieben ist und wie der Parcours ist, okay?«

»Geht klar.«

»Kannst du derweil Button sauber machen? Schätze, er hat seinen Hinterbeinen vor Aufregung erneut einen bräunlichen Touch verpasst.«

»Also alles wie immer.«

Ich muss schmunzeln und nicke.

Lizzy macht sich sofort an die Arbeit und ich gehe auf direktem Weg Richtung Turnierplatz. Mich wundert es, dass sie mich nicht begleiten wollte, immerhin besteht die Möglichkeit, dass ich Sean treffen könnte. Bei dem Gedanken daran zieht sich mein Magen aufgeregt zusammen und ich kann nichts gegen das dämliche Grinsen tun, das sich auf meinen Lippen ausbreitet.

Ein Bellen lässt mich zusammenzucken und ich wende mich nach links.

Meine Augen weiten sich überrascht, sobald ich erkenne, dass es Rosi ist, die auf mich zugerannt kommt. Ihre kleine Weste trägt sie wieder am Körper und sie wirkt komplett genesen.

Rosi bleibt stehen und wedelt aufgeregt mit ihrem Schwanz. Ich hocke mich vor sie und streichle über ihren Kopf. »Na, bist du wieder abgehauen?« Sie strahlt mich an, als wäre sie sich keiner Schuld bewusst. Ich muss schmunzeln und sehe mich um, während ich sie weiterhin kraule. Offenbar werde ich Sean eher treffen, als ich bisher vermutet habe.

Ein älterer Mann mit Glatze kommt auf mich zugelaufen, sein Gesicht ist gerötet. Ob vor Wut oder vor Anstrengung kann ich nicht genau sagen, denn er verzieht keine Miene.

»Da ist sie ja! Danke fürs Festhalten!«, richtet er das Wort an mich und hebt Rosi hoch, bevor ich selbst aufstehen kann.

Rosi blickt mich mitleidig von der Seite an und in meinem Kopf schrillen sämtliche Alarmglocken los. »Hey! Wer sind Sie? Der Hund gehört nicht Ihnen!«, rufe ich ihm hinterher und beschleunige meine Schritte, bis ich ihn eingeholt habe. Danach baue ich mich vor ihm auf, auch wenn das wohl ziemlich lächerlich wirken muss.

Er runzelt die Stirn. »Und wer sind Sie?«

»Dieser Dackel gehört Sean O'Connor. Also lassen Sie ihn runter, bevor ich die Bobbys rufe!«, blaffe ich ihn an und zücke mein Handy. Ich weiß selbst nicht, woher ich den Mut nehme, doch Rosi blickt mich glücklich an und bestärkt dadurch meinen Entschluss.

Womit ich jedoch nicht rechne, ist, dass der Mann in schallendes Gelächter ausbricht. Verwirrt sehe ich ihn an.

»Ich bin der Manager von Sean und er hat mich damit beauftragt, dass ich auf Rosi aufpasse. Leider funktioniert das nicht so gut, wie es eigentlich sollte.« Noch immer blicke ich ihn erstaunt an und weiß nicht so recht, was ich sagen soll. »Also keine Sorge, ich bin dazu befugt, Rosi mitzunehmen.«

Er wartet meine Antwort gar nicht ab, sondern läuft an mir vorbei und die Hündin blickt mich mitleidig an. Ich setze meinen Weg zum Turnierplatz fort und mir wird bewusst, dass ich diesen Mann tatsächlich schon ein paarmal gesehen habe. Ich spüre, wie mir Hitze in die Wangen kriecht, und bin froh, dass es niemand mitbekommt, während ich die Starterliste checke und danach den Parcours abgehe.

Sean treffe ich dabei nicht, auch wenn ich mir etwas mehr Zeit gelassen habe als eigentlich nötig.

Mit hängenden Schultern gehe ich zurück zum Anhänger und bete darum, dass sein Manager Sean die Sache mit Rosi nicht erzählen wird. So viel Glück werde ich jedoch nicht haben.

Vermutlich werden sie sich darüber krumm und schief lachen, wie ich mich vor ihm aufgebaut habe. Ich ziehe den Kopf noch etwas weiter ein und bleibe entsetzt knapp vor meinem Hänger stehen, sobald ich erkenne, wer dort steht.

17. Kapitel

Sean

Belustigt bemerke ich, wie sich Olivias Wangen feuerrot färben, sobald sie mich bemerkt. Ich grinse sie wissend an und Rosi zappelt auf meinem Arm, sodass ich sie herunterlasse.

Sie rennt auf Olivia zu, doch die scheint sie gar nicht wahrzunehmen. Stattdessen kommt sie mit zögerlichen Schritten auf mich zugelaufen.

Eigentlich sollte ich beleidigt sein oder mir zumindest meine Enttäuschung anmerken lassen, dass sie sich zwei Wochen lang nicht bei mir gemeldet hat, doch das ist jetzt nicht mehr möglich. Ich habe es mir vorgenommen, aber sie zu sehen, lässt meinen Puls rasen und sie kann mir vermutlich ansehen, wie sehr sie mich aus der Fassung bringt.

»Hallo Olivia«, begrüße ich sie.

»Ähm, hi.«

»Oder sollte ich eher sagen: die mutige Retterin von Rosi?«

Sie presst die Lippen zusammen und streicht sich fahrig eine Strähne hinter das Ohr. Ich höre Olivias Freundin Lizzy lachen, der ich die Geschichte bereits erzählt habe. Sie ist ein fröhlicher und lustiger Mensch, sodass ich sofort auf einer Wellenlänge mit ihr war.

»Sehr witzig«, brummt Olivia und ich gehe auf sie zu.

»Tut mir leid, aber es muss wohl ein Bild für die Götter gewesen sein.«

»Oh ja!«, ruft ihre Freundin und Olivias Augen weiten sich.

»Sie weiß es ebenfalls bereits?« Ich nicke und sie flucht leise. »War ja klar. Okay, ähm … da wir nun alle schön über mich gelacht haben, können wir jetzt auch weitermachen. Immerhin geht es gleich los.«

Sie drängelt sich an mir vorbei, doch ich halte sie an der Hand zurück. Zu meiner Überraschung entreißt sie sich nicht sofort meinem Griff, sondern bleibt stehen und wendet sich mir zu.

»Fünf Minuten haben wir noch.« Sie öffnet ihren Mund, doch ich komme ihr zuvor. »Bitte.«

Sie mustert mich, bevor sie zögernd nickt. »Okay. Aber nicht mehr.«

»Nehmt euch so viel Zeit, wie ihr braucht. Ich mache Button fertig«, ertönt es von Lizzy und ich muss schmunzeln.

»Danke«, antwortet Olivia, aber es klingt nicht wirklich dankbar. Ich lasse ihre Hand los und gehe weiter nach vorn zu ihrem Auto, damit uns niemand hören kann. Das ist eine Sache zwischen uns beiden.

Wir blicken uns an und keiner sagt ein Wort. Schätze, ich muss den Anfang machen. Obwohl es eigentlich keinen Grund dafür gibt, bildet sich ein Kloß in meinem Hals und all die Worte, die ich mir zurechtgelegt habe, sind mit einem Mal weg.

»Es tut mir leid«, beginnt Olivia zu meiner Überraschung und ich sehe sie perplex an. Ihre grünen Augen fixieren mich und scheinen tief in mich zu blicken. »Mein Leben ist kompliziert und ich weiß manchmal nicht, wo mir der Kopf steht. Ich habe einfach keine Zeit und …« Sie spricht den letzten Satz nicht zu Ende, sondern verstummt.

Ich raufe mir durch meine Haare und nicke. »Das verstehe ich besser, als du vielleicht denkst.«

Ein leichtes Lächeln umspielt ihre Lippen. »Ich hatte ehrlich gesagt Angst, dass du mich heute ignorieren würdest, weil ich dir nicht geschrieben habe.«

Ich ziehe eine Augenbraue nach oben. »Wieso das?«

Sie zuckt mit den Schultern. »Ich weiß nicht. Weil ich eben ich bin.«

Damit beantwortet sie zwar nicht meine Frage, aber ich gehe dennoch darauf ein. »Und du denkst, das reicht nicht?« Sie antwortet mir nicht, doch ich kenne die Antwort auch so. »Obwohl ich dich erst ein paar Mal gesehen habe und wir vermutlich nicht mehr als zwanzig Worte miteinander gewechselt haben, finde ich dich interessant. Und allein die Tatsache, dass du meinen Hund beschützen wolltest, macht dich mir sympathisch.« Olivia lächelt erneut und ich kann gar nicht genug von diesem Anblick bekommen. »Ich frage dich ein letztes Mal und wenn die Antwort Nein lautet, dann lasse ich dich in Ruhe. Versprochen. Also … Gehst du mit mir einen Kaffee trinken? Bitte.«

»Sean, ich …«

»Und weil du einen guten Grund wolltest, ich habe hier hundert für dich.« Ich hole den zerknitterten Zettel aus meiner Hosentasche, den ich bereits seit einer knappen Woche mit mir herumtrage, und gebe ihn ihr. Ihre Finger beben, als sie ihn nimmt und erstaunt anstarrt. »Lies sie dir alle gut durch und wenn du deine Entscheidung gefällt hast, dann schreib mir oder ruf mich an. Meine Nummer hast du noch, nehme ich an?« Sie nickt knapp und ich lächle sie glücklich an. »Gut. Ich würde mich freuen, wenn du dich meldest. Aber fühl dich nicht gezwungen. Viel Erfolg heute.«

Bevor sie etwas sagen kann, drehe ich mich um, winke ihrer Freundin noch mal zu, rufe Rosi, die mir erstaunlicherweise gleich folgt, und gehe zurück zu meinem Anhänger. Denn obwohl sie es nur als Ausrede gesagt hat, hat Olivia recht: Es ist wirklich schon spät.

***

Ich lächle die Frau vor mir an, obwohl ich nichts lieber tun würde, als einfach aufzustehen und wieder nach Hause zu fahren. Doch ich muss jetzt da durch und dieses Interview geben. Manuel hat es eingefädelt, aber dieses Mal kann ich ihm nicht böse sein. Zudem fragt er mich mittlerweile vorher stets nach meiner Meinung, erinnert mich freundlich an Termine und befiehlt sie mir nicht so wie sonst.

»Wann ist denn Ihr nächstes großes Turnier, Mr O'Connor? Die letzten zwei Wochen haben wir Sie eher auf kleineren Veranstaltungen mit Ihren jüngeren

Pferden gesehen.«

Ich nicke und hebe das Mikrofon zu meinem Mund. »Das stimmt. Ich bin momentan mit meinen zwei jungen Stuten am Start, da sie irgendwann mal die Nachfolger von Comer werden sollen. Mittlerweile ist er schon fünfzehn und ein alter Hase. Um aber Ihre Frage zu beantworten: In drei Wochen bin ich in Chelsea zur Meisterschaft.«

»Oh, wow! Na, da freuen wir uns drauf. Und gibt es denn schon Pläne für Olympia?«

Kurz lache ich auf und schüttle mit dem Kopf. »Es wäre traumhaft, wenn das klappen würde, aber so weit bin ich noch lange nicht.« Ich zwinkere der Moderatorin zu und sie strahlt über das ganze Gesicht.

»Wir drücken Ihnen die Daumen, dass Sie bald Neuigkeiten dazu haben. Vielen Dank für Ihre Zeit, Mr O'Connor.«

»Gern geschehen«, verabschiede ich mich und reiche ihr das Mikro zurück.

Sie nimmt es und geht mit ihren zwei Kameraleuten auf die Suche nach dem nächsten Opfer.

Ich wende mich ab und beschließe, mir einen Kaffee zu holen. Weit komme ich jedoch nicht, da Rosi auf mich zugerannt kommt und mich schwanzwedelnd begrüßt. Manuel folgt ihr mit etwas Abstand und hat die Leine samt Halsband in der Hand. Schätze, sie ist erneut abgehauen.

»Hallo, meine Süße«, begrüße ich sie und hebe sie kurzerhand hoch. Sie freut sich darüber und bekommt sich kaum wieder ein. Ich muss lachen und drücke ihr einen Kuss auf den Kopf.

Manuel kommt schnaufend vor mir zum Stehen. »Sorry, aber sie hat einen Ausflug unternommen. Ich habe nur eine Sekunde nicht aufgepasst.«

»Schon okay«, erwidere ich und er blickt mich perplex an. »Macht sie bei mir auch ständig.«

»Wie lief das Interview?«

Ich setze mich mit Rosi auf dem Arm in Bewegung und er folgt mir. »Ganz gut. Ich denke, ich habe alle Fragen zu deren Zufriedenheit beantwortet.«

»Perfekt.«

Vor einem Wagen, der Kaffee anbietet, halte ich inne. »Willst du auch was?«

»Einen schwarzen Kaffee, bitte.«

Ich gebe dem Typen darin meine Bestellung auf und er macht alles fertig. Nachdem ich bezahlt habe, gehe ich auf eine kleine Bank zu, die noch frei ist, und setze mich. Rosi platziert sich neben mir und legt wie immer ihren Kopf auf meinem Oberschenkel ab. Manuel bleibt vor uns stehen, obwohl genügend Platz zum Sitzen wäre.

»Was steht die Woche so an?«

Als hätte Manuel nur auf diese Frage gewartet, zieht er einen Zettel aus seiner Tasche und blickt darauf. Er nippt an seinem Becher, bevor er schließlich loslegt. »Morgen hast du das Shooting mit Pikeur. Danach noch ein Interview für das Magazin Reiterleben und Mitte der Woche steht das Shooting mit Comer an. Sie wollen, dass du dabei die neue Marke von Eskadron präsentierst.«

Ich seufze und nicke knapp. Shootings machen zwar Spaß, besonders mit Pferd, aber sie sind auch verdammt zeitaufwendig und kosten mich meist einen ganzen Tag.

»Das war's?«

»Jep.« Perplex mustere ich Manuel. Sonst packt er meine Tage so voll, dass ich kaum Zeit fürs Training habe. »Was schaust du mich so an? Ich habe dir versprochen, dass ich nicht mehr so viel ohne deine Absprache ausmache.«

Ein Lächeln zuckt um meine Lippen. »Das schon, aber normalerweise hältst du dich nicht daran.«

Manuel reagiert nicht auf meine Worte oder mein Lachen, sondern nippt an seinem Kaffee.

»Na, altes Haus, wusste ich doch, dass du heute hier bist.« Rosi hebt ihren Kopf, sobald sie Nates Stimme erkennt. Er streichelt sie kurz, bevor er neben mir Platz nimmt.

»Ach, lässt du dich auch mal wieder sehen?«, begrüße ich ihn und er lacht.

»Das sagt der Richtige. Bist du etwa schon fertig?«

Ich nicke. »Bin heute nur bei den zwei A-Springen gestartet.«

»Mega, dann habe ich auch mal eine Chance zu gewinnen.« Er grinst mich von der Seite an und ich muss lachen. »Sonst alles klar bei dir? Was gibt es Neues?«

Ich bemerke aus dem Augenwinkel, wie sich Manuel etwas entfernt, damit wir ungestört reden können, und schon bringen wir uns gegenseitig auf den aktuellen Stand.

18. Kapitel

Olivia

Grund 1: Ich würde dir den besten Kuchen in der Stadt zeigen.

Grund 2: Ich könnte dir Schimmelshampoo besorgen, für den gelben Schweif deines Pferdes. Damit geht hundertpro alles raus!

Grund 3: Du könntest mit Rosi auf deinem Schoß kuscheln. (Eigentlich dürfte das sogar zwei Gründe wert sein. Ich meine – Rosi?! Sie ist der süßeste Dackel, den es auf der Welt gibt!)

Ich muss grinsen und lasse den Zettel sinken. Sean hat mir tatsächlich einhundert Gründe aufgeschrieben. Jeder ist witziger und noch abstruser und er hat sich so viele überlegt. Mein Herz pumpt wie verrückt bei diesem Gedanken und ich muss ein Seufzen unterdrücken.

Immerhin sitzt Lizzy neben mir und sie wartet nur darauf, dass ich ihr den Zettel vorlese. Doch das wird nicht passieren, dafür ist er viel zu süß. Wenn ich ehrlich bin, möchte ich ihn nur für mich alleine haben. Zumindest vorerst. Zudem will ich mir Zeit lassen, ihn zu lesen. So etwas hat noch nie ein Mann für mich gemacht und ich möchte das Gefühl genießen und so lange behalten wie nur möglich.

»Und?«, fragt sie mich und ich werde aus meinen Gedanken gerissen.

»Hm?« Ich presse den Zettel an meine Brust, als wäre er mein wertvollstes Gut.

Sie grinst mich wissend von der Seite an. »Wirst du ihm schreiben und einen Kaffee mit ihm trinken gehen?«

Ich kann nichts gegen das Lächeln auf meinen Lippen tun. »Ich denke schon.«

Lizzy quietscht und trommelt auf dem Lenkrad herum. Ich bin froh, dass sie fährt, denn ich hätte mich vermutlich nicht konzentrieren können. »Das ist die beste Nachricht des Tages. Okay, neben der, dass du heute den vierten Platz mit Button gemacht hast.«

Mein Strahlen wird noch breiter, sobald sie mich daran erinnert. Keine Ahnung, was los war oder ob es vielleicht an Sean lag, aber Button und ich waren heute eine Einheit und ich habe mir mehr zugetraut als sonst.

»Ich kann es selbst kaum glauben.«

»Dass du mit Button platziert wurdest oder dass Sean dir an die Wäsche will?«

»Lizzy!«, weise ich sie lachend zurecht und sie stimmt mit ein.

»Es ist nur die Wahrheit. Glaub mir, er hat sich richtig gefreut, als er dich gesehen hat. Schätze, weil du Rosi so verteidigen wolltest, hat er sich jetzt vollends in dich verliebt.«

Ich spüre, wie mir wieder Hitze in die Wangen kriecht, und schüttle lachend mit dem Kopf. Ich lasse die vergangenen Stunden Revue passieren und überlege, wann ich mich das letzte Mal so gut und frei gefühlt habe. Allein die Tatsache, dass ich mich nicht erinnern kann, ist Antwort genug.

Obwohl ich mich eigentlich dagegen wehren wollte und mehrere Gründe hatte, um es nicht zu tun, kann ich es jetzt kaum erwarten, mich privat mit Sean zu treffen.

Ich nehme den Zettel wieder und beginne, ihn weiterzulesen. Lizzys Blick spüre ich dabei überdeutlich auf mir, doch ich ignoriere ihn gekonnt.

Grund 4: Ich könnte dir beim Kaffeetrinken zeigen, wie ich mit den Ohren wackeln kann.

Grund 5: Ich kann dir stundenlang zuhören, ohne dich unterbrechen zu wollen.

Grund 6: Wenn du schlecht drauf bist, erzähle ich dir so viele flache Witze, dass du gar nicht anders kannst, als zu lachen. Du willst ein Beispiel? Okay, bitte: Wie nennt man einen durchtrainierten Waschbären? Eine Wasch-Maschine.

Ich muss lachen, sobald ich Grund 6 lese. Wie kommt er nur auf so etwas? In meinem Magen kribbelt es verräterisch und ich lese schnell weiter.

Grund 7: Ich würde dich wirklich gerne küssen.

Meine Wangen werden ganz heiß, sobald ich das lese. Er meint es offenbar ernst. Am liebsten würde ich sofort mein Handy aus der Tasche ziehen, um ihm zu schreiben, doch ich verschiebe es auf später, wenn keine neugierige beste Freundin neben mir sitzt, die jede Regung von mir aufsaugt wie ein Schwamm.

Ich lehne mich lächelnd in dem Sitz zurück und blicke aus dem Fenster. Besser konnte es heute gar nicht laufen.

***

Obwohl es natürlich ein Risiko ist, zu meiner Mutter zu fahren, da sie mir einen guten Tag mit ihrer schlechten Laune vermiesen könnte, gehe ich hin. Sie ist immerhin meine Mom und ich liebe sie. Selbst wenn sie nicht mehr die ist, die sie einmal war.

Ich klingle an ihrer Tür, bevor ich den Haustürschlüssel hervorhole. Normalerweise überhört sie meist gekonnt das Klingeln oder bekommt es schlichtweg nicht mit. Doch erneut werde ich heute überrascht, als sie mir die Tür öffnet.

Sie wirkt ein wenig blass um die Nase und ihre Haare sind strähnig, aber das Lächeln auf ihren Lippen macht all das wett.

»Hi«, krächze ich überrascht und sie lächelt noch breiter, sobald sie mich erkennt.

»Hallo Livie, komm rein.« Sie tritt einen Schritt zur Seite und ich wische mir schnell über die Augen. Bei meinem Spitznamen hat sie mich schon ewig nicht mehr genannt.

Sie schließt die Tür hinter mir und ich drehe mich zu ihr um. Wie immer trägt sie einen ihrer Jogginganzüge, aber dieser hier ist frisch gewaschen und hat keinen einzigen Fleck.

»Gut siehst du heute aus.«

Meine Mutter freut sich offensichtlich über das Kompliment und für einen Moment huscht ein bekannter Ausdruck von früher über ihr Gesicht. Nicht lange, aber er war da. »Wie war dein Tag? Ich habe gar nicht mit dir gerechnet.«

Die Tatsache, dass sie nicht mit mir gerechnet hat, macht ihr Aussehen noch unwirklicher. Meist versucht sie, sich Mühe zu geben, wenn ich komme.

»Ich war heute mit Button bei einem Turnier. Wir haben den vierten Platz gemacht«, erzähle ich ihr stolz, doch meine Freude fällt in sich zusammen, da sie mein Lächeln nicht mehr erwidert.

»Warum denn nur den vierten?«, fragt sie und zieht die Augenbrauen hoch. Ich bin so perplex, dass ich nicht antworten kann. »Na ja, trotzdem herzlichen Glückwunsch. Ist besser als nichts, oder?«

»Ähm … ja, genau«, murmle ich und meine Freude über diese Platzierungen flaut schlagartig ab.

»Komm, wir setzen uns und trinken einen Kaffee.«

Ich nicke und gehe mit ihr in die Küche. Sie beginnt ausnahmsweise von sich aus zu erzählen, aber ich kann ihr kaum folgen. Ihre harten Worte haben mir die gute Stimmung getrübt.

Vielleicht war es doch ein Fehler, hierherzukommen.

***

Ich wickle eine Haarsträhne um meinen Finger,

während ich Seans Liste weiterlese, in der Hoffnung, dass ich wieder bessere Laune bekomme. Zwar war es vorhin doch noch ganz nett mit meiner Mom, aber leider nicht so schön, wie ich es mir erhofft habe.

Grund 8: Wir könnten zusammen ausreiten.

Grund 9: Du dürftest Rosi so viel streicheln, wie du möchtest. Tipp: Du bist ihre beste Freundin, wenn du sie am Bauch kraulst!

Ich muss darüber schmunzeln. Vorsichtig falte ich die Liste zusammen. Ich habe noch lange nicht alle Gründe gelesen, aber meine Entscheidung ist ohnehin gefallen.

Mit einem Kribbeln im Magen ziehe ich mein Handy hervor, klicke auf Seans Namen und versuche, normal weiterzuatmen, während ich darauf warte, dass er abnimmt.

»Hallo?« Seine sonore Stimme ertönt und ich bin für einen Moment so perplex, dass ich nichts antworten kann. »Wer ist da? Hallo?«

Ich reiße mich aus meiner Starre und komme mir unendlich dämlich vor. »Hi, hier ist Olivia.«

Es herrscht kurze Stille und ich fürchte für einen Augenblick, dass er aufgelegt hat. »Wow, ich hätte nicht mehr gedacht, dass du dich meldest! Aber ich freue mich. Sehr sogar.«

Allein seine Worte sorgen dafür, dass ein Schwarm Schmetterlinge in meinem Magen auf und ab fliegen. Hitze schießt mir wie immer in die Wangen und meine Hände fühlen sich schweißnass an. Und das alles nur, weil er mit mir redet.

»Ich habe angefangen, deine Liste zu lesen.«

Er lacht leise. »Angefangen? Bei welchem Grund bist du?«

»Nummer 9.«

»Aaah, der mit dem Bauch kraulen von Rosi.« Ich blinzle perplex, da er das so genau weiß. Oder er hat eine Kopie direkt griffbereit daheim. Egal, so oder so ist es süß. »Sie sitzt übrigens gerade neben mir und wartet nur darauf, dass du Grund 9 auch wahr machst.«

Ich grinse breit und mein Herzschlag beschleunigt sich. »So so, du benutzt also deinen Hund, um an mich heranzukommen.«

»Würdest du das nicht so machen? Ich kann nichts dafür, dass sie so niedlich ist.«

Ich lache laut auf und höre, wie er mit einstimmt. »In der Tat.«

»Und? Wie fällt deine Antwort denn aus?«

Ich beiße mir auf die Unterlippe, bevor ich antworte: »Ich gehe einen Kaffee mit dir trinken.«

»Juhu!«, jauchzt er los und ich muss mir vor Lachen den Bauch halten, als Rosi mit einem Jaulen einstimmt. »Selbst Rosi freut sich«, erklärt er.

»Ich hoffe, du bringst sie auch mit. Nur ihretwegen habe ich eingewilligt.«

»Oh man, meinem Ego schmeichelt das zwar gar nicht, aber ich kann darüber hinwegsehen. Wann hast du denn Zeit? Vielleicht gleich morgen Nachmittag? Ich könnte dich abholen.«

»Morgen ist schlecht, da habe ich Spätdienst. Aber

den Tag darauf würde es perfekt passen.« Aufregung macht sich in mir breit, sobald mir bewusst wird, was ich hier gerade tue: Ich mache ein Date mit Sean O'Connor aus!

»Okay, dann übermorgen. Sechzehn Uhr? Passt dir das?«

»Perfekt und wo?«

Er zögert kurz und ich runzle die Stirn. »Darf ich dich abholen? Ich würde dich gerne überraschen.«

Ich muss lächeln und nicke. »Sehr gerne. Ich schicke dir meine Adresse per Nachricht.«

»Ich freue mich schon drauf.«

»Ich auch«, erwidere ich und meine Stimme hört sich mit einem Mal piepsig an.

»Ach, und Olivia?«

»Ja?«

»Ich würde Grund 7 wirklich sehr gerne machen.«

Ohne nachzuschauen, weiß ich, welchen er meint: Er will mich küssen. Ich komme mir vor wie ein Teenager und nicht wie eine erwachsene Frau, als ich allein bei dem Gedanken ein Kichern unterdrücken muss.

»Bis dann. Schlaf gut.«

Bevor ich noch etwas sagen kann, hat er aufgelegt. Ich starre grinsend auf mein Handy und kann nicht glauben, dass ich wirklich mit ihm ausgehen werde. Am liebsten würde ich es Lizzy direkt erzählen, aber ich verschiebe es auf morgen. Immerhin sollte ich langsam ins Bett gehen und das könnte ich abschreiben, wenn ich sie nun anrufe. Sie würde jedes Detail wissen wollen.

Stattdessen schwebe ich förmlich durch meine Wohnung und mache mich bettfertig.

19. Kapitel

Sean

Ich wische mir meine Hände an der Jeans ab, doch es ändert nichts daran, dass sie sich immer noch schwitzig anfühlen. Ich kann mich nicht erinnern, dass ich jemals so nervös war, nur weil ich ein Date mit einer Frau habe. Aber es geht nun mal um Olivia.

Aufregung macht sich in mir breit und ich kann es kaum erwarten, bis ich sie endlich abhole. Zwar bin ich schon fertig, aber ich habe locker noch eine halbe Stunde Zeit und ich will nicht wie ein Irrer vor ihrer Tür stehen und warten.

»Hast du Lust auf einen Ausflug?«, richte ich die Frage an meine Hündin, die auf dem Sofa sitzt und mein seltsames Verhalten beobachtet.

Sobald sie mitbekommen hat, dass ich das Wort an sie gerichtet habe, wedelt sie mit dem Schwanz. Ich gehe auf sie zu und streichle über ihren Kopf. Sie schließt genießerisch die Augen und dreht sich auf den Rücken, damit ich ihr den Bauch streicheln kann.

Ich bin froh, dass sie mittlerweile wieder rennen kann wie vor dem Unfall. Nicht auszudenken, wenn sie bleibende Schäden davongetragen oder ich sie sogar hätte einschläfern müssen. Ein Kloß bildet sich bei diesem Gedanken in meinem Hals und ich denke lieber nicht weiter darüber nach.

Ich kraule Rosi noch etwas, bevor ich auf die Uhr blicke. »Komm, wir müssen los. Nicht, dass wir zu spät kommen.«

Kaum bin ich aufgestanden, folgt mir Rosi und bellt laut. Offenbar denkt sie, wir gehen Gassi. »Keine Sorge, wir machen etwas viel Schöneres.«

Rosi legt den Kopf schräg, folgt mir aber brav, bevor ich sie hochhebe, die Treppen runtertrage und sie ins Auto setze.

Während der Fahrt rollt sie sich auf dem Beifahrersitz zusammen und schläft. Ich beneide sie für ihre entspannte Art, denn mir dagegen schlägt mein Herz bis zum Hals und es fühlt sich an, als wäre der Kragen meines Shirts zu eng. Himmel, was ist nur los mit mir? So nervös bin ich normalerweise nicht mal vor einem Turnier!

In der Straße, die mir Olivia genannt hat, werde ich langsamer und blicke mich um. In dieser Gegend war ich schon mal und ich glaube, mich daran zu erinnern, dass hier irgendwo ein Pub ist.

Bevor ich mich jedoch weiter umblicken kann, sticht mir Olivia ins Auge und ich muss lächeln. Sie trägt ein wunderschönes violettes Sommerkleid und der Wind lässt den Saum flattern. Ich wünschte, ich könnte diesen Moment fotografisch festhalten, um ihn nie wieder zu vergessen.

Vor ihr halte ich an und steige aus, bevor sie

reagieren kann. »Du bist wirklich da«, begrüße ich sie und sie lacht leise.

»Du hast wohl etwas anderes erwartet?«

Während ich auf sie zugehe, nicke ich. »Wenn ich ehrlich bin, ja.«

Vor ihr bleibe ich stehen und weiß nicht so recht, wie ich sie begrüßen soll. Umarmen? Die Hand schütteln? Einfach nur weiter doof grinsen?

Olivia nimmt mir die Entscheidung ab, als sie einen Schritt auf mich zutritt und mich kurz umarmt. Ich lege meine Arme ebenfalls um sie und mein Puls schnellt erneut in die Höhe. Nachdem wir uns wieder voneinander gelöst haben, erkenne ich, dass auch sie etwas gespürt hat, denn ihre Wangen ziert eine leichte Röte.

Ich muss ein Grinsen unterdrücken und wende mich der Beifahrertür zu. Schwungvoll öffne ich sie und Rosi blickt mir müde entgegen. »Komm, Rosi. Du musst heute hinten mitfahren.« Sie rührt sich nicht, stattdessen schließt sie wieder die Augen. »Roswitha!« Sie hebt zögerlich die Augenlider, wirkt jedoch ganz und gar nicht begeistert.

Olivia legt eine Hand auf meinen Arm und ich drehe mich halb zu ihr. »Lass sie ruhig, ich kann sie auch auf den Schoß nehmen.«

»Bist du sicher? Sie haart schon wieder und dein Kleid würde …«

»Das macht doch nichts«, unterbricht sie mich und ich nicke dankbar. Erneut hat sie ein paar Sympathiepunkte eingefahren.

»Okay, dann komm mal her, Rosi.« Ich hebe meine

Hündin hoch, was sie mit einem kläglichen Seufzer quittiert, und warte, bis Olivia eingestiegen ist. Dabei muss ich mich zwingen, nicht zu lange auf ihre schlanken, nackten Beine zu blicken.

Sobald sie sitzt, streckt sie die Arme aus und ich reiche ihr Rosi. Die wedelt sofort mit dem Schwanz, als sie realisiert, dass sie weiterhin vorn sitzen darf. Glücklich strahlt sie Olivia an und diese streichelt sie.

»Ich glaube, sie mag dich wirklich.«

Olivia sagt dazu nichts, sondern lächelt nur leicht vor sich hin. Ich schließe die Beifahrertür und umrunde den Wagen, ehe ich ebenfalls einsteige.

Bevor ich losfahre, blicke ich noch mal prüfend zu den beiden, doch sie sind wie ein Herz und eine Seele. Rosi hat sich auf Olivias Schoß eingerollt und die Augen schon wieder geschlossen und Olivia streichelt sie sanft. Ich starte den Wagen und fahre los.

»Wo gehen wir eigentlich hin?«

»Wird nicht verraten«, antworte ich und bemerke aus dem Augenwinkel, wie Olivia mich mustert. »Glückwunsch übrigens zur Platzierung. Wir haben noch gar nicht darüber gesprochen.«

»Danke dir. Ich kann es selbst kaum glauben.«

Überrascht runzle ich die Stirn. »Wieso das? Du reitest gut und passt einwandfrei mit deinem Pferd zusammen. Warum wundert es dich also?«

Ich blicke kurz zu ihr rüber und der Ausdruck auf ihrem Gesicht raubt mir für einen Moment den Atem. In ihrer Miene liegt so viel Dankbarkeit, dass ich schlucken muss. Sofort verfluche ich es, dass wir im

Auto sitzen und ich nicht die ganze Zeit auf sie achten kann.

»Tatsächlich fehlt mir etwas der Ehrgeiz. Button hat dafür aber genug davon.«

»Und warum fehlt er dir?«

Sie zuckt mit den Schultern und lässt mich einen Moment auf ihre Antwort warten. »Ich weiß nicht. Irgendwie möchte ich auch gar nicht so erfolgreich werden. Ständig sind dann irgendwelche Erwartungen an einen gekoppelt und wenn man die mal nicht erfüllen kann, ist man gleich die Neuigkeit Nummer eins. Womöglich habe ich einfach nicht genug Biss für diesen Sport.«

Zu gerne würde ich ihr widersprechen, doch sie hat recht. Es ist wirklich nicht immer leicht und manchmal geht mir auch alles auf den Sack, weil ich nur reiten möchte. So wie es ganz am Anfang meiner Karriere war.

»Wenn es für dich in Ordnung ist, ist das doch kein Problem«, antworte ich.

»Manchmal will ich schon mehr, aber eben nur manchmal. Reiten ist für mich ein Hobby und das soll so bleiben. Außerdem hätte ich für mehr vermutlich auch gar nicht die Zeit.«

Ich nicke, denn ich kann sie gut verstehen. Sobald man sein Hobby zum Beruf macht, wird es ernst. Und dann kann man das Hobby nicht mehr zum Ausgleich betreiben, sondern man muss. An manchen Tagen fällt das selbst mir schwer.

»Ich finde deine Einstellung gut. Bevor du dir den

Spaß am Reiten versaust, halte es lieber so. Auch wenn ich für einen Moment den Gedanken hatte, dass du mir bald dicht auf den Fersen bist.«

Sie lacht leise und ich blicke kurz zu ihr. »Keine Sorge, an dich komme ich nicht heran. Niemand kommt das.«

»Ich fasse das jetzt als Kompliment auf.«

»Als hättest du das noch nötig«, zieht sie mich auf und ich muss schmunzeln. Ich mag es, mir mit ihr Wortgefechte zu liefern, und ich hätte nicht gedacht, dass es mit ihr möglich ist. Immer mehr bin ich froh, dass sie eingewilligt hat, sich mit mir zu treffen.

»Was für einen Job hast du denn, wenn Reiten nur ein Hobby für dich ist?«

»Ich arbeite in einem Labor und werte DNA-Proben aus.«

»In einem Labor?« Sie nickt. »So richtig mit weißem Kittel und so, Frau Doktor?«

Sie lacht erneut und gibt mir einen Klaps auf den Arm. »Ich will gar nicht wissen, was du gerade für Fantasien hast.«

»Wenn du wüsstest«, ziehe ich sie auf und wir lachen beide. Rosi nimmt das alles unbeeindruckt hin und ignoriert uns weiterhin. »Aber jetzt im Ernst: Wie ist die Arbeit so?«

»Stellenweise sehr interessant, manchmal allerdings auch echt öde, gerade, wenn nicht viel los ist. Reiten ist für mich der perfekte Ausgleich, da ich da viel Bewegung habe.«

»Kann ich mir gut vorstellen.«

»Und du? Reiten ist dein Brotjob, nicht wahr?«

Ich nicke. »War er schon immer. Ich habe meine Lehre darin gemacht, sogar meinen Meister und nun bin ich hier. Mein Manager sieht mich bereits bei Olympia reiten, aber ich bin mir noch nicht so sicher, ob das wirklich etwas wird.«

»Denkst du nicht?«

»Ich weiß nicht. Die Konkurrenz ist hart, man braucht viele Sponsoren und natürlich Talent, um im Kader aufgenommen zu werden. Aktuell bin ich auch so zufrieden, wie es jetzt ist. Meine Pferde laufen gut und wir entwickeln uns nach wie vor weiter.«

Vor einer roten Ampel bleibe ich stehen und wende mich Olivia zu. Ein Lächeln umspielt ihre Lippen und mir kribbelt es in den Fingern, mich einfach zu ihr herüberzubeugen und sie zu küssen.

»Solltest du es doch zu Olympia schaffen, bin ich auf jeden Fall dein Cheerleader.«

Ich grinse und in meinem Kopf entstehen sofort Bilder. Ziemlich unanständige. »Tja, die nächste Olympiade ist schon in sechs Monaten, also müssen wir wohl mindestens vier Jahre warten.«

Die Aussicht, dass wir dann noch immer Kontakt haben könnten, hinterlässt ein warmes Gefühl in meinem Magen. Olivia lächelt mich erneut an und nur das Hupen hinter uns zerstört den Moment.

Ich fahre schnell los. Ein paar Minuten später, in denen jeder seinen eigenen Gedanken nachgehangen hat, kommen wir an.

Sobald ich den Motor ausgeschaltet habe, blickt sich

Olivia suchend um. »Wo sind wir?«

Ich grinse glücklich. »Wirst du gleich sehen. Ich hoffe, es gefällt dir. Rosi findet es hier immer fantastisch.«

Kaum hat meine Hündin ihren Namen gehört, hebt sie den Kopf von Olivias Schoß. Sie gähnt herzhaft und ich streichle sie kurz. Dabei wird mir bewusst, wie nahe ich Olivia somit bin. Ich sehe zu ihr und bemerke, dass sie genau wie ich die Luft anhält. Es wäre so einfach … Ich müsste mich nur zu ihr beugen und …

Rosi bellt und in diesem Moment verfluche ich meinen Hund. »Komm, gehen wir«, sage ich und meine Stimme hört sich selbst in meinen Ohren rau an.

Ich steige aus, laufe zu Olivias Seite und nehme ihr Rosi ab, der ich sogleich ein Halsband und eine Leine verpasse.

Olivia stellt sich neben mich, sobald sie ausgestiegen ist, und wir lächeln uns beide zaghaft an. *Ich muss gerade der glücklichste Mann auf der ganzen Welt sein,* schießt es mir durch den Kopf, während ich den Blick nicht von ihr nehmen kann.

20. Kapitel

Olivia

Ich blicke mich um und muss lachen, sobald ich realisiere, wo wir sind. »Golf? Im Ernst?«

Sean grinst mich an und Rosi sitzt neben ihm und wedelt mit dem Schwanz. Sie weiß offenbar ebenfalls, wo wir sind, und freut sich darauf. »Es ist nicht nur *Golf*.« Er betont das Wort, so wie ich es getan habe, und ich muss erneut schmunzeln. »Es ist Minigolf!« Ich habe mit vielem gerechnet, aber das? Niemals. »Du wirkst nicht so begeistert.«

Schnell wende ich mich Sean wieder zu, der mich eindringlich aus seinen eisblauen Augen mustert. »Ich dachte, es wäre witziger, als in einem überteuerten Café zu sitzen und das Schweigen mit peinlichem Augenkontakt zu füllen«, sagt er.

Sofort schüttle ich mit dem Kopf, da er enttäuscht wirkt. »Nein, alles gut! Ich bin nur überrascht, wenn ich ehrlich bin. Irgendwie habe ich dir so etwas nicht zugetraut.«

Er zieht die Augenbrauen nach oben. »Willst du mir damit etwa sagen, dass du gedacht hast, Reiten sei mein einziges Talent?«

Ich muss über seine gespielt ernste Miene lachen. »Noch habe ich keinen Beweis gesehen«, ziehe ich ihn auf und er grinst.

»Dann los. Rosi und ich werden dir zeigen, wo der Golfschläger hängt.«

Erneut lache ich laut auf. Ich kann mich nicht erinnern, dass ich jemals mit einem Mann so viel Spaß hatte. Tatsächlich hatte ich die Befürchtung, dass dieses ganze Treffen irgendwie angespannt werden würde und wir beide nicht wüssten, was wir dem anderen sagen sollen. Doch so ist es perfekt.

Er ist perfekt, schießt es mir durch den Kopf und ich bin froh, dass er nicht hören kann, was ich gerade für Gedanken habe.

Vor dem Eingang bleibt er stehen und bevor ich reagieren kann, hat er auch schon bezahlt. Strahlend überreicht er mir einen Schläger und Rosi tapst neben ihm her.

»Dürfen Hunde überhaupt hier rein?«, frage ich ihn besorgt, doch uns hält niemand auf.

»Rosi schon. Sie ist hier Ehrengast. Genau wie ich.«

»Ach, ihr kommt öfter hierher?«

Er nickt. »Manchmal gehen wir auch richtiges Golf spielen, aber hier finde ich es meist witziger. Und Rosi ebenfalls. Nicht so viele versnobte Leute, weißt du?«

Sean wartet meine Antwort gar nicht ab, sondern setzt seinen Weg fort. Ich blicke mich neugierig um, da ich noch nie zuvor hier war. Wenn ich ehrlich bin, wusste ich nicht mal, dass es hier in der Gegend so eine Anlage gibt. Der Kunstrasen wirkt gepflegt, die Löcher mit unterschiedlichem Schwierigkeitsgrad sind bunt und überall stehen witzige Hindernisse. Eines wird mir jedoch klarer, je weiter wir gehen. »Sag mal, sind wir die Einzigen hier?«

Er dreht sich zu mir und zuckt mit den Schultern. »Noch, ja, erst gegen späten Nachmittag ist es meist recht voll. Dann ist hier alles beleuchtet und wirkt schön schummrig. Deshalb bin ich immer hier, sobald sie aufmachen. Da hat man seine Ruhe und muss nie irgendwo warten.« Rosi bellt zweimal, als wollte sie ihm zustimmen. Er hebt sie kurzerhand auf den Arm und geht neben mir her, bevor er beim ersten Loch stehen bleibt.

Die Herausforderung ist eigentlich einfach. Zunächst geht die Bahn geradeaus und dann in einem leichten Winkel nach rechts. Auf jeden Fall machbar. Denke ich zumindest.

Sean setzt Rosi wieder ab, die sich direkt hinlegt, uns jedoch keine Sekunde aus den Augen lässt. »Bereit zu verlieren?«, ziehe ich ihn auf und er lacht laut auf. Dabei entblößt er seine weißen Zähne und die Fältchen um seine Augenwinkel lassen ihn noch attraktiver wirken.

»Das müsste ich eher dich fragen. Aber Ladys first.« Er deutet eine Verbeugung an und ich stelle mich neben das X, an dem ich meinen Ball abgelegt habe. Sean platziert sich auf die andere Seite und beobachtet mich.

Seine Anwesenheit macht mich nervös, sodass ich viel zu weit aushole und der Ball über die ganze Bahn fliegt und außerhalb im Gras landet.

Sean prustet direkt los. »Wow, zum Glück sind wir alleine. Nicht, dass du jemanden verletzt.«

Ich strecke ihm die Zunge raus und muss ein Lachen unterdrücken. Bevor er mich noch mehr aufziehen kann, hole ich den Ball zurück.

»Das war nur ein Übungsschuss. Der zählt nicht.«

Sean zieht eine Augenbraue nach oben, nickt aber. »Okay, weil du es bist.«

Dieses Mal versuche ich, seine Anwesenheit auszublenden, was jedoch alles andere als einfach ist. Noch immer habe ich viel zu viel Schwung, doch der Ball bleibt zumindest in der Bahn. Ich gehe dorthin, wo er zum Liegen gekommen ist, und loche ihn tatsächlich mit dem zweiten Schlag ein.

»Juhu!«, jauchze ich laut und hüpfe strahlend herum. Rosi stimmt mit einem Jaulen ein und ich muss lachen.

»Nicht schlecht.«

Ich nehme meinen Ball aus dem Loch heraus und gehe wieder auf die beiden zu. Rosi wedelt mit dem Schwanz und ich streichle ihr sanft über den Kopf. »Na, dann zeig mal, was du kannst.«

»Herausforderung angenommen«, meint er und lässt dabei seine Brust anschwellen. Ich pruste laut los.

Sean stellt sich neben seinen Ball und ich genieße die Aussicht auf ihn. Seine schwarzen Haare fallen ihm locker in die Stirn und seine Miene wirkt konzentriert. Sein Shirt spannt an den Oberarmen. Ich könnte den ganzen Tag so dastehen und ihn mustern.

Er holt schließlich leicht aus und der Ball prallt links gegen die Bande und rollt direkt auf das Loch zu. Mir klappt der Mund auf, als er tatsächlich trifft.

»Na, was sagst du jetzt?«, meint er grinsend und hält seinen Schläger wie einen Pokal hoch.

»Ich sage, dass es heute das erste Mal sein wird, dass du haushoch verlierst.«

Sean grinst breit. »Vergiss es.«

Wir ziehen uns noch etwas auf, während wir weiter zum nächsten Loch gehen. Hier brauche ich drei Schläge, um einzulochen, und Sean erneut nur einen. Schätze, ich werde heute tatsächlich eine Niederlage einfahren, aber das würde ich niemals zugeben.

»Auch wenn ich es bereits zum gefühlt zehnten Mal sage, aber ich freue mich wirklich, dass du mit hier bist«, sagt Sean, während wir zum dritten Loch gehen.

Ich lächle ihn von der Seite an und als er es erwidert, schlägt mein Herz direkt einen Takt schneller. »Ich mich auch. Ich hätte nicht gedacht, dass es so lustig werden würde.« Denn das ist es tatsächlich. Sean ist charmant, witzig und macht sich offenbar gerne zum Affen für mich. Das allein hat schon sein Siegestanz an Loch zwei bewiesen.

»Wie hast du es dir denn vorgestellt?«

»Ganz ehrlich?«

Er bleibt stehen und ich ebenfalls. »Ganz ehrlich.«

Ich streiche mir eine Strähne hinter das Ohr und schaue ihn entschuldigend an. »Ich dachte, dass du nur von dir erzählen würdest. Quasi eine Lobeshymne auf dich selbst, weil du dich so toll findest.« Sean blickt mich perplex an und sein Mund klappt sogar ein Stück auf. »Entschuldige, aber du wolltest es wissen!«

»Ich bin nur überrascht, dass du so etwas gedacht hast. Du hast die Liste noch nicht zu Ende gelesen, oder?«

»Ich bin erst bei Grund 9.«

»Und wieso liest du nicht weiter?«

Verlegen zucke ich mit den Schultern. »Irgendwie fand ich es schön, wenn ich jeden Tag etwas davon habe. Sie muntert mich auf und bringt mich zum Lachen.«

»Dann habe ich mein Ziel erreicht.«

»Hast du, sonst wäre ich nicht mit dir ausgegangen.«

Sean mustert mich mit einem Mal so ernst, dass ich mich unter seinem Blick winde. Gerade als ich fragen will, warum er das tut, läuft er jedoch wieder los. »Komm, ich muss noch ein Spiel gewinnen.«

»Eher verlieren«, verbessere ich ihn und er lacht.

Vier Löcher später bin ich weit abgeschlagen und der Sieg ist in unerreichbare Ferne gerutscht. Ich kann jedoch damit leben, da Sean immer wieder abstruse Verrenkungen macht und mich damit zum Lachen bringt. Dennoch trifft er jedes Mal. Er muss das schon viel zu oft hier gemacht haben.

Ich hole mit meinem Schläger aus und verfehle mittlerweile zum zweiten Mal den Ball. Frustriert seufze ich und blicke Sean bittend an. »Hast du vielleicht einen Tipp für mich?«

Er nickt und wirkt, als hätte er nur darauf gewartet, dass ich ihn endlich frage. »Ich zeige es dir. Du musst etwas lockerer werden und das alles nicht so verbissen sehen.« Leichter gesagt als getan. »Stell dich noch einmal hin, als wenn du gerade ausholen möchtest.«

Ich positioniere mich neben dem X und lege den Schläger an den Ball an. Sean tritt plötzlich hinter mich und mir kommt es vor, als würde die Welt mit einem Mal zum Stehen kommen. Ich spüre seine Präsenz überdeutlich und ein angenehmes Prickeln fährt durch meinen Körper.

Er legt seine Arme um mich, sodass sein Oberkörper an mich gepresst ist. Ich muss mich zusammenreißen, damit ich mich nicht dichter gegen ihn lehne. Mann, warum habe ich nicht schon zwei Löcher eher nach seiner Hilfe gefragt?

»Du musst in der Hüfte locker sein und mit den Armen leicht schwingen«, raunt er mir ins Ohr und ich bekomme eine Gänsehaut, als hätte er mir sonst etwas gesagt. »Pass auf, wir machen es zusammen.« Gemeinsam holen wir aus und es fühlt sich an, als wären wir eine Einheit, sobald wir den Ball treffen und er tatsächlich nahe vor dem Loch landet.

Viel zu schnell löst sich Sean von mir und ich drehe mich zu ihm. »Danke.« Meine Stimme zittert und wir mustern uns erneut einen Moment. Fast so, als würden wir den anderen zum ersten Mal sehen. Richtig sehen.

»Jederzeit gerne.«

Ich müsste nur einen Schritt auf ihn zugehen und schon könnte ich ihn küssen. Doch meine Füße sind wie festgewachsen, aus Furcht, er könnte mich abweisen.

Doch eine Autotür wird irgendwo zugeworfen und reißt uns so aus unserer Blase. Wir zucken beide zusammen und lachen darüber. Sean blickt sich danach suchend nach seiner Hündin um, die gerade einen Gartenzwerg anknurrt, der neben der Bahn steht.

»Was für ein Killer, nicht wahr?« Ich muss lachen und stimme ihm zu. »Komm, gehen wir weiter.« Er hält mir seine Hand hin und ich ergreife sie, ohne zu zögern. Etwas hat sich zwischen uns geändert. Und allein dieser Gedanke lässt mich auf Wolke sieben schweben.

***

Nach meiner nicht allzu glamourösen Niederlage sitzen wir auf einer Parkbank und lassen uns eine Eisschokolade schmecken.

»Wenn du wirklich charmant wärst, hättest du mich gewinnen lassen«, stelle ich klar und Sean schaut mich grinsend an.

»Das nennt sich Gleichberechtigung, Olivia. Außerdem hättest du dich dann geärgert.«

»Vielleicht.« Er schmunzelt und nippt an dem kalten Getränk.

»Wie bist du eigentlich zum Reiten gekommen? Das wollte ich dich schon die ganze Zeit fragen.«

Ich lehne mich an und lasse meinen Blick über den kleinen See schweifen, der vor uns liegt. »Ich habe mit acht angefangen. Mir hat es damals an Selbstvertrauen gefehlt und ich war ein sehr schüchternes Kind. Mein Vater kam auf die Idee, dass mir reiten vielleicht helfen könnte.« Die Erinnerung an meinen Vater schlägt mir sofort aufs Gemüt, daher verdränge ich sie schnell. Es ist schade, dass wir keinen Kontakt mehr zueinander haben, aber auch besser so.

»Oh, wow. Ich habe jetzt eher einen rosanen Mädchentraum dahinter vermutet.«

Ich winke ab. »Ganz und gar nicht. Ich war eher so das Mädchen, das immer mit den Autos spielen wollte. Sehr zum Leidwesen meiner Mutter. Wie bist du zum Reiten gekommen?«

Sean stellt seinen leeren Becher neben sich ab und mustert mich. Unter seinem Blick wird mir erneut ganz warm und ich versuche, ihm standzuhalten. »Ich habe mit zwölf angefangen, weil ein Mädchen, das ich toll fand, ebenfalls geritten ist. Tja, das mit dem Mädchen ist nichts geworden, aber die Pferde sind geblieben.«

»Witzige Geschichte.«

»Das stimmt. Tatsächlich bist du die Erste, die mich danach gefragt hat, wie ich zum Reiten gekommen bin. Die meisten vermuten, dass es mir einfach in die Wiege gelegt wurde.«

Ich nicke und trinke den letzten Schluck aus. »Und deine Eltern? Wie finden sie das? Also, dass du Reiten zu deinem Beruf gemacht hast.«

Er zuckt mit den Schultern. »Schätze, für sie ist es okay. Meine Mom kann nicht hinschauen, wenn ich reite, weil sie Angst hat, und mein Dad tut stets, als wäre er ein professioneller Trainer, obwohl er selbst noch nie auf einem Pferd saß.«

»Das kann ich mir so gut vorstellen!«, sage ich lachend. »Eltern sind manchmal wirklich seltsam.«

»Wem sagst du das. Wollen wir noch eine Runde

spazieren gehen?«

»Sehr gerne. Aber ich glaube, dein Hund ist geschafft und bewegt sich heute keinen Millimeter mehr.« Wir blicken beide zu Rosi, die vor uns im Gras auf dem Rücken liegt und die Augen geschlossen hat. Kein Wunder, während unseres Spiels ist sie die ganze Zeit umhergerannt und hat alles und jeden begrüßt, den sie gesehen hat.

»Ich trage sie. Ich glaube, darauf hat sie es auch angelegt.« Er geht auf seine Hündin zu und streichelt sie sanft. Sie öffnet blinzelnd ein Auge und er redet liebevoll mit ihr, bevor er sie vorsichtig hochhebt. Sie schmiegt sich an ihn und schaut mich verschlafen an.

»Rosi hat es wirklich schwer.«

»Ja, total. Ich frage mich, wie sie das jeden Tag aushält.«

Auf einem Arm trägt er sie und mein Herz setzt einen Schlag aus, als er mit der anderen Hand nach meiner greift. Wir verschränken unsere Finger und ich kann nichts gegen das Lächeln tun, was sich auf meinen Lippen breitmacht. Es fühlt sich so leicht mit ihm an. Als wäre es nicht das erste Mal, dass wir miteinander Zeit verbringen.

Gemeinsam schlendern wir an dem See entlang und sagen kein Wort. Doch es ist kein unangenehmes Schweigen, sondern eines, was uns näher bringt.

Schlechtes Gewissen macht sich jedoch in mir breit und erinnert mich daran, dass ich Sean noch die Sache mit Rosi gestehen muss. Ich könnte es ihm jetzt einfach sagen und alles wäre okay. *Oder die Stimmung und der schöne Tag wären zerstört,* geht es mir durch den Kopf.

Bevor ich weiter darüber nachdenken kann, kommen wir an seinem Wagen an und er hält mir die Tür auf. »Ist es okay, wenn du sie wieder auf deinen Schoß nimmst?«

»Ich dachte schon, du fragst nie.«

Er lacht leise und der Klang geht mir durch und durch. Was stellt er nur mit mir an?

Sobald ich sitze und mich angeschnallt habe, reicht er mir das kleine Knäuel. Sie kuschelt sich sofort auf meinem Schoß ein. Eben wie eine echte Diva.

Sean steigt auf der anderen Seite ein und startet den Wagen. Bevor er losfährt, sieht er mich noch mal an. »Es war wirklich sehr schön heute, Olivia.«

»Das fand ich auch. Du hast mich überrascht.«

Er grinst glücklich und ich glaube, das war das beste Kompliment, was ich ihm machen konnte. In sein Äußeres habe ich mich zuerst verguckt, doch seine verletzliche Seele hat für mich den Ausschlag gegeben, denn wir sind uns ähnlicher, als ich bisher dachte.

Er ist zwar ein Star und ihn kennt gefühlt jeder in der Reitsportszene, dennoch ist er tief im Herzen alleine. Das erkenne ich in seiner gespielt heiteren Art und manchmal in seinen Worten. Und genauso geht es mir auch. Fast kommt es mir wie Schicksal vor, dass wir aufeinandergetroffen sind.

Der Gedanke hinterlässt ein angenehmes Gefühl in meinem Inneren und ich lehne mich in den weichen Sitz. Sean fährt entspannt durch die Straßen und immer mal wieder schweift sein Blick zu mir.

Viel zu schnell kommen wir bei mir zu Hause an und er schaltet den Motor ab, nachdem er eingeparkt hat. Ich ahne, dass er mich küssen möchte, doch es ändert nichts daran, dass mein Herz wie wild in meiner Brust galoppiert und mir schwindlig ist.

»Ich nehme dir Rosi ab.« Bevor ich etwas darauf sagen kann, ist er auch schon ausgestiegen und hat meine Tür geöffnet. Sanft hebt er den kleinen Dackel hoch, der sich davon überhaupt nicht stören lässt, und setzt ihn wieder auf dem Sitz ab, sobald ich neben ihm stehe.

Vorsichtig schließt er die Tür und wendet sich mir zu. Zeitgleich frage ich mich, ob er mir meine Aufregung ansehen kann.

»Ist es okay, wenn ich dich noch bis zur Tür bringe?« Ich nicke, da mein Gehirn offenbar das Sprachzentrum deaktiviert hat. »Ich hoffe, wir wiederholen das.«

»Gerne«, krächze ich und halte die Luft an, als er einen Schritt auf mich zukommt. Wir stehen uns nun so nahe gegenüber, dass ich seinen heißen Atem auf meiner Haut spüren kann. Mir kribbelt es in den Fingern, mich an ihn zu schmiegen, doch eine Sache muss ich erst klären. »Sean, ich muss dir noch etwas sagen.«

Er blickt mich an und nickt. »Okay«, murmelt er, aber er lässt mich nicht zu Wort kommen, sondern presst seine weichen Lippen auf meine. Sofort ist alles vergessen, was ich ihm erzählen wollte. Überrascht seufze ich auf und lehne mich ihm zeitgleich entgegen. Er legt eine Hand um meine Wange und der Kuss ist so zärtlich, liebevoll und voller Vorsicht, dass ich zu Wachs in seinen Händen werde.

Die Schmetterlinge in meinem Bauch fliegen wild umher und ich wünschte, die Zeit würde in diesem Moment stehen bleiben.

Viel zu schnell löst sich Sean wieder von mir. »Das wollte ich heute schon den ganzen Tag über machen.«

»Geht mir genauso.«

Er streicht mit dem Daumen über meine Wange, bevor er mich loslässt. Sofort vermisse ich seine Berührung. »Danke für den schönen Tag, Olivia.«

Ich strahle ihn an und sehe ihm nach, während er zurück zu seinem Wagen geht. Bevor er einsteigt, winkt er mir zum Abschied zu.

Ich warte so lange, bis er nicht mehr zu erkennen ist, bis ich die Treppen nach oben schwebe und mir immer wieder an die Lippen fasse, da ich nicht glauben kann, dass Sean mich geküsst hat.

Kaum habe ich meine Wohnungstür geöffnet, lasse ich mich glücklich auf mein Sofa fallen.

Lächelnd denke ich über den Kuss und den heutigen Tag mit ihm nach. Ich hatte schon einige Dates, aber keines hat so viel Spaß gemacht wie das mit ihm.

Ich weiß, dass ich besser auf mein Herz hätte aufpassen sollen, damit ich es nicht komplett an ihn verliere, aber dafür ist es jetzt zu spät.

Direkt muss ich an die Liste denken, die mir gezeigt hat, dass er es ernst meint, und ich stehe auf, um sie weiterzulesen. Ich möchte dieses schöne Gefühl noch etwas länger auskosten.

Das Papier ist noch mehr zerknittert als vorher, weil ich es so oft in der Hand hatte, doch seine geschwungene Schrift kann man nach wie vor gut lesen.

Grund 10: Ich würde mein Bestes geben, dich jedes Mal zum Lachen zu bringen, wenn wir uns sehen.

Grund 11: Ich würde dir zeigen, dass ich kein eingebildeter berühmter Snob bin, sondern auch charmant sein kann. ;-)

Ich muss über Grund 11 lachen und weiß jetzt, warum Sean vorhin gefragt hat, ob ich noch nicht fertig bin. Mein Herz schlägt einen Takt schneller und ich lese schnell weiter.

Grund 12: Uns würde niemals der Gesprächsstoff ausgehen, da wir immer über die Pferde reden könnten.

Grund 13: Ich könnte dir zeigen, was Rosi für Tricks kann. (Gib aber vorher Bescheid, wenn du das sehen möchtest, ich müsste dafür genügend Leckerlis einpacken!)

»Ach, Sean«, murmle ich vor mich hin und muss lachen. Je weiter ich lese, desto mehr wird mir bewusst, dass er sich wirklich zum Deppen macht, nur damit ich ihm eine Chance gebe.

Tatsächlich hat noch nie jemand etwas Romantischeres für mich getan.

Grund 14: Ich würde dich auf Händen tragen.

Grund 15: Du willst immer noch keinen Kaffee mit mir trinken gehen? Okay, vielleicht magst du einfach keinen Kaffee.

Wie wäre es stattdessen mit einem Ausflug? Rosi und ich kennen ein paar Orte, die dir auch gefallen könnten. (Ich muss zugeben, das klingt etwas seltsam, aber vertrau mir da! :D)

Zu gerne würde ich auch noch den Rest lesen, doch ich hebe es mir für später auf. Ich falte den Zettel vorsichtig zusammen und presse ihn danach an meine Brust.

Wenn ich es nicht besser wüsste, würde ich sagen, dass ich verliebt bin. Und zwar so richtig.

21. Kapitel

Sean

Nach dem Date mit Olivia liege ich mit Rosi auf der Couch und grinse vor mich hin. Ich kann nach wie vor nicht glauben, was für ein schöner Tag es war. Selten habe ich so viel gelacht und die ganze Zeit über habe ich gespürt, dass wir beide auf einer Wellenlänge sind. Nicht nur die Pferde verbinden uns, sondern so viel mehr.

Mein Handy gibt ein leises Brummen von sich und ich strecke meinen Arm aus, um es vom Couchtisch zu angeln. Aufstehen ist nicht möglich, da Rosi es sich auf meiner Brust bequem gemacht hat.

Es war sehr schön mit dir. Auch wenn du beim Minigolf betrogen hast.

Ich lache laut auf, sobald ich Olivias Nachricht gelesen habe.

Das war reines Talent. Ich kann es dir gerne beim nächsten Mal beweisen.

Ich bitte darum.

Kurz überlege ich, was ich ihr noch schreiben könnte, und entscheide mich dafür, alles auf eine Karte zu setzen. Immerhin hatte ich heute die ganze Zeit das Gefühl, dass ich komplett ehrlich sein kann und mich nicht verstecken muss.

Ich würde dich beim nächsten Mal gerne wieder küssen. Es klingt vielleicht dämlich, aber du bedeutest mir bereits jetzt ziemlich viel und das, obwohl ich dich noch gar nicht gut kenne. Und wenn selbst Rosi dich mag, dann muss es Schicksal sein.

Bevor ich weiter darüber nachdenke, schicke ich die Nachricht ab. Keine Minute später hat sie mir geantwortet.

Deine Hündin mag jeden.

Ich lache laut auf und will schon zurückschreiben, als noch eine Antwort kommt.

Ich hoffe, dass du mich beim nächsten Mal erneut küsst, denn ich brauche unbedingt eine Zugabe! Übrigens, ich bin jetzt bei Grund 15 … Mir gefällt es, dass du dir so viel Mühe gegeben hast. :-)

Wieder grinse ich wie ein debiler Idiot und wir schreiben noch eine ganze Weile hin und her, bis sie mir eine gute Nacht wünscht.

Ich lege das Handy beiseite und bemerke, dass mich

Rosi mustert, als könnte sie nicht glauben, dass ich so glücklich bin. Schließlich kam das in letzter Zeit viel zu selten vor, da ich ständig Stress hatte und Erwartungen erfüllen musste. Bei Olivia muss ich das keineswegs und kann einfach ich selbst sein.

»Sie ist perfekt, Rosi. Stimmt's?«

Sie wedelt mit dem Schwanz und bellt einmal. Wenn das kein Wink mit dem Zaunpfahl ist, dann weiß ich auch nicht.

***

Ich biege in die Hofeinfahrt ein und kaum, dass mein Auto in Sichtweite kommt, winkt mir Nate zu. Er strahlt über das ganze Gesicht und wirkt, als würde er am liebsten vor Freude hin und her hüpfen.

Schon als vor einer Stunde sein Anruf kam, war er völlig aus dem Häuschen und hat mich gebeten, so schnell wie möglich herzukommen. Und was wäre ich für ein Freund, wenn ich das ablehnen würde?

Nachdem ich eingeparkt habe, steige ich aus und er kommt auf mich zu. »Danke, dass du gekommen bist.«

»Kein Ding. Was ist denn los?«

Erneut grinst er breit und deutet Richtung Stall. »Komm einfach mit.«

Ich runzle die Stirn, frage jedoch nicht weiter nach, da ich mir denken kann, dass er es sowieso nicht sagt. Ich hebe Rosi aus dem Wagen und setze sie ab. Sie folgt uns in den Stall, wenn auch etwas langsamer als sonst. Vermutlich hat sie Muskelkater von gestern.

Nate läuft zielstrebig durch den Stall, in dem er seine Pferde stehen hat, und ich grüße knapp die Leute, die ebenfalls hier sind. Es ist erst später Vormittag, somit sind noch nicht allzu viele da.

Für einen Moment glaube ich, dass er sich ein neues Pferd gekauft hat, doch dann bleibt er vor der Box seiner Lieblingsstute stehen. Diese hat er bereits seit sieben Jahren und würde sie für kein Geld der Welt hergeben.

»Tada!«, ruft er und deutet auf die braune Stute, die an ihrem Heu knabbert und uns nur einen kurzen Blick schenkt.

Ich mustere sie von oben bis unten, kann jedoch keine Änderung feststellen. »Ähm … Was willst du mir damit sagen?«

Er strahlt mich noch immer an. »Sie ist tragend! Hab heute Morgen die Bestätigung vom Tierarzt bekommen.«

Meine Augen weiten sich und mir klappt die Kinnlade runter, bevor ich mich so weit gefangen habe, um ihm gratulieren zu können. »Herzlichen Glückwunsch! Wow, es hat also endlich geklappt?!«

Bereits seit drei Jahren hat er versucht, seine Stute tragend zu bekommen. Leider ist sie bei den ersten zwei Malen nicht trächtig geworden und beim dritten Mal hat sie es nach wenigen Wochen verloren.

Er nickt ergriffen. Wenn mich nicht alles täuscht, glitzern sogar ein paar Tränen in seinen Augen. Er liebt diese Stute so sehr wie ich meine Rosi. »Sie ist noch ganz am Anfang, das Fohlen kommt erst nächstes Jahr im Juni, aber ich kann es jetzt schon kaum erwarten! Was meinst du, wird es eine Stute oder ein Hengst?«

»Keine Ahnung, Hauptsache, es ist gesund.« Ich klopfe Nate auf die Schulter, während dieser verliebt seine Stute mustert. Schätze, er wird ihr in den nächsten Monaten nicht von der Seite weichen und sie besonders hegen und pflegen. »Mit wem hast du sie eigentlich decken lassen?«

Er wendet sich mir wieder zu. »Mit Camillo. Könnte also ein Spitzensportler herauskommen.«

»Ich drücke dir die Daumen.«

Nate grinst und nickt, bevor er die Boxentür schließt. Bleibt nur zu hoffen, dass dieses Mal alles glattgeht.

Ich sehe mich nach Rosi um und bemerke, dass sie in der Stallgasse sitzt und eine Katze beobachtet. Die ist jedoch größer als sie. Vermutlich hält sie deshalb Abstand. Ich muss über das Bild lachen, da die Katze meine Hündin stur ignoriert, während Rosi sich vermutlich nichts mehr wünscht, als dass sie mit ihr spielt.

»Und wie geht es dir? Du wirkst heute so glücklich«, fragt mich Nate und ich wende mich ihm zu. Sein Gesicht hellt sich auf, sobald er meine Miene bemerkt. »Du hattest gestern das Date, nicht wahr? Und? Wie lief es?«, bombardiert er mich mit Fragen und ich muss lachen.

»Es war sehr schön.«

Nate wartet darauf, dass ich noch mehr sage, doch ich hülle mich in Schweigen. Er bohrt auch nicht weiter nach, sondern mustert mich aufmerksam.

»Was ist?«

»Du bist verknallt.« Ich schnaube als Antwort bloß, da ich seine Worte nicht bejahen möchte, aber auch nicht verneinen kann. »Ich muss sie unbedingt kennenlernen! Wann stellst du sie mir vor? Überhaupt, wann triffst du sie wieder? Reitet sie am Samstag in Kenton mit?«

Ich schüttle grinsend mit dem Kopf. »Du bist viel zu neugierig.«

»Hey, das ist das erste Mal seit … keine Ahnung wie lange, dass dir eine Frau gefällt. Da kann ich als bester Freund schon mal aufgeregt und neugierig sein.«

Ich stimme ihm zu, da es bei mir vermutlich nicht anders wäre. »Sie ist etwas ganz Besonderes. Ich weiß noch nicht, wo es hinführt, aber wir treffen uns bestimmt wieder.«

Nate mustert mich erneut und nickt schließlich, als wäre er zufrieden mit dem, was er erkannt hat. »Halte mich unbedingt auf dem Laufenden und lass die Kleine bloß nicht gehen.«

Ich grinse und hebe eine Augenbraue. »Wieso?«

»Wenn sie dich nach einem Treffen schon so glücklich macht, muss sie einfach die Richtige sein. So strahlst du nämlich sonst nur, wenn du Rosi wiedergefunden hast, nachdem sie abgehauen ist.«

Zu gerne würde ich verneinen und sagen, dass er spinnt. Doch er hat recht. Olivia geht mir unter die Haut und macht mich glücklich wie nichts anderes. Ich hoffe nur, dieses Gefühl hält länger an, als es mir sonst vergönnt ist.

»Apropos abgehauen, wo ist denn dein Hund?«, reißt mich Nate aus meinen Gedanken und ich blicke zu der Stelle, an der Rosi bis eben noch saß.

Die getigerte Katze ist nach wie vor da, Rosi aber mal wieder nicht. »Gott, dieser Hund macht mich wahnsinnig!«, murmle ich und begebe mich auf die Suche.

22. Kapitel

Olivia

Grund 33: Wir könnten in eine Karaoke-Bar gehen und zusammen schräge Lieder singen. Ich schwöre, ich bin richtig schlecht und du würdest dich vor Lachen gar nicht wieder einkriegen!

Grund 34: Ich mag dich.

Grund 35: Ich könnte dir zeigen, wie du mit Button noch mehr zu einer Einheit wirst. (Mist, warum klingt das jetzt nur so eingebildet und einmischend? Ich meine es nur gut, ehrlich!)

Grund 36: Wir könnten zusammen ins Kino gehen und andere mit Popcorn abschießen. Klingt gemein, aber es ist echt witzig. :D

Grund 37: Wir könnten die ganze Nacht durch London laufen und über Gott und die Welt reden.

Ich seufze, als ich den Zettel zur Seite lege. Seine Gründe sind zum Teil so abstrus, dass sie schon wieder witzig sind, und ich frage mich, wie er auf so etwas kommt. Er ist nicht nur eine schöne Erscheinung, sondern auch ein witziger und charmanter Mann, der sehr tiefgründig sein kann.

Mit Sean zu schreiben und zu reden, fühlt sich so

leicht an wie sonst nur mit Lizzy. Er hat irgendetwas an sich, dass ich mich stets verstanden fühle und mir nie blöd vorkomme. Bei ihm kann ich einfach ich sein.

Ich tusche mir die Wimpern und lächle mir selbst Mut machend im Spiegel zu. Mein Herz klopft wie verrückt und meine Hände zittern vor Aufregung. Dabei brauche ich nichts zu befürchten. Und dennoch … Ich bin keine von diesen Modelfrauen, mit denen er sich sonst umgibt, und ich trage lieber Hosen und Boots, statt Kleider und Absatzschuhe. Mittlerweile habe ich zwar mitbekommen, dass Sean nur so wirkt, als wäre er oberflächlich, aber dennoch ist da tief in mir diese verwurzelte Angst, die ich einfach nicht abstellen kann.

Das Klingeln an der Haustür reißt mich aus meinen Überlegungen und ich zucke zusammen. Erneut hat er darauf bestanden, mich abzuholen und sich etwas einfallen zu lassen. Ich bin gespannt, was er heute vorhat.

Ich schnappe mir meine Schlüssel, die Geldbörse und mein Handy, bevor ich die Tür öffne und so schnell runterlaufe, wie ich nur kann. Ich reiße die Haustür auf und komme kurz ins Straucheln, da Sean bereits davorsteht und mich glücklich anlächelt.

»Hi«, murmle ich und er grinst über das ganze Gesicht.

»Hey Olivia.« Seine Stimme klingt so sanft und warm, dass sich ein Teil meiner Aufregung legt. Dennoch bin ich mir unschlüssig, wie ich ihn begrüßen soll. Soll ich ihn umarmen? Küssen? Oder einfach in den Wagen steigen?

Bevor ich mich entscheiden kann, kommt Sean noch einen Schritt auf mich zu und streicht mir eine Strähne hinter das Ohr, ehe er seinen Kopf neigt und mich küsst.

Sofort werde ich zu Wachs in seinen Händen und schmiege mich an ihn. Sein Kuss ist zärtlich, vorsichtig und so sanft, dass ich ihn mir auch eingebildet haben könnte. Doch als er sich von mir löst, herrscht in meinem Kopf nur noch friedliche Leere.

»Das wollte ich schon seit unserem letzten Treffen machen.« Mir ging es genauso und das, obwohl wir uns erst vor drei Tagen gesehen haben. »Wollen wir?«, reißt er mich aus meinen Gedanken und grinst mich wissend an.

»Unbedingt.« Er öffnet mir die Beifahrertür und Rosi sitzt schwanzwedelnd dort.

»Ich hoffe, es ist okay, wenn du sie wieder auf den Schoß nimmst. Sie besteht darauf.«

»Es wäre mir eine Ehre.« Er lächelt noch breiter und wartet, bis ich sie hochgehoben und mich danach mit ihr auf meinen Oberschenkeln wieder hingesetzt habe. Sean schließt die Tür und läuft um den Wagen herum.

Rosi mustert mich freudig und ich streichle über ihren Kopf. Noch immer steht dieser Unfall von Rosi zwischen uns und ich sollte diese Sache dringend endlich klären. Doch Lizzy meinte, dass es jetzt sowieso keine Rolle mehr spielen würde. Wenn nur nicht mein schlechtes Gewissen wäre …

»Auf geht's«, sagt Sean enthusiastisch, kaum dass er

neben uns sitzt.

Rosi bellt einmal und er tätschelt ihren Kopf, bevor er den Gang einlegt und losfährt.

»Was hast du denn für heute geplant?«

»Etwas Schönes.«

Ich rolle mit den Augen und er lacht leise. »Du bist ziemlich gemein.«

»Hey, Überraschungen funktionieren nur so.«

Ich grummle vor mich hin und er legt eine Hand auf mein Knie. Seine Berührung elektrisiert mich, doch bevor ich seine Finger mit meinen verschränken kann, stupst Rosi seine Hand an, damit er sie krault.

»So war das aber nicht geplant, Roswitha.« Sie wedelt mit dem Schwanz und freut sich, als sie die Aufmerksamkeit bekommt, die ihr ihrer Meinung nach zusteht.

»Dein Hund will dich offenbar nicht mit mir teilen.«

»Ja, sie ist sehr besitzergreifend. Sie müsste erst einmal damit klarkommen, dass sie mich teilen muss.« Er grinst und richtet seine Aufmerksamkeit auf die Straße, doch in mir arbeitet es.

Will er mit seinen Worten etwa andeuten, dass wir zusammen sind? Oder dass er es gerne möchte? Könnten wir ein Paar sein? Wir kennen uns doch noch gar nicht richtig, oder? Hätten wir beide zusammen überhaupt eine Chance? Mein Kopf raucht beinahe von dem Grübeln.

»Wie war deine Woche bisher?«, fragt Sean und ich wende mich ihm zu.

Ehrlich gesagt war sie beschissen, denn meine Mutter ging es so schlecht wie lange nicht mehr und hat wieder mit Tellern um sich geschmissen und sich in sich selbst zurückgezogen. Sie entgleitet mir und ich weiß nicht, was ich noch tun soll und wie ich ihr helfen kann. Doch all das sage ich Sean nicht. Auf keinen Fall will ich ihn mit meinen Problemen belasten. »Ganz okay. Hatte viel zu tun. Und bei dir?«

»Wirklich?«, bohrt er nach. »Du wirkst, als würdest du etwas verschweigen wollen.« Ich presse ertappt die Lippen zusammen, doch er spricht schnell weiter. »Eins solltest du vielleicht über mich wissen. Ich hasse Lügen und Heimlichkeiten.«

Ich sehe zu ihm rüber. »Ich verschweige dir nichts Wichtiges, es ist nur … Ich bin noch nicht bereit, es dir zu erzählen.«

Er lächelt mich verständnisvoll an. »Das ist okay, wenn du es mir so sagst. Ich möchte nur nicht, dass irgendetwas zwischen uns steht. Was macht eigentlich Button? Und sein gelber Schweif?«

Kaum hat er mein Pferd erwähnt, ist die angespannte Stimmung verflogen und ich schüttle kichernd mit dem Kopf. »Das wirst du nie vergessen, was?«

»Niemals. Es hat sich mir ins Gedächtnis eingebrannt. Vermutlich auch bei allen anderen Teilnehmern. Immerhin war er richtig gelb.« Ich stoße ihn mit dem Ellenbogen an und er grinst.

»Ihm geht es gut. Wir sind die Woche beim Training mitgeritten und es ging so locker wie schon lange nicht mehr. Nächste Woche starten wir in Kenton. Du auch?«

Er nickt und mein Herz klopft schneller bei dem

Gedanken, dass er mich dort vor allen küssen könnte. Würde er das tun? Würde er sich mit mir zeigen? Aber die noch wichtigere Frage: Würde ich das überhaupt wollen?

»Ich nehme zwei junge Pferde mit. Mal sehen, wie es wird. Bei welcher Klasse startest du?«

»Ich wollte es in der leichten Klasse versuchen. Mein drittes Mal mit Button.«

Seine Augen weiten sich und er strahlt mich freudig an. »Wow! Dann muss ich das auf jeden Fall sehen! Ihr werdet das so was von rocken.«

»Wohl eher Button. Ich bin nur Mitfahrer.«

»Quatsch, mach dich nicht kleiner, als du bist. Button und du, ihr seid ein tolles Team. Das wird richtig gut werden.«

Ich mustere sein Profil und Wärme breitet sich in meinem Magen aus. »Ich mag es, dass du mein ganz persönlicher Cheerleader bist«, platzt es aus mir heraus, bevor ich über meine Worte nachdenken kann.

Er überrascht mich, indem er kurz zu mir sieht und lächelt. »Immer.«

Zu gerne würde ich ihn jetzt küssen und ihm danken, dass er so hinter mir steht, aber da wir nach wie vor im Wagen sitzen, verschiebe ich es auf später. Stattdessen wende ich mich Rosi zu, die sich auf meinem Schoß zusammengerollt hat und schläft. Ihre Ohren zucken ab und an und ich streichle über ihren Körper.

»Wie bist du eigentlich zu einem Dackel gekommen?«, frage ich Sean, während ich die kleine Hündin mustere. Als er mir keine Antwort gibt, blicke ich auf. Die Knöchel an seinen Händen treten weiß hervor und seine Miene ist angespannt. »Entschuldigung, ich wollte nur …«

»Ist schon gut. Es fällt mir nur schwer, darüber zu sprechen.«

»Oh, okay. Du musst nicht, Sean. Ich will dich nicht zu etwas drängen, das dir unangenehm ist.«

Er schenkt mir ein zittriges Lächeln und atmet tief ein und aus, bevor er weiterredet. »Ich weiß nicht, ob du es gehört hast, aber ich hatte vor ein paar Jahren einen schweren Reitunfall.«

Ich nicke. Ein Kloß bildet sich in meinem Hals, doch ich frage mich zeitgleich, was das mit Rosi zu tun hat.

»Ich wachte irgendwann im Krankenhaus auf und erfuhr, dass ich im Koma gelegen hatte. Sie hatten mich in ein künstliches versetzt, da ich Gehirnblutungen hatte.« Mein Hals schnürt sich zu und ich kann mir kaum vorstellen, was für ein schreckliches Erwachen das für ihn gewesen sein muss. »Mein Pferd war tot, ich nur noch halb am Leben und meine damalige Beziehung lag in Trümmern. Ich gebe es nicht gerne zu, doch es war eine sehr dunkle Zeit für mich. Eigentlich sollte ich Physiotherapie machen und andere Sachen, um wieder fit zu werden, aber ich tat nichts. Stattdessen vegetierte ich vor mich hin und hatte schon mit meinem Leben abgeschlossen.«

Entsetzt mustere ich Sean, der den Blick stur geradeaus gerichtet hat. Ich kann nicht fassen, dass er einmal an so einem Tiefpunkt in seinem Leben angekommen war. Er wirkt immer so fröhlich und glücklich.

Ich kann es gar nicht in Einklang bringen mit dem Mann, der sich beim Minigolf so zum Deppen für mich gemacht hat.

»Meine Eltern riefen meine Ex-Freundin an, in der Hoffnung, dass sie mir noch eine Chance geben würde, doch sie hatte eine andere Idee.« Er lächelt traurig. »Sie kam zu mir und hatte ein kleines Bündel auf dem Arm. Bis dahin hatte ich nie etwas mit Hunden zu tun gehabt und sie auch nicht gemocht. Doch als ich die Hündin sah, war es um mich geschehen. Meine Ex meinte, dass ich jetzt einen Grund hätte, mich zusammenzureißen, denn wenn ich es nicht tun würde, würde die kleine Dackelhündin sterben. Sie drückte sie mir in den Arm und verschwand.« Er reibt sich über die Augen und ich lege eine Hand auf sein Knie, welche er sofort mit seiner verschränkt. »Rosi hat dafür gesorgt, dass ich am Leben teilnahm. Auch wenn ich keine Lust hatte, forderte sie mich dazu auf, da sie ihren Auslauf brauchte. Sie hat mir genau den Arschtritt verpasst, den ich gebraucht habe. Ich würde sogar so weit gehen und sagen, dass sie mir das Leben gerettet hat.«

»Gott, Sean. Das … ich … Du hast so viel durchgemacht.«

Er lächelt mir sanft zu. »Es ist okay, denn ich habe es geschafft. Dank Rosi. Schon allein deshalb liebe ich sie abgöttisch.«

»Kann ich gut verstehen.«

Ich mustere erst ihn und dann die kleine Hündin und Tränen schießen mir in die Augen. Ich will lieber gar nicht daran denken, was geschehen wäre, wenn seine

Ex-Freundin ihm nicht den Hund geschenkt hätte. Obwohl ich sie nicht kenne, bin ich ihr dankbar. Sehr sogar.

»Ich finde es schade, dass unser zweites Date mit so einer Story beginnt, aber … das ist nun mal meine Geschichte.«

»Rosi ist eben eine Heldin«, sage ich und versuche so, die Stimmung aufzulockern. Sean lächelt erleichtert, da ich nicht weiter nachhake, und nickt.

»Das ist sie in der Tat.«

Er hält weiterhin meine Hand, während wir durch die Straßen fahren, und in mir brodelt das schlechte Gewissen. Immerhin haben Lizzy und ich ihm fast seine Heldin genommen und es ihm nach wie vor nicht gestanden.

***

Ich muss lachen, sobald ich bemerke, was Sean vorhat. »Im Ernst?«

Er grinst mich an und nickt mit Schalk in den Augen. »Rosi und ich lieben es, wenn so etwas in der Stadt ist.«

»Ach, Rosi auch?«, necke ich ihn und er stimmt völlig überzeugt zu.

»Du wirst schon noch sehen, was ich damit meine. Oder möchtest du lieber woanders hin?«

Sorge mischt sich in seinen Blick, dass ich seine Idee blöd finden könnte, doch ich schüttle mit dem Kopf. Ich hatte zwar, wie auch schon beim Minigolf, nicht mit so etwas gerechnet, dennoch finde ich es eine willkommene Abwechslung.

Er atmet erleichtert aus und hebt einen Mundwinkel. »Bist du bereit? Ich möchte nämlich sämtliche Kuscheltiere für dich gewinnen.«

Ich pruste los. »Da bin ich gespannt.«

Sean lächelt ein weiteres Mal und steigt aus, um mir Rosi abzunehmen. Sobald ich draußen bin, blicke ich mich um.

An dem Pier in London befindet sich ein kleiner Rummel, bei dem ich das letzte Mal vor ein paar Jahren war. Da es mitten in der Woche ist, herrscht hier nicht allzu viel Betrieb. So können wir Rosi mitnehmen, ohne Sorge haben zu müssen, dass sie getreten und übersehen werden könnte.

So wirklich weiß ich nicht, warum ich nicht schon eher wieder hier war, vermutlich liegt es daran, dass ich keine Zeit hatte. Die habe ich zwar jetzt theoretisch ebenfalls nicht, doch ich nehme sie mir einfach.

Lizzy hat schließlich recht: Ich muss auch mal an mich denken. Ich lebe immerhin nur einmal.

Sean hat Rosi mittlerweile ein Halsband und eine Leine verpasst, wobei sie von beiden nicht begeistert zu sein scheint. Sie blickt mich aus traurigen Hundeaugen an und lässt ihre Ohren hängen.

»Wollen wir?« Ich nicke und Sean greift wie selbstverständlich nach meiner Hand. Die Schmetterlinge in meinem Bauch schlagen Purzelbäume und ich bekomme das breite Grinsen nicht von meinen Lippen. Sean macht mit dieser Geste deutlich, dass ich zu ihm gehöre, das zeigt er so jedem, der uns sieht.

Während wir über den Pier schlendern, bekomme ich gar nichts mit, da ich Seans Hand in meiner überdeutlich spüre. Er gibt mir allein durch diese simple Berührung Sicherheit und Geborgenheit. Mit ihm an meiner Seite fühle ich mich, als könnte ich Bäume ausreißen.

»Sag mal, wie bist du eigentlich zu Button gekommen?«, fragt er und ich sehe ihn an. Er begegnet meinem Blick und lächelt sanft. Ich kann nichts anderes tun, als es zu erwidern. Rosi trottet weiter neben uns her und wedelt fröhlich mit ihrem Schwanz. Offenbar findet sie es jetzt doch nicht ganz so schlimm, angeleint zu sein.

»Das war durch einen blöden Zufall.«

»Wohl eher durch einen glücklichen Zufall, oder?«

Ich grinse und stimme ihm zu. »Ich hatte schon länger nach einem eigenen Pferd gesucht, fand jedoch nichts Passendes. Entweder entsprachen sie nicht meiner Preisklasse, ich kam nicht mit ihnen klar oder sie waren weg, bevor ich Probereiten konnte.« Ich seufze, wenn ich an diese Zeit zurückdenke. Genauso geht es jetzt Lizzy und ich kann verstehen, wie frustriert sie mittlerweile ist. Immerhin sucht sie bereits seit einem halben Jahr. »Durch Zufall habe ich dank einer anderen Reiterin aus dem Stall von ihm erfahren. Sie beschrieb ihn als Problempferd und na ja, mein Interesse war geweckt.«

Aus dem Augenwinkel bemerke ich, wie Sean verblüfft die Augenbrauen nach oben zieht. »Wow, das hätte ich nicht gedacht. Ist er denn eins? Jedenfalls kam er bei dir nicht so rüber.«

»Er ist nicht einfach, das stimmt, aber als Problempferd würde ich ihn nicht bezeichnen. Eher als ein Pferd mit Charakter.«

»Gut formuliert«, zieht er mich auf und ich grinse.

»Jedenfalls habe ich bei dem Besitzer angerufen. Keine Ahnung, wieso, immerhin hatte ich nichts Positives über Button gehört. Der Besitzer meinte, ich könnte sofort vorbeikommen, wenn ich möchte, und das tat ich auch. Ich holte nur noch meine beste Freundin Lizzy ab und los ging es. Als ich dort ankam, war Button nicht im besten Zustand.« Ich verziehe den Mund, sobald ich daran denke, wie abgemagert er ausgesehen hat. »Es war nicht so, dass sich der Mann nicht um ihn gekümmert hat, sondern es wirkte, als hätte Button sich selbst aufgegeben. Verstehst du, was ich meine?«

»Das Gefühl kenne ich nur allzu gut«, brummt Sean und ich zucke zusammen.

»Entschuldige, ich wollte nicht …«

»Schon gut«, beruhigt er mich. »Wie ging es weiter?«

Ich schiebe den Gedanken an seine Vergangenheit zur Seite und rede weiter. »Ich bin ihn kurz Probe geritten, habe dem Mann das Geld gegeben und Button sofort mitgenommen. Es war völlig verrückt und dumm, da ich mein komplettes Erspartes für ein Pferd ausgegeben habe, mit dem sonst was hätte sein können.«

»Aber mit Button war nichts.«

»Nein«, erwidere ich lächelnd. »Ich stellte ihn ein paar

Wochen auf die Wiese mit anderen Pferden und er blühte regelrecht auf. Er nahm zu, wurde fitter und machte allgemein einen lebendigeren Eindruck. Als er wieder gut aussah, fing ich mit dem Reiten an. Und landete direkt beim ersten Mal im Dreck.«

Schockiert mustert mich Sean und ich muss über seine Miene lachen.

»Der Vorbesitzer hatte mich vor allen Marotten von Button gewarnt, aber ich hatte es nicht ernst genug genommen. Doch je mehr ich auf Button hörte und seine Eigenheiten akzeptierte, desto besser wurde es. Wir wurden zu einem Team und kamen immer mehr zurecht. Und tja, jetzt sind wir hier.«

Sean nickt und drückt ein weiteres Mal meine Hand. »Das ist wirklich eine tolle Geschichte. Ich schätze, er ist froh, dass er bei dir gelandet ist.«

»Das hoffe ich doch.«

Er bleibt plötzlich stehen und blickt mich liebevoll an. Ich schmelze förmlich unter dieser Musterung und lehne mich haltsuchend gegen ihn. Bevor ich weiter darüber nachdenken kann, stelle ich mich auf Zehenspitzen und küsse ihn.

Es ist mir egal, wer uns sehen könnte, und ihm scheint es genauso zu gehen, denn er legt einen Arm um meine Taille. Unser Kuss ist zärtlich, sanft und sagt mehr aus, als Worte es je könnten. In meinem Magen schlagen die Schmetterlinge Purzelbäume und ich bin froh, dass er einen Arm um mich gelegt hat, da ich vermutlich sonst umkippen würde.

23. Kapitel

Sean

Rosi bellt aufgeregt und ihre Ohren wackeln dabei hin und her. Ich muss lachen, da ich ganz genau weiß, was sie möchte.

»Was hat sie denn?«, fragt Olivia und runzelt die Stirn.

Ich deute auf ein elektrisches Schaukelpferd, das eigentlich für Kinder ist. Die Furchen in ihrer Stirn werden nur noch tiefer, da sie nicht versteht, worauf ich hinauswill. »Rosi möchte damit fahren. Immer wenn sie so ein Ding sieht, flippt sie aus.«

Olivia beginnt schallend zu lachen und ich blinzle sie erstaunt an. In meiner Gegenwart hat sie schon öfter gelacht, aber noch nie so herzlich und aus dem Bauch heraus. Nach ein paar Momenten fängt sie sich wieder und blickt mich grinsend an.

»Der war gut. Jetzt im Ernst, was ist mit ihr los? Hat sie keine Lust mehr, zu laufen?«

Ich bleibe stehen und Rosi ebenfalls. Olivia muss auch stoppen, da sie meine Hand hält. »Es ist mein Ernst.«

Ihr Mund klappt auf und zu und ich kann sehen, wie

sie nach wie vor überlegt, ob ich sie veralbere oder nicht.

Bevor sie weitere Fragen stellen kann, lasse ich ihre Hand los, hebe Rosi hoch und ziehe ein Pfund aus meinem Portemonnaie. Eine Mutter wartet auf ihr Kind an dem Schaukelpferd und ich warte, bis sie fertig sind.

Rosi wird währenddessen immer aufgeregter in meinem Arm und kann es offenbar kaum erwarten. Olivia steht derweil neben mir und beäugt skeptisch, wie ich meine Hündin auf das Schaukelpferd setze.

Sie stützt ihre Vorderpfoten an dem Hals des Tieres ab, eben wie ein Profi, und ihren kleinen Hintern setzt sie in den Sattel. »Bereit, Rosi?«

Sie bellt erneut und ich muss lachen, bevor ich die Münze einwerfe. Sofort setzt sich das Gerät in Bewegung und schaukelt sanft hin und her. Rosi lässt ihre Zunge heraushängen, als wollte sie so den Fahrtwind spüren, und sie wiegt sich mit der Bewegung hin und her, während ihr Schwanz wie verrückt wedelt.

Olivia lacht neben mir los und ich lege einen Arm um sie und ziehe sie so dichter an mich. Sie schmiegt sich an meine Seite und wir sehen beide dabei zu, wie Rosi ihren Traum von einem Ritt auf dem Pferd lebt.

»Du hast mich nicht veralbert.«

»Wieso sollte ich?« Ich zwinkere ihr zu und lasse sie kurz los, als das Gerät fertig ist. Vorsichtig hebe ich Rosi wieder herunter, die neben mir auf und ab springt. Schätze, ihr Tag ist somit noch ein bisschen besser geworden.

Wir laufen gemütlich weiter und Olivia bekommt

sich nach wie vor nicht ein. »Ich habe wirklich vieles erwartet, aber das …«

Ich stimme ihr zu. »Kann ich mir vorstellen. Es schauen viele irritiert, wenn ich Rosi damit fahren lasse. Sie hat das schon immer geliebt. Keine Ahnung, wieso.«

»Wie bist du überhaupt darauf gekommen, sie auf so ein Ding zu setzen?«

Ich zucke mit den Schultern. »Ich war mal einkaufen mit meiner Mutter und hatte Langeweile. Rosi war mit und hat die ganze Zeit gequengelt. Also habe ich sie schlussendlich auf so ein Ding gesetzt.«

Olivia kichert leise neben mir und ich drücke ihre Hand fester. »Ihr beide seid immer wieder für Überraschungen gut.«

Verschmitzt grinse ich sie an. »Oh, glaub mir, die richtigen Überraschungen hast du noch gar nicht gesehen.« Ihre Wangen färben sich sofort dunkelrot und ich wackle mit den Augenbrauen. »Nicht was du denkst, natürlich.«

»Du weißt doch gar nicht, was ich gedacht habe.«

»Oh doch, ich kann es dir an der Nasenspitze ansehen.« Ich bleibe stehen und sie ebenfalls. Die Luft zwischen uns scheint vor Leidenschaft zu sirren und ich kann nicht anders, als sie erneut zu küssen. Ihre Lippen fühlen sich weich unter meinen an und ich muss mich zusammenreißen, damit ich sie nicht an mich ziehe und um den Verstand küsse.

Ich löse mich wieder von ihr und sie blickt mich aus halb geschlossenen Augen an. Verdammt, weiß sie eigentlich, wie sexy sie gerade wirkt?

»Wollen wir weiter?«, frage ich und meine Stimme klingt sehr viel rauer als sonst. Sie lächelt mich wissend an und scheint sich zu freuen, dass mich der Kuss ebenfalls nicht kalt lässt. Aber wie sollte er auch? Immerhin steht eine Wahnsinnsfrau vor mir, die mich noch um den Verstand bringen wird, wenn sie so weitermacht.

»Ich würde sagen, wir spielen jetzt um ein Kuscheltier. Du hast mir eins versprochen.«

Ich grinse und nicke. »Stimmt. Dann legen wir mal los. Soll ich anfangen oder möchtest du?« Sie winkt lächelnd ab.

Vor einer Bude, bei der man mit Bällen Dosen treffen muss, bleiben wir stehen. Rosi setzt sich hin, als wüsste sie, dass die Sache länger dauern wird. Vermutlich weil sie weiß, wie schlecht ich zielen kann.

Ich gebe dem Mann vor mir das Geld und fange an. Wie zu erwarten war, treffe ich so gut wie nichts. Olivia lacht bei jedem Versuch mehr und bekommt sich kaum wieder ein.

»Hey! Machst du dich über mich lustig?«

Sie zieht einen Schmollmund und schüttelt den Kopf. »Das würde ich niemals wagen.«

»Doch, tust du! Dann zeig mal her, was du kannst!«, fordere ich sie auf und reiche ihr den Ball. Ich verschränke die Arme vor der Brust und gebe mich siegessicher.

Olivia überrascht mich, denn sie wirft den Ball mit so einer Wucht und Präzision, dass sie sofort einen Großteil der Dosen trifft. Mir klappt der Mund auf und auch der Typ an dem Stand wirkt perplex. So einer zierlichen Person würde man wohl kaum so eine Kraft zutrauen.

Sie wirft erneut und schmeißt die restlichen Dosen ebenfalls um. Freudestrahlend dreht sie sich zu mir um und ich hebe sie kurzerhand hoch und wirble sie durch die Luft, als hätte sie sonst was gewonnen.

Vergnügt quietscht sie und ich muss lachen. »Das war fantastisch!« Ich setze sie wieder ab und küsse sie stürmisch. Sie legt ihre Arme um meinen Nacken und erwidert den Kuss. Mit ihr fühlt sich alles so leicht an, dass es mir beinahe Angst macht.

Ich setze sie ab und lege einen Arm um ihre Schultern, bevor ich mich dem Typen zuwende. »Okay, was bekommen wir dafür?« Er deutet auf ein Regal mit Kuscheltieren. »Such dir eins aus, immerhin hast du es gewonnen«, sage ich zu Olivia.

Sie überlegt nicht lange, sondern deutet auf eine schwarze Katze. Der Typ gibt sie ihr und sie strahlt mich an.

»Eine Katze? Wow, Rosi wird nicht begeistert sein.«

»Ich fand, es passt. Sie ist genauso groß wie dein Hund.«

»Das ist auch nicht schwer.«

Olivia presst die Katze an ihre Brust, während ich wieder Rosis Leine nehme. Sie trottet neben uns her und sieht jeden, der uns entgegenkommt, freundlich an.

»Wollen wir uns etwas zu essen holen? Zuckerwatte? Schokofrüchte?«

»Das ist doch nichts Richtiges zu essen.«

Ich grinse. »An so einem Ort schon.«

Sie lacht und lehnt sich dichter an mich. »Okay, dann Zuckerwatte.«

Wir schlagen den Weg zu dem Stand ein, als ihr Handy zu klingeln beginnt. Sie schaut mich entschuldigend an, doch ich lächle ihr nur verständnisvoll zu. Sie seufzt, sobald sie den Namen des Anrufers liest, aber bevor ich fragen kann, hat sie abgenommen.

»Hey Mom.« Ich werfe ihr einen Seitenblick zu und bemerke, dass ihre fröhliche Miene verschwunden ist. »Nein, ich bin gerade … hmm, schon gut. Ja, ich komme. Gib mir eine halbe Stunde, okay? Nein, alles in Ordnung. Ja, bis gleich.«

Sobald sie aufgelegt hat, blickt sie mich niedergeschlagen an.

»Ist etwas passiert?«, hake ich alarmiert nach und greife nach ihrer Hand.

»Ich muss zu meiner Mutter. Ihr … ihr geht es nicht gut«, antwortet sie mir ausweichend und ich bin mir sicher, dass da viel mehr dahintersteckt. Da es mir jedoch nicht zusteht, nachzubohren, nicke ich.

»Okay, dann lass uns fahren.«

»Nein, Quatsch. Bleib du ruhig noch hier und …«

»Vergiss es. Ich fahre dich.«

Sie wirkt nicht gerade begeistert, nickt jedoch schließlich und wir machen uns auf den Rückweg. Je näher wir dem Auto kommen, desto mehr wird mir bewusst, dass sie sich von mir entfernt. Nicht körperlich, sondern psychisch. Sorgenvoll mustere ich sie, doch sie bekommt meinen Blick gar nicht mit, da sie so in ihren Gedanken versunken ist.

Eine knappe halbe Stunde später halte ich bei ihr zu Hause an, da sie noch ein paar Sachen holen wollte.

»Ich kann auch gerne warten. Rosi und ich könnten in der Zeit spazieren gehen«, schlage ich Olivia ein weiteres Mal vor, doch erneut schüttelt sie mit dem Kopf.

Sobald sie mich ansieht, bemerke ich, wie erschöpft sie mit einem Mal wirkt. In diesem Moment wird mir bewusst, dass es wohl öfter vorkommt, dass ihre Mutter sie anruft, wenn es ihr nicht gut geht.

»Nein, du hast genug getan. Danke für den schönen Nachmittag, Sean.«

Sie beugt sich zu mir und gibt mir einen Kuss auf die Wange. Bevor ich reagieren kann, ist sie ausgestiegen und hat Rosi auf dem Beifahrersitz abgesetzt. Die scheint das alles gar nicht zu interessieren, denn sie rollt sich auf dem Platz ein.

Olivia schaut noch mal zu mir und lächelt sanft, doch es wirkt so traurig, dass sich ein mulmiges Gefühl in meinem Magen breitmacht.

»Ich hoffe, wir sehen uns wieder«, sage ich, da ihr Blick mir wie ein Abschied vorkommt.

»Natürlich.« Ihre Stimme klingt nicht überzeugend, aber ich kann nicht darauf eingehen, da sie die Tür schließt und zu ihrem Wohnhaus läuft. Ich sehe ihr noch einen Moment nach und sie winkt mir zu, bevor sie hineingeht.

Ich lenke den Wagen wieder auf die Straße und beschließe, nach Hause zu fahren. Zwar hatte ich den

Tag eigentlich anders geplant, aber so ist es nun mal.

An einer roten Ampel bleibe ich stehen und bemerke, dass Rosi mich mustert. »Was ist?« Sie wedelt mit dem Schwanz und ihr kleiner Kopf wackelt hin und her. Ich muss grinsen und streichle über ihren Kopf, bevor es Grün wird und ich mich wieder auf die Straße konzentrieren muss. »Ja, ich weiß. Ich mag sie sehr.«

Mir das einzugestehen, ist mir leichter gefallen, als ich bisher dachte. Doch was fange ich nun mit dieser Erkenntnis an?

Nachdenklich fahre ich nach Hause und hoffe, dass Olivia mich wirklich wiedersehen möchte.

24. Kapitel

Olivia

Die Tage vergehen, ohne dass ich auch nur einmal durchatmen kann. Meiner Mutter geht es wieder deutlich schlechter, was sich mit extremen Stimmungsschwankungen bemerkbar macht. Den einen Tag ist sie so in sich gekehrt, dass sie nichts mitbekommt, und den nächsten schreit sie herum und macht mich für alles verantwortlich. Es ist ein Handstand auf Messers Schneide.

Auch mit Button läuft es nicht wirklich gut, was vor allem daran liegt, dass ich mich beim Training auf nichts konzentrieren kann.

Dennoch habe ich weiterhin vor, mit ihm nächstes Wochenende bei einem Turnier zu starten. Bis dahin hat sich hoffentlich alles wieder halbwegs normalisiert.

Ich lächle, als mein Handy ein Piepen von sich gibt. Wie zu erwarten war, ist es Sean, der mir geschrieben hat.

Wie geht es dir? Lust, heute eine Runde spazieren zu gehen? Soll ich dich von Rosi fragen.

Dazu hat er ein Bild von sich und seiner Hündin mitgeschickt, wie sie beide in die Kamera strahlen. Ein warmes Gefühl macht sich in meinem Magen breit. Mittlerweile ist Sean für mich zu einem Lichtblick in den trübsten Tagen geworden.

Jeden Tag schicken wir uns Nachrichten und abends telefonieren wir meist für ein paar Minuten. Es fühlt sich alles so leicht und einfach mit ihm an und ich kann es kaum erwarten, ihn zu sehen. Dennoch ist mein Leben momentan so ausgefüllt, dass ich nicht mehr weiß, wo mir der Kopf steht.

Tut mir leid, habe heute wirklich viel zu tun. :(Muss noch in den Stall und danach zu meiner Mutter.

Es dauert keine Minute, da hat mir Sean geantwortet.

Was machst du denn mit Button? Ich und Rosi könnten dir zusehen. Oder falls du ausreiten gehst, laufen wir ein Stück mit.

Mein Herz setzt einen Schlag aus, da er sich so Mühe gibt, und ich beschließe, heute mal meine Pflichten etwas zu verschieben.

Dann kommt gerne vorbei, ihr zwei. Ich bin in einer Stunde draußen.

Wir werden da sein, antwortet er, ohne zu zögern, und ich lächle vor mich hin.

Ich freue mich auf euch.

Bevor ich noch mehr Zeit am Handy verschwende, stecke ich es ein und räume schnell etwas meine Wohnung auf, ehe ich mir meine Reitklamotten schnappe.

Erst jetzt wird mir eines richtig bewusst: Sean kommt tatsächlich in den Stall. Die Schmetterlinge fliegen in meinem Bauch wild umher, doch ich bremse sie nicht.

Ich räume so schnell wie noch nie auf, nehme mir aber dennoch Zeit, endlich seinen Zettel mit Gründen weiterzulesen. Die letzten Tage habe ich selbst das vernachlässigt.

Grund 41: Ich würde dir meine liebsten Plätze in London zeigen und erklären, wieso ich ausgerechnet sie ausgesucht habe.

Grund 42: Du dürftest mit Rosi so viel spazieren gehen, wie du möchtest.

Grund 43: Wir könnten jeden Tag telefonieren und uns würde nicht der Gesprächsstoff ausgehen.

Grund 44: Wir könnten gemeinsam vor meinem Manager abhauen, der Rosi und mich ständig nervt.

Ich schüttle grinsend mit dem Kopf. Sean ist wirklich ein Spinner. *Mein Spinner*, denke ich mir, verdränge den Gedanken jedoch. So weit sind wir noch nicht. Ja, wir sind uns sehr viel näher gekommen, aber bisher sind wir über ein paar Küsse und Zärtlichkeiten nicht hinausgekommen.

Ich reiße mich aus meinen Gedanken, lege den Zettel

beiseite und gehe zu meinem Wagen, um den Mann wiederzusehen, der für mein Gefühlschaos verantwortlich ist.

Die pure Vorfreude treibt mich an und ich kann nicht anders, als vor mich hin zu lächeln.

***

Keine zehn Minuten später biege ich in den Stall ein. Sean hockt bereits neben seinem Auto und legt Rosi eine Leine an. Offenbar ist er ebenfalls gerade angekommen.

Beschwingt steige ich aus und gehe auf die beiden zu. Sean hebt seinen Kopf und schenkt mir so ein einnehmendes Lächeln, dass es mich fast umhaut. Seine eisblauen Augen richten sich auf mich und ich fühle mich direkt begehrenswert. Mutig gehe ich auf ihn zu und küsse ihn.

Falls er überrascht ist, lässt er es sich nicht anmerken, sondern schlingt seinen Arm um meine Hüfte und zieht mich noch dichter an sich.

Einladend öffne ich meine Lippen und unsere Zungen berühren sich forschend. Ich bin froh, dass er mich festhält, denn meine Beine sind kurz davor, nachzugeben.

Ein Winseln reißt uns aus unserer kleinen Blase und ich löse mich von ihm. Sean lächelt mich an und ich erwidere es, bevor ich nach unten sehe und Rosi bemerke, die neben mir hockt. Sie bettelt um meine Aufmerksamkeit und ich gebe sie ihr nur zu gerne.

»Hallo, meine Süße«, begrüße ich sie und streichle über ihren Kopf. Sie wedelt mit ihrem Schwanz und scheint nun zufrieden zu sein.

Als ich mich wieder aufrichte, greift Sean nach meiner Hand und verschränkt sie mit seiner. Die Geste lässt meine Hormone durchdrehen und ich kann nichts gegen das Lächeln auf meinen Lippen tun.

»Ich freue mich, dass wir uns heute sehen.«

»Ich mich auch.« Und das meine ich auch so. Ich wünschte, ich hätte mehr Zeit für ihn.

»Wie wäre es, wenn wir heute Abend …«

»Heute geht leider nicht«, unterbreche ich ihn und er blickt betrübt drein. »Aber morgen. Morgen habe ich den ganzen Tag Zeit. Sofern du möchtest.«

Er lächelt sanft und nickt. »Und wie ich möchte.«

»Vielleicht, ähm …«, beginne ich zu stottern, doch meine Stimme versagt, bevor ich es laut aussprechen kann.

Sean lacht leise und streicht mir eine Strähne hinter das Ohr. »Ja?«

Ich räuspere mich und wende verlegen meinen Blick ab. »Vielleicht können wir dann darüber reden, was das zwischen uns ist.« Ich presse die Lippen zusammen, da ich befürchte, damit zu weit gegangen zu sein. Womöglich will Sean dem Ganzen zwischen uns gar keinen Namen verpassen. Vielleicht gefällt es ihm so, wie es jetzt ist, am besten?

»Sehr gerne«, reißt er mich aus meinen Gedanken und ich blicke ihn überrascht an. Bevor ich noch mehr dazu sagen kann, küsst er mich ein weiteres Mal und lässt alle Zweifel in meinem Kopf verstummen. »Wollen wir reingehen?«

Ich nicke. Unfähig, etwas zu sagen, da ich damit beschäftigt bin, zu grinsen, gehen wir in den Stall hinein. Mir ist überdeutlich bewusst, dass er nach wie vor meine Hand hält. Mein Herz klopft mir bis zum Hals. Sean hingegen lässt sich nichts anmerken, während wir zu Buttons Box laufen und die anderen, die bereits hier sind, uns neugierig mustern.

Ich ahne, dass ich ihnen allen spätestens morgen Rede und Antwort stehen muss, aber das ist mir in diesem Moment egal. Was zählt, ist, dass Sean zu mir steht.

»Was hast du?«, fragt er mich, da ich ihn lächelnd ansehe.

»Ich freue mich nur, dass du hier bist.« Er strahlt erneut und gibt mir einen Kuss auf die Schläfe, bevor ich zu Button hineingehe und ihn begrüße.

***

Schweiß läuft mir den Rücken hinunter, doch ich beiße die Zähne zusammen und versuche, mir nicht anmerken zu lassen, wie geschafft ich bin. Was als kleiner Bummelritt gedacht war, hat sich als waschechtes Training entpuppt.

Sean steht in der Mitte des Platzes und unterrichtet jeden, der ebenfalls reitet. Mit einem Seitenblick bemerke ich, dass alle genauso erledigt wirken wie ich.

»Okay, Olivia, wieder Schritt.« Ich schnaube erleichtert, pariere durch und lasse die Zügel locker. Button streckt seine Nase und macht den Hals ganz lang. »Habe ich etwas davon gesagt, dass du die Zügel wegschmeißen sollst? Wieder aufnehmen und mit deinem Pferd arbeiten. Auch im Schritt.«

Ich werfe ihm einen genervten Blick zu, den er jedoch mit seinem Lächeln wettmacht. Egal, wie fordernd er ist, mit seinem Lächeln entwaffnet er uns alle.

Sean wendet sich von mir ab und widmet sich stattdessen Zoe, die ebenfalls mitreitet. Sie trägt die Nase weit oben und ich kann mir vorstellen, wie sie innerlich kocht, weil er mit mir hier ist und nicht mit ihr.

»Zoe, halte dein Pferd nicht so straff. Du gibst ihm keine Chance, dass es sich überhaupt mal bewegen kann.« Selbst von hier aus kann ich erkennen, wie sie das Gesicht verzieht. Kritik mochte sie noch nie. Trotzdem kommt sie dem nach, was er sagt. »Sehr gut. Angaloppieren und auf den Zirkel abwenden.« Zoe reitet einen Kreis im hinteren Teil des Platzes, doch als ihr Pferd nicht abbiegen will, reißt sie schmerzhaft am Zügel. Allein vom Hinsehen tut mir schon alles weh. »Halt! Herkommen!«, ruft Sean über den ganzen Platz und er klingt das erste Mal wütend.

Zoe reitet zu ihm, jedoch höre ich nicht, was er zu ihr sagt. Auf jeden Fall ist es nichts Gutes, denn ihre Miene wird noch verkniffener und sie wirkt, als hätte sie in eine Zitrone gebissen.

Wenig später reitet sie wieder los, allerdings nur eine

Runde im Trab und danach im Schritt. Sean sagt zu alldem nichts mehr. Stattdessen wendet er sich zwei anderen Reitern zu und gibt ihnen Tipps, bevor er seine Aufmerksamkeit wieder auf mich richtet.

Ich lächle ihn an und er erwidert es, ohne zu zögern, was mein Herz ins Stolpern bringt. »Olivia, eine Runde angaloppieren, danach auf den Zirkel und anschließend durch die ganze Bahn wechseln.«

Ich lege mein äußeres Bein etwas nach hinten und Button galoppiert brav unter mir an, als hätte er schon auf mein Kommando gewartet. Ohne Probleme galoppieren wir die Zirkelrunde und danach wechsle ich die Bahn. Button ist so ein Profi, dass ich nur die Beinpositionen ändern muss, und schon springt er um.

»Sehr gut! Trab noch ein bisschen und dann ist gut.« Ich nicke und bin froh, dass es für heute geschafft ist. Auch Button schnauft unter mir und kann es vermutlich kaum erwarten, bis er wieder in seiner Box ist.

Während ich ein paar Runden Schritt reite, kann ich Seans Blick auf mir spüren und ich sehe immer mal zu ihm herüber. Nach wie vor kann ich mein Glück nicht so recht fassen.

Schließlich reite ich vom Platz in Richtung Stall, der ein paar Meter entfernt liegt, und komme an der Bank vorbei, auf der Rosi es sich bequem gemacht hat. »Hey Süße«, rufe ich sie, doch sie wedelt nur mit dem Schwanz und hebt nicht einmal den Kopf. Vermutlich ist sie froh, dass sie sich ausruhen kann. Ich kann es gut verstehen, denn nur allzu gerne würde ich jetzt mit ihr tauschen.

Vor dem Stall angekommen, steige ich ab und lobe Button ausgiebig. Ich führe ihn in die Box und sattle ihn ab, bevor ich die Trense durch ein Halfter tausche und ihn in die Waschbox stelle.

Ich bin gerade dabei, ihn abzuwaschen, als ich Hufgeklapper höre. Vor der Waschbox bleibt Zoe mit ihrem Pferd stehen und ihr Gesicht ist gerötet. Zunächst vermute ich, es kommt von der Sonne, doch dann erkenne ich, dass es vor Wut verzerrt ist. Ich zucke zurück, denn sie scheint mich mit ihrem Blick erdolchen zu wollen.

»Ist alles in Ordnung?«, frage ich nach.

»Das hast du wirklich toll hinbekommen.«

Ich runzle die Stirn. »Wie bitte?«

»Du und Sean. Kommt hierher und spielt sich auf, als wäre er etwas.«

Freudlos lache ich auf. »Er ist auch etwas, Zoe. Nämlich Profi. Ein richtiger.«

Sie schnaubt und schüttelt mit dem Kopf. »Du kommst dir jetzt ganz toll vor, nicht wahr? Warte nur ab, bis er erkennt, wer du wirklich bist.«

Mir bleibt der Mund offen stehen und ich blicke ihr nach, während sie weitergeht. Ich hätte mir denken können, dass sie nicht begeistert sein wird, wenn Sean und ich gemeinsam hier auftauchen. Immerhin habe ich ihr versprochen, dass da nicht mehr zwischen uns läuft. Aber das war damals zu dem Zeitpunkt auch nicht der Fall …

Button stupst mich mit der Nase an und erinnert

mich so daran, dass er auch noch hier ist. Ich wasche ihn weiter ab und bringe ihn danach zurück in seine Box, in der er sich ausgiebig wälzt.

Eine Hand legt sich um meine Taille und ich schrecke so sehr zusammen, dass mir ein Quietschen entfährt. Sean lacht leise neben mir und ich schmiege mich an ihn. »Alles in Ordnung?«

Ich nicke, obwohl dem eigentlich nicht so ist. Doch seine Nähe lasst mich alles Negative vergessen. »Danke für die ganzen Tipps.«

»Sehr gerne. Habe ich mich zu sehr als Lehrer aufgespielt?« Ich drehe mich in seinen Armen um und lege meine um seinen Nacken.

»Wieso fragst du?«

Er zuckt mit den Schultern. »Ich mache so etwas eigentlich total gerne, aber ich will mich nicht aufspielen oder so tun, als wäre ich der absolute King.«

Ich muss lachen. »Keine Sorge, ich fand es sehr gut und es hat mir wirklich etwas gebracht.«

Er strahlt mich an und ich streiche mit einer Hand über seine Wange. Heute ist sie glatt rasiert und ich würde mich am liebsten einfach nur an ihn schmiegen und von ihm gehalten werden.

»Wollen wir noch eine Runde spazieren gehen oder musst du wieder los?«

Eigentlich habe ich keine Zeit, da ich zu meiner Mutter wollte, aber eine halbe Stunde nehme ich mir. »Ein paar Minuten kann ich noch opfern.«

Sean grinst und gibt mir einen Kuss auf die Wange. »Ich nehme jede, die ich kriegen kann.«

Meine Wangen röten sich und ich spüre, wie Hitze in mir aufsteigt. Er löst sich schließlich von mir und ich gebe Button noch eine Möhre, bevor ich die Boxentür schließe und gemeinsam mit Sean alles zur Sattelkammer bringe.

»Sag mal, wo ist eigentlich Rosi?« Ich blicke mich um, ob ich sie womöglich übersehen habe, doch sie ist nirgendwo.

Sean rollt mit den Augen und grinst danach. »Sie hat einen neuen Fanklub hier und lässt sich anhimmeln.« Ich ziehe fragend eine Augenbraue nach oben, doch Sean hält sich nicht mit weiteren Erklärungen auf, sondern verschränkt meine Hand mit seiner und führt mich nach draußen.

Rosi liegt tatsächlich noch auf der Parkbank und aalt sich in der Sonne, während drei Frauen um sie herum stehen und sie streicheln. Schätze, daran könnte sie sich gewöhnen.

»Rosi!«, ruft Sean und sie hebt ihren Kopf. »Los, komm.« Sie wedelt mit ihrem Schwanz, setzt sich aber nicht in Bewegung. »Roswitha!« Bei dem Klang ihres vollen Namens steht sie auf und springt los. Nicht ohne dabei eine mürrische Miene zu ziehen.

Ich muss lachen und bemerke zeitgleich die neugierigen Blicke der anderen. Kein Wunder, immerhin hält Sean nach wie vor meine Hand. Und das so, als wäre es das Normalste der Welt.

Ich lächle vor mich hin. Sobald die kleine Hündin bei uns ist, gehen wir Richtung Feld.

Schweigend laufen wir nebeneinanderher, doch es ist

kein betretenes Schweigen, sondern eher ein glückliches. Eines, was man nicht mit Worten füllen muss.

Rosi trottet vor uns her und scheint nicht begeistert zu sein, dass sie so weit laufen muss. Nach ein paar Minuten bleibt Sean schließlich stehen und ich ebenfalls.

Ich sehe ihn an und bemerke, dass er mich nachdenklich mustert. »Alles in Ordnung?«

Er lächelt. »Mehr als das.« Bevor ich weiter nachfragen kann, was er damit meint, beugt er seinen Kopf zu mir herab und küsst mich.

25. Kapitel

Sean

Ich schmunzle darüber, wie Nate um seine trächtige Stute herumläuft und sie unter die Lupe nimmt. »Sie ist seit zwei Wochen offiziell schwanger, was genau willst du erkennen?«, necke ich ihn und er wirft mir einen genervten Blick zu.

»Ich will nur schauen, ob alles in Ordnung ist.«

Ich ziehe eine Augenbraue nach oben, da er seit zehn Minuten nichts anderes macht, als das Pferd zu begutachten. Seine Stute nimmt es locker hin und lässt sich nicht stören. Vermutlich macht er das jeden Tag und sie ist es bereits gewöhnt.

Ein weiteres Mal tastet er ihre Beine ab, ob sie womöglich geschwollen sind, und ich muss grinsen. Genau wie vor fünf Minuten wird er da vermutlich nichts finden.

»Wie läuft es eigentlich mit Olivia?«, fragt er mich, während er das linke Vorderbein abtastet.

Allein die Erwähnung ihres Namens reicht aus, damit sich ein warmes Gefühl in mir breitmacht. »Sehr gut.«

Ich höre Nate seufzen und wenig später steht er vor mir und lehnt sich auf der anderen Seite der Boxentür an. »Wenn du so ausschweifend erzählst, habe ich immer das Gefühl, als wäre ich hautnah dabei gewesen.«

Leise lache ich und zucke mit den Schultern. »Was soll ich sagen? Wir schwimmen auf einer Wellenlänge, haben denselben Humor und lieben Pferde. Rosi vergöttert sie und es fühlt sich mit ihr immer so leicht und einfach an. Fast so, als würden wir uns schon ewig kennen und nicht erst seit ein paar Wochen.«

Nate zieht eine Augenbraue nach oben. »Aber?«

Erst will ich behaupten, dass es kein Aber gibt, doch mein bester Freund würde mich sowieso durchschauen. »Sie hat verdammt wenig Zeit. Das letzte Mal haben wir uns vor knapp einer Woche gesehen.«

»Oh. Und wieso?«

»Sie hat viel mit ihrer Mutter um die Ohren. Bisher hat sie mir noch nicht gesagt, was mit ihr ist, aber ich vermute, sie ist sehr krank und sie kümmert sich um sie.«

»Okay, nicht so toll.«

»Wem sagst du das. Wir schreiben zwar jeden Tag miteinander und telefonieren, aber ich höre immer wieder heraus, wie kaputt und geschafft sie ist. Wir haben allerdings ausgemacht, dass wir uns am Wochenende treffen.«

»Im Sinne von über Nacht zusammen bleiben?« Er wackelt mit den Augenbrauen und ich muss lachen.

»Darüber haben wir nicht gesprochen.«

»Oh man, Sean! Darüber muss man doch auch nicht reden, das steht einfach fest. So wie du redest, könnte man denken, ihr hattet noch keinen Sex miteinander.«

Ich presse die Lippen zusammen und sage nichts dazu, das ist Nate Antwort genug. »Im Ernst?! Das mit euch geht schon fast einen Monat!«

»Wir lassen uns eben Zeit, was ist so schlimm daran?«

Er runzelt die Stirn. »Gar nichts, nur kenne ich das nicht von dir.«

»Wow, danke. Das klingt, als wäre ich immer nur auf das eine aus.«

Er rollt mit den Augen. »Du weißt, wie ich das meine.«

Und wie ich das weiß. Seitdem mit meiner Ex Nicole damals Schluss war, hatte ich nur eine Handvoll lockere Bettgeschichten. Olivia ist die Erste, bei der ich es nicht versauen will. Dafür ist sie mir viel zu wichtig. Außerdem habe ich kein Problem damit, zu warten. Ich bin schon glücklich, wenn ich sie nur im Arm halten kann.

»Hallo? Erde an Sean! Bist du noch da?«

Ich zucke zusammen und schaue ihn ertappt an. »Hmm? Sorry«, murmle ich und er lacht.

»Mann, dich hat es echt voll erwischt.« Darauf sage ich nichts, denn es entspricht der Wahrheit. »Warum fährst du nicht einfach bei ihr im Stall vorbei? Vielleicht hat sie wenigstens fünf Minuten Zeit für dich.«

»Das habe ich letztens schon gemacht. Wirkt das nicht verzweifelt?«

Er grinst und schüttelt mit dem Kopf. »Es wirkt eher, als würdest du dir Mühe geben.«

Ich überlege hin und her und schätze, er hat recht. »Kann ich dich denn alleine lassen? Oder belästigst du dann weiterhin deine arme Stute?«

»Ich belästige sie doch nicht! Ich kümmere mich nur!«

»Ja, wie eine Glucke«, ziehe ich ihn auf und er grinst.

»Ich mache mir eben Sorgen.«

»Wow, die nächsten Monate wirst du nicht zu ertragen sein.« Er lacht nur und sagt nichts dazu. Ich schreibe nebenbei Olivia eine Nachricht, doch sie wird nicht zugestellt. Vermutlich hat sie keinen Empfang. »Danke für den Tipp, Kumpel. Ich fahre mal zu ihr in den Stall.«

Ich stoße mich von der Boxentür ab und Nate winkt mir knapp zu. Ich muss schmunzeln, sobald ich bemerke, dass er tatsächlich noch mal in die Box hineingeht.

Als ich in meinem Wagen sitze, macht sich Nervosität in mir breit. Ob es wirklich so eine gute Idee ist, zu ihr zu fahren? Womöglich hat sie zu tun.

Mein Handy gibt ein Vibrieren von sich und ich ziehe es hervor. Mein Herz schlägt einen Takt schneller, sobald ich bemerke, dass es eine Nachricht von Olivia ist.

Sie ist kurz, aber sie sorgt dafür, dass ich wie ein Idiot strahle.

Komm gerne vorbei, bin gleich im Stall. Ich vermisse dich.

Was drei kleine Worte doch in einem auslösen können, denke ich mir schmunzelnd und antworte ihr.

Ich dich auch! Sehr sogar.

Zwar haben wir dann nur ein paar Minuten füreinander Zeit, aber die drei vollen Tage bis zum Wochenende halte ich ohne sie sonst nicht durch.

Eilig starte ich den Wagen und fahre los.

***

Eine knappe halbe Stunde später komme ich an und stelle fest, dass ihr Wagen noch nicht zu sehen ist. Da ich die Hoffnung habe, dass sie mit einer Freundin hierhergekommen ist, gehe ich dennoch hinein.

Zwei Frauen kommen mir entgegen und ich sage freundlich Hallo. Sie strahlen mich an und scheinen es nicht fassen zu können, dass ich hier bin. Dabei habe ich gedacht, dass es sich längst herumgesprochen hätte, dass Olivia und ich quasi zusammen sind – auch wenn wir nach wie vor nicht darüber gesprochen oder es offiziell gemacht haben.

Ich gehe zu Buttons Box, doch bereits von Weitem stelle ich fest, dass Olivia nicht da ist. Enttäuschung macht sich in mir breit, aber ich verdränge sie schnell.

»Na, Großer«, begrüße ich ihren Schimmel und er reckt mir die Nase entgegen. Ich streichle sanft darüber und er bettelt weiter nach einem Leckerli. »Tut mir leid, ich habe nur Hundeleckerlis dabei. Rosi bringt mich allerdings um, wenn ich die teile.«

Er klimpert mit seinen Augen und ich streichle über seine Nüstern, bevor ich wieder zurückgehe.

»Hallo Sean«, ruft jemand meinen Namen und ich drehe mich um.

Eine junge Frau mit blonden Haaren kommt auf mich zu, ihre Miene wirkt verbissen. Ich runzle die Stirn, da ich sie zunächst nicht einordnen kann, doch dann fällt mir ein, dass sie eine derjenigen ist, denen ich letztens spontan ein paar Tipps gegeben habe. Nur leider hat sie diese nicht angenommen. Ihr Pferd dagegen hätte es mir vermutlich gedankt.

»Hey.«

Sie bleibt knapp vor mir stehen und mustert mich. »Hätte nicht gedacht, dass ich dich heute hier sehe.«

Ich raufe mir die Haare und zucke mit den Schultern. »Ich habe gehofft, dass ich Glück habe und Olivia hier treffe, aber leider war dem nicht so. Ich fahre dann auch mal wieder los. Hab noch einen schönen Tag«, verabschiede ich mich.

»Mich wundert es, dass du überhaupt noch Kontakt mit ihr hast«, hält sie mich mit ihren Worten zurück.

Ich spitze die Ohren und drehe mich nun doch noch mal zu ihr um. »Wie bitte?«

Sie lächelt, als hätte sie gehofft, dass ich so reagiere. »Du hast mich schon verstanden.«

Ich verschränke die Arme vor der Brust. »Was genau möchtest du mir damit sagen?«

»Ich bin nur überrascht, dass du dich noch mit ihr triffst, nachdem sie deinen Hund angefahren hat.«

Kaum hat sie die Worte ausgesprochen, klappt mir die Kinnlade runter. Ihren zufriedenen Gesichtsausdruck bekomme ich nur am Rande mit. Sie lügt! Das muss sie einfach!

»Es ist damals auf der Messe passiert. Sie war zu

schnell unterwegs und hat Rosi erwischt.«

Ich schüttle mit dem Kopf. Olivia hätte mir das doch schon längst gesagt, wenn es so wäre. Oder?

Zweifel machen sich in mir breit und fressen sich durch meine Verliebtheit wie ein Geschwür. »Aber sie hat sie zum Tierarzt gebracht und …«

»Nein, das hat sie nicht.« Ihre Worte sind wie eine eiskalte Dusche für mich. »Sie hat sie einfach liegen gelassen und ist abgehauen. Eine Freundin und ich haben deine Hündin gefunden und uns um sie gekümmert. Olivia hat mich gebeten, dass ich dir nichts erzähle, aber damit ist jetzt Schluss.«

Mein Mund geht auf und zu, doch kein Wort kommt hervor. Hat der Tierarzt nicht damals gesagt, dass die zwei Frauen sie angefahren haben? Oder habe ich es vor Aufregung nicht ganz verstanden? Immerhin war ich zu dem Zeitpunkt ziemlich durch den Wind.

»Glaub mir, Sean. Sie hat Panik bekommen und sich aus dem Staub gemacht, weil sie dringend zu ihrer Mutter musste. Das schlechte Gewissen hat sie zwar beinahe aufgefressen, aber gesagt hat sie dennoch nichts. Ich weiß es, weil sie sich bei mir ausgeheult hat.«

Eine weitere Erinnerung kommt in mir hoch, als Olivia zu mir gemeint hat, dass sie mir dringend noch etwas sagen muss. Nach unserem ersten Kuss habe ich daran gar nicht mehr gedacht.

Galle steigt mir die Kehle hoch und in mir herrscht so ein Aufruhr, dass ich nicht klar denken kann.

Es will mir zwar nicht in den Kopf, dass sie so etwas tut, doch wenn man in Panik ist, reagiert jeder Mensch anders. Und es würde auch dazu passen, da sie anfangs so seltsam drauf war, wenn wir uns getroffen haben. Sie war regelrecht abweisend und in ihren Augen stand sogar Panik.

Vermutlich hatte sie Angst, dass ich es herausfinde.

Mit einem Mal sehe ich glasklar und drehe mich auf dem Absatz um, ohne noch etwas zu der Frau zu sagen. Wenn Olivia es wirklich getan hat und ihr danach keine Hilfe geleistet hat … In meinem Kopf drehen sich die Gedanken hin und her, doch einer manifestiert sich: Worin hat sie mich womöglich noch belogen?

26. Kapitel

Olivia

Überrascht blinzle ich, als ich Sean aus dem Stall kommen sehe. Mein Herz beginnt, einen Takt schneller zu schlagen, und ich gehe lächelnd auf ihn zu. »Hey! Da bist du ja schon und …« Die letzten Worte bleiben mir im Hals stecken, sobald ich die Wut in seiner Miene erkenne.

Seine Wangen sind gerötet, seine Haare stehen wirr ab und er hat seine Lippen so fest zusammengepresst, dass sie nur noch eine schmale Linie bilden.

»Du hast mir nichts gesagt!«, blafft er und zeigt mit dem Finger auf mich. Ich zucke zusammen und bin so verwirrt, dass ich gar kein Wort herausbekomme. »Die ganze Zeit, die wir miteinander verbracht haben, hast du geschwiegen!« Sein Blick wandert an mir auf und ab, doch dieses Mal erkenne ich keine Zärtlichkeit darin, sondern nur Abscheu.

Es fühlt sich an, als würde eine Faust nach meinem Herz greifen und es zerquetschen. Was kann nur geschehen sein? Vorhin hat er mir immerhin geschrieben, dass er mich ebenfalls vermisst. »Sean, was ist denn los?«, frage ich nach und meine Stimme klingt ganz piepsig. So habe ich ihn noch nie erlebt.

»Das fragst du? Du hast meine Hündin beinahe totgefahren!« Kaum hat er die Worte ausgesprochen, spüre ich, wie mir die Farbe aus dem Gesicht weicht. Für ihn gilt das offenbar als Eingeständnis, denn er schüttelt wütend mit dem Kopf. »Ich fasse es nicht! Die ganze Zeit über hast du kein Wort gesagt, sondern mich im Dunkeln gelassen! Was sollte das?« Sean lässt mir jedoch keine Zeit, zu antworten, denn er blafft mich weiter an. »Welche Lügen hast du mir noch aufgetischt? Womöglich hast du gar keine Gefühle für mich, sondern das war alles nur ein perfides Spiel von dir! Wolltest du vielleicht in bessere Turniere reinkommen und meinen Status ausnutzen?!«, faucht er und ich kann nicht glauben, dass er so etwas von mir denkt.

»Warte, ich …«

»Was, Olivia? Was?!«

»Es ist alles ganz anders.« Er verschränkt die Arme vor der Brust und sieht mich abwartend an. Mir bleiben die Worte beinahe im Hals stecken, aber ich bringe sie dennoch hervor. »Es stimmt, Lizzy und ich haben Rosi angefahren.« Er öffnet seinen Mund, um etwas zu sagen, doch dieses Mal lasse ich ihn nicht zu Wort kommen. »Wir haben sie danach aber zum Tierarzt gebracht und uns um sie gekümmert. Ich würde niemals ein Tier verletzen und danach keine Hilfe leisten!«

Abwartend mustert er mich, als würde er meine Worte abwägen, ob sie wirklich der Wahrheit entsprechen. »Und warum hast du es mir nicht schon viel eher gesagt?« Seine Stimme klingt schneidend und keinerlei Liebe liegt darin.

Mit bebenden Händen streiche ich mir eine Strähne hinter das Ohr, weil ich darauf keine wirkliche Antwort weiß. »Es tut mir leid, Sean«, murmle ich und erkenne, wie er sich vor mir verschließt.

»Lass es einfach, Olivia. Ich habe auf Lügen keinen Bock. Ich denke, es ist besser, wenn wir wieder getrennte Wege gehen.« Die letzten Worte spuckt er regelrecht aus und mir schießen Tränen in die Augen. Er sieht es jedoch nicht mehr, da er sich bereits abgewandt hat und zu seinem Wagen geht. Ohne sich noch einmal umzudrehen, steigt er ein und fährt los.

Und nimmt mein Herz mit.

Sobald die erste Träne über meine Wange gerollt ist, gibt es kein Halten mehr. Am liebsten würde ich mich in eine Ecke verkriechen und hemmungslos weinen. Wie konnte es nur so weit kommen? Warum habe ich ihm nicht eher etwas gesagt? Hätte er sich dann vielleicht bedankt, so wie er es bei seinem Aufruf im Internet versprochen hat? Oder war es nur ein Trick? Und wieso zum Teufel weiß er auf einmal von dem Unfall mit Rosi?

Meine Fragen werden in dem Moment beantwortet, als ich im Augenwinkel eine Person bemerke. Ich drehe mich Richtung Stalleingang und erkenne durch meinen Tränenschleier hindurch, dass es Zoe ist, die grinst.

Vermutlich sollte ich zu ihr gehen und die Meinung sagen, doch dazu fehlt mir die Kraft. Und was sollte es bringen? Sie hat ihr Ziel erreicht. Sean hasst mich und will nichts mehr mit mir zu tun haben.

Allein der Gedanke sorgt dafür, dass es sich anfühlt, als würde sich ein Messer durch mein Herz bohren. Meine Kehle schnürt sich zu, doch ich unterdrücke die Schluchzer. Nicht jetzt. Nicht hier.

Zoe hat schon genug gesehen, da soll sie nicht auch noch meinen Zusammenbruch mitbekommen. Ich raffe mein letztes bisschen Stolz zusammen und gehe zu Button. An Reiten ist jetzt jedoch nicht mehr zu denken.

***

Ich halte die Eispackung umklammert, als würde mein Leben davon abhängen. Auf dem Fernseher vor mir flimmert eine Liebeskomödie mit Hugh Grant, doch ich bekomme nicht wirklich viel mit.

»Brauchst du noch ein Eis?«, fragt mich Lizzy und ich wende mich ihr zu.

Sie zuckt zusammen, sobald sie in mein Gesicht blickt, und ich kann mir vorstellen, wie ich aussehe. Meine Augen sind verquollen, meine Wangen rot und meine Haare sind ein einziges Vogelnest. Es ist gerade mal ein paar Stunden her, dass Sean einen Schlussstrich unter das gezogen hat, was zwischen uns lief, dennoch hat sich der Schmerz in meiner Brust verdoppelt. Ich hätte es nie gedacht, doch vermutlich kann man wirklich an einem gebrochenen Herzen sterben. Zumindest fühlt es sich so an.

»Nein, danke«, antworte ich auf ihre ausstehende Frage und die Worte kratzen in meinem Hals.

»Ruf ihn doch noch mal an und versuch, alles zu erklären.« Ich seufze, da das vermutlich aussichtslos ist. »Los, komm«, fordert sie mich auf und reicht mir mein Handy.

Ich nehme noch einen Löffel voll Eis, bevor ich mich bereit dazu fühle, Sean anzurufen. Es klingelt ein paar Mal, bis ich auf die Mailbox geleitet werde.

»Hey Sean, ich bin es.« Meine Stimme klingt wie ein Krächzen und ich räuspere mich. »Es tut mir so leid, was heute geschehen ist. Ich hätte es dir viel eher sagen müssen, aber ich wusste nicht, wie. Ich hatte Angst, dass du mich dann hassen würdest. Bitte ruf mich zurück und lass uns über alles reden. Ich … ich …« In meinem Hals bildet sich ein Kloß, doch ich schlucke ihn herunter und rede weiter. »Ich habe dich wirklich sehr gern, Sean.«

Ich lege auf, lehne mich auf der Couch zurück und sehe wieder Hugh Grant zu, wie er versucht, seine Traumfrau zurückzugewinnen.

Lizzy tut es mir gleich und ich lege meinen Kopf auf ihrer Schulter ab. »Dich hat es voll erwischt, nicht wahr?«

»Du hast keine Ahnung«, murmle ich und wir essen weiter unser Eis, während die Tränen nur so über meine Wangen strömen.

27. Kapitel

Sean

»Konzentration, Sean! Ich sagte, den Oxer zuerst, danach den Steil, die Kombination und anschließend wieder den Oxer. Was ist daran so schwer zu verstehen?«, ruft Theodor mir quer über den Platz zu.

Ich atme tief durch und versuche, mich zusammenzureißen, doch das fällt mir nicht leicht. Vor zwei Tagen habe ich Olivia aus meinem Leben verbannt, aber es hängt mir noch immer an, als wäre es erst ein paar Minuten her. Sobald ich an ihre Nachrichten denke, besonders die auf der Mailbox, in der sie so fertig klang, wie ich mich fühle, sinkt meine Laune weiter. Doch ich habe das Richtige getan. Sie hat Rosi verletzt, sie liegen lassen und es mir nicht gesagt. Dabei weiß sie ganz genau, was mir meine Hündin bedeutet. Verdammt, ich habe es ihr sogar mehrmals erzählt und sie hat nicht mal mit der Wimper gezuckt!

»Erde an Sean! Bist du noch da?«

Ich wende mich Theodor wieder zu, der mit verschränkten Armen in der Mitte des Platzes steht. »Sorry, geht schon los.« Ich galoppiere an, doch er ruft erneut quer über den Platz.

»Halt! Sofort herkommen.« Bei dem Unterton in seiner Stimme traue ich mich nicht mal, Widerworte zu geben. Ich pariere wieder durch und reite im Schritt auf ihn zu.

»Entschuldigung, ich …«

»Ich will keine Ausflüchte hören, sondern deine volle Konzentration. Was soll das? Wenn du nicht ganz auf der Höhe bist, dann sag das Training ab. So besteht die Gefahr, dass du dich und dein Pferd verletzt.«

Betreten nicke ich, da ich das eigentlich selbst weiß. »Tut mir leid. Ich konzentriere mich jetzt voll.«

»Nein, vergiss es.« Erstaunt sehe ich ihn an. »Reit ein paar Runden Trab und hör danach auf. Das bringt heute nichts. Lass uns lieber morgen noch mal trainieren, in der Hoffnung, dass du da mehr auf der Höhe bist.«

Zuerst will ich verneinen, doch er hat recht. Ich bin nicht ganz da und es würde vermutlich sowieso nichts Gescheites dabei herauskommen. »Okay. Tut mir leid.«

»Kopf hoch, Junge. Morgen wird es bestimmt besser.« Mit diesen Worten wendet er sich ab und baut die Sprünge ab. Ich sehe ihm nur betreten nach und hoffe, dass er recht behält.

Ich drücke meine Schenkel an den Bauch von Comer und er setzt sich sofort in Bewegung. Sobald ich mit ihm angetrabt bin, bemerke ich, wie Manuel auf den Platz gelaufen kommt. Dabei dachte ich, dass der Tag nicht schlimmer werden könnte.

Ich trabe ein paar Runden, bevor ich Schritt gehe und anschließend absteige. Rosi wedelt träge mit ihrem

Schwanz, denn sie hat die ganze Zeit auf der Bank gelegen, die an der Stirnseite des Platzes steht. So ist es ihr immer am liebsten, denn sie bekommt alles mit, muss aber nicht laufen.

Manuel kommt direkt auf mich zu und ich seufze leise, bevor er vor mir stehen bleibt.

»Hallo Sean! Ihr seid wohl schon fertig?« Ich nicke nur knapp und muss mich zusammenreißen, damit ich nicht einfach an ihm vorbeilaufe. »Wie lief es? Bist du fit für das Wochenende?«

Ich zucke mit den Schultern. »Wenn ich ehrlich bin, nein. Wir sind nicht weiter gesprungen, da ich nicht ganz auf der Höhe bin.«

»Was? Und wieso? Sean, das Turnier am Samstag ist wichtig, du sollst da …«

»Das weiß ich«, blaffe ich, da mein Geduldsfaden heute äußerst kurz ist. Manuel blickt mich erstaunt an und ich atme tief durch. »Mir geht viel durch den Kopf. Morgen läuft es bestimmt besser.«

»Gut, pass auf.« Er holt einen Zettel aus seiner Tasche hervor und übergeht einfach, dass ich ihm gesagt habe, dass ich nicht so fit bin. Allerdings habe ich auch nichts anderes erwartet. Er ist eben mein Manager und kein wirklicher Freund, der sich Sorgen um einen macht. Ihn interessiert nur, wie viel er mit mir verdienen kann. Ich lausche seinen Erzählungen, während Comer neben mir unruhig mit dem Vorderhuf scharrt. Kein Wunder, er fragt sich vermutlich, was das hier alles soll.

»Also soll ich die neue Kollektion während des

Turniers tragen und mich mit dem weiblichen Model sehen lassen?«, fasse ich seine lange Rede kurz zusammen.

Er strahlt mich an und nickt. »Genau. Du kennst sie schon. Es ist Camela. Mit der hattest du bereits ein Fotoshooting.«

Ich rolle mit den Augen. Und ob ich mich an diese Frau erinnere! Bei dem letzten Shooting ist sie mir extrem auf die Nerven gegangen, da sie ständig etwas zu nörgeln hatte. »Ein anderes Model kommt nicht infrage? Vielleicht lieber Cassie oder so?« Mit ihr hatte ich ebenfalls schon ein paar Mal das Vergnügen und mit ihr war es stets lustig und unproblematisch.

Manuel rümpft die Nase, als hätte ich etwas Unerhörtes von mir gegeben. »Ich schaue, was sich machen lässt. Sorg du nur dafür, dass du am Wochenende fit bist. Du hast ein Image zu verteidigen.«

Ohne meine Antwort abzuwarten, geht er wieder davon und ignoriert sogar Theodor, der ihn freundlich grüßt. Ich schüttle über ihn mit dem Kopf und bringe mein Pferd zurück in den Stall.

***

Mit wenig Elan schmeiße ich den kleinen Stock, doch Rosi macht es nichts aus, denn sie flitzt trotzdem hinterher. Nicht dass sie ihn aufheben und zurückbringen würde, sie will einfach nur hinterherrennen.

Meine Stimmung hellt sich etwas auf, sobald sie zu mir gerannt kommt und ihre Ohren hoch und runter wippen. »Na, du Flitzer.« Sie wedelt mit ihrem Schwanz und ich kraule sie kurz, ehe wir unseren Weg fortsetzen.

Bevor ich nach Hause fahre, habe ich beschlossen, eine kleine Runde mit Rosi zu gehen. So kann sie sich noch etwas austoben und wir schnappen gemeinsam frische Luft. Nachdem Manuel nämlich losgefahren ist, habe ich mich nach Comer noch um meine anderen Pferde gekümmert.

Die meiste Zeit mache ich es gerne und habe auch Spaß dabei, aber heute wäre es mir lieber gewesen, wenn ich mich einfach nur auf meine Couch hätte legen können. Die ganze Sache mit Olivia geht mir mehr an die Nieren, als ich mir bisher eingestehen wollte.

Da ich sowieso gerade dabei bin, mich selbst zu quälen, ziehe ich mein Handy hervor und rufe ihre letzte Nachricht auf, die sie mir heute Morgen geschrieben hat. Bisher konnte ich mich nicht dazu überwinden, sie zu lesen, doch jetzt ist der Punkt da.

Sean, es tut mir alles so leid. Bitte lass mich dir erzählen, wie es wirklich abgelaufen ist. Du weißt, dass ich Rosi genau wie dich unglaublich gerne habe. Bitte melde dich.

Mein Herz zieht sich krampfhaft zusammen und für einen Moment überlege ich, ob ich sie anrufen soll. Ich entscheide mich jedoch kurzerhand dagegen und stecke das Handy wieder ein.

Es gab so viele Augenblicke, in denen sie es mir hätte sagen können, aber sie hat es nicht getan. Offenbar mangelt es zwischen uns an Vertrauen. Dabei hatte ich vorher nie das Gefühl.

Dennoch machen sich Zweifel in mir breit. Was ist, wenn es alles ganz anders ist und es Gründe gibt, warum sie es mir nicht gesagt hat? Zeitgleich erinnere ich mich, wie blass sie geworden ist, als ich sie beschuldigt habe.

Ich straffe meine Schultern und schiebe den Gedanken an sie weit weg. Am Wochenende, wenn ich sie auf dem Turnier sehe, werde ich mich damit befassen. Aber auf gar keinen Fall eher.

Ich nehme einen weiteren kleinen Stock und werfe ihn, um mich und auch Rosi abzulenken.

28. Kapitel

Olivia

Grund 63: Wir könnten andere Leute bei einem Kaffee beobachten und uns Geschichten über sie ausdenken.

Grund 64: Ich würde dir meine Pferde zeigen.

Grund 65: Du dürftest so viele Bilder von Rosi machen, wie du möchtest. Sie ist wirklich superfotogen. ;-)

Grund 66: Ich würde mit dir sogar ein Stück Kuchen teilen.

Grund 67: Wir könnten darüber diskutieren, wie du den Schweif von Button für längere Zeit sauber bekommst.

Tränen lassen mir die Sicht verschwimmen, während ich seit Tagen das erste Mal wieder die Liste lese. Ich sollte sie wegschmeißen, verbrennen und einfach aus meiner Erinnerung löschen, doch das kann ich nicht. Es ist das Einzige, was mich daran erinnert, dass Sean und ich einmal eine gemeinsame Zeit hatten.

Bevor alles den Bach runterging.

Eilig stecke ich sie ein, wobei ich selbst nicht weiß, warum ich sie mitnehme. Vermutlich als eine Form der Selbstgeißelung.

Ein letztes Mal sehe ich nach, ob ich alles eingepackt habe. Am liebsten würde ich das bevorstehende Turnier absagen, doch der Gedanke, dass ich Sean dort begegnen und alles wieder geradebiegen könnte, hält mich davon ab.

Die letzten Tage hat er weder auf meine Nachrichten noch auf meine Anrufe geantwortet. Sogar eine Mail habe ich ihm geschrieben, aber darauf kam ebenso keine Reaktion.

Und obwohl das alles verdammt wehtut und mir beinahe die Luft zum Atmen nimmt, kann ich ihn verstehen.

Immerhin habe ich geschwiegen. Ich hatte so viele Chancen, habe es ständig vor mir hergeschoben und nun muss ich mit den Konsequenzen leben.

Eigentlich hätte ich mir denken können, dass Zoe so was ausnutzen würde. Schließlich waren wir in letzter Zeit nicht mehr positiv zueinander eingestellt.

Seitdem sie Sean von dem Unfall mit Rosi erzählt hat, meide ich sie so gut, wie es geht. Glücklicherweise funktioniert das ohne Probleme.

»Wollen wir los?« Lizzy steht vor mir und lächelt mich an. Es ist jedoch kein fröhliches, sondern eher ein bedauerndes und trauriges. Kein Wunder, immerhin hat sie mitbekommen, wie sehr ich die letzten Tage gelitten habe. Sean ist mir wichtig geworden. Und nun fühlt es sich an, als würde ein Stück von meinem Herzen fehlen.

»Ja, ich bin so weit.« Ich will an ihr vorbeigehen, um noch mal im Hänger nachzuschauen, ob bei Button alles in Ordnung ist, doch meine beste Freundin hält mich am Arm zurück.

»Wir müssen nicht fahren, Olivia. Das weißt du,

oder?«

Ich nicke und versuche, die Tränen zurückzuhalten, die sich immer dann hochkämpfen, wenn ich nur an Sean denke. »Ich möchte aber.«

Ich kann an ihrer Miene ablesen, dass sie am liebsten noch mehr sagen würde, doch sie lässt es. Vermutlich weil sie weiß, was ich mir von dem heutigen Turnier erhoffe. Dass es eigentlich nicht schlau ist, aufs Pferd zu steigen, wenn man mit dem Kopf woanders ist, weiß ich selbst, aber es wird schon werden. Das muss es einfach.

Button blickt kurz zu mir, als ich die Hängertür an der Seite öffne, und knabbert dann weiter sein Heu. »Schön brav sein, Dicker.« Ich schließe die Tür wieder und setze mich ins Auto.

Lizzy sitzt bereits und hält mir einen Riegel hin. »Nervennahrung.«

Ich schmunzle und nehme ihr den Schokoriegel ab, bevor ich den Motor starte und losfahre. Bis zum Turnier ist es glücklicherweise nur eine knappe Dreiviertelstunde Fahrt.

Mit jedem Meter, den wir zurücklegen, werde ich nervöser.

Heute ist es ausnahmsweise mal nicht wegen des Turniers, sondern wegen Sean. Gott, was soll das nur werden? Mein Herz flattert und in meinem Bauch kribbelt es. Ich weiß selbst nicht so recht, was ich mir erhoffe, aber ich bete darum, dass heute alles gut geht. Sean muss mir einfach zuhören.

»Was meinst du, wie es heute läuft?«, fragt mich Lizzy

nach ein paar Minuten und ich blicke kurz zu ihr.

»Keine Ahnung. Ich hoffe gut.«

»Denkst du da an Sean oder an das Turnier?«

Ich werfe ihr einen Seitenblick zu. »Beides.«

»Das wird schon wieder, Olivia. Und wenn nicht, trete ich diesem sexy Idiot in den Hintern.«

»Sexy Idiot, hm?«

Sie lacht und ich muss mit einstimmen. Es fühlt sich befreiend an, wieder so lachen zu können. Ich glaube, das habe ich die letzten Tage gar nicht getan. »Ist doch wahr! Anstatt dir eine Chance zu geben, macht er einfach dicht. Das ist dämlich!«

»Ach, Lizzy.«

»Nein, das ist mein Ernst! Weißt du was?« Sie dreht sich in ihrem Sitz zu mir und ich werfe ihr erneut einen kurzen Blick zu. Sie wirkt aufgeregt und ich muss schmunzeln. »Meinen Beobachtungen zufolge denke ich, du gehst ihm total unter die Haut und er ist verschossen in dich.« Ich schnappe nach Luft, doch Lizzy fährt einfach fort. »Aber er wurde schon mal richtig enttäuscht in seinem Leben und hat deswegen Angst. Die Angst bringt ihn dazu, zu glauben, dass es sowieso nicht klappen wird. Deshalb hat er sich auch gleich vor dir verschlossen, da du ihm schon jetzt viel zu viel bedeutest.«

Ich lasse Lizzys Worte sacken und auf irgendeine verquere Art und Weise ergeben sie Sinn.

»Ich weiß nicht«, murmle ich dennoch, da ich mir nicht vorstellen kann, dass die Lösung so einfach ist.

»Warte es ab.«

»Vielleicht ist er heute gar nicht da.«

Sie schnaubt. »Ich habe die Starterliste angesehen, natürlich ist er da. Das weißt du genauso gut wie ich.«

Und wie ich das weiß. Ich seufze und Lizzy drückt meinen Arm, bevor wir schweigend den Rest der Strecke fahren. Ich denke über Sean nach und wie ich ihm alles erklären kann, während ich bei Lizzy hingegen glaube, dass sie einen Plan ausheckt, wie sie uns beide wieder zusammenbringt. Aber ob das wirklich funktioniert?

***

Ich renne so schnell wie möglich zum Hänger zurück und der Schweiß rinnt mir über den Rücken. Mist, Mist, Mist! Dabei sind wir extra schon eher losgefahren.

»Lizzy, trens Button auf!«, rufe ich quer über den Parkplatz, sobald sie in meiner Sichtweite ist.

Sie springt sofort auf und macht sich ans Werk. Ich verlangsame meine Schritte nicht, sondern hetze weiter, bis ich am Hänger stehe. Meine Atmung geht hektisch und ich brauche einen Augenblick, bis ich wieder ruhiger Luftholen kann, bevor ich die Klappe öffne.

Ich lasse sie herunter, schnappe mir einen Schwamm und eine Bürste und mache mich an Buttons Schweif. Glücklicherweise habe ich ihn heute komplett eingepackt, sodass er nichts von seinen Hinterlassenschaften abbekommen hat.

»Was ist denn los?«, fragt Lizzy von drinnen und zieht dabei Button die Trense über den Kopf.

»Sie haben das Springen eine halbe Stunde vorgezogen. Es geht in zehn Minuten los und ich bin bereits achter Starter.«

»Oh, Mist!«

Ich lege einen Zahn zu, bürste den Schweif noch mal durch, reiche Lizzy die Gamaschen und quetsche mich anschließend mit in den Hänger, um zu satteln. Für Button ist so ein hektisches Treiben Gift, aber heute geht es nicht anders. Zum Glück steht er relativ still und mustert uns nur aus geweiteten Augen.

»Führst du ihn runter?« Lizzy nickt und ich hechte nach hinten, um die Absperrstange zu öffnen.

Kaum ist sie unten, läuft Button los und geht die Hängerklappe herunter. Sobald er unten steht, mache ich die Klappe wieder zu. »Halt ihn gut fest, ich ziehe schnell meine Stiefel an.«

Ich warte keine Antwort ab, sondern hechte vor an die kleine Sattelkammer, die im Hänger ist. Eilig ziehe ich die Stiefel an, setze meinen Helm auf, schnappe mir noch das Martingal für Button und lege es ihm danach an.

Anschließend gurte ich ein Loch enger und schaue nach, ob alles sitzt. So viel Zeit muss sein.

»Oh nein«, höre ich Lizzy plötzlich murmeln und ahne sofort, was los ist. Sean ist in der Nähe.

Ich richte mich auf und blicke in die Richtung, in die sie schaut. Mein Herz setzt einen Schlag aus, sobald ich ihn bemerke. Eigentlich habe ich dafür keine Zeit, aber ich gehe dennoch auf ihn zu. Es ist fast so, als wäre ich die Motte und er das Licht, was mich magisch anzieht.

Ich erkenne den Moment, indem er mich ebenfalls registriert. Seine eisblauen Augen weiten sich kurz, bevor er seine Lippen zusammenpresst und demonstrativ wegsieht. So schnell gebe ich allerdings nicht auf.

»Sean!«, rufe ich und gehe weiter auf ihn zu. »Sean!« Er bleibt endlich stehen und wendet sich mir zu.

Er sagt kein Wort, doch das ist gar nicht nötig. Ich erkenne den Schmerz, aber auch die Wut in seinen Augen und mir bleibt für einen Moment die Luft weg.

»Bitte lass mich alles erklären.«

»Es gibt nichts zu klären.« Seine Stimme klingt so kalt und abweisend, dass ich zusammenzucke. Ein helles Bellen ertönt und Rosi kommt auf uns zugerannt. Sie wedelt mit dem Schwanz, sobald sie mich bemerkt, und ich will sie begrüßen, doch Sean hält seine Hündin zurück. »Roswitha, Sitz!«, blafft er sie an und sie winselt, befolgt aber seinen Befehl. Mit zwei Meter Abstand sitzt sie von mir entfernt und blickt mich traurig aus ihren großen Augen an.

»Mit dem Unfall …«

»Das ist mir egal.« Die Worte bleiben mir im Hals stecken und ich blicke ihn geschockt an. »Du hast es mir verschwiegen. Eiskalt.«

Er will sich abwenden, doch ich halte ihn zurück. Woher ich die Kraft dafür nehme, weiß ich selbst nicht so genau. »Ich habe es dir verschwiegen, ja. Und es tut mir wahnsinnig leid. Bitte lass es mich erklären.«

»Nenn mir einen guten Grund, warum ich dir zuhören sollte.«

»Weil ich … ich …« Mein Mund klappt auf und zu,

doch ich bekomme die Worte nicht hervor. Sean blickt mich wütend an und ich raffe all meinen Mut zusammen. »Weil ich mich in dich verliebt habe.«

Sean taumelt einen Schritt zurück, als hätte ich ihn geschlagen. »Was?« Er klingt geschockt und ich kann ihn gut verstehen, denn ich bin es selbst.

»Es ist die Wahrheit, Sean. Bitte lass uns reden.«

Er mustert mich, doch ich erkenne den Moment, indem er sich erneut vor mir verschließt, aber dadurch tun seine Worte nicht weniger weh. »Kein Interesse«, blafft er und geht einfach davon.

Ich sehe ihm geschockt nach und es fühlt sich an, als würde er über mein armes Herz hinwegtrampeln.

29. Kapitel

Sean

Was habe ich nur getan?

Diese Frage wiederholt sich mindestens zehnmal in meinem Kopf, aber ich habe keine Antwort darauf. Sie hat mir gesagt, dass sie sich in mich verliebt hat, und ich …

Ich schüttle mit dem Kopf, da ich nicht fassen kann, wie ich reagiert habe. Mein Magen zieht sich zusammen. Ich muss das klären. Jetzt.

Ich drehe mich in ihre Richtung, bemerke allerdings, dass sie bereits zum Abreiteplatz reitet. Für ein längeres Gespräch haben wir also keine Zeit mehr. Dann also später.

Rosi bellt neben mir und ich blicke zu ihr herunter. Sie fordert meine Aufmerksamkeit und ich hebe sie kurzerhand hoch. »Sorry, Maus. Ich wollte dich nicht so anblaffen.« Wäre sie eine Katze, würde sie mich jetzt vermutlich als Revanche kratzen, aber so schmiegt sie nur ihren Kopf an mich und wedelt mit dem Schwanz, als wäre nie etwas gewesen.

Nachdem ich bei meinen Anhänger ankomme, fällt mir wieder ein, dass ich eigentlich den Parcours anschauen wollte. Da es jetzt jedoch zu spät dafür ist, werde ich nachher einfach ein paar Reitern vor mir zusehen, um zu wissen, wo der Parcours langgeht.

»Sean!«, ruft Manuel quer über den Platz und ich blicke kurz verwirrt hin und her, bis ich ihn entdecke.

Er wedelt hektisch mit den Armen und ich seufze, da ich lieber nicht wissen will, was er jetzt wieder vorhat. Ich setze Rosi ab, die sofort vor mir herläuft und alles und jeden neugierig anschaut.

Mein Manager kommt auf mich zu und sein Gesicht ist gerötet, genau wie seine Glatze, die vermutlich schon wieder zu viel Sonne abbekommen hat.

»Wo warst du zum Teufel?« Ich will antworten, doch er redet bereits weiter: »Sie wollen vor dem Turnierstart Bilder mit dir machen. Also beeil dich.«

Ich rolle mit den Augen, nicke aber. Immerhin habe ich selbst zugestimmt, dass ich heute bei dieser Session mitmache.

»Welches Model ist eigentlich mit da?«

»Cassie. Die wolltest du doch.«

Erstaunt blinzle ich. Er hat mir also tatsächlich zugehört und sich gekümmert! »Cool, danke.«

»Ja ja, jetzt beeil dich lieber.«

»Ich muss aber noch Marica fertig machen.«

Er winkt ab. »Ich mache das schon. Posier du für die Bilder.«

Obwohl ich mein Pferd lieber selbst sattle, willige ich ein. Was bleibt mir anderes übrig?

Beim Hänger angekommen, bemerke ich schon das ganze Rudel von Leuten und frage mich zeitgleich, wieso ich mich nur darauf eingelassen habe. Ich lerne aber auch nicht aus meinen Fehlern.

»Sean!« Cassie kommt auf mich zugelaufen und umarmt mich stürmisch. Ich lege meine Arme um sie und drücke sie fest.

»Hey Käfer, lange nicht gesehen.« Sie lacht und löst sich wieder von mir. Seitdem wir vor zwei Jahren den ersten Auftrag zusammen haben, arbeite ich am liebsten mit ihr. Sie ist unkompliziert, freundlich und hat zwar keinen Schimmer von Pferden, mag sie aber unheimlich gerne.

»Ich freue mich, dass wir wieder zusammenarbeiten.«

»Ja, ich auch. Ich habe Manuel extra drum gebeten. Er wollte mir erst Camela auf den Hals hetzen.«

Sie lacht und schüttelt mit dem Kopf. »Da kann ich mir vorstellen, wie begeistert du warst.«

Ich grinse und nicke. Für einen Moment rutscht sogar das vermasselte Zusammentreffen mit Olivia in den Hintergrund.

Ich höre eine Kamera klicken und runzle verwirrt die Stirn. Der Fotograf grinst mich an. »Sorry, das sah zu gut aus.«

Ein Typ mit Klemmbrett und zwei weitere, die allerlei Utensilien für das Fotografieren dabei haben, geben uns Anweisungen, wie wir uns stellen und was wir tun sollen.

Mittlerweile habe ich mich daran gewöhnt, aber früher hat mich der raue Ton immens gestört.

Ein paar Minuten später sind die ersten Fotos im Kasten. »Okay, ich muss jetzt los.« Ich deute zum

Hänger, obwohl sie es sich denken können. Sie nicken nur, da sie sowieso auch Bilder von mir beim Reiten machen wollen. Nicht ohne Grund tragen meine Satteldecke und die Fliegenmütze von Marica den Schriftzug der Modemarke.

Zufrieden stelle ich fest, dass Manuel tatsächlich alles fertig gemacht hat. Rosi sitzt ebenfalls bei der Anhängerrampe und wedelt mit dem Schwanz.

»Oh, Rosi ist auch hier!«, quietscht Cassie los, da sie meine Hündin offenbar bisher nicht gesehen hat.

»Magst du vielleicht gleich auf sie aufpassen?«

»Liebend gerne.« Sie streichelt Rosi und strahlt dabei über das ganze Gesicht. Hunde konnten sie schon immer mehr begeistern als Pferde.

Ich sehe noch mal über die Ausrüstung drüber, damit auch wirklich alles perfekt sitzt, doch ich habe nichts zu beanstanden. Sobald ich aufgestiegen bin, wünscht mir Manuel viel Erfolg und ich reite Richtung Abreiteplatz. Die Möglichkeit, dass ich Olivia gleich wiedersehe, lässt mein Herz einen Takt schneller schlagen.

Beim Abreiteplatz angekommen, bemerke ich jedoch, dass Olivia dort nicht mehr ist. Somit wende ich mich dem Turnierplatz zu. Ein Reiter reitet noch und danach ist sie offenbar dran. Button schillert heute wieder in strahlendem Weiß. Er tänzelt jedoch aufgeregt hin und her.

Cassie stellt sich neben mich und hat dabei Rosi auf dem Arm. »Wen siehst du denn so sehnsüchtig an?« Ich presse zur Antwort nur die Lippen zusammen. »Aaaah, die junge Frau. Wer ist sie? Möchtest du mir etwas erzählen?«

»Später. Vielleicht.« Ich sehe kurz zu ihr und lächle sie an. Sie erwidert es und als ich nach vorn schaue, bemerke ich, dass Olivia ihren Blick direkt auf uns gerichtet hat. »Mist«, fluche ich, da ich mir sofort denken kann, was ihr wohl gerade durch den Kopf geht.

Bevor ich jedoch irgendetwas erklären kann – wobei ich sowieso nicht gewusst hätte wie –, wird sie aufgerufen und galoppiert los.

Button ist heute sehr schwungvoll unterwegs und Olivia galoppiert eine Runde auf dem Zirkel, bevor sie den ersten Sprung ansteuert. Ich kann selbst von hier aus sehen, dass die beiden eher gegeneinander arbeiten, anstatt miteinander. Die erste Stange landet direkt im Sand, da sie etwas zu dicht gekommen ist.

Vermutlich hat sie der Anblick von Cassie und mir aus dem Gleichgewicht gebracht. Den zweiten Sprung reitet sie schon besser an und Button zeigt, wie viel Vermögen in ihm steckt. Er zieht die Vorderbeine an und fliegt nahezu darüber.

Die nächsten drei überwindet sie ohne Probleme, auch wenn Button bei einem kurz stutzt, da er so bunt aufgebaut ist.

»Das wird nichts«, murmle ich vor mich hin und wünschte, ich könnte es ihr entgegenschreien, als sie auf die Kombination zureitet. Sie hat die Ecke viel zu eng genommen, vermutlich um Zeit zu sparen, doch so fehlt ihr nun Schwung.

Button rettet sie jedoch und gibt alles, um nicht

erneut einen Fehler zu kassieren. Ein Raunen geht durch die Zuschauermenge, da es so knapp ist.

Nur noch drei Sprünge liegen vor ihr und sie reitet im straffen Galopp darauf zu. Einmal mehr bewundere ich, wie sie bei diesem raumgreifenden Schritt sitzen kann.

Den Oxer springt sie ohne Probleme, genau wie den nächsten Steilsprung. Bis zum letzten Sprung ist es eine lange Gerade, die schwieriger zu reiten ist, als man vielleicht denkt. Schnell hat man zu viel Tempo und die Distanz stimmt nicht mehr.

Button sackt plötzlich vorne ein und seine Vorderbeine knicken weg. Ein Raunen geht erneut durch die Zuschauer, doch ich nehme so gut wie nichts mehr um mich herum wahr, außer Olivia: Sie versucht, sich abzufangen, aber Button hat so viel Schwung, dass es ihm nun auch die Hinterbeine wegzieht und er hinfällt.

Alles geht so schnell, dass ich gar nicht richtig sehen kann, was mit ihr geschieht, doch als ihr markerschütternder Schrei über den Platz hallt, springe ich bereits von meinem Pferd, drücke Cassie die Zügel in die Hand und renne zu ihr.

Button hat sich mittlerweile aufgerichtet und schüttelt sich, bevor er davongaloppiert. Augenscheinlich scheint er nicht verletzt zu sein.

Olivia liegt jedoch nach wie vor am Boden und rührt sich nicht. Es fühlt sich an, als würde alle Luft aus meinen Lungen gesaugt werden, während sie so hilflos dort liegt.

Ich hocke mich neben sie und sie rührt sich. »Ganz

langsam. Was tut dir weh? Hast du dir etwas getan?«

»Mein Kopf«, murmelt sie und will sich bewegen, doch ich halte sie davon ab.

»Ganz ruhig, die Sanitäter schauen sich das gleich an.« Im Augenwinkel bekomme ich mit, wie sie auf uns zugerannt kommen.

»Was ist mit Button?«

Ich werfe einen Blick über meine Schulter und bemerke, dass Olivias Freundin Lizzy ihn an den Zügel festhält und genauso blass ist wie ich. »Lizzy hat ihn. Ihm geht es gut«, sage ich, obwohl ich das so genau gar nicht weiß. »Es tut mir alles so leid, Olivia.«

Sie antwortet nicht und in mir macht sich Panik breit, sobald ich bemerke, dass sie bewusstlos geworden ist.

»Gehen Sie bitte ein Stück zur Seite«, fordert mich der Sanitäter auf und ich rutsche weg, halte jedoch ihre Hand weiterhin fest, von der ich mich nicht mal erinnern kann, sie genommen zu haben. »Herzschlag ist stabil, Puls etwas schwach.« Er leuchtet ihr in die Augen und nickt danach. »Hat anscheinend eine Kopfverletzung.«

Der andere nickt und steht auf.

Ich richte meinen Blick hingegen wieder fest auf Olivia und bete zum Himmel, dass alles gut wird. Das muss es einfach.

30. Kapitel

Olivia

Ich fühle mich, als hätte mich ein Zug überfahren. Nicht, dass ich wüsste, wie das ist, aber so stelle ich es mir vor. Stöhnend öffne ich meine Augen und schließe sie gleich wieder, als mich grelles Licht blendet.

»Olivia? Kannst du mich hören?«

Durch meinen benebelten Verstand kommt der Gedanke, dass es Sean sein könnte, der mich ruft, doch das kann nicht sein. Er hasst mich schließlich. Ich muss also träumen.

»Olivia?«

Erneut diese Stimme und dieses Mal wage ich es, meine Augenlider zu öffnen. Ich blinzle mehrmals, bis ich etwas klarer sehe.

»Sean?«, krächze ich und mein Hals fühlt sich wie mit Schmirgelpapier bearbeitet an.

Er lächelt mich zittrig an und ich kann kaum glauben, dass er mir gegenüber sitzt. Womöglich träume ich noch oder habe Halluzinationen.

»Bleib ganz ruhig. Es ist alles in Ordnung. Du bist gestürzt.«

»Oh.« Kaum hat er das ausgesprochen, erinnere ich

mich daran, dass es Button die Füße weggezogen hat. An den Sturz selbst kann ich mich jedoch nicht erinnern, egal, wie sehr ich es versuche. »Button?«, frage ich schwach und er nickt beruhigend mit dem Kopf, was mir einen Stein vom Herzen fallen lässt.

»Ihm geht es gut. Er ist mit Lizzy beim Anhänger und frisst Gras. Ein Tierarzt hat ihn vorhin durchgecheckt und nichts erkannt. Vermutlich wird er morgen steif laufen, aber gebrochen ist definitiv erst einmal nichts. Maximal etwas geprellt.«

Ich atme erleichtert aus. Ich hätte es mir niemals verzeihen können, wenn Button etwas passiert wäre.

Abrupt fällt mir wieder ein, wo ich bin, und rutsche von Sean weg, der nahe neben mir sitzt. Er hat mit einer Frau dort gestanden und sie haben vertraut gewirkt. Ein Stich, den ich heute schon mal gefühlt habe, bohrt sich erneut durch mein Herz.

»Ist alles okay? Tut dir etwas weh?«, erkundigt sich Sean panisch und ich schüttle knapp mit dem Kopf. Für das, was mich schmerzt, nämlich mein Herz, gibt es keine Heilung. Sean zieht die Augenbrauen zusammen, als würde er realisieren, was mit mir los ist.

»Wo bin ich?«

Sean wirkt überrascht, dass ich nichts anderes frage, doch er fängt sich schnell wieder. »Du wolltest nicht mit ins Krankenhaus und die Sanitäter meinten, dass du dringend etwas Ruhe brauchst. Deshalb habe ich dich in den Lkw von meinem Freund Nate mitgenommen. Ich fand das Ding immer megaprotzig, da es eine Wohnung auf vier Rädern ist, aber jetzt kommt es mir mal gelegen.«

Ich sehe mich um und bin erstaunt, dass es auf den ersten Blick gar nicht wie das Innere eines Campers wirkt. Schon öfter habe ich andere Reiter gesehen, die mit so einem Ding zum Turnier kamen. Meist, wenn sie mehrere Tage geblieben sind. Es ist alles sehr edel und schick eingerichtet. Die Fenster an der rechten Seite sind geöffnet, was erklärt, wieso mich die Sonne geblendet hat, und Sean und ich sitzen auf so etwas wie einem Sofa. Erst jetzt bemerke ich Rosi, die uns gegenüber in einem kleinen Sessel liegt und uns nicht aus den Augen lässt.

»Hey Süße.« Sie wedelt sofort mit dem Schwanz und hebt den Kopf von ihren Vorderpfoten. Ich muss lächeln, da es mir vorkommt, als hätte sie gemeinsam mit Sean auf mich aufgepasst. »Danke, dass ihr zwei euch um mich gekümmert habt.«

»Keine Ursache.« Er hält mir einen Eisbeutel hin, woher auch immer er den hat, und ich runzle fragend die Stirn. »Für deinen Kopf. Mit Sicherheit hast du ziemliche Kopfschmerzen.«

Ich will mich eigentlich nicht freuen, dass er sich so um mich kümmert. Dennoch schenke ich ihm ein schwaches Lächeln. »Danke.« Ich nehme ihm den Eisbeutel ab und halte ihn gegen meine Stirn. Ich seufze leise, da es sich tatsächlich gut anfühlt.

»Können wir später vielleicht in Ruhe reden? Über alles?«

Ich wende mich ihm zu und er blickt mich traurig an. Fast so, als würde es ihm leidtun, wie er die letzten Tage zu mir war. »Wer war die Frau heute bei dir? Hast du so schnell Ersatz gefunden für das, was auch immer zwischen uns war?«

Er schüttelt mit dem Kopf. »Natürlich nicht.«

»Wer war sie dann?«

»Lass es mich später in Ruhe erklären. Wenn es dir etwas besser geht. Ich will wegen deiner Verletzung nicht, dass du dich aufregst, okay?«

»Okay.«

Er strahlt mich erleichtert an und will nach meiner Hand greifen, doch ich ziehe sie weg. Seine Schultern sinken enttäuscht nach unten. Gut so, denn jetzt weiß er, wie ich mich die letzten Tage gefühlt habe.

Ich höre Schritte und bevor ich reagieren kann, steht ein junger Mann vor uns, der mich lächelnd mustert. »Ah, du bist wach. Wie geht es dir? Alles wieder okay? Du hast uns allen einen ganz schönen Schrecken eingejagt. Sah ziemlich übel aus.« Ich runzle verwirrt die Stirn, da ich keinen Schimmer habe, wer vor mir steht. Er streicht sich durch seine schwarzen Haare und lacht, sobald er bemerkt, wie planlos ich bin. »Entschuldige, ich bin Nate. Ein Freund von Sean.«

»Oh, hi.« Er geht zu Rosi und hebt sie kurzerhand hoch, bevor er sie wieder auf seinen Schoß setzt. Zufrieden rollt sie sich zusammen und lässt sich kraulen.

»Also, was macht dein Kopf?«

Ich greife mir an die Stirn und hole zischend Luft, als ich an die Beule komme. Zum Glück hatte ich einen Helm auf. Wer weiß, wie es sonst ausgegangen wäre.

»Geht schon wieder. Danke, dass ich mich hier ausruhen durfte.«

Nate winkt ab. »Kein Ding. Sean, ich bin eigentlich hier, um dir zu sagen, dass Manuel ausflippt, weil du das Springen abgesagt hast.«

»Du bist nicht gesprungen?«, mische ich mich ein und blicke Sean überrascht an.

»Natürlich nicht.« Er zieht verärgert die Augenbrauen zusammen, weil ich etwas anderes angenommen habe. »Dir ging es nicht gut, wie könnte ich mich da auf ein Springen konzentrieren?«

Obwohl ich es nicht will, schmilzt mein Herz in diesem Moment.

»Ach, ihr zwei seid echt süß zusammen«, höre ich Nate sagen.

Sean steht auf und dreht sich noch einmal zu mir. »Ich komme später bei dir vorbei, okay?« Ich nicke nur und er verschwindet nach draußen. Vermutlich, um die Sache mit seinem Manager zu klären.

Rosi blickt ihm zwar nach, entscheidet sich jedoch, lieber auf dem Schoß von Nate sitzen zu bleiben.

Ich beschließe, ebenfalls zu meinem Hänger zu gehen und mich davon zu überzeugen, dass es Button gut geht. Hoffentlich hat der Tierarzt nichts übersehen. Über mich selbst mache ich mir gar keine weiteren Gedanken, aber wenn es um mein Pferd geht, bin ich übervorsichtig.

»Er ist ein guter Kerl, weißt du?«, richtet Nate das Wort an mich und ich blicke ihn überrascht an. »Es hat ihm diese Woche echt zugesetzt, dass er dich gemieden hat. Aber er war verletzt. Rosi ist sein Ein und Alles, sie hat ihn damals gerettet. Und wenn Sean etwas hasst, dann sind es Lügen und Sachen, die ihm verschwiegen werden. Ich weiß, er reagiert da mitunter sehr extrem, immerhin kennt ihr euch noch gar nicht so lange, aber er hat da schon ziemlich schlechte Erfahrungen gemacht. Wenn das also mit euch klappen soll, vermeide besser so etwas.«

Ich nicke knapp. »Es war nicht mit Absicht, aber … es war dann mit einem Mal so viel Zeit vergangen.«

Er hebt die Hand und ich rede nicht weiter. »Wir machen alle mal Fehler. Ich drücke euch beiden die Daumen.« Er lächelt sanft und ich erwidere es. Hoffentlich weiß Sean, was für einen guten Freund er hier hat. »Er mag dich sehr. Er hat mir schon lange nicht mehr von einer Frau erzählt, die ihm gefällt. Du bist die erste.«

Ein warmes Gefühl macht sich in mir breit. »Danke, dass du mir das sagst.«

Ich stehe schließlich auf und lächle ihm noch mal zu, bevor ich aus dem Truck herausgehe. Noch fühle ich mich etwas schwach, doch mit jedem weiteren Schritt, den ich laufe, geht es mir besser.

Wenig später bin ich bei meinem Hänger angekommen und Lizzy schließt mich sofort in die Arme. »Mein Gott, mach so etwas nie wieder! Wie geht es dir? Was macht dein Kopf? Hat Sean sich um dich gekümmert? Seid ihr jetzt zusammen? Er war so besorgt um dich! Ich wäre am liebsten mit bei dir geblieben, wollte aber Button nicht alleine lassen.«

Ich muss lachen, da sie mich so mit Fragen bestürmt. »Es ist alles okay, glaub mir.«

Sie lässt mich wieder los und mustert mich prüfend. »Wirklich?« Ich nicke. »Vielleicht solltest du trotzdem noch mal ins Krankenhaus, nicht dass du doch eine Gehirnerschütterung oder Schlimmeres hast.«

»Es ist alles okay, Lizzy. Danke, dass du dich um Button gekümmert hast.«

»Das war das Mindeste, was ich tun konnte.« Ich lächle ihr dankbar zu und gehe danach zu meinem Pferd, das das umstehende Gras knabbert. »Hey Dicker«, begrüße ich ihn und er hebt seinen Kopf und wendet sich mir sofort zu.

Ich streichle ihn und er schmiegt sich an mich. So verschmust kenne ich ihn gar nicht. Vermutlich hat ihm das alles ebenfalls einen Schrecken eingejagt. Kein Wunder, immerhin ist so ein Sturz für ihn auch nicht gerade ein Zuckerschlecken.

Ich wende mich erneut Lizzy zu. »Lass uns nach Hause fahren. Ich will mich eigentlich nur noch hinlegen und schlafen.« Sie blickt mich besorgt an. »Lizzy, es ist alles gut«, komme ich ihr zuvor, da ich ihr an der Nasenspitze ansehen kann, dass sie mich das fragen wollte. »Wenn ich mich schlechter fühle, gehe ich direkt zum Arzt. Versprochen.«

Sie nickt, wirkt aber nach wie vor nicht so wirklich überzeugt. Dennoch lässt sie mich vorerst damit in Ruhe. Ich blicke in den Hänger, um nachzusehen, ob alles bereit für Button ist, danach laden wir ihn auf und packen meine Sachen ein.

»So habe ich mir den heutigen Tag echt nicht vorgestellt.«

Lizzy seufzt. »Ich mir auch nicht. Gott, ich hatte solche Angst um dich. Es hätte so viel mehr passieren können.«

Fest drückt sie mich an sich und ich erwidere die Umarmung. Sie hat recht, es hätte alles passieren können. Ein Schauer läuft mir über den Rücken, doch ich denke nicht weiter darüber nach. Es ist gut gegangen und das ist das Einzige, was zählt.

Nachdem wir alles eingepackt haben, setzt sich Lizzy, ohne dass ich sie bitten muss, auf die Fahrerseite. Ich bin froh, dass ich nicht fahren muss, denn ich bin einfach nur hundemüde und will mich ausruhen. So viel Aufregung auf einmal ist nichts für mich.

Sie sieht lächelnd zu mir. »Ruh dich aus, Schlafmütze, und danach reden wir darüber, dass Sean dir wie ein Ritter in schimmernder Rüstung zu Hilfe geeilt ist.«

Ich muss lachen, stimme jedoch zu, da mich die Müdigkeit übermannt.

***

Ich ziehe die Augenbrauen zusammen und versuche, wieder einzuschlafen, doch es ist nutzlos. Irgendjemand redet. Blinzelnd öffne ich meine Augen und bemerke, dass es Lizzy ist, die neben mir im Auto sitzt, was mittlerweile steht.

»Sie meldet sich nachher, okay? Beim Reitturnier ist sie gestürzt und … Ja, sie wird sich kümmern. So wie immer. Hmm, ja, ich richte es ihr aus.«

Lizzy legt auf und seufzt. Ich bemerke, dass es mein Handy ist, mit dem sie telefoniert hat.

»Alles in Ordnung?«, krächze ich.

Sie zuckt zusammen und wendet sich mir zu. »Du bist wach! Entschuldige, ich wollte dich nicht wecken, aber dein Handy hat unaufhörlich geklingelt und …«

»Schon gut. Wer war es denn?« Sie seufzt und mir ist sofort bewusst, dass es meine Mutter war. »Was hat sie? Ist etwas passiert?«

Sie schüttelt mit dem Kopf. »Sie hat nur gefragt, wann du vorbeikommst, da du irgendetwas reparieren sollst oder so.« Ich ziehe die Augenbrauen zusammen. »Olivia, als ich ihr gesagt habe, dass du gestürzt bist, hat sie das nicht mal interessiert. Null. Mit keiner Silbe hat sie danach gefragt, wie es dir geht.«

Fassungslos schaut sie mich an, doch was für sie unbegreiflich ist, ist für mich normal. »Ist schon okay, sie lebt in ihrer eigenen Welt.« Ich kenne es mittlerweile gar nicht mehr anders.

Lizzy presst die Lippen zusammen, sagt jedoch nichts dazu. Sie kennt das ganze Dilemma immerhin. Ich richte mich in dem Sitz auf und bemerke, dass wir längst am Stall sind. Kein Wunder, dass Lizzy telefonieren konnte.

»Wir sind schon da? Seit wann?«

Sie grinst. »Seit fast einer Stunde. Ich wollte dich schlafen lassen.«

»Und Button? Ist er …«

»Er steht schon längst in seiner Box und verdrückt

sein Heu.«

Ich atme erleichtert aus. »Danke dir.« Ich drehe mich hin und her und bemerke, dass mein Nacken verspannt ist. Kein Wunder, Autositze sind wirklich nicht zum Schlafen gemacht. Ich öffne die Tür und steige mit wackligen Beinen aus. Danach stelle ich fest, dass Lizzy sogar schon den Hänger abgehangen und alles alleine weggeräumt hat. Sie ist wirklich ein Goldschatz.

Wie auf Stelzen laufe ich gemeinsam mit meiner besten Freundin zum Stall. Ich will noch mal nach Button sehen und mich danach auf meine Couch legen und weiterschlafen.

»Oh, Olivia! Da bist du ja! Wie geht es dir?« Drei Reiterinnen aus dem Stall stehen abrupt vor mir und blicken mich besorgt an. Ich erkläre ihnen, dass mir nichts fehlt. Ihre Sorge rührt mich, denn bei ihnen bin ich mir sicher, dass es ehrlich ist.

Nachdem ich alle Fragen überstanden habe, wende ich mich Button zu. Er steht zufrieden in seiner Box und ich taste seine Beine ab, um zu erkennen, ob sie geschwollen sind. Glücklicherweise gibt es darauf keine Hinweise.

Ich streichle ihm über den Kopf und schließe danach die Tür. Lizzy steht dahinter und wartet geduldig. »Soll ich dich nach Hause fahren? Dein Auto können wir morgen holen.«

»Das wäre perfekt, danke. Ich fühle mich wie gerädert.«

Sie lächelt sanft. »Das glaube ich dir. Ich bin nur so froh, dass es dir gut geht.«

Ich erwidere ihr Lächeln und nicke stumm.

Sobald wir im Auto sitzen, wendet sich Lizzy mir zu und grinst. »Und jetzt erzähl, was es mit Sean auf sich hat. Er war so besorgt um dich, man hat ihm richtig die Panik angesehen.«

In meinem Magen kribbelt es, denn mir kam es auch so vor, ich würde ihm etwas bedeuten. Und das, obwohl er unmittelbar vor dem Springen über mein Herz hinweggetrampelt ist und ich am Boden zerstört war.

Ich erzähle Lizzy alles während der Fahrt. Auch, dass ich ihm davor gesagt habe, dass ich mich in ihn verliebt habe. Sie hört aufmerksam zu, obwohl ich ihr ansehen kann, dass sie mich am liebsten mit tausend Fragen löchern würde.

»Jedenfalls will er später vorbeikommen und wir wollen über alles reden.«

»Oh, wow! Ich bin so gespannt, wie es laufen wird. Er mag dich wirklich, Olivia. Das habe ich ihm heute deutlich angesehen. Nein, halt! Vergiss *mögen*, er ist in dich *verliebt*!«

»Ich weiß nicht.«

»Oh doch!« Sie klopft mit einer Hand aufs Lenkrad, als wollte sie ihre Worte so bekräftigen. »Er hat dich keine Sekunde aus den Augen gelassen und ihm war es scheißegal, dass sein Manager ausgeflippt ist.«

Ich presse die Lippen zusammen und kann nicht glauben, dass er das getan hat. Ausgerechnet für mich! Die Frau, die er in der letzten Woche mehr als alles gehasst hat.

»Wirklich?«, hake ich noch mal nach, obwohl es an Lizzys Worten nichts zu rütteln gibt.

Sie nickt. »Ihr zwei werdet so ein süßes Paar abgeben. Ich wette, er ist nicht nur beim Reiten gut, sondern auch beim …«

»Ach, sei ruhig«, unterbreche ich sie schnell und sie fängt zu kichern an. Ich stimme mit ein und es fühlt sich befreiend an, zu lachen.

Eigentlich sollte ich meine Mutter anrufen und fragen, was sie wollte, doch heute muss ich mich um meine eigene Gesundheit kümmern.

Während der restlichen Fahrt reden wir über Sean und wie es wohl nachher ablaufen wird. Lizzy malt alles rosarot, doch ich für meinen Teil hoffe lediglich, dass er mir vergeben wird. Und vielleicht haben wir danach noch eine Chance.

Ein Lächeln breitet sich bei diesen Gedanken auf meinen Lippen aus.

Vielleicht ist das Glück jetzt zum Greifen nahe.

31. Kapitel

Sean

Als die Nummer meiner Mutter auf meinem Handy aufleuchtet, weiß ich, dass mich gleich eine Schimpftirade erwartet. Aber verdammt, ich bin alt genug und weiß selbst, was ich will und was nicht. Manuel ist ein Idiot und hat sich völlig daneben benommen. Wieder einmal.

Obwohl mir das drohende Gespräch mit meiner Mutter zusetzt, bin ich mir sicher, dass ich mich richtig entschieden habe.

Ich atme tief durch, bevor ich rangehe. Nicht dass sie mir noch eine wütende Nachricht auf der Mailbox hinterlässt. »Hey Mom.«

»Sean, was zum Teufel hast du getan?!«, faucht sie direkt los und ich rolle mit den Augen, da ihre Reaktion so vorhersehbar war.

»Das Richtige.«

Sie schnaubt und rollt vermutlich ebenfalls gerade mit den Augen. Eine Angewohnheit, die ich mir bei ihr abgeschaut habe. »Ich weiß, dass Manuel nicht einfach ist, aber er ist verdammt gut in dem, was er tut!«

»Mom«, unterbreche ich sie schnell, bevor sie noch

eine Lobeshymne auf ihn singt. »Er ist besonders gut darin, mich vom Reiten abzuhalten. Ich verbringe mehr Zeit vor der Kamera als auf meinen Pferden. Ich weiß wirklich nicht, wo darin der Sinn liegt.«

»Es ist wichtig für deine Karriere.«

»Es ist wichtig, dass ich gut reite, und nicht, dass überall Fotos von mir zu bewundern sind«, blaffe ich und für einen Moment ist sie sprachlos.

»Was genau war heute los, Sean?«, hakt sie zögerlich nach.

Ich erzähle ihr alles und sie hört aufmerksam zu. Vermutlich hat mein Dad vorher mit ihr geredet und ihr klargemacht, dass sie etwas diplomatischer sein muss. Meistens ist sie nämlich auf der Seite von Manuel. »Und diese Frau, bedeutet sie dir wirklich was?«

Ich kneife kurz die Augen zusammen, bevor ich ihr antworte. »Ich glaube, ich habe mich in sie verliebt, Mom.«

Sie holt laut Luft und ich kann es ihr nicht verübeln.

»Wow, das … ich … ähm … Das kommt überraschend.«

Sie wirkt sprachlos, doch etwas anderes habe ich auch nicht erwartet. Meine Mutter hat stets gehofft, dass es mit meiner Ex Nicole noch einmal klappt. Aber das wird es nicht. Niemals. Womöglich habe ich ihr also gerade mit meinem Geständnis die letzte Hoffnung genommen.

»Ich …« Ich seufze leise.

»Wie wäre es, wenn du mal zum Essen vorbeikommst und wir da noch mal über alles reden?«, fragt sie und geht nicht weiter auf die Tatsache ein, dass ich gerade gesagt habe, dass ich eine Frau liebe.

»Die Sache mit Manuel steht fest«, stelle ich klar, damit sie mir nicht erneut etwas anderes einzureden versucht.

»Wir reden da noch mal. Bis dann, Sean.«

Zu meinem Erstaunen legt sie tatsächlich auf und ich blinzle verwirrt das Handy an. Sie hat einfach so nachgegeben. Ohne große Probleme. Das ist … seltsam. Oder sie hat irgendetwas vor.

Rosi stupst mich mit der Nase an und ich wende mich ihr zu. »Du bist die einzig Wahre, keine Sorge.« Ich streichle über ihren Kopf und sie schmiegt sich glücklich an mich.

***

Ich trommle mit den Fingern auf dem Lenkrad herum und weiß selbst nicht so genau, was ich tun soll. Mit ihr reden muss ich auf jeden Fall, doch was ist, wenn sie mir erneut etwas verschweigt?

Nachdenklich blicke ich auf den Beifahrersitz, auf dem Rosi sitzt und mit dem Schwanz wedelt. »Du bist nicht so voreingenommen, was?« Sie setzt sich auf und blickt mich musternd an. Vermutlich kapiert sie nicht, warum wir noch in dem Auto sitzen, obwohl ich längst eingeparkt und den Motor abgeschaltet habe.

Ich streichle über Rosis glattes schwarzes Fell und sie rollt sich auf den Rücken, damit ich ihr den Bauch kraule. Ich denke an Olivias Sturz zurück und spüre, wie mein Puls sich beschleunigt. In dem Moment, da ich dachte, dass sie nie mehr aufsteht, ist mir bewusst geworden, dass ich sie liebe. Nein, falsch. Ich wusste es bereits vorher, doch ich habe es mir nicht eingestanden.

Wovor habe ich so eine beschissene Angst? Das mit Nicole ist Jahre her und Olivia ist nicht wie sie. Sie wird mich nicht in den dunkelsten Momenten meines Lebens alleine lassen.

Ich atme tief durch, ziehe den Schlüssel aus dem Schloss und steige aus. Aus der Beifahrerseite hebe ich Rosi aus dem Auto und trage sie über die Straße. Vor Olivias Wohnhaus bleibe ich stehen und klingle. Wenige Sekunden später betätigt sie den Summer, als hätte sie bereits an der Tür gewartet, und ich gehe hinein.

Bei dem Gedanken, dass sie genauso aufgeregt sein könnte wie ich, werde ich etwas ruhiger. Wir werden einfach über alles reden und dann schauen wir, wie es weitergeht.

Rosi lässt sich wie eine echte Prinzessin die Treppen hochtragen und scheint darüber erfreut zu sein. Sonst quengelt sie nämlich immer rum, wenn sie selbst hochlaufen muss.

Sobald ich um die Ecke biege und Olivia im Türrahmen stehen sehe, hole ich scharf Luft. Sie wirkt blass um die Nase, hat ein paar Kratzer im Gesicht, die mir heute Mittag gar nicht aufgefallen sind, und auf ihrer Stirn schimmert ein dunkler blauer Fleck.

»Mein Gott, Olivia!« Ich gehe auf sie zu und sie lächelt mich zittrig an.

»Keine Sorge, es sieht schlimmer aus, als es ist.«

Obwohl ich eigentlich erst mit ihr reden wollte, bevor ich ihr näher komme, übermannt mich die Sorge. Ich streiche ihr sanft eine Strähne hinter das Ohr, ehe ich ihre Wange berühre.

»Geht es dir wirklich gut?«

Sie blickt zu mir auf und ihre grünen Augen schimmern in dem spärlichen Flurlicht. Langsam nickt sie und ich muss schlucken, sobald ich den Ausdruck in ihrer Miene deute.

Sie hat sich in mich verliebt. Zwar hat sie es heute schon gesagt, doch jetzt erkenne ich es wirklich. Ein Kloß bildet sich in meinem Hals.

»Kommt rein. Hallo Rosi«, richtet sie das Wort an meine Hündin und die wackelt mit dem Schwanz. Ich setze sie kurzerhand ab und sie läuft direkt auf Olivia zu.

Sie hockt sich kurz hin und streichelt sie. »So eine Hübsche bist du.« Rosi aalt sich in ihrer Aufmerksamkeit und als sie fertig mit Streicheln ist, gehen wir hinein. »Magst du etwas trinken?«

»Nein, danke.« Sie nickt, wirkt jedoch nicht erfreut darüber. Vermutlich hat sie gehofft, dass sie so etwas mit ihren Händen zu tun hat. »Obwohl, vielleicht doch. Hast du Tee?« Sie macht sich ans Werk und ich schließe die Tür hinter mir und folge ihr zur Küche. Rosi geht direkt Richtung Couch und springt hoch. So klein, wie sie ist, wenn es um den bequemsten Platz geht, entwickelt sie Superkräfte, um dorthin zu gelangen. »Ähm, ist es okay, wenn Rosi auf die Couch geht?«, rufe ich, obwohl sie schon Platz genommen hat und mich ansieht, als würde sie so oder so bleiben.

»Ja, na klar. Lass sie ruhig.«

Ich wende mich von Rosi ab. Ihre Wohnung ist zwar ein Schuhkarton, immerhin ist fast alles in einem Raum untergebracht, aber es wirkt dennoch sehr gemütlich. Die Wände sind in hellen Farben gestrichen, überall hängen Bilder und es stehen in jeder Ecke ein paar Bücher herum. Dadurch wirkt es nicht richtig ordentlich, aber auch nicht chaotisch, irgendetwas dazwischen. Es gefällt mir verdammt gut.

Olivia scheint meinen Blick anders zu deuten, denn sie wendet sich mir zu. »Ich weiß, die Wohnung ist nichts Besonderes, aber sie ist günstig und in einer guten Lage.«

»Ich finde sie perfekt. Sie wirkt sehr heimelig.« Sie schenkt mir ein stolzes Lächeln, bevor sie sich dem Wasserkocher widmet und unseren Tee aufbrüht.

Sie stellt die Tasse vor mir auf dem Küchentisch ab und wir beide weichen gegenseitig unseren Blicken aus. Die Stimmung ist befangen und die Stille in der Wohnung scheint uns zu erdrücken. Ich bete darum, dass Rosi ein Bellen oder irgendeinen anderen Laut von sich gibt, damit ich einen Grund habe, um nach ihr zu sehen, doch natürlich bleibt sie ausgerechnet jetzt ruhig.

»Was genau hat dir Zoe erzählt?«, unterbricht Olivia das seltsame Schweigen zwischen uns und ich wende mich ihr zu. »Das mit Rosi.« Ich richte mich auf.

»Ich will noch einmal deine Version hören, danach kann ich dir ihre erzählen.« Nicht, dass sie ihre

Geschichte jetzt anpasst und mir irgendwelche neuen Lügen auftischt. Sie blickt mich verletzt an und mir tut es fast leid, dass ich so barsch geantwortet habe.

Sie erzählt mir dieses Mal ausführlicher ihre Geschichte und ich lasse sie dabei nicht aus den Augen. Olivia blickt mich musternd an, sobald sie fertig ist, und ich brauche einen Moment, um ihre Worte sacken zu lassen. Wieso hätte sie mir das verschweigen sollen?

»Das ist alles?«, spreche ich meinen Gedanken trotzdem laut aus und sie nickt. »Aber warum hast du nichts gesagt? Wieso habt ihr dort nicht gewartet, bis ich mit da war?«

Sie zuckt mit den Schultern und blickt lieber ihren Tee an anstatt mich. »Weißt du, Sean, mein Leben ist eine einzige Komplikation. Ich musste schnell zu meiner Mutter und …« Sie holt tief Luft und es scheint sie Mühe zu kosten, weiterzusprechen. »Als ich den Aufruf auf deinem Profil mitbekommen habe, dass du dich persönlich bedanken wolltest, habe ich lieber geschwiegen, und dann war mit einem Mal so viel Zeit vergangen. In meinem Leben war kein Platz für dich und dabei wollte ich es belassen.« Sie lächelt mich traurig an und nun bin ich vollends verwirrt.

»Aber … was?« Ich ziehe die Augenbrauen zusammen.

»Erinnerst du dich nicht mehr daran, wie ich auch deine Einladungen auf einen Kaffee ausgeschlagen habe? Nicht die Tatsache, dass ich kein Interesse habe, war daran schuld, sondern dass ich in meinem Leben keine Zeit für einen Mann habe.«

Wachsam blicke ich sie an. »Trotzdem hast du dann eingewilligt.«

»Wie konnte ich auch nicht, bei deinem süßen Brief?« Sie lächelt und ich erwidere es dieses Mal. Dabei spüre ich, wie mir eine Last von den Schultern fällt, von der ich gar nicht wusste, dass sie da ist.

»Es tut mir leid, ich hätte dir richtig zuhören müssen und … Ich hasse es, wenn man mir etwas verschweigt oder mich anlügt. Dann sehe ich einfach rot und … Ich weiß, es entschuldigt nicht mein komplettes Verhalten, aber ich verspreche dir, dass ich mich bessern werde. Für uns.« Bevor ich weiter darüber nachdenke, gehe ich um den kleinen Tisch, der sich zwischen uns befindet, herum und ziehe sie in meine Arme.

Sie lässt es geschehen und schmiegt sich an mich und verdammt, es fühlt sich wie das beste Geschenk überhaupt an. Ich genieße es, wie sich ihr schlanker Körper an meinen presst, wie ihre langen braunen Haare mir in der Nase kitzeln und sie mir ihr Vertrauen schenkt, obwohl ich es so verbockt habe.

»Es tut mir leid«, murmle ich ein weiteres Mal und sie drückt mich noch fester.

»Mir auch, Sean. Immerhin habe ich es dir verschwiegen.« Ich löse mich von ihr und blicke sie forschend an. Sie meint es tatsächlich ernst. In ihren Augen erkenne ich keinerlei Vorhaltungen.

Ich streichle mit einer Hand über ihre Wange und sie schmiegt sich mir entgegen. Sie lächelt sanft und dieses Lächeln sorgt dafür, dass mir heiß und kalt zugleich wird. »Ich habe heute erkannt, wie schnell das Leben vorbei sein kann. Es ist mir egal, dass ich eigentlich viel zu viel um die Ohren und gar keine Zeit für so etwas wie eine Beziehung habe. Du bist mir in den letzten Wochen wichtig geworden. Du machst mich glücklich, bringst mich zum Lächeln und zeigst mir, dass es noch mehr gibt als Verpflichtungen.«

Olivia spricht die drei bedeutungsvollen Worte nicht aus, doch ich erkenne, dass sie in den Sätzen stecken, die sie mir eben mitgeteilt hat. Ich würde am liebsten so viel sagen, aber kein Laut kommt mir über die Lippen.

Stattdessen beuge ich mich ihr entgegen und küsse sie.

32. Kapitel

Olivia

Seans Lippen wieder auf meinen zu spüren, fühlt sich an, als wäre es nie anders gewesen, dennoch bringt es meine ganze Welt ins Schwanken. Ich klammere mich an ihm fest wie eine Ertrinkende und kann mein Glück kaum fassen, dass wir endlich wieder wir sind.

Ich öffne meine Lippen einen Spalt und Sean kommt der Einladung nach und dringt mit seiner Zunge ein. Sanft neckt er meine und ich komme dem nur zu gerne nach.

Eine Hand von ihm liegt um meinen Hinterkopf, während die andere den schmalen Streifen Haut zwischen T-Shirt und Hose berührt und mir damit eine Gänsehaut beschert. Ein Stöhnen schlüpft mir über die Lippen, was Sean nur noch mehr anspornt, und ich kann an nichts anderes mehr denken, als an das Gefühl von seinem Körper an meinem.

Ein Rascheln lässt uns innehalten und Sean löst sich von mir. Ich muss lachen, da Rosi neben uns sitzt und beleidigt dreinblickt.

Er gibt mir noch einen Kuss auf die Schläfe, bevor er sich langsam von mir löst und sich Rosi zuwendet. Er streckt seine Hand aus, um sie zu streicheln, doch sie weicht zurück und stolziert Richtung Wohnzimmer. Sean seufzt und sieht wieder zu mir.

Ich hebe fragend eine Augenbraue, obwohl ich mir schon denken kann, was ihre Reaktion zu bedeuten hat. »Sie ist eifersüchtig.«

»Kann ich gut verstehen.«

Er grinst und nimmt meine Hand in seine. Unsere Finger verschränken sich wie von selbst miteinander und es fühlt sich gut an, dass nichts und niemand mehr zwischen uns steht. Okay, bis auf Rosi.

»Ist bei uns alles in Ordnung?«, fragt Sean sanft und ich erkenne die Sorge in seinem Blick. Ich nicke, da mir mit einem Mal die Worte fehlen. Ein strahlendes Lächeln macht sich auf seinen Lippen breit und lässt mein Herz einen Schlag aussetzen. »Wollen wir uns rüber auf die Couch setzen?«

Ich nicke ein weiteres Mal und während wir gemeinsam zum Sofa gehen, denke ich darüber nach, was seine Worte wohl zu bedeuten haben. Sind wir jetzt zusammen? Erwidert er meine Gefühle? Oder ist es nach wie vor nur etwas Lockeres zwischen uns? Am liebsten würde ich nachfragen, doch ich habe Angst, dass ich damit die Stimmung zerstören könnte.

Auf der Couch liegt Rosi und ich habe das Gefühl, dass sie sich extra breitgemacht hat. Sie blickt uns demonstrativ nicht an, als wollte sie uns zeigen, wie sehr sie das alles ankotzt.

Sean lacht leise und lässt meine Hand los. Er streichelt seine Hündin am Bauch und hebt sie kurzerhand hoch. Zum Glück ist sie nur ein Dackel und kein Schäferhund. Den könnte er nicht so problemlos stemmen.

Sean setzt sich und bettet Rosi auf seinen Schoß. Danach streckt er seine Hand nach mir aus und ich komme der Aufforderung nur zu gerne nach. Ich schmiege mich an seine Seite und kann nicht fassen, dass zwischen uns wieder alles gut ist. Soll es wirklich so einfach gewesen sein? Die ganze Zeit über habe ich mich gequält und mir Gedanken gemacht.

Rosi mustert mich nach wie vor skeptisch und ich streichle sie. Sie lässt es geschehen, doch ihr Blick bleibt weiterhin misstrauisch.

»Was ist los?«, fragt Sean und holt mich so aus meinen Grübeleien.

»Es ist alles okay.«

»Ganz sicher?« Überrascht blicke ich ihn an. »Ich kann es dir an der Nasenspitze ansehen, dass du dir wegen irgendetwas den Kopf zerbrichst. Also raus mit der Sprache, was ist los? Steht doch noch etwas zwischen uns?«

»Nein, natürlich nicht.«

»Olivia …«

Seine eisblauen Augen mustern mich so intensiv, dass ich mich nackt fühle. »Ich … ich frage mich nur, was das jetzt zwischen uns ist. Ist es weiterhin eine lockere Angelegenheit oder sind wir zusammen oder …«

Sean lacht vergnügt und ich blinzle verwirrt. Lacht er mich etwa gerade aus? »Ich dachte, ich wäre deutlich gewesen. Dann muss ich es dir eben noch mal zeigen.«

Bevor ich nachhaken kann, was er meint, küsst er mich und dieses Mal so besitzergreifend, dass ich mir sicher bin, was er mir damit mitteilen will. Er erwidert meine Gefühle. Er will mich genauso sehr wie ich ihn.

Rosi springt empört von seinem Schoß, aber Sean lässt sie dieses Mal einfach gehen. Stattdessen zieht er mich an sich, sodass ich halb auf ihm liege. Er streicht mir meine Haare aus dem Gesicht und ich beuge mich zu ihm herunter, um ihm zu zeigen, wie viel mir das alles bedeutet. Wie viel er mir bedeutet.

Seine Hände fahren unter mein Shirt und hinterlassen dabei eine Gänsehaut. Ich presse mich dichter an ihn, auch wenn es immer noch nicht genug ist. »Gott, Olivia«, murmelt er und ich spüre deutlich, wie sehr ihm das alles gefällt, als unsere Küsse hitziger werden.

»Lass uns ins Schlafzimmer gehen«, fordere ich ihn auf und er blickt mich aus verhangenen Augen an.

»Bist du dir sicher?« Seine Stimme klingt rau und bringt alles in mir zum Kribbeln. Ich will ihn. Ich brauche ihn. Ich liebe ihn.

»Ganz sicher.« Er lächelt mich sanft an und ich erwidere es. Er setzt sich auf, küsst mich erneut und zieht mich dabei auf seinen Schoß. Ich keuche auf, als ich seine Erregung spüre, und er tut es mir gleich, sobald ich meine Hüften wiege. Es ist, als würden sich unsere Körper verselbstständigen. Jetzt, wo sie ihr passendes Gegenstück gefunden haben, gibt es kein Halten mehr.

Unsere Küsse werden leidenschaftlicher, bis ich nichts mehr um mich herum wahrnehme außer Sean, der mir mit seinen Lippen immer wieder ein Stöhnen entlockt. Er lässt von meinem Mund ab und gleitet über mein Schlüsselbein. Er verteilt darauf hauchzarte Küsse, die ich mir genauso eingebildet haben könnte, so sanft sind sie.

Ich streiche durch seine schwarzen Haare, die wild abstehen, und er hebt seinen Blick wieder. Seine Lippen sind geschwollen, genau wie meine, und ich stehe langsam auf. Er folgt jeder meiner Bewegungen und ich fühle mich unter seinem Blick so begehrenswert, dass ich beinahe vor Lust zergehe.

Ich strecke meine Hand nach ihm aus. Er ergreift sie und ich führe ihn zu meinem Schlafzimmer.

Mein Herz pumpt wie verrückt und meine Beine fühlen sich wacklig an. Dennoch halte ich seine Hand fest umklammert und seinem Blick stand.

Seine eisblauen Augen sind auf mich gerichtet und scheinen mich stumm zu fragen, ob ich das hier wirklich möchte. Ob ich ganz sicher bin.

Ich schenke ihm ein sanftes Lächeln und beantworte so seine Frage. Es scheint, als hätte er nur darauf gewartet, denn er zieht mich stürmisch an sich.

Seine vollen Lippen pressen sich auf meine, nehmen sich alles, und ich bin nur noch ein Bündel aus Lust, Verlangen und Liebe.

Ich höre, wie die Tür ins Schloss fällt, und einen Moment später setzt er mich auf dem Bett ab. Er löst sich von mir und ich sehe zu ihm auf.

Seine Lippen sind geöffnet, seine Brust hebt und senkt sich vor Anstrengung und der Blick aus seinen

Augen bringt mein Innerstes zum Brodeln.

»Sean«, murmle ich, unfähig, mehr zu sagen, da ich ihn so sehr will.

Er lächelt sanft, beugt sich zu mir herunter und gibt mir einen zärtlichen Kuss. Ich brauche mehr. So viel mehr.

Ich will meine Hände um seinen Nacken legen, ihn an mich ziehen und in Besitz nehmen, doch er lässt es nicht zu. Stattdessen zieht er sich sein Shirt über den Kopf und ich lasse begierig meinen Blick über seinen nackten Oberkörper schweifen.

Er ist sportlich, aber nicht übermäßig muskulös, und ich strecke, ohne darüber nachzudenken, meine Hand aus und fahre mit den Fingern sanft über die schmale Linie Haare, die von seinem Bauchnabel aus in seiner Hose verschwindet. Er holt zischend Luft und es gefällt mir, dass ich so eine Wirkung auf ihn habe.

Bei seiner Hose angekommen, halte ich nicht inne, sondern fahre über die Beule, die sich deutlich darunter abzeichnet. Er schnappt erneut nach Luft und dieser Laut lässt mich die Beine zusammenpressen, um etwas von dem Druck zu lindern.

Ich spüre seinen Blick auf mir, während ich seine Hose langsam öffne und sie herunterziehe. Sobald sie an seinen Knöcheln ist, streift er sie sich schnell von den Füßen, und wie er so vor mir steht, nur noch in seiner Shorts, bringt mich schier um den Verstand.

»Willst du mich, Olivia?«, fragt er leise und seine Stimme hört sich dabei so rau an, dass ein angenehmes Prickeln über meinen Körper fährt.

»Unbedingt«, antworte ich und ehe ich es mich versehe, hat er mich auf das Bett gelegt und thront über mir. Er zieht mir mein Shirt aus, meine Hose folgt eine Sekunde später und nur noch unsere Unterwäsche trennt uns voneinander.

Ehrfürchtig fährt er über den Rand meines BHs und mein Atem geht hektischer, je tiefer er mit seinen Fingern wandert. »Du weißt gar nicht, was du in mir auslöst«, sagt er sanft, bevor er mich erneut küsst und meinen BH geschickt öffnet.

Der BH fliegt zur Seite, genau wie einen Moment später mein Slip, und in diesem Augenblick fühle ich mich so begehrenswert wie noch nie.

Seine Finger streichen über meine Seite, bevor sie sich meinem Zentrum der Lust nähern, und ich keuche laut auf, als er mich dort berührt.

Er gibt ein wohlklingendes Brummen von sich, was mir durch Mark und Bein geht. »Du fühlst dich perfekt an.« Er schiebt zwei Finger in mich und ich seufze zufrieden.

»Mehr«, murmle ich bereits völlig außer Atem. Dabei hat er noch nicht mal wirklich angefangen, mich zu berühren.

Ich spüre, wie er an meinem Hals lächelt, während er mich liebkost, und er legt seine Lippen um meine Brustwarzen und knabbert daran. Zeitgleich dringt er mit seinen Fingern weiter in mich ein und das in so einem gut abgestimmten Rhythmus, dass es nur wenige Momente dauert, bis ich nur noch aus Empfindungen bestehe.

Das Blut pulsiert durch meine Adern, meine Atmung geht immer hektischer und ich kralle mich mit den Händen an seinen Schultern fest, während ich der Erlösung näher komme.

»Sean, mehr …«, stammle ich. Er beißt mir sanft in den Nippel, legt den Daumen auf meine Perle und stößt mit genau dem richtigen Winkel seine Finger in mich, sodass ich zum Höhepunkt komme.

Wie tosende Wellen bricht der Orgasmus über mir zusammen und reißt mich in einem Strudel mit sich fort. Ich klammere mich an Sean fest, während er von meinen Brüsten ablässt und mich stattdessen leidenschaftlich küsst.

Erst als ich langsam wieder in dieser Welt ankomme, nimmt er seine Finger aus mir und streichelt mich sanft. Ich öffne flatternd meine Lider und begegne seinem Blick, der mir einen angenehmen Schauer beschert.

»Du glaubst gar nicht, wie schön du aussiehst, wenn du kommst.« Er streicht mit einer Hand sanft über meine Wange und ich presse mich dichter an ihn. Dabei spüre ich überdeutlich, wie viel Lust er auch auf mich hat.

»Ich will dich, Sean. Jetzt«, murmle ich und schmiege mich noch mehr an ihn.

Er holt zischend Luft und seine Lider flattern. »Wir müssen nicht so weit gehen. Es war ein harter Tag für dich und …«

Weiter lasse ich ihn nicht reden, denn ich lege meine Hände auf seine Schultern und er lässt es zu, dass ich ihn auf den Rücken drehe. Er sieht zu mir auf und der

Anblick, wie er unter mir liegt, mit geröteten Wangen, den zerzausten Haaren, dem lustverhangenen Blick und seinen geschwollenen Lippen, bringt mich beinahe um den Verstand.

»Willst du mich, Sean?«, frage ich ihn und er nickt, ohne zu zögern.

Er legt seine Hände auf meine Hüften, streicht sanft darüber und beschert mir erneut eine Gänsehaut. Ich lehne mich zu meinem Nachttisch und hole ein Kondom hervor. Sean nimmt es mir ab und zieht es sich eilig über. Ich muss schlucken, sobald ich seine Erektion komplett sehe.

Ich will mich auf ihn setzen, ihn in mich gleiten lassen, doch Sean hat etwas anderes vor. Er setzt sich auf und rutscht mit den Rücken bis an die Wand. Anschließend streckt er seine Hände nach mir aus.

»Komm her«, murmelt er sanft und ich lege meine Hände in seine, bevor ich eine auf seiner Schulter platziere und mit der anderen nach seinem Glied greife.

Er holt zischend Luft, sobald ich ihn berühre, und legt seine Hände auf meine Hüften. Die Welt scheint einen Moment stehen zu bleiben, als er langsam in mich gleitet.

Mein Atem stockt und ich muss die Augen schließen, da die Empfindung so intensiv ist.

»Schau mich an«, fordert Sean und ich komme seinen Worten nach, genau in dem Moment, als er komplett in mir ist.

Ich kann sehen, wie er die Muskeln anspannt, vermutlich, weil er sich zusammenreißen muss, es so langsam anzugehen.

Ich stöhne auf, als er seine Hüfte ein wenig bewegt. Er ist so tief in mir, dass ich bereits jetzt vor Lust zittere.

»Du fühlst dich so gut an«, brummt er und beginnt, sich zu bewegen.

Ich schnappe nach Luft, als ich das spüre, und komme seiner Bewegung entgegen. Wir brauchen ein paar Augenblicke, um uns aufeinander abzustimmen, doch dann werden wir quasi zu einer Einheit. Er legt seine Hände um meinen Po, ich kralle mich an seinen Schultern fest und wir küssen uns so hitzig, als würde unser Leben davon abhängen.

Immer wieder berührt er genau den Punkt in mir, der mich zum Stöhnen, Keuchen und dazu bringt, seinen Namen zu stammeln. Meine Hüftbewegungen werden schneller, wilder und er kommt mir ungebändigt entgegen, krallt seine Finger in meinen Hintern.

»Gott, Olivia … Du …«, murmelt er, kommt jedoch nicht weiter, denn in diesem Moment komme ich und reiße ihn in dem Strudel der Lust mit.

Er seufzt laut auf, ein Beben geht durch seinen Körper und ich wiege meine Hüften auf ihm, während mein Höhepunkt langsam abklingt.

Sean schlingt die Arme um mich und in diesem Moment kann ich nicht sagen, wer sich an wem festhält. Das hier war nicht nur Sex, das war so viel mehr, und das auf die beste Art und Weise, die ich bisher erlebt habe.

Ich hebe meinen Kopf und sehe ihn an. Er begegnet

meinem Blick und das zufriedene und glückliche Lächeln auf seinem Gesicht verdoppelt die Schmetterlinge in meinem Bauch.

***

Seans Hand fährt sanft über meinen nackten Rücken und ich kuschle mich dichter an ihn. Glückselig seufze ich und kann nicht fassen, dass wir jetzt hier sind. Zusammen.

»Alles okay?«

Ich hebe meinen Kopf und begegne seinem Blick. »Mehr als das.« Er grinst und ich erwidere es mit wild pochendem Herzen.

»Wer hätte gedacht, dass der Tag so enden würde?«, murmle ich und schließe genießerisch die Augen, während er mich weiterhin mit seinen Fingern streichelt.

»Ich hatte heute wirklich Angst um dich. Als ich dich habe stürzen sehen, da …« Ich höre, wie er scharf einatmet. »Ich habe realisiert, dass ich mich genauso in dich verliebt habe wie du in mich.«

Überrascht blicke ich ihn an und mein Herz kommt kurz ins Stolpern. »Was?«

Er schenkt mir ein verschmitztes Lächeln. »Du hast mich schon verstanden. Ich habe mich in dich verliebt. Einfach so, obwohl ich nicht dachte, dass es jemals wieder geschehen würde.«

Ich kann darauf gar nichts antworten, sondern lege sanft eine Hand um seine Wange, streichle über die feinen Stoppeln und küsse ihn danach zärtlich. Er legt seine Arme um mich und die Zeit scheint für einen Moment stillzustehen.

»Gott, Olivia. Was machst du nur mit mir?«, murmelt er an meinen Lippen und ich löse mich von ihm.

»Dasselbe könnte ich dich fragen. Du bringst mein Leben komplett durcheinander.«

Er grinst stolz und ich muss lachen. »Du meins auch. Immerhin habe ich meinen Manager entlassen.«

Überrascht blinzle ich ihn an. Von dem Turnier weiß ich, dass sie Stress miteinander hatten, aber dass er ihm kündigt … »Wieso das denn?«

»Unüberbrückbare Differenzen.« Ich ziehe verwirrt die Augenbrauen zusammen, doch Sean streicht mit dem Daumen sanft darüber. »Lass uns morgen reden. Ich will die Zeit mit dir lieber anders verbringen.«

Er grinst mich an und ich erwidere es. »Ich wüsste da etwas«, sage ich verschwörerisch, bevor mich Sean auch schon auf den Rücken dreht und zwischen meinen Beinen Platz findet.

***

Etwas Nasses stupst mich an und ich schiebe es noch im Halbschlaf weg. So einfach lässt es sich jedoch nicht abwimmeln, denn das Stupsen wird heftiger. Verschlafen blinzle ich und zucke zurück, da etwas Schwarzes genau vor meinem Gesicht sitzt und mich empört anblickt.

»Hast du mich erschreckt«, murmle ich müde, sobald

ich Rosi erkenne. Ich streichle ihr kurz über den Kopf, doch sie blickt mich nach wie vor an, als wäre ich der Feind.

Ihr passt es ganz und gar nicht, dass ich mit Sean im Bett liege und nicht sie allein. Das wird mir jetzt erst richtig klar. Aber kein Wunder, sie war es immer gewöhnt, dass sie die Nummer eins ist. Wie sollte sie so eine Veränderung verstehen?

Ich drehe mich auf die Seite und bemerke, dass Sean noch tief und fest schläft. Sein Gesicht wirkt entspannt und seine Haare stehen verstrubbelt ab. Schmetterlinge fliegen in meinem Bauch umher und ich kann nicht anders, als mich zu ihm rüberzubeugen und ihm einen Kuss auf die Wange zu drücken. Er murmelt etwas, wacht jedoch nicht auf.

Einen Moment beobachte ich ihn noch, bevor ich aus dem Bett schlüpfe und mir was zum Anziehen suche. Rosi läuft mir hinterher, als wollte sie mich keine Minute aus den Augen lassen. Vermutlich will sie das wirklich nicht.

Im Bad ziehe ich mir eine Jeans und ein Shirt über, kämme meine Haare durch, bevor ich sie zu einem lockeren Pferdeschwanz zusammenbinde, und putze danach Zähne.

»Wie wäre es mit einem kleinen Spaziergang, Rosi?« Sie sitzt an der Türschwelle von dem Bad und wedelt nicht wie sonst mit dem Schwanz. Sie muss wirklich angepisst sein.

Sean hatte leider keine Leine für sie mit, aber ich hoffe, dass sie auch so brav neben mir herlaufen wird.

Ich muss nur immer ein Auge auf sie haben.

Ich schnappe mir meine Handtasche von der Garderobe und öffne danach leise die Tür. »Komm, Rosi.« Die Dackelhündin blickt mich misstrauisch an, als hätte ich vor, sie aus der Wohnung zu schmeißen. »Roswitha!«, sage ich und ahme dabei Seans Stimme nach. Sie hebt die Ohren und trottet gemächlich los. Ich muss ein Grinsen unterdrücken und schließe die Tür, nachdem sie über die Schwelle gelaufen ist. Oder wohl eher geschlichen.

Da wir in diesem Schneckentempo jedoch nie vorankommen, hebe ich sie hoch und trage sie die Stufen herunter. Vor dem Wohnhaus angekommen, setze ich sie ab und sie läuft tatsächlich neben mir her und schnüffelt immer mal an ein paar Ecken.

Leute, die an uns vorbeigehen, mustert sie und wackelt dabei mit ihrem Hintern. Ich muss über sie lachen und sie sieht immer mal zu mir auf, als könne sie es nicht fassen, dass wir beide zusammen unterwegs sind.

Vor einer kleinen Bäckerei bleibe ich stehen und hole gemeinsam mit Rosi ein paar Brötchen. Sie blickt die Frau hinter der Theke so mitleidig an, dass sie sogar einen Keks abbekommt.

Zufrieden, dass sie etwas bekommen hat, gehen wir wieder zurück. Mittlerweile scheint sie es nicht mehr so doof zu finden, dass sie mit mir unterwegs ist. »Vielleicht werden wir noch Freundinnen, Rosi«, richte ich das Wort an sie und sie blickt kurz zu mir nach oben, als hätte sie mich verstanden.

Die Treppen zu meiner Wohnung trage ich sie wieder hoch und bevor ich die Tür öffnen kann, wird sie bereits von drinnen aufgerissen. Sean steht in engen Shorts vor uns und ich kann mich für einen Moment nur auf seinen trainierten, schlanken Körper konzentrieren, ehe ich seinen panischen Blick bemerke.

»Wo wart ihr beide denn? Ich habe gefühlt hundert Mal angerufen! Geht es euch gut? Ist etwas passiert?«, redet er drauflos und ich bin so überrascht, dass ich kein Wort herausbekomme.

Rosi dagegen schon: Sie bellt einmal laut und Sean streichelt ihr über den Kopf, was sie dazu bringt, wieder in meine Wohnung hineinzugehen, als wäre es ihre eigene.

»Ist alles okay?«

Ich nicke und er zieht mich in seine Arme. »Sorry, wir waren nur eine Runde spazieren und Brötchen holen.«

Sean lässt mich wieder los und gibt mir einen Kuss, bevor er antwortet. »Ich habe mir schon Sorgen gemacht, dass es dir gestern zu viel war und du es bereust oder …«

»Was? Nein!«, unterbreche ich ihn schnell und schmiege mich an ihn. »Natürlich bereue ich es nicht. Es war wundervoll, Sean.«

Er atmet erleichtert aus und gibt mir einen Kuss auf die Schläfe, bevor wir in die Wohnung hineingehen. Rosi thront schon wieder auf meinem Sofa. Schätze, sie beansprucht es nun für sich.

»Rosi und ich haben nur etwas Zeit zu zweit

gebraucht.« Er blickt mich fragend an. »Ich glaube, sie ist wirklich eifersüchtig.«

»Sag ich doch.« Er fährt sich durch seine Haare und gibt mir einen Kuss auf die Wange, bevor er zu Rosi geht. Vermutlich, um sie anständig zu begrüßen.

Ich beobachte die beiden kurz, ehe ich in meine Miniküche gehe und etwas für das Frühstück vorbereite. Gerade als ich mich zum Kühlschrank wenden will, schlingen sich Arme um meine Taille. »Danke, dass du dich um sie gekümmert hast«, flüstert mir Sean ins Ohr und ich lehne mich gegen seine Brust.

»Das würde ich jederzeit tun. Sie gehört doch zu dir, genau wie deine Pferde.«

»Du bist wirklich perfekt.«

Ich muss lachen und er drückt mich noch mal an sich, bevor er mir hilft, das Frühstück vorzubereiten.

33. Kapitel

Sean

Ich beobachte meine zwei Lieblingsmädels und bin froh, dass sie sich verstehen. Immerhin sitzt Rosi jetzt neben Olivia und lässt sich streicheln, ohne sie skeptisch anzusehen.

Ein Lächeln macht sich auf meinen Lippen breit, sobald ich an die letzte Nacht denke. Ich bin eigentlich nur hierhergekommen, um mit Olivia zu reden. Wer hätte gedacht, dass es so ausgeht und wir nun zusammen sind?

All das hätte ich schon früher haben können, aber ich musste wieder anderen mehr glauben.

Zudem wird mir bewusst, dass all der Ruhm, das Geld und die Partys mir nichts bedeuten. Dieser Moment hier, mit Olivia am Tisch, Rosi neben ihr auf einem Stuhl, macht mich bedeutend glücklicher und lässt mich zudem lebendiger fühlen.

»Alles in Ordnung?«, richtet Olivia das Wort an mich und ich nicke.

»Sehr.« Sie lächelt zufrieden und ich erwidere es. Noch immer wirkt sie verschlafen und ihre Haare stehen wirr ab, doch gerade das lässt sie perfekt erscheinen.

»Was hast du heute so vor?«

Ich zucke mit den Schultern. »Ich habe heute Training, aber ansonsten steht nichts an. Und bei dir?«

Sie seufzt leise. »Ich habe Spätdienst.« Ich ziehe die Augenbrauen zusammen, da ich es verdrängt habe, dass es auch noch Menschen mit richtigen Jobs gibt. Ich habe schon immer hauptberuflich mit Pferden gearbeitet, das hat sich nie wie ein Job angefühlt.

»Willst du davor noch mal zu Button?«

Sie nickt. »Unbedingt. Ich muss schauen, ob er nach wie vor in Ordnung ist. Nicht dass er doch noch etwas von dem Sturz davongetragen hat.« Ich lächle ihr Mut machend zu. »Was machst du jetzt ohne deinen Manager?«, fragt sie und bringt damit das Gespräch auf ein Thema, was ich eigentlich, so gut es geht, meiden wollte.

Ich zucke mit den Schultern. »Keine Ahnung. Er war ein Arsch und hat sich schon öfter danebenbenommen. Zwar hat er sich die letzten Tage zusammengerissen, aber das gestern hat das Fass zum Überlaufen gebracht. Ohne ihn bin ich definitiv besser dran.«

»Sean, das ist ein wirklich krasser Schritt. Ich kenne Manuel nicht, aber vielleicht überlegst du es dir noch mal.«

»Es war die einzige richtige Entscheidung«, sage ich augenzwinkernd, doch sie blickt mich nach wie vor verblüfft an. »Meine Eltern waren zwar nicht ganz begeistert, aber da müssen sie durch. Sie haben mich für Sonntag zum Essen eingeladen. Schätze, sie werden versuchen, mich noch mal zu überzeugen. Willst du vielleicht mitkommen? Als meine seelische und moralische Stütze?«

Erneut blinzelt sie mich verwirrt an und ich kann mir vorstellen, dass ich sie gerade überrumple. Aber verdammt, es würde mir wirklich gefallen, sie mitzunehmen. Am liebsten würde ich es in die ganze Welt hinausschreien, dass ich sie liebe.

»Also, Sean … ähm … das ist ein großer Schritt und …«

»Ich dachte, wir sind jetzt zusammen«, unterbreche ich ihr Gestotter und bemerke zufrieden, wie sich ihre Wangen röten. »Und wenn man zusammen ist, dann stellt man seinen Partner doch auch den Eltern vor, oder?«

Ein atemberaubendes Lächeln macht sich auf ihren Lippen breit und lässt den Raum gleich viel heller wirken. »Ich komme gerne mit.«

Zufrieden lehne ich mich nach vorn und greife nach ihrer Hand. »Danke. Das freut mich. Ich warne dich aber vor, meine Mutter ist nicht einfach.«

Sie lacht. »Das bekommen wir hin. Solange du an meiner Seite bist, ist das alles kein Problem.«

Ihre Worte treffen mich mitten ins Herz und ich glaube, sie weiß nicht einmal ansatzweise, wie viel sie mir bedeuten.

***

Olivia hält Button am Halfter fest, während ich seine

Beine abtaste. Sie hat vorhin dasselbe getan und nichts Auffälliges bemerkt. Da sie aber ganz sicher sein möchte, dass sie nicht etwas übersehen hat, hat sie mich gebeten, dass ich ebenfalls noch mal nachsehe.

Ihre Sorge um ihr Pferd rührt mich, denn es zeigt mir, dass ihr Tier ihr viel bedeutet. Ich habe bereits genug Menschen im Reitsport getroffen, die das nicht so gesehen und ihre Pferde dementsprechend behandelt haben.

Ich richte mich auf und wende mich Olivia zu. Sie blickt besorgt drein und streichelt dabei über Buttons Nüstern.

»Ich habe nichts fühlen können. Es ist auch keines seiner Beine warm.« Sie stößt einen Seufzer aus und ich muss schmunzeln. »Mach dir nicht so viele Sorgen. Ihm geht es gut, ihr habt beide Glück gehabt. Hak es einfach ab, sonst zermürbt es dich.«

Sie nickt, doch ich erkenne die Zweifel in ihren Augen.

»Ich longiere ihn etwas. Hast du noch so viel Zeit?«

»Für dich immer.« Ich gehe auf sie zu und küsse sie sanft. Sie schmiegt sich sofort an mich, fast so, als wäre sie für mich gemacht.

Sie lächelt mir zu und nimmt danach Button am Halfter, bevor sie Richtung Halle läuft. Ich sehe mich in der Zeit nach Rosi um, die vermutlich mal wieder den ganzen Stall erkundet und neue Freundschaften schließt.

»Rosi! Rosi!«, rufe ich und höre ihr helles Bellen aus einigen Metern Entfernung. Ich kneife die Augen zusammen und erkenne, dass sie sich am Ende des Stalls befindet. Mit großen Schritten gehe ich auf sie zu, bevor sie sich erneut aus dem Staub macht.

»Hab ich dich, du Frechdachs.« Ich hebe sie hoch, sobald ich bei ihr bin, und sie wackelt vor Freude in meinen Armen hin und her.

»Oh, hallo Sean«, sagt jemand und ich nehme meinen Blick von Rosi. Vor mir steht die junge Frau, die mir erzählt hat, was Olivia angeblich getan hat.

Ich presse die Lippen zusammen und versuche, meinen Ärger runterzuschlucken. Es würde nichts bringen, wenn ich jetzt hier mit ihr diskutiere.

»Hallo«, erwidere ich knapp und drehe mich auf dem Absatz um. Ich bin schon fast in der Mitte des Stalls, als ich plötzlich Schritte hinter mir höre.

»Warte!«

Warum ich innehalte, weiß ich selbst nicht genau. Sie wirkt nervös, als sie sich fahrig eine Strähne hinter das Ohr streicht. Gut so, denn sie hat mir mit die schlimmste Woche meines Lebens beschert.

Ich ziehe eine Augenbraue nach oben und blicke sie abwartend an. »Hör mal, ich … also …«

»Für so was habe ich keine Zeit«, blaffe ich und will an ihr vorbeigehen, doch sie hält mich auf, indem sie nach meinem Arm greift.

»Es tut mir leid. Ich wollte dir nichts Falsches wegen Olivia erzählen.«

»Dennoch hast du es getan.«

Sie senkt den Blick und nickt. »Ich … es war falsch und ich würde es rückgängig machen, wenn ich könnte.

Ehrlich.«

Die junge Frau wirkt tatsächlich geknickt und allein dafür, dass sie den Mut hatte, sich ihren Fehler einzugestehen, nehme ich ihre Entschuldigung an. »Danke dafür.«

Sie lächelt mir zittrig zu, bevor sie zurück in den hinteren Teil des Stalls geht. Ich sehe ihr kurz nach, ehe ich mich auf die Suche nach Olivia mache. Es geschehen eben doch noch Zeichen und Wunder.

34. Kapitel

Olivia

Button trabt im gleichmäßigen Rhythmus um mich herum und erweckt nicht den Anschein, als würde ihm irgendetwas wehtun. Im Gegenteil, gleich bei den ersten Runden hat er ein paar Bocksprünge gemacht und ist losgeschossen.

Ich bin froh, dass es ihm gut geht und er sich nichts getan hat. Ich merke zum Glück auch nur wenig. Okay, mein Rücken tut ziemlich weh und mein Nacken ist etwas steif, aber sonst nichts. Spätestens morgen ist das wieder weg.

»Er läuft gut.« Ich drehe mich um und bemerke, dass es Sean ist, der am Halleneingang steht. Rosi sitzt neben ihm und wedelt mit dem Schwanz hin und her.

Ich lächle. »Zum Glück.«

Sean nickt verständnisvoll. »Ich würde ihn morgen noch schonen, aber übermorgen kannst du, denke ich, wieder loslegen.«

Ich stimme ihm zu und lasse Button weitere Runden traben, bevor ich ihn in den Schritt wechsle. Danach löse ich die Longe, sodass er frei in der Halle herumlaufen kann, und gehe auf Sean zu.

»Alles in Ordnung? Du strahlst so.«

Sein Lächeln wird breiter und ich muss schmunzeln. »Erinnerst du dich noch an die junge Frau, die mir den ganzen Mist wegen deines Unfalls mit Rosi erzählt hat?«

Meine Stimmung verdüstert sich prompt und ich presse die Lippen zusammen. »Du meinst Zoe.«

»Möglich. Auf jeden Fall hat sie sich eben bei mir entschuldigt.«

Meine Augen weiten sich und ich blicke ihn perplex an. Er lacht über meine Miene und legt einen Arm um meine Schultern. »Es geschehen doch noch Zeichen und Wunder«, murmle ich, nachdem ich meine Stimme wiedergefunden habe.

»Genau das war auch mein Gedanke.«

Ich lehne meinen Kopf an ihn und atme laut aus. »Ich bin froh, dass zwischen uns endlich alles geklärt ist. Ich hasse es, wenn ich mich mit jemandem streite.«

»Ach, ich bin nur irgendjemand für dich?«, zieht er mich auf und ich lache leise.

»Natürlich nicht. Im Gegenteil.«

Ich stelle mich auf Zehenspitzen und küsse ihn. Seine Nähe lässt es in meinem Bauch kribbeln und ich fühle mich wie im Himmel.

Nachdem wir uns wieder voneinander gelöst haben, wende ich mich Button zu. Dieser wälzt sich gerade genüsslich im Sand und Rosi schaut ihm aus nächster Nähe dabei zu. Wir lachen beide, als er aufsteht, sich schüttelt und Rosi schnell flüchtet, bevor sie den Dreck abbekommt.

Button kommt gemächlich auf uns zugelaufen und ist

nun mehr braun anstatt weiß. »Na, komm, mein Süßer.« Ich greife nach seinem Halfter und führe ihn in die Box. In einer halben Stunde geht er sowieso raus, also kann er jetzt etwas an seinem Heu mümmeln.

Ich sehe mir noch einmal seine Beine an und bemerke, dass Sean grinst, sobald ich aus der Box herauskomme. »Tut mir leid. Ich weiß, dass ich wie eine Glucke bin.«

Er lacht und schüttelt mit dem Kopf. »Alles gut. Du hast mich nur gerade sehr an meinen besten Freund Nate erinnert.«

Ich runzle die Stirn und rufe mir das Bild von ihm ins Gedächtnis. »Wieso das denn?«

»Seine Lieblingsstute ist endlich wieder trächtig und obwohl er sie vorher schon wie ein rohes Ei behandelt hat, ist es jetzt noch schlimmer. Ich glaube, er wird in den nächsten Monaten durchdrehen.«

»Oh, das kann ich mir gut vorstellen. Aber du würdest dir doch auch Sorgen machen, nicht wahr?«

Sean greift nach meiner Hand und verschränkt sie mit seiner. »Du hast ja keine Ahnung. Allein eine meiner Stuten zuzulassen, wäre für mich viel zu stressig. Ich hätte genau wie Nate ständig Angst, dass irgendetwas passiert.«

»Es wird alles gut gehen.« Er nickt, hebt unsere verschränkten Hände zu seinem Mund und haucht einen Kuss darauf. Die Geste bedeutet mir mehr, als ihm vermutlich bewusst ist.

Das Klingeln meines Handys reißt mich aus unserer Blase und ich blicke Sean entschuldigend an, bevor ich es aus der Tasche ziehe. Der Nummer meiner Mutter blinkt auf und holt mich schlagartig zurück auf den Boden der Tatsachen. Gestern habe ich mich nur um meine Angelegenheiten gekümmert und sie ignoriert. Schlechtes Gewissen nagt an mir und ich verziehe den Mund.

»Tut mir leid, aber da muss ich rangehen.« Verständnisvoll nickt er. »Hey Mom.«

»Olivia, du musst dringend kommen! Ich brauche deine Hilfe und … Bitte komm schnell.«

Ich seufze leise und nicke. »Natürlich. Ich fahre gleich los.«

»Danke, Olivia. Danke!« Sie legt so abrupt auf, wie sie angerufen hat, und ich wende mich Sean zu.

»Es tut mir leid, aber ich muss zu meiner Mutter.«

»Kein Problem. Komm, ich fahre dich.«

Gerührt sehe ich ihn an, da es für ihn so selbstverständlich ist. Wo hat dieser Mann nur all die Jahre gesteckt?

»Rosi!«, ruft er und pfeift nach ihr. Tatsächlich kommt sie aus irgendeiner Ecke angetapst und folgt uns zum Auto. Wie immer hebe ich sie auf meinen Schoß und sage Sean, wo er lang fahren muss.

Während der Fahrt schweigen wir beide und ich schätze, Sean spürt, dass ich nicht reden möchte. Es fühlt sich an, als würde ein Stein in meinem Magen liegen, und ich ahne, dass es diesmal nicht leicht mit ihr wird.

In der Straße, in der sie wohnt, bleiben wir stehen und ich deute auf das graue Haus. »Da wohnt sie«, murmle ich, um irgendetwas zu sagen.

»Soll ich dich danach wieder abholen?«

Ich schüttle mit dem Kopf. »Das musst du nicht. Ich laufe direkt von hier aus zur Arbeit und abends kann mich mit Sicherheit eine Kollegin mitnehmen.«

Sorgenvoll mustert er mich und hat dabei die Stirn gerunzelt. »Du kannst mich jederzeit anrufen, Olivia. Das ist kein Problem.«

»Danke, Sean. Wirklich.« Ich beuge mich über die Mittelkonsole hinweg zu ihm und küsse ihn. »Ich würde ja sagen, du kannst gerne mitkommen, aber meine Mutter ist … na ja, verschieben wir das lieber.«

Er streicht mir eine Strähne hinter das Ohr und nickt. »Kein Problem. Ehrlich.«

Ich lächle ihn noch einmal an, ehe ich aussteige, Rosi auf meinen Platz setze und die Tür schließe. Ich winke Sean, bevor ich zu dem Haus meiner Mutter gehe und klingle. Hoffentlich macht sie auf, denn ich habe heute keinen Schlüssel mit. Immerhin war das alles gar nicht so geplant.

»Rosi! Nicht!«, höre ich noch, als die kleine Dackelhündin auch schon neben mir auftaucht und mich schwanzwedelnd begrüßt, als hätten wir uns Stunden nicht gesehen. Ich muss lachen und kraule sie hinter ihren Ohren, als die Tür vor mir aufgeht und Sean zeitgleich neben mir zum Stehen kommt.

»Oh, hallo«, sagt meine Mutter. Sie wirkt heute gut drauf, obwohl ihr Anruf keineswegs so klang.

»Hi Mom.« Aus dem Augenwinkel bemerke ich, wie Sean nervös dreinblickt. Kein Wunder, immerhin war das alles gar nicht so geplant. »Mom, das ist Sean, mein …«

Ich verstumme, da ich mit einem Mal unsicher bin, ob ich es wirklich schon so laut aussprechen kann. Als hätte ich Sorge, dass es ein böses Omen wäre, wenn ich es tun würde.

Er nimmt mir die Entscheidung ab, indem er freundlich seine Hand ausstreckt und meine Mutter anlächelt. »Ich bin Olivias Freund. Freut mich, Sie kennenzulernen.«

Meine Mutter wirkt perplex und ihr Mund steht ein wenig offen. Ich muss schmunzeln und bin positiv überrascht, als sie seine Hand schüttelt.

»Mich auch. Olivia hat gar nichts gesagt. Ich bin Marin.«

»Es ist noch ganz frisch, Mom«, murmle ich und fühle mich mit einem Mal wieder wie ein Schulkind.

Rosi gibt ein Bellen von sich, da sie bemerkt hat, dass keiner sie beachtet. Meine Mutter wendet sich ihr zu und streichelt sogar ihren Kopf.

Dabei hat sie es eigentlich nicht so mit Tieren und ich kann mich nicht daran erinnern, wann sie jemals bei Button war, geschweige denn ihn angefasst hat.

»Und wer ist das?« Sie wirkt heute wacher und ausgeglichener, was mich riesig freut. Es kommt immerhin selten genug vor.

»Das ist Roswitha, auch Rosi genannt.«

»Oh, wie nett! Kommt doch rein.« Meine Mutter hält die Tür auf und Sean blickt mich noch einmal prüfend an. Sobald ich jedoch nicke, folgt er mir mit hinein.

Das könnte interessant werden.

***

Erstaunlicherweise blüht meine Mutter in Seans und Rosis Anwesenheit regelrecht auf. Mir kommt es sogar so vor, als würde es sie glücklich machen, dass wir alle bei ihr sind. Selbst den Grund für ihren Anruf scheint sie vergessen zu haben und fragt Sean stattdessen lieber aus.

Mich mach die ganze Situation zwar froh, aber sie verwirrt mich auch. Bei meiner Mutter gab es in den letzten Jahren immer nur zwei Stufen: entweder himmelhoch jauchzend oder zu Tode betrübt. Dazwischen war nicht viel Platz für anderes.

Ich schaue auf die Uhr und bemerke, dass es schon recht spät ist. »Mom«, unterbreche ich ihren Redefluss und sie wendet sich mir sofort zu. »Tut mir leid, dass ich euch stören muss, aber ich sollte langsam los.«

»Oh, natürlich! Die Zeit ist so schnell vergangen! Ich freue mich, dass ihr hier wart.« Sie strahlt und scheint ihre Worte ernst zu meinen.

»Danke für den Tee«, sagt Sean und hält ihr seine Hand hin. Sie ergreift sie und lächelt mich an, als wollte sie mir so sagen, dass ich einen guten Fang gemacht habe.

»Immer wieder gerne! Olivia, bring die beiden ruhig öfter mit«, richtet sie das Wort an mich, bevor sie Rosi streichelt.

Ich beobachte sie lächelnd und verabschiede mich

von ihr, ehe ich mit Sean zum Auto gehe. Er greift nach meiner Hand und verschränkt sie mit seiner, wofür ich ihn dankbar ansehe.

»Deine Mutter ist nett.«

Ich seufze. »Wenn sie einen guten Tag hat, ja.«

»Das kommt nicht so oft vor, nehme ich an?«

»Leider nicht«, murmle ich und beim Auto angekommen, bleiben wir stehen und er zieht mich in seine Arme.

»Wie lange geht das schon so?«

Ich zucke mit den Schultern. »Fast zwei Jahre. Sie hat ihren Job verloren und dann ging die Spirale irgendwie abwärts. Seit ein paar Wochen habe ich das Gefühl, dass es wieder bergauf geht, aber das könnte auch Einbildung sein.«

»Ist sie in Behandlung?«, hakt er vorsichtig nach und ich bin ihm dankbar, dass er so sensibel mit dem Thema umgeht. Die meisten würden es einfach totschweigen oder noch schlimmer: sich darüber lustig machen.

»Ja, ihr Arzt hat ihr schon lange einen Klinikaufenthalt empfohlen. Sie will ihn nur leider nicht machen.«

Sean löst sich von mir und schaut mich ernst an. »Ich kenne jemanden, der ebenfalls so etwas durchgemacht hat. Vielleicht hilft es ihr, sich dafür zu entscheiden, falls sie mit einer Person spricht, die auch betroffen war und die ganze Sache hinter sich hat.«

Erstaunt blinzle ich. »Das wäre perfekt, Sean. Wirklich. Aber die Symptome müssten fast genau wie bei ihr sein, sonst nimmt sie es womöglich nicht ernst.«

»Keine Sorge, es war genauso.«

Ich mustere ihn einen Moment und würde zu gerne fragen, um wen es geht. Doch ich erkenne an seiner Miene, dass er lieber nicht darüber reden möchte, und deshalb hake ich nicht weiter nach. »Das wäre toll. Danke.«

Er entspannt sich und lächelt mir zu. »Jederzeit. Es tut mir leid, dass wir so mit hineingeplatzt sind, Rosi hat für so etwas Talent.«

Ich lache leise und stimme ihm zu. »Und wie sie das hat. Apropos, wo ist sie überhaupt?«

Sean blickt sich panisch um. »Rosi! Roswitha!«

Ein Bellen ertönt direkt hinter mir und ich zucke zusammen. Rosi sitzt auf dem Gehweg und schaut drein, als würde sie sich fragen, was mit uns nicht stimmt.

»Brave Maus. Komm, bringen wir dich zur Arbeit. Nicht dass du noch zu spät kommst.«

Bevor er den Wagen öffnen kann, lege ich meine Arme um seinen Nacken und ziehe ihn zu einem Kuss herunter. Eigentlich ist es nur eine sanfte Berührung unserer Münder, doch es schwingt noch so viel mehr darin mit. Dankbarkeit. Hoffnung und unendliche Liebe.

35. Kapitel

Sean

Olivia hält meine Hand umklammert, als würde ihr Leben davon abhängen. Ich muss schmunzeln, denn auch für mich fühlt es sich surreal an.

Für den heutigen Freitag hat sie sich extra freigenommen, um bei dem Turnier dabei zu sein. Da ich Manuel gekündigt habe, brauchte ich jemanden, der mir hilft. Nate hätte das zwar auch gemacht, aber Olivia wollte so gerne mit, dass ich lieber sie genommen habe.

Am Sonntag zu dem Essen meiner Mutter begleitet sie mich ebenfalls, obwohl ich mir wirklich Schöneres vorstellen kann. Aber ohne sie dahin zu gehen, kommt nicht infrage. Wir sind zusammen und sie gehört somit dazu. Egal, wie meine Mutter das findet.

Ich wende mich Olivia zu, die mich aus geweiteten Augen ansieht. »Man könnte meinen, du warst noch nie auf einem Turnier«, ziehe ich sie auf.

»Sehr witzig.« Sie blickt sich kurz um, bevor sie sich wieder mir zuwendet. »Aber ich war noch nie auf so einem. Ich meine, ich könnte schwören, dass vorhin Dean Tomothy vorbeigelaufen ist. Den sieht man auf den Turnieren, bei denen ich sonst starte, nie.«

»Soll ich ihn dir vorstellen? Er ist sehr nett.«

Ihre Augen werden noch riesiger und ich muss lachen. »Du kennst ihn?« Ihre Stimme klingt ehrfürchtig.

»Klar. Ich kenne eine Menge Leute, falls dir das entgangen ist.«

Ich bemerke, wie sich ihre Wangen röten, und es lässt sie noch schöner wirken. »Stimmt. Entschuldige, Sean. Es ist alles so aufregend für mich. Danke, dass du mich mitnimmst!«

»Danke mir erst, wenn der Tag vorbei ist, denn bis dahin bist du wahrscheinlich genervt von mir.« Sie lacht und entspannt sich etwas. »Komm, wir schauen beim Turnierplatz vorbei. Mal sehen, wie weit sie schon sind.«

»Klingt gut.« Wir steigen aus dem Wagen und ich schaue noch mal nach Comer, den ich heute mithabe. Er steht entspannt auf dem Hänger und hat sogar die Augen halb geschlossen, als würde er vor sich hin dösen. Kein Wunder, bei der Wärme zieht es mir auch automatisch die Augen zu.

Ich lasse die kleine Tür an der Seite offen, damit etwas frische Luft hereinkommt, und gehe danach zu Olivia. Sie steht noch immer am Wagen und blickt sich neugierig um.

»Wollen wir?« Ich halte ihr meine Hand hin und sie wirkt erstaunt. Vermutlich hat sie nicht damit gerechnet, dass ich auch bei so einem großen Event zeigen will, dass wir zusammengehören. Dabei ist das selbstverständlich für mich. Wenn ich jemanden liebe, ist es mir egal, was andere darüber denken.

»Sehr gerne.« In ihrer Stimme schwingt ein Unterton mit, der meine Knie weich werden lässt, und als sie ihre Hand mit meiner verschränkt, kribbelt es in meinem Magen.

Wir laufen Richtung Abreiteplatz und Rosi trottet vor uns her. Sie bleibt immer mal wieder stehen, schnuppert und strahlt jeden an, an dem wir vorbeikommen. Für sie ist das hier vermutlich wie der Himmel auf Erden. Tausend verschiedene Gerüche, Dutzende neue potenzielle Freunde und die Chance, irgendwo ein Leckerli zu bekommen. Ich muss über meinen Hund schmunzeln und wende mich Olivia zu. Sie schaut sich neugierig um, hält sich jedoch noch immer krampfhaft an mir fest. Ich drücke ihre Hand und sie schenkt mir sofort einen dankbaren Blick.

»Hey Sean! Schön, dich hier zu sehen!«, richtet jemand das Wort an mich und ich drehe mich nach links. John Deanes kommt auf mich zu und ich lasse Olivias Hand kurz los, um seine zu schütteln.

»Hey, das ist eine Ewigkeit her, dass wir uns gesehen haben.«

Er lacht und nickt. »Stimmt. Dachte schon, du hast Angst, gegen mich anzutreten.«

»Wohl eher andersherum«, witzle ich.

»Wie ich sehe, ist bei dir auch viel Neues passiert.« Er blickt zu Olivia und ich nicke.

»John, das ist meine Freundin Olivia Lark. Olivia, das ist John Deanes, der eigentlich nirgendwo mehr teilnimmt, weil er Angst hat, gegen mich zu verlieren.«

Er bricht in schallendes Gelächter los und ich stimme mit ein. John war nie einer von der abgehobenen Sorte. Im Gegenteil. Er ist eigentlich wie Nate und ich. Umgänglich, freundlich und nett zu seinen Pferden.

»Freut mich sehr«, sagt Olivia und die beiden schütteln sich die Hand.

»Ebenfalls. Reitest du auch?«

Sie nickt. »Aber nicht so professionell wie ihr.«

Er zuckt mit den Schultern. »Das ist doch nicht wichtig, Hauptsache, du hast Spaß und machst es gerne.«

Ich bemerke, wie sie sich noch mehr entspannt. Die beiden unterhalten sich kurz, bevor er geht. »Wir sehen uns dann, Sean. Halt deine Freundin schön fest, sie ist Gold wert.«

Ich stimme ihm zu und greife automatisch wieder nach Olivias Hand. »Er war sehr nett.«

»Du klingst überrascht«, stelle ich fest und sie lacht leise.

»Bin ich auch, ehrlich gesagt. Immerhin erwartet man von Turnierreitern stets, dass sie eingebildet sind.«

Ich ziehe eine Augenbraue nach oben. »Wirklich? Hast du das etwa von mir ebenfalls gedacht?«

Sie grinst. »Du warst der Schlimmste von allen.«

Ich lache laut auf und ziehe sie zu mir heran. »Dann bin ich ja froh, dass du jetzt das Beste aus mir herausholst.« Sie blickt mich sanft an und ich küsse sie.

Es ist mir egal, wer uns sieht oder was die Leute um uns herum denken.

Das Wichtigste ist, dass Olivia weiß, dass ich immer

zu ihr stehen werde. Egal, was kommt.

***

Nachdem ich den Parcours angesehen, mit ein paar Leuten geredet, Rosi zweimal gesucht und wir uns ein Eis gekauft haben, schlendern wir zurück zum Anhänger. Der Zeitplan verzögert sich etwas, weshalb wir eine halbe Stunde mehr Zeit haben, als ursprünglich gedacht. Auf der einen Seite gut, da wir so keinen Stress haben, aber auf der anderen müssen wir nun noch länger in der Sonne braten.

Rosi schleicht hinter uns her, da ihr die Wärme bereits zu schaffen macht. Sie ist allerdings selbst schuld, weil sie am Anfang immer Vollgas gibt und ihre Kräfte nicht einteilt.

Wir biegen um die Ecke und Olivia bleibt so abrupt stehen, dass ich fast ins Stolpern komme. Ich will gerade fragen, was sie denn hat, als ich es selbst erkenne: Manuel ist hier. Er steht an meinen Anhänger gelehnt und tippt auf seinem Handy herum.

Am liebsten würde ich auf den Hacken umdrehen und gemeinsam mit meinen zwei Mädels verschwinden. Da es jedoch nichts bringen würde, gehe ich weiter auf ihn zu. Olivia hält sich sofort im Hintergrund und ich kann es ihr nicht verübeln. Schließlich ist er nicht gerade der angenehmste Zeitgenosse.

»Hallo Manuel.«

»Hallo Sean.« Er sieht erst mich an und danach Olivia. Grüßen tut er sie jedoch nicht.

»Ich schaue mal nach den Pferden«, murmelt Olivia. Gemeinsam mit Rosi huscht sie an uns vorbei und scheint froh zu sein, der Situation entfliehen zu können. Am liebsten würde ich es genauso machen wie sie.

»Was willst du?«, blaffe ich, sobald sie außer Sichtweite ist.

Manuel lächelt mich an, stößt sich vom Hänger ab und kommt ein paar Schritte auf mich zu. »Ich wollte nur mal sehen, wie es dir geht und wie es läuft.«

»Gut. Könnte nicht besser sein.«

Sein Lächeln bekommt eine eisige Note und seine Miene wirkt so kalt, dass sich meine Härchen im Nacken aufstellen. Er ist eindeutig auf Streit aus.

»Lass uns am besten noch mal über unsere Differenzen reden und …«

»Nein«, unterbreche ich ihn. »Es gibt nichts mehr zu bereden, das weißt du genauso gut wie ich. Sieh es ein, dass du es verbockt hast und ich dich nicht mehr als Manager möchte.«

Er zieht eine Augenbraue nach oben. »Deine Mutter ist da aber ganz anderer Ansicht.«

Ich lache freudlos auf. »Wie du vielleicht mitbekommen hast, bin ich erwachsen und kann meine eigenen Entscheidungen treffen. Es ist mir egal, was meine Mutter möchte. Hier geht es um mich und ich kann das sehr gut allein entscheiden.«

»Na, wenn du denkst.«

Ihm scheinen die Argumente auszugehen, weshalb ich loslaufe. Nichts wie weg hier. Doch Manuel tritt erneut ein paar Schritte nach vorn und packt mich am

Arm. Er steht mir nun so nahe gegenüber, dass ich jede Falte in seinem Gesicht erkennen kann.

»Lass es einfach sein, Manuel. Du hattest deine Chance und du hast sie gründlich verbockt. Such dir jemand anderes, den du schikanieren, statt zum Erfolg führen kannst«, zische ich ihn an und er verengt die Augen.

»Was soll das hier werden? Glaubst du etwa wirklich, du kannst mit der Kleinen glücklich werden? Willst du ihretwegen alles aufs Spiel setzen?«

Ich rolle mit den Augen und befreie mich aus seinem Griff. »Ich glaube nicht nur, dass ich mit ihr glücklich werden kann, ich bin es schon. Und ich setze ihretwegen nichts aufs Spiel.«

»Oh doch, das tust du. Sie ist dir wichtiger als jedes Turnier. Was soll das? Du stehst vor einer möglichen Olympiateilnahme und kannst dir so eine Ablenkung nicht erlauben.«

»Sie ist keine Ablenkung«, stelle ich sofort klar. Was bildet er sich ein?

»Du weißt genauso gut wie ich, dass sie nicht in deine Welt passt. Irgendwann wird es ihr zu viel werden, dass sie immer nur im Schatten steht. Du bist auf der Überholspur und sie ist eine Bremse, die du abschütteln musst. Erkenne das doch endlich, Sean.«

Fassungslos blicke ich ihn an. »Hörst du dir eigentlich manchmal selbst zu? Sie soll eine Bremse sein?!«

»Du weißt, dass es stimmt. Während du auf verschiedene internationale Turniere fährst, wird sie zu Hause sitzen und auf dich warten. Am Anfang ist es für sie kein Problem, aber irgendwann wird es eins werden.«

»Lass den Scheiß«, blaffe ich und er hält endlich seinen Mund. »Wenn du damit bezwecken möchtest, dass ich dich wieder einstelle, war das leider umsonst. Ich ändere meine Meinung nicht.«

Ich blicke ihn abschätzig an, bevor ich zu Olivia gehe und ihn stehen lasse.

Obwohl ich es nicht will, hatte er doch Erfolg: Er hat Zweifel in mir gesät.

36. Kapitel

Olivia

Ich sehe Sean nach, wie er mit Comer über den Platz galoppiert und anschließend auf den kleinen Steilsprung zusteuert. Erneut kommt er nicht richtig an und ist viel zu dicht. Ich runzle die Stirn, da er so zerstreut wirkt. Was hat Manuel nur zu ihm gesagt, dass er selbst beim Reiten noch darüber nachdenkt?

»Zwei Loch hoch«, ruft er mir entgegen und ich nicke. Glücklicherweise ist es auf dem Abreiteplatz heute nicht so chaotisch, sodass ich zügig aufbauen kann.

Sean springt erneut. Dieses Mal etwas besser, aber nach wie vor nicht seine gewohnte Leistung. Er reitet auf mich zu und bleibt neben dem Sprung stehen.

»Mach noch mal zwei Loch und danach gehen wir zum Oxer. Ich glaube, wir haben noch fünf Mann vor uns.«

»Sean?«

»Wir springen zweimal den Oxer, danach machen wir eine kleine Pause und springen anschließend einen hohen Steil, das dürfte reichen.«

»Sean!«

Erstaunt blinzelt er mich an, als würde er mich jetzt erst wahrnehmen. »Hm?«

»Was ist denn los?« Er runzelt die Stirn. »Du bist mit den Gedanken woanders. Ist etwas passiert?«

Er scheint für einen Moment blasser zu werden, doch er fängt sich schnell. »Lass uns später drüber reden.«

»Nein, jetzt. Wir wollten uns doch nichts mehr verschweigen.«

Sean nickt knapp. »Tut mir leid. Manuels Worte gehen mir nur durch den Kopf.«

Ich seufze und streichle Comer über den schwitzigen Hals, während ich zu Sean aufblicke. »Das dachte ich mir schon. Was es auch war, schiebe es jetzt beiseite und konzentriere dich auf das Springen. Wir wollen ihm doch nicht zeigen, dass er recht hat, oder?«

Er grinst und nickt. »Stimmt.« Nachdem er mir einen liebevollen Blick zugeworfen hat, reitet er weiter. Als er dieses Mal über den Steilsprung kommt, passt die Distanz besser. Zwar noch nicht perfekt, aber er scheint sich zumindest wieder zu konzentrieren.

Nach drei weiteren Sprüngen ist Sean endlich dran und reitet auf den Turnierplatz. Er sieht noch mal zu mir und ich werfe ihm eine Kusshand zu. An seiner Stelle wäre ich ziemlich aufgeregt, immerhin ist sogar das Fernsehen hier und filmt jede Bewegung, aber er wirkt zumindest äußerlich ganz entspannt und lässt sich durch nichts mehr aus der Ruhe bringen.

Der Reiter vor ihm ist fertig und reitet nach draußen. »Als Nächstes begrüßen wir Sean O'Connor mit seinem fünfzehnjährigen Wallach Comer.« Die Klingel ertönt, Sean grüßt knapp und galoppiert danach an. Er sitzt locker und aufrecht und ich beneide ihn einmal mehr um seine gute Körperhaltung.

Er steuert auf das erste Hindernis zu und überwindet es so leichtfüßig wie immer. Ein Stein fällt mir vom Herzen, da ich Sorge hatte, dass er nach wie vor mit den Gedanken woanders ist. Doch während er nur so durch den Parcours fliegt, ist davon nichts mehr zu erkennen.

Bei einer Kombination, bestehend aus drei Sprüngen, halte ich die Luft an, aber er und sein Pferd sind ein eingespieltes Team und überwinden das Hindernis ohne Probleme.

Ich juble auf, als er den letzten Sprung ebenfalls fehlerfrei überwindet. Laute Musik ertönt und zeigt an, dass er auch noch in der vorgegebenen Zeit lag. »Ein weiterer Kandidat für das Stechen. Null Fehlerpunkte und in einer Zeit von einer Minute und neun Sekunden. Damit aktuell sogar Bestzeit«, ertönt es aus dem Lautsprecher und die Zuschauer klatschen.

Sean reitet Richtung Ausgang und hat ein breites Lächeln im Gesicht.

Ich will direkt zu ihm, doch bereits kurz nach seinem Ausritt wird er abgefangen und wechselt ein paar Worte mit einem anderen Reiter.

Er lächelt mir zu und reitet auf dem Abreiteplatz noch einige Runden Trab, bevor er in den Schritt pariert, damit sich Comer akklimatisiert, ehe er noch mal ins Stechen muss.

***

Ich klatsche begeistert und johle, als Seans Name aufgerufen wird. Auch beim Stechen hat er sich super geschlagen und die Konkurrenz abgehängt. Nachdem es heute so holprig losging, hat er sich diesen Sieg mehr als verdient.

Comer wird eine goldene Schleife an der Trense angebracht und die Richter und Sponsoren gratulieren Sean, bevor sie für ein Foto posieren.

Mein Herz klopft aufgeregt und das nicht nur, weil das Stechen so spannend war, sondern weil Sean so glücklich lächelt. Er ist für all das geboren und ich nicht, das wird mir immer mehr bewusst.

Jemand stellt sich neben mich, doch ich beachte es gar nicht. Stattdessen ist mein Blick weiterhin auf Sean gerichtet.

»Wann begreifen Sie, dass diese Welt nichts für Sie ist?« Ich zucke zusammen und schaue erschrocken zu dem Mann, der mich angesprochen hat.

Manuel hat die Arme neben mir verschränkt. Er hat den Blick nicht auf mich gerichtet, sondern auf den Turnierplatz. Rosi schmiegt sich dichter an meine Beine.

»Was soll das bedeuten?«

Er wendet sich mir langsam zu. Sein Blick gleitet an mir auf und ab und beschert mir eine unangenehme Gänsehaut. »Das wissen Sie genau. Das hier ist nichts für Sie. Der Ruhm, der Trubel, die Aufmerksamkeit.

Am Anfang wird es Ihnen vielleicht nichts ausmachen, aber irgendwann wird es Sie nerven, dass Sie stets die zweite Geige spielen und niemals an seinen Erfolg herankommen werden.« Fassungslos sehe ich ihn an und er lächelt kalt. Dabei wirkt er so viel älter, als er vermutlich ist. Und dennoch, seine Worte sind auf andere Art und Weise wahrer, als er denkt. Ich würde Sean nie den Erfolg missgönnen, doch er könnte mir irgendwann zu viel werden. »Sie wissen, dass ich recht habe, nicht wahr?«, deutet er mein Schweigen richtig. »Tun Sie das Richtige, indem Sie es gleich mit Sean sein lassen. Er kann keine Ablenkung gebrauchen, sondern muss sich auf seine Karriere konzentrieren. Das werden Sie doch verstehen, oder?«

Erneut lächelt er und wartet eine Antwort von mir gar nicht ab. Stattdessen zwinkert er mir zu und scheint sich köstlich über meine entsetzte Miene zu amüsieren, bevor er geht.

Ich sehe ihm kurz nach, bis ich meine Aufmerksamkeit wieder auf den Turnierplatz richte, auf dem Sean gerade seine Ehrenrunde galoppiert und nichts von den Kämpfen in meinem Inneren ahnt.

***

»Unsere zwei Superstars!«, rufe ich Sean entgegen, als er mit Comer zurück zum Hänger geritten kommt. Er strahlt über das ganze Gesicht und lacht über meine Worte.

Rosi rennt auf die beiden zu und bellt fröhlich. Dabei

springt sie auf und ab, als könnte sie es kaum erwarten, dass ihr Herrchen absteigt und ihr seine Aufmerksamkeit schenkt.

Sean steigt ab, begrüßt kurz Rosi und zieht mich danach in seine Arme. Ich bin so perplex, dass ich ins Stolpern komme, doch er hält mich fest. Wie immer.

»Das wollte ich schon die ganze Zeit machen.« Bevor ich nachfragen kann, was genau er damit meint, neigt er seinen Kopf und küsst mich. Ich halte mich an ihm fest, da mich der Sturm an Gefühlen sonst umreißen würde. Ein einziger Kuss von ihm sorgt dafür, dass es in meinem Magen wild kribbelt und ich vor Glück beinahe übersprudle.

Vergessen sind die Worte von Manuel, die mich zweifeln lassen sollten, denn dieser Kuss beweist eindeutig das Gegenteil. Sean will mich. Und ich will ihn. Gemeinsam werden wir alles schaffen.

Wir lösen uns schwer atmend voneinander, als hätten wir einen Marathon hinter uns. Für einen Moment sehen wir uns beide musternd an, bevor sich auf Seans Lippen ein sanftes Lächeln breitmacht.

»Du machst mich verrückt«, murmle ich.

»Ich deute das jetzt mal als gutes Zeichen.«

»Ein sehr gutes.«

Er lacht leise und küsst mich ein weiteres Mal, bevor wir uns endlich um Comer kümmern, der geduldig dasteht und sich gar nicht für uns zu interessieren scheint.

Nachdem wir alles eingepackt, Sean sein Preisgeld abgeholt und wir noch etwas gegessen haben, fahren wir zurück in den Stall. Während der gesamten Fahrt hält er meine Hand und obwohl wir beide schweigen, fühlt es sich nicht unangenehm an.

Bei seinem Stall angekommen, steige ich aus und setze Rosi ab. Ohne sich noch mal zu uns umzudrehen, trottet sie Richtung Stall. Vermutlich um nachzusehen, wer da ist und ihr ein Leckerli geben könnte.

Ein Arm legt sich um meine Taille und ich schmiege mich an Sean. Ich atme seinen unverkennbaren Duft ein, der jetzt gemischt mit Pferd ist, und bin froh, dass uns Manuel nicht den Tag versauen konnte. Zwar haben sich noch immer kleine Zweifel in meinem Kopf eingenistet, doch ich ignoriere sie vehement. Genau das ist es, was er will. Vermutlich kann er es nicht ertragen, dass Sean ihm gekündigt hat.

»Alles okay?«

Ich drehe mich in seinen Armen, sodass ich ihn direkt ansehen kann. »Und wie. Bei dir auch?«

»Und wie«, imitiert er mich und ich muss lachen. Im Hänger rumpelt es und wir lösen uns voneinander, damit wir den Wallach in die Box schaffen können. »Bringst du Comer rein?«

Ich nicke und er geht in den Anhänger, während ich draußen die Stange löse, damit Comer herunterlaufen kann. Er drückt mir den Führstrick in die Hand und Comer trottet brav neben mir her. Vermutlich kann er es kaum erwarten, sich in seiner Box zu wälzen und Gras zu fressen.

Zu meinem Erstaunen sind für einen Freitag wenig Leute im Stall. Womöglich sind sie bei dem schönen

Wetter lieber baden gefahren oder Eis essen.

»So, rein mit dir.«

Comer geht in seine Box und ich löse seine Transportgamaschen, bevor er sich hinlegt und sich genüsslich in dem frischen Stroh wälzt.

Ich gehe auf Sean zu und bemerke im Augenwinkel, dass Rosi herumläuft und alles anschnüffelt.

»Magst du vielleicht noch mit zu mir kommen?«, fragt er schüchtern. Ich sehe ihn lächelnd an und realisiere, dass er nervös ist. »Also nur wenn du willst. Wir waren immerhin schon den ganzen Tag zusammen und wenn du keine Lust hast, ist das völlig in Ordnung.«

Ich stelle mich auf Zehenspitzen und küsse ihn, um ihn zum Verstummen zu bringen. »Sehr gerne.«

Er strahlt mich an und schlingt seine Arme um meine Taille. »Gut, ich dachte nämlich, als Paar macht man das so.«

Ich lache und stimme ihm zu. »Auf jeden Fall. Aber ich würde vorher bei meiner Mutter vorbeifahren, um zu sehen, ob alles in Ordnung ist.«

Sean streicht mir eine Strähne hinter das Ohr und seine Berührungen sind so liebevoll, dass mir mein Herz bis zum Hals klopft. »Soll ich mitkommen? Es macht mir nichts aus.«

»Sehr gerne«, sage ich und freue mich, dass er sich so bemüht.

Von wegen ich passe nicht in seine Welt. Manuel hatte unrecht und das werde ich ihm auch beweisen.

37. Kapitel

Sean

Mein Gefühl trügt mich nur selten und hier bin ich mir sicher, dass irgendetwas mit Olivias Mom nicht stimmt. Sie ist nett und freundlich zu mir, keine Frage. Aber ihre eigene Tochter behandelt sie … abweisend.

Egal, wie viel Mühe Olivia sich gibt, ihre Mutter hat stets etwas zu meckern. Ich muss mich zusammenreißen, um mich nicht einzumischen, aber es fällt mir mit jeder weiteren Minute, die wir hier verbringen, schwerer.

»Sean hat heute übrigens den ersten Platz gewonnen«, berichtet Olivia und greift nach meiner Hand. Ich richte meine Aufmerksamkeit auf sie und lächle.

Ihre Mutter wendet sich mir zu und wirkt stolz. Ein Zug, den ich bei ihr schon öfter gesehen habe, allerdings nie wenn es um Olivia ging.

»Fantastisch! Du hast es ja richtig drauf.« Ich zucke mit den Schultern, da ich nicht so recht weiß, was ich dazu sagen soll. »Und was ist mit dir, Olivia? Wann gewinnst du endlich mal?«

Ich bemerke, wie das Lächeln von Olivia verrutscht, sie versucht jedoch, es halbwegs aufrechtzuerhalten. »Ja, also … Es ist nicht so einfach und …«

»Olivia reitet ganz fantastisch«, unterbreche ich und sie schaut mich dankbar an. »Ich bin mir sicher, dass sie bald noch mehr Erfolge feiern wird.«

»Ach, tatsächlich?«, meint ihre Mutter nur und spitzt dabei die Lippen. Sie wendet sich glücklicherweise einem anderen Thema zu, doch mir ist die Lust auf ein Gespräch mit ihr vergangen.

Ich habe Olivia nicht belogen, als ich meinte, dass ich ihre Mutter mag, aber es ist mir bereits beim ersten Mal aufgefallen, dass ihre Mom anders ist. Die Beziehung zwischen den beiden ist in meinen Augen toxisch.

Womöglich will sie es nicht mal, aber wann immer Olivia etwas Positives erzählt, hat sie Negatives dagegenzuhalten.

»Wollen wir dann langsam los?«, richtet Olivia das Wort an mich und ich nicke dankbar, obwohl ich nicht weiß, um was es die letzten Minuten ging, da ich so in meinen Gedanken versunken war.

»Oh, schade! Aber schön, dass ihr hier wart«, sagt ihre Mom und es klingt ehrlich.

Ich verabschiede mich von ihr und gehe danach gemeinsam mit Olivia zum Wagen. Rosi läuft uns gemächlich voraus und scheint froh zu sein, als ich sie auf Olivias Schoß hebe, sobald sie im Wagen sitzt.

Bevor ich selbst einsteige, atme ich noch einmal tief durch, damit Olivia nichts von dem Aufruhr in mir mitbekommt. Aber natürlich ist das zwecklos, da diese Frau mich offenbar wie ein Buch lesen kann.

»Ist alles okay?«

»Lass uns später drüber reden«, murmle ich und lächle ihr kurz zu, bevor ich den Motor starte und mich in den Verkehr einfädle.

»Sean … ich habe doch gemerkt, dass irgendetwas nicht stimmt. Habe ich was gesagt oder getan, was dich verärgert hat?«

Ich seufze und werfe ihr einen kurzen Blick zu. »Du hast gar nichts gemacht.«

»Und warum bist du dann so abweisend?«

Ich schweige, da ich nicht weiß, wie ich die Antwort nett formulieren soll. Olivia ist es vermutlich noch nie bewusst aufgefallen, wie ihre Mutter sie behandelt, doch ich kann das nicht unausgesprochen lassen. Dafür ist sie mir viel zu wichtig.

Olivia hakt nicht noch einmal nach und erst als wir bei meiner Wohnung sind, spüre ich ihren Blick wieder auf mir. Sobald ich eingeparkt und den Motor ausgeschaltet habe, wende ich mich ihr zu.

»Es hat nichts mit dir zu tun«, beginne ich und schaue sie ernst an. Ihre grünen Augen sind geweitet und ein trauriger Zug hat sich auf ihrem hübschen Gesicht breitgemacht. Ich greife schnell nach ihrer Hand, da ihre Gedanken vermutlich in die falsche Richtung gewandert sind. »Deine Mutter ist …«

»Ich weiß, dass sie schwierig ist, Sean«, unterbricht sie mich, bevor ich weitersprechen kann.

»Nicht nur schwierig, sie …« Ich seufze, da ich das nicht nett sagen kann. »Sie benimmt sich dir gegenüber ziemlich abweisend.«

»Das kommt dir nur so vor«, wiegelt Olivia ab und

will aussteigen. Ich lasse ihre Hand nicht los und sie hält in ihrer Bewegung inne.

»Ich möchte dir damit nicht zu nahe treten, aber wollte ehrlich sein. Wenn du mich fragst, benimmt sie sich dir gegenüber sehr bösartig.«

»Bösartig?«

Ich nicke langsam. »Als würde sie dir dein Glück nicht gönnen.«

»Das ist albern«, zischt sie und ich lasse ihre Hand los.

»Ich mache mir nur Gedanken um dich. Du hast auch ein Leben, aber stellst für sie alles hintan. Ich weiß, das ist allein deine Entscheidung, aber ich mache mir Sorgen.« Ich würde am liebsten so viel mehr sagen, lasse es jedoch, da ich ahne, dass sie es nicht hören möchte. Noch nicht.

Sie wendet sich mir zu und ihren Augen schimmern verdächtig. »Sie ist meine Mom, Sean.«

»Ich weiß. Aber du bist nicht für ihr Glück verantwortlich. Du musst auch an dich denken, selbst wenn es schwerfällt.«

Sie mustert mich eindringlich und scheint zu überlegen, ob sie mich zum Teufel jagen oder mir zustimmen soll. Ich bin froh, dass sie sich nicht für Ersteres entscheidet, da sie mir ein zögerliches Nicken schenkt.

»Magst du noch mit zu mir kommen oder soll ich dich lieber nach Hause bringen?«, frage ich sie.

»Ich würde gerne bei dir bleiben. Wenn das okay ist.«

»Jederzeit.« Bevor sie es sich anders überlegen kann,

steige ich aus und nehme ihr Rosi ab. Sie greift nach meiner Hand und ich bin froh, als sie ihre Finger mit meinen verschränkt.

Natürlich ist es nicht leicht, wenn jemand so etwas über die eigene Mutter sagt, aber ich finde es auch wichtig, dass sie weiß, wie ich die ganze Sache sehe. Manchmal hat man sich so verrannt, dass man es selbst gar nicht mitbekommt.

Schweigsam gehen wir die Treppen nach oben und Rosi schlummert bereits halb auf meinem Arm. Anscheinend war der Tag heute zu aufregend für sie.

Oben angekommen setze ich sie ab und sie tapst direkt zu ihrem Körbchen und rollt sich darin ein. »Magst du was trinken? Essen?«, frage ich Olivia und bin froh, als sie zustimmt. So habe ich wenigstens etwas zu tun und sie kann ihren Gedanken nachhängen, wegen dem, was ich über ihre Mutter gesagt habe. »Ich habe leider nur Tiefkühlpizza da, ich hoffe, das ist okay?«, rufe ich von der Küche aus.

»Klar, kein Thema.«

Sie folgt mir nicht, sondern bleibt im Wohnzimmer. Mir kribbelt es in den Fingern, wieder zu ihr zu gehen, stattdessen bleibe ich standhaft und hole noch eine Flasche Wein und ein paar Snacks hervor.

Als ich alles nach drüben ins Wohnzimmer trage, steht Olivia am Fenster und schaut nach draußen. Ich stelle die Sachen ab und gehe zögerlich auf sie zu. Sanft lege ich meine Arme um sie und sie lehnt sich an mich.

Ich hauche ihr einen Kuss auf die Schulter und sie seufzt leise. »Es tut mir leid, dass ich dir das so direkt gesagt habe. Ich wollte deine Mom nicht schlecht machen, aber ich dachte, du solltest wissen, wie ich über die ganze Sache denke.«

Olivia dreht sich in meinen Armen um, sodass ich sie ansehen kann. Zärtlich mustert sie mich, aber ein trauriger Zug liegt um ihre Mundwinkel. Am liebsten würde ich sie küssen, bis dieser Ausdruck verschwindet, doch ich weiß, dass es jetzt nicht richtig wäre.

Sie streichelt mit den Fingerspitzen über meine Wange und ich lehne mich der zärtlichen Berührung entgegen. Ich halte sie weiterhin fest in meinen Armen und bin froh, dass wir jetzt hier zusammen sind.

»Du hast recht«, murmelt sie wenige Augenblicke später und ich horche auf.

»Was meinst du?«

Sie legt eine Hand an meine Wange und stellt sich auf Zehenspitzen, um mir einen Kuss zu geben. Bevor ich ihn erwidern kann, hat sie sich von mir gelöst und wendet sich wieder der Aussicht zu. Ich stelle mich neben sie, lasse sie nicht aus den Augen, gewähre ihr jedoch den Freiraum, den sie offenbar gerade benötigt.

»Lizzy hat ebenfalls schon ein paar Mal zu mir gemeint, dass meine Mutter nicht liebevoll zu mir ist. Tatsächlich ist sie es meist nur, wenn bei mir irgendetwas schiefgelaufen ist. Der Gedanke, dass sie sich gar nicht für mich freuen könnte, ist mir jedoch noch nie gekommen.« Ihre Stimme klingt erstickt und mir schnürt sich der Hals zu. Erneut will ich nach ihr greifen, doch ich reiße mich zusammen.

»Ich liebe meine Mom. Wirklich. Aber es ist eine

Last, die ich jeden Tag mit mir herumschleppen muss. Es tut mir weh, dass ich so denke.«

»Du musst dich nicht schuldig fühlen«, beruhige ich sie und sie schaut mich traurig an.

»Und warum tue ich es dann?« Eine einzelne Träne rollt über ihre Wange und ich kann mich nicht länger zurückhalten. Ich ziehe sie wieder an mich, lege meine Arme um sie und als sie sich Schutz suchend an mich schmiegt, würde ich sie am liebsten nie mehr loslassen.

»Du hast ein eigenes Leben, das darfst du nie vergessen. Es ist schön, dass du so für deine Mom da bist und dich um sie kümmerst, aber manchmal musst du nur an dich denken. Ich weiß, dass es nicht leicht ist, doch es muss sein. So hilfst du ihr nicht und verhältst dich dir selbst gegenüber ungerecht.« Ich streichle sanft über ihren Rücken, während sie von Schluchzern geschüttelt wird.

»Und was soll ich stattdessen tun? Sie einfach sich selbst überlassen? So wie mein Dad?«

Sie löst sich von mir und ihre Miene wirkt verzweifelt. »Natürlich nicht. Aber ich denke, sie braucht Hilfe. Sie kann sich nicht nur auf dich verlassen. Das ist ungerecht und ich glaube, das weiß sie sogar selbst, will es allerdings nicht wahrhaben.«

Olivia scheint über meine Worte nachzudenken, bevor sie zögerlich nickt.

Ich streichle sanft über ihre Wange. »Das ist keine Sache, die man von heute auf morgen entscheidet. Aber ich wollte, dass du weißt, wie ich über die Situation denke.«

Sie nickt, legt ihre Arme um meinen Nacken und schmiegt sich an meine Brust. Dass sie mir so viel Vertrauen entgegenbringt, rührt mich nach wie vor.

»Danke, dass du so ehrlich warst.«

»Immer«, murmle ich und gebe ihr einen Kuss auf den Scheitel. »Wie wäre es jetzt mit Pizza? Ich habe extra frisch gekocht.«

Olivia löst sich von mir. »Sehr witzig.«

»Hey! Das war mein Ernst!« Ein Grinsen macht sich auf ihrem hübschen Gesicht breit und ich würde alles dafür geben, dass sie immer glücklich ist.

»Okay, dann bin ich jetzt gespannt.«

Ich greife nach ihrer Hand und gemeinsam gehen wir in die Küche. Nicht nur, um zu essen, sondern auch um dieses schwierige Thema vorerst hinter uns zu lassen.

***

Eng aneinandergeschmiegt liegen wir auf meiner Couch und sehen uns eine Serie an. Wobei, sie flimmert nur über die Scheibe und ich kann mich einzig und allein darauf konzentrieren, dass Olivia in meinen Armen liegt.

Ich streichle mit den Fingerspitzen über ihre Seite und sie schmiegt sich noch dichter an mich. Egal, wie viel Zeit wir miteinander verbringen, ich werde nie genug von ihr bekommen. Vielleicht habe ich es damals schon geahnt, als ich sie nach einem Date gefragt habe und hartnäckig geblieben bin.

Ich muss lächeln und verteile sanft Küsse entlang

ihres Halses. Sie seufzt leise und ahnt vermutlich nicht einmal, was sie mit diesem kleinen Laut in mir auslöst.

Sie streckt ihren Hals, sodass ich noch besseren Zugang habe, und ich liebkose die Stelle hinter ihrem Ohr. Sie schmiegt sich dichter an mich und was als Glimmen in mir begonnen hat, ist nun zu einem Flächenbrand geworden.

Meine Hände fahren über ihre Seite, streicheln über den Streifen nackter Haut zwischen ihrem Shirt und ihrer Hose. Sie schnappt nach Luft, als ich meine Hand unter ihr Shirt gleiten lasse.

»Du musst es nur sagen, wenn ich aufhören soll und du lieber weiter die Serie schauen möchtest«, flüstere ich ihr ins Ohr, wobei ich genau weiß, dass sie auf Letzteres jetzt ebenso wenig Lust hat wie ich.

Als Antwort presst sie ihren Hintern in meinen Schritt und ich keuche auf.

Ich setze die Erkundungstour mit meinen Fingern fort, fahre über ihren Bauch, ihre Hüfte und knöpfe danach quälend langsam ihre Hose auf. Ich bekomme mit, wie sie die Luft anhält, sobald ich meine Hand unter ihr Höschen schiebe.

Sie windet sich neben mir, spreizt ihre Beine etwas, als ich bei ihrem Zentrum der Lust ankomme. Olivia ist mehr als bereit für mich und ich dringe mit zwei Fingern in sie ein.

Sie keucht auf und ich liebkose erneut ihren Hals, während sie meine Hand reitet.

»Mhm, so ungeduldig«, brumme ich und als Antwort presst sie ihren Po fester an mich und beginnt, ihre

Hüfte zu wiegen. »Willst du mehr?«

»Ja«, haucht sie atemlos und ihre Hand legt sich über meine. Ich lasse mich von ihr dirigieren, lasse mir zeigen, wie sie es jetzt am dringendsten braucht, und erschauere ebenfalls, als sie sich eng um meine Finger zusammenzieht und kommt. Sie stöhnt meinen Namen und allein das reicht beinahe aus, dass ich ihr folge.

Ich ziehe meine Finger aus ihr und sie dreht sich in meinen Armen um. Hitzig küsst sie mich und ich komme ihr nur zu gerne entgegen. Sie ist wie eine Naturgewalt, der ich mich nicht entziehen kann – und auch gar nicht will.

Olivia greift nach meinem Shirt und ich ziehe es mir eilig aus. Ich kann es kaum erwarten, sie endlich Haut an Haut zu fühlen.

»Ich brauche dich. Jetzt«, sagt sie und ich nicke, da es mir genauso geht.

Gemeinsam streifen wir uns unsere Klamotten ab. Nur noch in Unterwäsche liegt sie vor mir und es ist der schönste Anblick, den ich mir vorstellen kann.

»Wow«, entfährt es mir und sie lächelt mich sanft an. Ich küsse sie und obwohl es mich unendliche Kraft kostet, stehe ich auf. »Nicht bewegen, ich hole ein Kondom.« Sie nickt und ich eile in mein Schlafzimmer. Als ich zurück ins Wohnzimmer komme, ist sie komplett nackt und schaut mich lasziv an.

Mein Mund klappt auf und mir verschlägt es für einen Moment die Sprache, so wie sie jetzt daliegt. Diese wunderschöne Frau will wirklich mich. Mich!

Das reißt mich aus meiner Starre und bringt mich

dazu, aus meiner Unterhose zu steigen. Sie beobachtet mich, während ich über meine Erektion streichle und danach das Kondom überziehe.

Langsam gehe ich auf sie zu und sie beißt sich auf die Unterlippe. »Willst du mich?«, frage ich sie und meine Stimme klingt ganz rau.

»Unbedingt.« Sie streckt ihre Hände nach mir aus, spreizt ihre Beine einladend und ich nehme dazwischen Platz.

Sie legt ihre Hände um meine Wangen, küsst mich so leidenschaftlich, als würde ihr Leben davon abhängen, und ich dringe mit einem Stoß komplett in sie ein.

Ich stöhne an ihren Lippen auf und wir halten einen Moment so inne, bevor ich anfange, mich in ihr zu bewegen. Sie klammert sich an meinen Schultern fest, kommt meinen Stößen entgegen und es fühlt sich wie der Himmel auf Erden an.

»Sean«, stöhnt sie und wiederholt diesen kleinen Laut immer wieder, bis wir beide kommen und uns aneinander festhalten, als die Welt ins Schwanken gerät.

In diesem Augenblick bin ich mir sicher, dass sich nichts und niemand zwischen uns stellen kann.

Niemals.

38. Kapitel

Sean

Olivia quietscht laut los und ich falle vor Lachen fast vom Pferd. Marica, auf der Olivia sitzt, gibt aber auch alles und stampft mit ihrem linken Vorderbein im Wasser des Sees herum und spritzt sie komplett voll.

Rosi bellt vergnügt, bleibt jedoch lieber am Ufer und beobachtet alles. Zwar mag sie Wasser, aber sie hält sich vom See fern. Anscheinend ist er ihr nicht ganz geheuer. Comer dagegen steht entspannt im kühlen Nass und schaut sich immer mal um.

Ich hatte Olivia extra gefragt, wen sie heute reiten möchte. Da ihr Comer zu groß war, um sich ohne Sattel auf ihn zu setzen, hat sie sich für meine kleine Stute entschieden. Vermutlich hätte ich ihr sagen sollen, dass sie eine Wasserratte ist. Wobei, wo wäre da der Spaß geblieben?

Die Stute stampft nach wie vor ins Wasser und Olivia klammert sich weiterhin auf ihr fest. Ich wusste, dass es eine gute Idee wäre, heute einen kleinen Ausritt zu machen. Das bringt mich und Olivia auf andere Gedanken. Gerade, nachdem wir gestern so viel zu bereden hatten. Bei der Erinnerung, was wir danach auf meiner Couch gemacht haben, wird mir ganz warm.

Marica hört endlich auf und geht ein paar Schritte vorwärts. Olivia kommt somit neben mich geritten und ist klatschnass. Ihre Haare kleben ihr im Gesicht und ihr Shirt sowie ihre Hose sind komplett durchnässt, dennoch strahlt sie über das ganze Gesicht.

»Na, ihr Wassernixen.«

»Sehr witzig.« Ich grinse sie an und Olivia versucht, mich böse anzufunkeln.

»Ich sagte dir doch, dass sie Wasser mag.«

»Mögen und lieben ist aber ein Unterschied.«

Ich lache und stimme ihr zu. »Ich glaube, sie wäre lieber ein Otter oder so geworden.«

Kaum haben wir das gesagt, stampft sie wieder im Wasser herum und freut sich ihres Lebens. Da wir nun neben den beiden stehen, bekommen Comer und ich auch etwas ab.

Olivia lacht vergnügt und ich treibe Comer an, damit wir aus der Spritzzone herauskommen. Er trottet brav aus dem Wasser und Olivia folgt mir zum Strand. Rosi läuft um uns herum und wedelt aufgeregt mit ihrem Schwanz.

Ich steige ab und halte Comer an den Zügeln fest, bevor ich zu Olivia gehe und ihr vom Pferd helfe. Natürlich braucht sie dabei eigentlich keine Hilfe, aber ich freue mich, dass sie sie annimmt und sich in meine Arme wirft. Ich drücke sie an mich und mein Körper erwacht zum Leben. Es ist mir egal, dass sie nass ist, ich will sie trotzdem an mir spüren.

»Das war eine wundervolle Idee.«

Dankbar lächle ich sie an. »Ich wusste, dass es dir gefallen würde.«

»Schade, dass Button nicht so für Wasser ist.«

»Wir können ihn ja langsam daran gewöhnen.« Ich zwinkere ihr zu und gebe ihr einen Kuss, bevor ich sie wieder loslasse.

Rosi springt um uns herum und ihre Fledermausohren fliegen dabei auf und ab. Ich muss über sie lachen und feuere sie so noch mehr an.

Olivia lacht über uns und ich drehe mich zu ihr. Die Sonne geht langsam unter und taucht ihre Haare in ein rötliches Licht. Ihre Augen strahlen mich an und sie wirkt so glücklich, dass mein Herz einen Schlag aussetzt. Ich hätte nie gedacht, dass ich für einen Menschen mal so viel Liebe empfinden könnte.

»Was schaust du denn so?«, fragt sie ernst und blickt an sich herab, als wäre etwas mit ihr nicht in Ordnung.

»Ich habe mir nur gerade gedacht, was ich für ein Glück mit dir habe.«

Sie schenkt mir ein atemberaubendes Lächeln.

»Komm, reiten wir nach Hause.« Sie nickt und wir gehen ein Stück am Ufer entlang, bevor ich ihr zurück aufs Pferd helfe und selbst mithilfe eines großen Steines am Wegesrand aufsteige.

Ich sehe zu ihr rüber und erfreue mich daran, wie sie alles um sich herum mit einer Begeisterung bestaunt, als würde sie zum ersten Mal reiten. Ich bete darum, dass sie diesen Charakterzug für immer behält.

»Wer zuerst an der Gabelung vorne ist, hat gewonnen«, sagt sie und reißt mich aus meiner Starre.

Sie galoppiert mit Marica los und ich drücke Comer meine Fersen in den Bauch, um sie einzuholen.

»Hey! Das war unfair!«, rufe ich, doch als Antwort höre ich nur ein Lachen und wie sie Marica weiter anspornt. Ich schnalze mit der Zunge und treibe Comer an.

***

Olivia wippt neben mir mit ihren Beinen auf und ab und macht mich auch noch ganz nervös. Ich blicke zu ihr herüber und bemerke, dass sie gedankenverloren aus dem Fenster schaut. Dabei dreht sie eine Haarsträhne immer wieder um ihren Finger.

Kurzerhand lege ich eine Hand auf ihr Knie und sie hört sofort damit auf. »Entschuldige, ich bin nur etwas aufgeregt.«

Ich lächle und blicke weiter auf die Straße. Der Verkehr ist heute sehr dicht, weshalb wir nur mühsam vorankommen. »Das musst du nicht.«

»Ach, nein? Es ist auch total entspannend, wenn man die Mutter des Freundes zum ersten Mal trifft.«

Leise lache ich und sie boxt mir gegen die Schulter. »Sorry, ich finde es nur süß, wie du dir Sorgen machst.« Sie schnaubt. »Egal, was meine Mutter heute sagt oder tut – und sie ist weiß Gott nicht einfach –, meine Gefühle für dich werden sich dadurch nicht ändern.«

Das erleichtert sie offenbar, denn sie seufzt leise und nickt, wie ich aus dem Augenwinkel mitbekomme. »Ich hoffe, es wird nicht so schlimm, wie ich mir ausmale.«

»Mach dir nicht so viele Gedanken. Es wird alles gut werden. Ich bin doch bei dir und lasse dich keine Sekunde aus den Augen.«

»Danke. Das bedeutet mir viel.« Sie greift nach meiner Hand und verschränkt sie mit ihrer.

»Und mir bedeutet es viel, dass du mitkommst.« Sie drückt meine Hand als Antwort und ich setze die Fahrt fort. Mittlerweile kommen wir schneller voran.

Zehn Minuten später, in denen wir uns über belanglose Sachen unterhalten haben, sind wir da. Obwohl wir zeitig genug aufgebrochen sind, haben wir etwas Verspätung. Meiner Mutter wird das ganz und gar nicht passen, aber ich kann es nun nicht mehr ändern.

Wir steigen aus und sie blickt sich staunend um. Schade, dass meine Mutter Rosi nicht leiden kann. Ihr würde es hier auch gefallen. Immerhin ist das Haus riesig und eine große Wiese umrahmt es. Dass man mitten in der Stadt ist, könnte man für einen Moment beinahe vergessen.

»Wow! Das ist richtig idyllisch hier!« Olivia kommt aus dem Staunen gar nicht wieder heraus und ich muss über sie lachen.

»Komm, gehen wir erst einmal rein. Danach kannst du dir alles in Ruhe ansehen.«

Ich strecke ihr meine Hand hin und sie ergreift sie bereitwillig. Ich versuche, es mir nicht anmerken zu lassen, doch ich bin ebenfalls nervös. Meine Mutter ist nicht einfach und als ich ihr gesagt habe, dass ich Olivia heute mitbringe, war sie … nun ja … not amused, wie man so schön sagt.

»Bereit?«, frage ich Olivia, obwohl ich es selbst nicht bin. Sie nickt strahlend und scheint sich darauf zu freuen, meine Eltern kennenzulernen. Ich klingle und einen Moment später öffnet sich die Tür. Fast so, als hätte meine Mutter bereits hinter der Gardine gewartet und uns beobachtet.

»Hallo Sean, mein Lieber!«, begrüßt sie mich überschwänglich und ich bemerke, dass sie sich heute extra schick rausgeputzt hat. Ihre Haare sind frisch frisiert, sie trägt ein rotes Kleid und in ihrem Gesicht pappt so viel Schminke, dass man nicht mal eine Falte sieht.

»Hi Mom.« Ich umarme sie und wende mich danach Olivia zu. »Darf ich vorstellen, das ist Olivia. Meine Freundin. Olivia, meine Mom.«

Olivia tritt einen Schritt vor und streckt ihre Hand aus. »Hallo. Freut mich sehr, Sie kennenzulernen.«

Ich sehe wieder zu meiner Mom und bemerke, dass sie nicht nach Olivias Hand greift. Sie mustert sie nur von oben bis unten und verzieht dabei minimal den Mund. Jemandem, der sie nicht kennt, würde es vermutlich gar nicht auffallen, doch ich sehe es genau.

»Hallo«, murmelt sie wenig herzlich und Olivia lässt ihre Hand sinken. Sie blickt panisch zu mir und ich greife nach ihren Fingern. Wie eine Ertrinkende klammert sie sich daran fest und ich kann es ihr nicht verübeln. Diese ganze Situation ist mehr als unangenehm. »Kommt doch rein.«

Meine Mutter tritt zur Seite und am liebsten würde ich auf den Hacken umdrehen und wieder verschwinden, da sie meine Freundin so abweisend behandelt. Stattdessen gehen wir hinein. Olivia blickt sich vorsichtig in dem protzigen Haus um, ich lasse dagegen meine Mutter nicht aus den Augen.

Ich gehe mit Olivia Richtung Esszimmer, in dem bereits alles gedeckt ist. Meine Laune sinkt prompt noch mehr, als ich Manuel bemerke, der mit meinem Vater am Tisch sitzt.

»Hallo Sean! Oh, Olivia. Mit Ihnen hätte ich gar nicht gerechnet.« Er schenkt uns ein falsches Lächeln und ich erwidere es nicht weniger schlecht gespielt.

»Gleichfalls«, brumme ich und wende mich meiner Mutter zu. »Was soll das? Ich habe dir doch gesagt, dass die Zusammenarbeit beendet ist.«

Sie lächelt mich an, als hätte ich ihr ein Kompliment gemacht, und ignoriert weiterhin Olivia. »Und ich habe dir gesagt, dass wir darüber bei einem Essen reden werden.«

Ich presse die Lippen zusammen, da ich auf sie hereingefallen bin. Ich habe gedacht, dass wir darüber reden, und nicht, dass er mit dabei sein würde.

»Wir bekommen das schon hin, Sean«, versucht Olivia, mir flüsternd Mut zu machen. Ich lege meinen Arm um ihre Taille und drücke sie an mich. Was würde ich nur ohne sie machen?

Ein Läuten an der Tür lässt mich zusammenzucken. »Wen hast du denn noch eingeladen?«, fahre ich meine Mutter an, da ich dachte, dass wir komplett wären.

Sie schenkt mir ein strahlendes Lächeln. »Nur eine alte Freundin.«

Ohne meine Antwort abzuwarten, geht sie Richtung

Tür und ich bleibe unschlüssig mit Olivia stehen. Mein Vater ist zumindest endlich aufgestanden und begrüßt meine Freundin richtig. Wenigstens einer, auf den Verlass ist.

»Such dir einen Platz aus, Nicole. Es geht gleich los.« Mein Kopf ruckt nach oben, sobald ich den Namen höre, und ich drehe mich blitzschnell um.

Wie ein Reh im Scheinwerferlicht starre ich den Neuankömmling an und kann nicht fassen, dass meine Mutter tatsächlich meine Ex eingeladen hat.

39. Kapitel

Olivia

Eine wunderschöne Frau mit langen braunen Haaren kommt auf uns zu und lächelt freundlich. Sie wirkt keineswegs erstaunt darüber, dass Sean und ich hier sind, ich bin es dafür umso mehr.

Sean scheint auch perplex und ich bin froh, dass er ebenfalls nichts davon wusste. Ich weiß nicht, was das sonst mit meinem Herzen angestellt hätte.

Die beiden umarmen sich und ich bemerke aus dem Augenwinkel, wie seine Mutter wohlwollend lächelt. Was sie mit dem heutigen Essen bezweckt, wird mir direkt klar: Sie will, dass Sean wieder mit seiner Ex zusammenkommt und Manuel erneut als seinen Manager engagiert.

Nicole löst sich von Sean und kommt auf mich zu. Ich starre sie an und fühle mich so fehl am Platz wie noch nie zuvor in meinem Leben. »Hey, ich bin Nicole.« Sie streckt mir ihre Hand hin und ich ergreife sie.

»Olivia«, krächze ich, da jedes weitere Wort zu viel wäre.

Ihr Lächeln ist ehrlich und ich wünschte, es wäre

nicht so. Das würde es mir einfacher machen, sie nicht zu mögen. So wirkt sie sympathisch. Aber verdammt, sie ist Seans Ex …

»Dann setzen wir uns mal«, fordert Seans Mutter auf.

»Sean, könnten wir uns vielleicht einen kurzen Moment unterhalten? Allein«, redet Manuel dazwischen und ich wende mich ihm zu.

»Wir haben nichts zu bereden«, stellt Sean klar, aber natürlich lässt sein ehemaliger Manager nicht locker.

»Es ist wichtig.« Ein falsches Lächeln macht sich auf seinen Lippen breit, bevor er mir einen kurzen Blick zuwirft und danach wieder Sean ansieht.

Will er damit etwa sagen, dass es um mich geht?

Sean seufzt leise und schaut mich fragend an.

»Geh ruhig«, sage ich und er nickt entschuldigend.

»Bin gleich zurück.«

Ich folge ihnen mit den Blicken und als die Tür ins Schloss fällt, komme ich mir wie zurückgelassen vor. Kein schönes Gefühl.

»Dann warten wir noch kurz mit dem Essen«, unterbricht Seans Mutter mein Starren und erwartet vermutlich, dass ich Platz nehme. Mit wackligen Knien komme ich der stummen Aufforderung nach. Ich setze mich auf die äußerste Kante des Stuhls an der länglichen Tischseite, bereit, jeden Moment aufzuspringen.

Seans Mutter und seine Ex reden miteinander und ich versuche, die beiden, so gut es geht, auszublenden. Wo bleibt Sean nur? Wer weiß, was Manuel ihm sagen möchte. Ob er ihn mit Argumenten weichklopfen will, damit er ihn wieder als Manager einstellt?

Wobei, nein, er hat mir so einen seltsamen Blick zugeworfen.

Ich komme glücklicherweise nicht dazu, noch länger darüber nachzudenken, denn Sean und Manuel kehren zurück. Sean wirkt blass um die Nase und Manuel trägt ein zufriedenes Lächeln im Gesicht. Was hat er ihm nur gesagt?

Ich versuche, Blickkontakt mit ihm aufzunehmen, doch er nimmt neben mir Platz und scheint mich gar nicht wahrzunehmen. Was ist in den paar Minuten nur geschehen?

»Da seid ihr ja«, sagt seine Mutter und springt auf, um das Essen aufzutischen. Normalerweise würde ich meine Hilfe anbieten, doch ich bin viel zu geschockt und daher froh, dass ich sitzen kann. Vermutlich würden meine Beine unter mir wegknicken.

Ich wünschte, Sean würde nach meiner Hand greifen und sie drücken, um mir so zu zeigen, dass alles okay ist. Stattdessen starrt er stur geradeaus und scheint mich zu ignorieren.

»Nicole, wie läuft es bei dir auf Arbeit? Ich habe gesehen, ihr habt mehr Aufträge bekommen«, fragt Seans Mutter, nachdem sie das Essen abgestellt hat, und erinnert mich so wieder daran, dass nicht nur Manuel mir Kopfschmerzen bereitet, sondern auch Nicole.

Seans Mom strahlt seine Ex an, als wäre sie die einzig wahre Schwiegertochter. Vermutlich ist das in ihren Augen auch so.

Nicole lächelt und nickt. »Ich habe Sean schon

erzählt, dass ich …«

»Was?!«

Alle Köpfe wenden sich mir zu und mir wird bewusst, dass ich diejenige war, die dieses Wort herausgeschrien hat. Sean zuckt erschrocken neben mir zusammen, doch er sagt nichts. Ich fokussiere mich auf Nicole, die mich verwirrt ansieht.

»Ähm, ja. Wir haben uns letzte Woche getroffen und über meine Arbeit geredet. Aber auch über die Pferde.« Sie lacht und entblößt dabei weiße Zähne. »Es war schön, mal wieder über alte Zeiten zu reden.«

Mir weicht sämtliche Farbe aus dem Gesicht und ich wende mich Sean zu. Er hat sich mit ihr getroffen. Ohne mir etwas zu sagen. Wieso hat er mir das verschwiegen? Gerade weil er mir doch gegenüber noch betont hat, wie sehr er so etwas hasst? Und warum hat er überhaupt mit ihr gesprochen?

Mein Herz setzt einen Schlag aus, nur um sich kurz darauf anzufühlen, als hätte es jemand durch den Fleischwolf gedreht.

Nicole sieht zwischen uns hin und her und scheint zu begreifen, was Sache ist. »Oh, okay. Du hast es ihr nicht gesagt, Sean?«

Ich starre ihn an, hoffe noch immer, dass er lacht und abwinkt. Ich bete darum, dass er sagt, dass alles nur ein Scherz war und nicht so, wie ich denke. Stattdessen presst er die Lippen zusammen wie ein Feigling und sagt kein Wort.

Für mich ist das Antwort genug. »Entschuldigt mich«, krächze ich und springe auf.

Die Stuhlbeine schaben unangenehm über das Laminat und durch die bedrückende Stille hört es sich gleich noch viel schriller an. Aber das ist mir egal, denn ich will einfach nur von hier weg.

Meine Schritte hallen unnatürlich laut durch das Haus und ich stolpere nach draußen. Gierig atme ich die frische Luft ein, während Tränen mir in den Augen brennen. Ich beiße die Zähne zusammen. Auf gar keinen Fall heule ich jetzt los.

Sean hat dich benutzt. Er hat es nie ernst gemeint mit dir. Du warst ein netter Zeitvertreib. Die Gedanken schießen mir durch den Kopf und ich kann sie nicht aufhalten, da ich diese Ängste von Anfang an hatte und sie nun Wirklichkeit geworden sind.

Ich raufe mir die Haare und versuche, ruhiger zu atmen.

Eine Tür geht hinter mir und obwohl ich geflüchtet bin, hoffe ich, dass es Sean ist und wir alles miteinander klären können. Dass er mir eine verständliche Erklärung liefert, wieso er mir das nicht eher sagen konnte.

Ich drehe mich mit letzter Kraft um und meine Schultern sacken nach unten.

Es ist Manuel, der, langsam wie ein Panther kurz vorm Angriff, auf mich zugelaufen kommt. Wenn mich nicht alles täuscht, wirkt seine Miene zufrieden. Gott, wie ich diesen Scheißkerl hasse.

»Was wollen Sie?«, blaffe ich und bin selbst überrascht, dass ich noch die Kraft dazu finde, einen ganzen Satz zu formulieren.

»Ich wollte Ihnen nur sagen, dass es so richtig ist, Olivia. Sie passen nicht in seine Welt und Sie wissen das genauso gut wie ich. Ich kann mir vorstellen, dass es wehtut zu wissen, dass er nie so interessiert an Ihnen war wie Sie an ihm.« Er blickt mich musternd an und tut so, als wäre er besorgt. Mistkerl. »Glauben Sie mir, es ist besser so.«

»Das ist nicht wahr«, sage ich und meine Stimme klingt leider nicht so fest, wie ich es gerne hätte.

»Doch, ist es. Ich habe eben schon mit Sean gesprochen und er hat mir zugestimmt, dass es besser wäre, wenn er die Beziehung beendet. Dass das mit Nicole herausgekommen ist, war ein Glücksfall, aber so erkennen Sie wenigstens gleich, wie wenig Sinn das alles hat.«

»Das ist eine Lüge.«

Manuel schüttelt langsam mit dem Kopf und meine Welt gerät ins Wanken. »Sie wissen genauso gut wie ich, dass es nicht so ist. Warum sonst ist er Ihnen nicht hinterhergelaufen?«

Zweifel brodeln in mir hoch und ich balle die Hände zu Fäusten. Nicht weil ich so wütend bin, sondern weil ich versuche, die Tränen, die bereits in meinen Augen brennen, zurückzuhalten.

Ich würde ihm am liebsten die Meinung geigen, stattdessen laufe ich an ihm vorbei und zurück in das Haus von Seans Eltern. Ich stoße die Tür zum Esszimmer auf und spüre, wie mein Herz wie verrückt pumpt. Sie alle sitzen dort am Tisch, als wäre nichts geschehen. Lediglich Nicole und Seans Vater schauen mich entschuldigend an. Seine Mutter lächelt genauso kalt wie Manuel. Sean dagegen … Er reagiert gar nicht. Er starrt auf seinen Teller und scheint meine Anwesenheit auszublenden.

»Sean, ich …« Meine Stimme bricht und endlich hebt er seinen Kopf und sieht mich an. Der abweisende Blick aus seinen eisblauen Augen zerbricht mein Innerstes in Tausende Splitter. »Können wir reden? Bitte.«

Ich bin mir nur allzu deutlich bewusst, dass uns die anderen neugierig beobachten. Umso froher bin ich, als er nickt und aufsteht.

Er geht geradewegs an mir vorbei und durch die Tür, durch die ich eben erst eingetreten bin. Manuel kommt uns entgegen und wirft mir einen überheblichen Blick zu, bevor er zu den anderen hineingeht.

Zurück bleiben Sean und ich und die tiefe Schlucht, die sich mit einem Mal zwischen uns gebildet hat. Wie konnte das so schnell geschehen? Als wir hierher gefahren sind, war doch alles in Ordnung. Er hat mir geschworen, dass er immer zu mir stehen wird. Wir haben gelacht, gescherzt und uns wie ein glückliches Paar verhalten und jetzt … Jetzt kommt es mir so vor, als wären wir Fremde, die sich nichts mehr zu sagen haben.

Sean starrt an mir vorbei, als würde er mich gar nicht sehen, und mir ist bewusst, dass ich als Erstes das Schweigen brechen muss.

»Redest du nicht mehr mit mir?«, frage ich leise und er wendet sich mir zu.

»Doch, natürlich.«

Ich seufze und verschränke die Arme schützend vor der Brust. Die Hoffnung, dass zwischen uns noch alles gut wird, zerbröckelt immer mehr in kleine Teile, die man nie wieder zusammensetzen kann.

»Warum hast du mir das mit Nicole nicht erzählt? Weshalb triffst du dich überhaupt mit ihr? Und wieso zum Teufel bist du so abweisend? Was hat Manuel zu dir gesagt, dass du mich plötzlich so behandelst, als würden wir uns gar nicht kennen?«, sprudeln die Fragen nur so aus mir heraus und meine Brust hebt und senkt sich heftig, während ich mich so in Rage rede.

»Ich …«, beginnt er, spricht jedoch nicht weiter. Erneut weicht er meinem Blick aus und ich stelle mich direkt vor ihn, greife nach seinen Wangen und bringe ihn so dazu, mich endlich richtig anzusehen.

»Was ist passiert, Sean? Vorhin war doch noch alles in Ordnung!« Ich weiß, dass ich verzweifelt klinge, aber verdammt, das bin ich auch. Dieser Mann hat mir in den letzten Wochen so viel Liebe geschenkt und jetzt tut er so, als wäre nichts gewesen. Das kann einfach nicht sein!

»Olivia, es …«

»Was, Sean?«, frage ich verzweifelt und als er leise seufzt und seine Hände auf meine legt, um sie von seinem Gesicht zu nehmen, wird mir klar, dass das hier das Ende ist.

Er hat noch kein Wort gesagt, doch allein die Geste sorgt dafür, dass mein Herz zerbricht.

»Ich denke, das zwischen uns hat sich viel zu schnell

entwickelt. Wir haben es überstürzt und …«

»Hör auf«, zische ich und taumle einen Schritt zurück. Jedes Wort von ihm fühlt sich an, als würde er ein Messer direkt durch mein Herz bohren. Unaufhaltsam, kalt und ohne jegliches Gefühl.

»Es ist besser, wenn wir uns vorerst nicht mehr treffen«, murmelt er und ich sehe ihn an. Sehe ihn richtig an. Ich kann in seinen Augen erkennen, dass er die Worte nicht ernst meint. Irgendetwas muss geschehen sein, was ihn dazu bringt, so zu reagieren.

»Aber … wieso?« Die ersten Tränen rollen über meine Wangen und ich halte sie nicht auf.

Er wendet seinen Blick ab und rauft sich durch seine Haare. »Manuel hat mich noch einmal daran erinnert, weshalb das mit uns keine gute Idee ist. Ich habe es die letzten Tage ausgeblendet.«

»Keine gute Idee? Sean, das glaubst du doch selbst nicht!«

Ich kann den Moment sehen, in dem er dichtmacht und sich vor mir verschließt. Es ist nur der Bruchteil eines Augenblicks, doch ich kenne ihn bereits so gut, dass es nicht unbemerkt bleibt.

»Ich habe mich da in etwas verrannt und es ist gut, dass ich das jetzt realisiert habe. Es ist vorbei, Olivia.«

Das letzte bisschen, was von meinem Herzen noch übrig war, zerfällt ebenfalls zu Staub und ich schluchze auf. Ich habe seine Worte verstanden und dennoch kann ich sie nicht fassen.

»War das für dich etwa alles nur ein Spiel?«, flüstere ich, doch Sean geht einfach an mir vorbei und wieder zur Tür hinein.

Ich starre ihm hinterher, klammere mich an der Hoffnung fest, dass Sean zurückkommt, mich in die Arme schließt und mir sagt, dass es nur ein mieser Scherz war.

Doch nichts passiert.

Tränen lassen mir die Sicht verschwimmen und meine Hände beginnen zu zittern. Er hat das mit uns tatsächlich beendet. Einfach so. Hier. Jetzt. In diesem Moment. Eiskalt.

Was auch immer Manuel zu ihm gesagt hat, es muss ihm gezeigt haben, dass ich es nicht wert bin, dass er seine Karriere aufs Spiel setzt. Ich hatte stets die unterschwellige Angst gehabt, dass so etwas geschehen würde, doch jetzt, wo es wirklich passiert ist, kann ich es dennoch kaum glauben.

Mit dem letzten bisschen Kraft, die ich noch in mir habe, ziehe ich mein Handy hervor. Ein Kloß bildet sich in meinem Hals, aber ich schlucke ihn herunter.

Das Bild, das ich von Sean und mir als Hintergrund habe, strahlt mich an und ich klicke es schnell weg. Wie konnte ich nur so dumm sein und auf seine Avancen eingehen?

Mit bebenden Fingern wähle ich die Nummer meiner besten Freundin. Sie ist die Einzige, die mich jetzt auffangen kann, bevor ich komplett zerspringe und mich in dem Strudel des Verlustes verliere.

Bereits nach zweimal Klingeln nimmt sie ab. »Ja, hallo?«

»Lizzy, ich bin es.« Meine Stimme klingt erstickt und

Tränen rollen über meine Wangen, lassen den Kloß in meinem Hals immer weiter wachsen.

»O mein Gott! Was ist geschehen? Wo bist du?«

»Ich … Lizzy … Sean, er … er hat mich verarscht«, krächze ich und sie holt zischend Luft.

»Was? Wieso das? Was genau ist passiert?«

Ich schluchze laut auf und es schüttelt meinen ganzen Körper. »Bitte hol mich ab, ich kann nicht mehr.«

»Natürlich. Wo bist du?«

Ich sage ihr die Adresse an und lege danach auf, nachdem sie mir versichert hat, dass sie direkt losfährt. Ich zwinge meine Beine dazu, weiter weg von dem Haus zu gehen. Auf keinen Fall will ich, dass Sean oder jemand anderes sieht, wie ich zusammenbreche.

Ich schleppe mich Schritt für Schritt voran und fühle mich, als würde ich die Last der ganzen Welt auf meinen Schultern tragen. Ich wusste, dass es mit Sean schiefgehen würde. Schließlich hatte ich bisher noch nie in meinem Leben so viel Glück, dass die Liebe von Dauer war.

Ich wusste jedoch nicht, dass ich mein Herz dabei verlieren würde.

Keine zehn Minuten später hält Lizzys Wagen vor mir und ich steige ein, bevor ich mich meinem Schmerz hingebe.

40. Kapitel

Olivia

Zwei Wochen später

Ich starre auf mein Handydisplay und weiß selbst, dass es nichts bringt. Ich kann nicht allein durch die Hoffnung Sean dazu bringen, dass er mir antwortet. Seufzend lege ich das Handy zur Seite und strecke mich auf meiner Couch aus. Obwohl ich heute nur auf der Arbeit und bei Button war, fühle ich mich wie gerädert. Liegt vermutlich daran, dass ich die letzten Tage kein Auge zugetan habe.

Heute ist es genau zwei Wochen her, dass Sean und ich … Ich kann den Satz nicht einmal zu Ende denken, weil es sich so falsch anfühlt.

Ich will erneut nach meinem Handy greifen, unterdrücke jedoch den Drang. Wenn er mir geschrieben hätte, dann hätte ich es gehört.

Zu sagen, dass die letzten Tage eine Qual waren, wäre noch untertrieben. Ich kann selbst nicht sagen, wie ich sie hinter mich gebracht habe, vermutlich lag das einzig und allein an Lizzys Beistand. Sie hat mir mit Button geholfen, jeden Tag ein paar lustige Memes geschickt, um mich aufzumuntern, und mir etwas zu essen gebracht. Womöglich ahnt sie, dass ich das sonst völlig vergessen hätte.

Wenn sie jedoch wüsste, dass ich jeden Tag Sean geschrieben und versucht habe, ihn anzurufen, wäre es mit ihrer Freundlichkeit zu Ende. Dabei kann ich einfach nicht anders. Ich will auf so viele Fragen eine Antwort bekommen und ich bin mir sicher, dass ich nicht eher Frieden finden werde, bis ich sie habe.

Unruhe erfasst mich und ich setze mich auf. Dabei fällt mein Blick auf den Zettel, der auf meinem Couchtisch liegt. Ich wollte ihn wegschmeißen, verbrennen oder einfach vergessen, allerdings konnte ich ihn nicht einmal in die Hand nehmen, ohne in Tränen auszubrechen.

Jetzt tue ich es jedoch und falte ihn langsam auseinander. Obwohl ich es nicht will, muss ich lächeln, sobald ich Seans Handschrift sehe.

Ich sollte ihn weglegen, mich anderen Dingen widmen und versuchen, über ihn hinwegzukommen. Stattdessen überfliege ich die Gründe, die ich bereits gelesen habe, und bleibe bei Grund 97 hängen.

Grund 97: Ich könnte dir meine liebsten abgelegenen Ecken in London zeigen. (Oh, Mist. Das klingt schon wieder total serienmördermäßig, dabei meine ich das romantisch. Versprochen!)

Grund 98: Wir könnten uns kennenlernen.

Grund 99: Ich würde dir meine Lieblingsmischung aus Kaffee, Karamell und Sirup zeigen. (Achtung, diese Mischung klebt dir die Zähne zusammen. ;-))

Grund 100: Ich könnte dir stundenlang Witze erzählen, ohne dass mir langweilig wird.

Ich lasse den Zettel sinken und schließe für einen Moment die Augen. Erinnerungen daran, wie Sean sich für mich zum Affen gemacht hat, als wir aus waren, und wie lustig er stets drauf war, überkommen mich. Es passt nicht zu dem Mann, der mich nur ein paar Wochen später so eiskalt fallen lässt wegen ein paar Worten seines ehemaligen Managers.

Es muss mehr dahinterstecken. Ob es wegen seiner Ex ist? Bei dem Gedanken an die hübsche junge Frau zieht sich mein Magen zusammen. Oder ist es wegen seiner Karriere? Hat er gemerkt, dass er zu viel Zeit mit mir verschwendet?

Tränen steigen mir die Augen und ich bin mir einmal mehr bewusst, dass ich auf diese Fragen wohl keine Antwort bekommen werde. Sean hat sich gegen mich entschieden und obwohl ich diese Tatsache allmählich akzeptieren sollte, kann ich es nicht.

Mein Handy gibt einen Ton von sich und ich nehme es eilig in die Hand. Lizzys Name blinkt auf und obwohl ich es nicht sollte, bin ich enttäuscht. Ich öffne ihre Nachricht.

Alles okay bei dir? Falls du genug vom Trübsalblasen hast, komm vorbei. Ich habe Pizza bestellt! Extra groß und fettig mit Käserand.

Eigentlich habe ich keinen Hunger, aber da Lizzy mich

auf andere Gedanken bringen könnte, schicke ich ihr eine knappe Nachricht zurück, dass ich in zehn Minuten da bin. Wer braucht schon Sean, wenn ich so eine Freundin wie Lizzy habe?

Ich stecke den Zettel in eine Schublade, in der ich ihn nicht direkt sehen werde, setze ein Lächeln auf und nehme mir vor, heute nicht unentwegt traurig zu sein.

***

Ich spüre Lizzys prüfenden Blick auf mir und versuche, ihn zu ignorieren. Das ist jedoch schier unmöglich, denn ich fühle mich dabei wie ein Tier im Zoo. Lustlos knabbere ich an dem Rand meiner Pizza, bevor ich ihn seufzend weglege und mich zu ihr drehe.

»Okay, schieß los. Warum beobachtest du mich so?«

Sie zuckt mit den Schultern. »Ich denke nur nach.«

Ich runzle die Stirn. »Während du mich wie eine Attraktion ansiehst?« Sie antwortet nicht darauf und ich verschränke die Arme vor der Brust. »Raus mit der Sprache, was geht gerade in deinem hübschen Kopf vor?«

»Du wirkst heute so anders.« Ein sanftes Lächeln macht sich auf ihren Lippen breit. »Als würde es dir endlich besser gehen.« Ihre Augen funkeln erfreut und ich muss nun ebenfalls lächeln.

»Ich gebe mir Mühe, dass es so wird.«

»Das ist gut. Sehr gut sogar.«

Eigentlich wollte ich heute fröhlich sein, doch jetzt schießen mir ohne Grund die Tränen in die Augen. Ich will sie unterdrücken, aber das ist unmöglich.

»Oh, Olivia, nein, nicht weinen.« Lizzy ist sofort neben mir und legt einen Arm um mich. Haltsuchend schmiege ich mich an sie und bin froh, dass sie mir zur Seite steht. »Ich wollte dich nicht daran erinnern. Tut mir leid.«

Ich schüttle mit dem Kopf, da es nicht ihre Schuld ist. Die letzten Tage hat es manchmal gereicht, wenn ich einem Dackel oder einem Mann begegnet bin, der Sean ähnlich sah. Ja, sogar wenn ich mal dasselbe Parfüm gerochen habe, wie er es getragen hat, bin ich in Tränen ausgebrochen. Es wird weniger, aber ich bin mir nicht sicher, ob der Schmerz jemals aufhören wird.

»Ganz ruhig. Dieser Mistkerl ist keine Träne wert«, sagt sie und obwohl ich weiß, dass sie mich trösten will, kann ich ihren Worten nicht zustimmen. Dafür waren die Wochen, die ich gemeinsam mit Sean hatte, zu kostbar.

Lizzy redet weiter beruhigend auf mich ein und als meine Schluchzer weniger werden, nehme ich meinen Kopf von ihrer Schulter. Sie lächelt mich Mut machend an und ich erwidere es.

»Das wird alles wieder.«

Ich nicke kraftlos. »Ich … ich …«, stammle ich und muss mich einen Moment sammeln, bevor ich weitersprechen kann. »Ich kann nur noch nicht begreifen, dass es das wirklich gewesen sein soll. Wir hatten so viel Spaß miteinander, haben Vertrauen zueinander aufgebaut und Gefühle entwickelt und dann …« Ich seufze. »Es geht mir nicht in den Kopf, wieso er das so abrupt beendet hat. Was auch immer Manuel gesagt hat, es muss ihn total aus der Bahn geworfen haben.«

Lizzy drückt meinen Arm und ich sehe sie an. »Wenn er es dir sagen und du es verstehen würdest, wieso er dich von sich gestoßen hat, würdest du ihm verzeihen? Würdest du das Risiko in Kauf nehmen, dass er dich ein weiteres Mal verletzen könnte, wenn er erneut mit dir zusammen sein wollen würde?«

Ich denke kurz nach, bevor ich ihr antworte. »Wenn ich ehrlich bin, weiß ich es nicht genau. Er hat mir wehgetan, mein Herz zertrampelt, und das, nachdem er mir gesagt hat, dass er an meiner Seite stehen wird, egal, was ist, aber … Ich liebe ihn, Lizzy. Und die Liebe stellt manchmal dumme Sachen mit einem an.«

Sie hebt einen Mundwinkel und scheint mich zu verstehen. »Dann hoffen wir mal, dass er morgen mit dir redet und ein paar gute Gründe nennt. So wie ich dich kenne, wirst du sonst nur schlecht über ihn hinwegkommen.«

Ich schnaube und lehne mich zurück. Eigentlich wollte ich das morgige Turnier absagen, aber Lizzy hat darauf bestanden, dass ich es zumindest versuche. Es läuft zwar gut mit Button, obwohl ich momentan so neben der Spur bin, dennoch ist es ein eigenartiges Gefühl, Sean morgen vielleicht über den Weg zu laufen.

Wie wird er reagieren? Wird er mich ignorieren? Sich entschuldigen und mir sagen, was wirklich los ist? So tun, als wäre nie etwas gewesen?

Gegen jede Vernunft keimt Hoffnung in mir auf, dass er mich um Verzeihung bittet. Mir bleibt nichts anderes übrig, als den morgigen Tag abzuwarten, und womöglich bin ich morgen um die Zeit schlauer und kann endlich wieder nach vorn blicken.

Mein Herz schlägt bei dem Gedanken, Sean erneut zu sehen, einen Takt schneller und ich kann nichts dagegen machen, um es vor einer weiteren Enttäuschung zu schützen.

41. Kapitel

Olivia

Es herrscht reges Getümmel auf dem Abreiteplatz und ich komme kaum dazu, richtig zu galoppieren. Zwar bin ich den Stress auf dem Turnier gewöhnt, aber heute empfinde ich es als besonders extrem. Womöglich liegt das auch daran, dass ich die letzten Tage nicht so gut geschlafen habe. Die Sache mit Sean macht mich mürbe und laugt mich mit jedem Tag mehr aus.

»Pass doch auf«, blafft mich ein Reiter an, obwohl er derjenige ist, der mir in den Weg geritten ist. Ich schlucke eine bissige Bemerkung herunter und galoppiere lieber erneut an.

Button legt immer wieder die Ohren an und ich muss ziemlich treiben, damit er vorwärtsgeht. Kein Wunder, er mag es nicht, wenn es so eng ist und das nächste Pferd ihm quasi am Hintern klebt.

»Steil!«, rufe ich laut, damit der Sprung freigehalten wird. Ich reite darauf zu, doch natürlich kreuzt mir wieder einer den Weg, sodass ich abwenden muss. Ich seufze frustriert und galoppiere erneut an.

Wir kommen nicht wirklich passend hin und Button springt zwar drüber, aber es fühlt sich nicht gut an. Ich versuche es abermals, dieses Mal ist es zwar besser, jedoch noch lange nicht perfekt.

Ich wende mich Lizzy zu, die bei den Sprüngen steht, um mir aufzubauen. Sie winkt mich zu sich heran und ich runzle die Stirn.

»Was ist?«

»Zwei Reiter vor dir starten nicht. Somit hast du nur noch drei vor dir.«

»Verflucht«, murmle ich und nicke ihr dankbar zu. Eigentlich hätte ich die Zeit gebraucht. Okay, dann eben so. »Bau mir einen kleinen Oxer. Sobald ich drüber bin, erhöhe um drei Loch.«

»Geht klar.«

Ich galoppiere eine weitere Runde und Lizzy hat Glück, denn sie kann gleich an den Oxer. Sobald sie fertig ist, reite ich darauf zu. Button macht einen riesigen Satz darüber und mich hebt es direkt aus dem Sattel.

»Ruhig, Dicker«, murmle ich, kaum dass wir gelandet sind, und bringe ihn wieder in einen ordentlichen Galopp. Ein weiteres Mal springe ich drüber und zumindest dieser Sprung fühlt sich gut an.

Danach wird es auch schon Zeit, dass ich einreite. Der Starter vor mir springt bereits und ich reite im Schritt auf den Platz. In Gedanken gehe ich noch einmal den Parcours durch.

Am schwierigsten wird wohl der letzte Sprung werden. Es ist ein Steilsprung und nur eine weiße Planke darin sowie unten drunter ein Blumenkübel. Blöd zu springen, da die Pferde es manchmal nicht richtig sehen, wenn nur eine Stange liegt. Na ja, Hauptsache, ich komme erst einmal bis dort hin.

Der Starter vor mir ist schließlich fertig. Nachdem seine Zeit und die Fehlerpunkte verkündet wurden, wird mein Name sowie der von Button angesagt. Ich grüße die Richter knapp und galoppiere los, sobald das Startzeichen ertönt. In diesem Moment konzentriere ich mich und unterdrücke jeden anderen Gedanken. Besonders den an Sean. Bisher habe ich ihn hier nicht gesehen und ich weiß selbst nicht so genau, ob ich mich darüber freuen soll oder nicht.

Obwohl viele Zuschauer reden, laute Musik und auch Kindergeschrei um den Platz herum ertönt, höre ich nur meinen eigenen Atem und den von Button. Mein Herz klopft mir bis zum Hals und ich fasse die Zügel nach, um zum ersten Sprung zu reiten.

Bereits an das Hindernis komme ich nicht optimal heran, doch Button rettet mir den Hintern und springt weiter vorn ab. Die nächsten zwei bekomme ich perfekt hin, genau wie die Kombination. Als Nächstes folgt ein breiter orangener Oxer und ich komme viel zu dicht. Ich höre es rumpeln, sobald ich darüber bin, was mir sagt, dass eine Stange gefallen ist.

Ich lasse mich jedoch nicht davon beirren, sondern reite normal weiter. Den vorletzten Sprung erwische ich wieder gut und ich nehme eine etwas größere Kurve, um besser zum letzten Hindernis zu kommen. Zeitfehler sind jetzt sowieso egal, da bereits eine Stange gefallen ist.

Trotz der Vorbereitung komme ich erneut zu dicht

bei dem Sprung an. Eigentlich erwarte ich, dass Button verweigert und stehen bleibt, aber er springt quasi aus dem Stand darüber. Ich klammere mich an seinem Hals fest und als wir auf der anderen Seite landen, höre ich ein dumpfes Geräusch, wie Metall, das aufeinanderschlägt.

Ich pariere in den Schritt durch, aber Button will sowieso nicht weiter vorwärtsgehen und scheint auf drei Beinen zu humpeln.

»Hey, ihr habt was verloren!« Ich drehe mich um und ein Helfer, der die Stangen im Parcours auflegt, wenn eine gefallen ist, hält mir etwas entgegen.

Ohne dass ich es richtig erkenne, weiß ich auch so, was es ist: Button hat ein Eisen verloren. Genau das, was mir jetzt noch gefehlt hat. Ich nehme es dankbar an und reite auf den Abreiteplatz.

Lizzy erwartet mich bereits und ich steige sofort ab. Ohne dass ich etwas sagen muss, hält sie Button fest. Bei seinem linken Vorderbein fehlt das Eisen und der Huf ist stark ausgebrochen. Eigentlich wollte ich heute ein weiteres Springen reiten, aber das kann ich so vergessen. Hoffentlich hat er sich nicht noch mehr getan.

»Führst du ihn eine Runde? Ich suche mal schnell den Schmied.«

Sie nickt und ich gehe mit dem Eisen in der Hand los Richtung Richterturm, wo ich ihn vorhin gesehen habe. Womöglich ist er noch dort.

Ich habe heute tatsächlich etwas Glück: Der Schmied, ein großer, etwas übergewichtiger Mann steht dort mit einem Becher in der Hand und unterhält sich mit jemandem.

Ich gehe auf ihn zu, horche jedoch auf, sobald ich realisiere, über was – oder besser gesagt, über wen – sie reden. »Sean O'Connor hat echt den Preis von Birmingham gewonnen. Hätte nicht gedacht, dass er es packt. Vorgestern ist er noch so mies geritten und einen Tag später legt er eine absolute Glanzleistung hin. Wenn er so weitermacht, kommt er groß raus.«

Der Schmied nickt auf die Worte des anderen und gibt seinen Senf dazu. Mir schießen Tränen in die Augen, doch ich blinzle sie weg. Das mit Sean und mir war einmal, das sollte ich endlich einsehen.

»Entschuldigen Sie, ich hätte ein kurzes Anliegen«, unterbreche ich das Gespräch, bevor ich die Fassung verliere. Viel fehlt nämlich nicht.

Der Schmied wendet sich mir mürrisch zu. »Ja?«

»Ich habe eben ein Eisen verloren und der Huf ist vorne völlig zersplittert. Könnten Sie es sich vielleicht mal ansehen?«

»Klar. Kein Problem. Manni, bis später«, verabschiedet er sich von seinem Gesprächspartner und folgt mir zu Button.

Wir gehen etwas an den Rand, wo wir niemanden stören, und er begutachtet den Huf. Dabei geht er äußerst genau vor und ich bin froh, dass er sich die Zeit nimmt. »Ging er lahm?«

»Ja, er ist quasi gehumpelt.«

»Okay, trab ihn mal an der Hand«, sagt er zu Lizzy und diese läuft mit ihm los, sobald er den Huf wieder runtergelassen hat. Button will kaum antraben und wir erkennen auch so, dass er stocklahm geht. Mist. »Sieht für mich so aus, als hätte er sich den Huf geprellt. Vermutlich war das Eisen bereits halb ab und er hat die Spitze vorn noch mal an den Rand geknallt bekommen.«

Ich verziehe das Gesicht und nicke. »Was kann ich da jetzt machen?«

»Ich hole mein Zeug und rasple erst mal die brüchigen Stellen weg. Kontaktiere am besten nachher noch den Tierarzt, damit er deinem Pferd etwas für die Schmerzen gibt. Schätze, er wird morgen kaum gehen können.«

»Okay, danke für Ihre Hilfe.« Er geht davon und ich streichle über Buttons Kopf, da Lizzy neben mir stehen geblieben ist.

Somit ist unsere Turniersaison wohl erst einmal gelaufen. Zumindest läuft es bei Sean gut und ich denke mir nicht zum ersten Mal, dass ich ihn am liebsten wieder bei mir hätte, damit er mir beisteht.

Verdammte Gefühle …

***

Während wir am Hänger stehen und auf die Tierärztin warten, die sich gerade um ein anderes Pferd kümmert, hole ich mein Handy hervor. Ich weiß, dass ich es nicht tun sollte, dennoch gebe ich Seans Namen bei Google ein.

Kaum habe ich auf Suchen geklickt, werden mir ein

paar Schlagzeilen angezeigt und ich freue mich für ihn. Das tue ich tatsächlich, auch wenn es verdammt wehtut, zu wissen, dass ich diesen Erfolg nicht gemeinsam mit ihm feiern kann.

Steht als Nächstes Olympia auf dem Plan?

Unserer Hoffnung für Olympiagold – Sean O'Connor!

Es gibt einige solcher Schlagzeilen und ich schließe den Browser wieder. Er hat es sich wirklich verdient.

Obwohl ich weiß, dass es töricht ist, wähle ich seine Nummer, die ich auch in den letzten Tagen nicht übers Herz gebracht habe, zu löschen.

Es klingelt ein paar Mal und mein Herz klopft mir bis zum Hals. Schließlich springt die Mailbox an und ich lege auf, da ich meine Stimme nicht unter Kontrolle hätte, wenn ich jetzt darauf sprechen würde.

Traurigkeit überschwemmt mich und ich stecke mein Handy seufzend ein. Ich hätte gerne seine Stimme gehört und mit ihm geredet. Einfach für einen Moment das Gefühl gehabt, als wären wir uns nahe.

Ich schließe die Augen und versuche so, die Tränen zurückzuhalten.

Vielleicht ist es besser so, dass er nicht rangegangen ist. Immerhin hat sich nichts geändert. Ich habe Gefühle für ihn und er nicht für mich.

»Alles okay?« Lizzy steht mit einem Mal neben mir und schaut mich musternd an.

Ich würde am liebsten lügen. Ihr sagen, dass alles in Ordnung ist, aber das kann ich nicht. Deshalb schüttle ich mit dem Kopf und wische mir eilig über die Augen, da bereits die ersten Tränen darin brennen. Schon wieder.

»Ach, Olivia. Ich wünschte, ich könnte dir helfen und dir versprechen, dass es wieder in Ordnung kommt.«

Sie drückt mitfühlend meinen Arm und mit einem Mal ist mir alles zu viel. »Kannst du dich vielleicht kurz um Button kümmern? Ich bin gleich zurück«, murmle ich und kann gerade noch das Beben in meiner Stimme unter Kontrolle halten.

Ohne zu zögern, nickt meine beste Freundin. Sie scheint zu ahnen, dass ich einen Moment für mich alleine brauche.

Ich nehme um mich herum nicht wirklich etwas wahr und stolpere mehr über den Hängerplatz, als dass ich laufe, und suche mir eine ruhige Ecke. Es ist einfach alles zu viel. Sean, Button und all die anderen Sorgen mit meiner Mom, die jeden Tag mehr meine Aufmerksamkeit fordern.

Ich kneife meine Augen zusammen, sobald ich daran denke, wie schön es sich mit ihm angefühlt hat. Da war was zwischen uns. Definitiv. Nur leider habe ich offenbar mehr in die Sache hineininterpretiert, als ich sollte.

Ich wende mich ab und laufe gehetzt los. Dabei schaue ich nicht nach vorn und stoße mit jemandem zusammen, der aus dem Nichts gekommen zu sein scheint.

»Oh, Vorsicht«, murmelt er und fasst mich am Arm an, bevor ich fallen kann.

Ich horche bei der Stimme auf und mein Herz schlägt einen Takt schneller. Ehe mein Kopf realisiert hat, wer da vor mir steht, hat es mein Herz längst erkannt.

»Sean?«, krächze ich und er lässt mich los, als hätte er sich an mir verbrannt.

»Olivia!« Er wirkt ebenfalls erstaunt und wir beide starren uns einen Moment an.

Es sollte mir keine Genugtuung geben, dass er genauso schlecht aussieht wie ich, doch das tut es. Unter seinen eisblauen Augen liegen dunkle Schatten, seine Haare wirken ungekämmt und das Lächeln, was stets auf seinen Lippen lag, ist nicht zu sehen. Er scheint auch abgenommen zu haben, da seine Wangen eingefallen wirken.

Ich bringe Abstand zwischen uns und weiche seinem musternden Blick aus. »Tut mir leid, ich war gerade in Gedanken«, murmle ich und will mich an ihm vorbeidrängen. Sean lässt mich zwar vorbei, doch seine tiefe Stimme hält mich zurück.

»Wie geht es dir?«

Ich lache freudlos auf, verschränke die Arme schützend vor meiner Brust und bleibe jedoch weiterhin mit dem Rücken zu ihm stehen. Ich traue mir selbst nicht, wenn ich ihm so nahe bin. Nein, danke. Ich habe genug geweint und gelitten in den letzten Tagen. Jetzt ist Schluss.

»Meinst du die Frage ernst?« Meine Stimme klingt kalt und fest, wobei ich selbst nicht weiß, wo das auf einmal herkommt.

»Natürlich.«

Ich wende mich ihm zu und funkle ihn zornig an. »Jetzt interessiert es dich, wie es mir geht?« Er zuckt bei meinem Ton zusammen und das spornt meine Wut nur noch mehr an. »Es geht mir beschissen! Wie sollte ich mich auch anders fühlen, wenn der Mann, von dem ich dachte, dass er meine Gefühle erwidert, mich einfach so abserviert?« Meine Brust hebt und senkt sich, während ich hektisch atme.

»Olivia, hör mir zu …«

»Oh, nein!«, unterbreche ich ihn. »Jetzt hörst du mir zu, und zwar ganz genau!« Er presst seine Lippen zusammen und steckt die Hände in die Hosentaschen, als würden wir locker miteinander plaudern. Allein das bringt mich beinahe zum Explodieren. »Ich habe dir gesagt, dass in meinem Leben kein Platz für einen Mann ist, und dennoch hast du mich umgarnt, mit mir geflirtet und mir gezeigt, dass es so viel mehr im Leben gibt als nur Verpflichtungen. Ich habe dir vertraut, so sehr wie noch keinem Mann zuvor. Wann immer ich den Gedanken hatte, dass du mich fallen lassen könntest, hast du das Gegenteil behauptet. Ich dachte mir, dass du so etwas niemals machen würdest. Tja, wie falsch ich doch lag.«

Obwohl ich es nicht will, rinnen mir Tränen über die Wangen. Seans Miene wird weich, sobald er das bemerkt, aber ich reagiere gar nicht darauf. Stattdessen rede ich weiter.

»Nicht nur die Tatsache, dass du die Sache zwischen uns ohne Begründung beendet hast, tut weh, sondern auch, dass du es nach ein paar Worten von deinem Manager getan hast. Du hast stets zu mir gesagt, wie wenig du ihm vertraust und dass du ihn nicht magst. Du hast sogar betont, dass du immer zu mir stehen würdest, egal, wer etwas sagt. Tja, offenbar war das auch gelogen, sonst hättest du seinem Urteil in dieser Sache wohl nicht vertraut, oder?«

Ich starre ihn herausfordernd an, erwarte, dass er mir wenigstens in diesem Augenblick eine Antwort gibt, stattdessen bleibt er stumm. Ein weiteres Mal, und genau wie vor zwei Wochen tut es unheimlich weh.

»Nicht einmal jetzt hast du etwas zu sagen?«, blaffe ich und kann es kaum glauben. Wütend wische ich die Tränen von meinen Wangen, obwohl es ein sinnloses Unterfangen ist. Ich wollte nie wieder vor ihm weinen. Tja, hat ja super geklappt.

»Olivia, ich …«

»Was?!«, zische ich und es ist mir egal, falls jemand mitbekommen sollte, wie wir uns hier streiten.

Er seufzt leise und fährt sich durch seine Haare. »Es hat alles seine Gründe.«

Ich gehe einen Schritt auf ihn zu, komme ihm entgegen, obwohl ich weiß, dass ich es nicht tun sollte. »Dann sag es mir.«

Er hebt seinen Blick, schaut mich traurig an und schüttelt langsam mit dem Kopf. »Das kann ich nicht, tut mir leid.« Mein Herz scheint ein weiteres Mal zu zerbrechen.

Ich würde ihm am liebsten erneut fragen, was das alles soll und wieso er das tut, doch stattdessen wende ich mich ab, da es das einzig Richtige ist.

Für einen Moment glaube ich, zu hören, dass er meinen Namen flüstert. Aber das ist vermutlich nur Einbildung. Genau wie der Gedanke, dass er meine Gefühle jemals erwidert haben könnte.

42. Kapitel

Sean

Ich starre Olivia hinterher und weiß, dass ich ihr eigentlich nachlaufen sollte. Noch kann ich die Sache mit uns retten. Noch kann ich sie um Entschuldigung bitten. Doch mit jedem weiteren Schritt, den sie zwischen uns bringt, verringert sich die Chance, bis sie ganz aus meiner Sichtweite verschwindet.

Ich fühle mich hundeelend und es kommt mir vor, als hätte ich sie kampflos aufgegeben. Dabei war es die einzige Möglichkeit, um sie zu schützen. Wenn ich ihr das doch nur sagen könnte …

»Was zum Teufel machst du hier?«

Ich drehe mich um und Manuel steht ein paar Meter hinter mir. »Nichts«, murmle ich und laufe los. Als ich an ihm vorbeigehen will, hält er mich jedoch auf.

»Ich dachte, meine Worte waren deutlich.«

Wütend reiße ich meinen Arm aus seinem Griff. »Keine Sorge, ich habe ihr nur ein weiteres Mal das Herz gebrochen.«

Feindselig mustert er mich und ich kann es selbst kaum glauben, dass ich mich von ihm so erpressen lasse. Ich muss völlig den Verstand verloren haben.

»Wenn ich dich noch einmal mit ihr sehe, dann …«

»Was dann?«, blaffe ich. »Willst du mir weiter drohen? Meinst du, das macht die Sache besser?«

»Nein, aber es erinnert dich an unsere Abmachung.«

Ich lache kalt auf. »Soll das jetzt ewig so weitergehen? Willst du mich immer wieder daran erinnern und in meine Schranken weisen? Es wird sich nicht vermeiden lassen, dass ich Olivia auf einem Turnier begegne.«

Manuel schenkt mir ein böses Grinsen und die feinen Härchen in meinem Nacken stellen sich auf. »Das könnte man auch schnell ändern, keine Sorge.«

Sämtliche Alarmglocken in meinem Kopf schrillen los. »Was soll das heißen?«, frage ich alarmiert nach, doch er lächelt nur und lässt mich allein zurück.

Ich starre ihm nach und kann es selbst kaum glauben, in was für eine beschissene Situation ich mich hineinmanövriert habe. Wie konnte das alles nur so entsetzlich schiefgehen? Wie konnte ich die Frau, die mir zum ersten Mal im Leben gezeigt hat, dass es mehr als nur Karriere gibt, von mir stoßen? Und wie konnte ich an so einen Mistkerl geraten, der dabei ist, mir das Leben zur Hölle zu machen?

***

Mit einer so schlechten Runde wie schon seit Ewigkeiten nicht mehr reite ich von dem Turnierplatz und trabe noch etwas auf dem Sandplatz davor. Ich spüre die Blicke der anderen Reiter auf mir, ignoriere sie jedoch konsequent.

Wenn ich weiter so reite, gibt es keine Karriere mehr, mit der mich Manuel an sich binden kann, denke ich mir bitter und pariere schließlich in den Schritt durch.

Ich klopfe Comers Hals, auch wenn es heute ganz und gar nicht gut lief. Jedoch kann er nichts dafür. Ich war derjenige, der unkonzentriert war und beschissen an die Hindernisse geritten ist. Comer hat zwar alles gegeben, aber selbst er kann das nicht alleine schaffen. Wir sind nun mal ein Team und ich habe heute völlig versagt.

Ein Reiter wechselt neben mir in den Schritt und ich hebe meinen Kopf, um zu sehen, wer es ist. Nate reitet neben mir und schenkt mir ein schwaches Lächeln.

»Hey, so einfach solltest du mir den Sieg heute aber auch nicht machen«, zieht er mich auf, doch ich kann mir nicht mal ein Zucken der Mundwinkel abringen. »So schlimm?«

Ich schüttle mit dem Kopf. »Ist schon okay.«

»Nichts ist okay. Was ist los? Ist es wegen Olivia?« Ich antworte ihm nicht, aber er scheint auch so zu wissen, dass er damit den Nagel auf den Kopf getroffen hat. »Verdammt, dann rede mit ihr. Klär das alles und bring es wieder ins Lot. Ich sehe doch, was sie dir bedeutet, Kumpel.«

»Es ist nicht so einfach«, sage ich kraftlos und sehne mich danach, auf meiner Couch zu sein und mich selbst zu bemitleiden.

»Warum denn nicht?«, bohrt Nate nach und zieht die Augenbrauen zusammen.

»Lass einfach gut sein und nerv mich nicht weiter«,

blaffe ich und treibe Comer an, um Abstand zwischen Nate und mich zu bringen. Ich weiß, dass ich damit falsch reagiere, aber ich kann jetzt einfach nicht anders.

Ich gehe vom Abreiteplatz runter und reite Richtung Anhängerplatz. Aus dem Augenwinkel bemerke ich, dass Olivias Auto nach wie vor da ist, doch ich ignoriere diesen Umstand.

Mein Manager erwartet mich gemeinsam mit Rosi am Anhänger und meine Hündin ist der einzige Lichtblick heute. Sie wedelt mit dem Schwanz und kann es offenbar gar nicht abwarten, bis ich wieder bei ihr bin.

Obwohl mein Leben gerade eine einzige Katastrophe ist, muss ich lächeln. Ich steige ab, klopfe Comers Hals und streichle danach Rosi, die sofort um meine Beine herumwedelt.

»Was war das denn heute?«, blafft Manuel los und ich rolle mit den Augen.

»War nicht mein Tag. Das zweite Springen werde ich gar nicht erst versuchen.«

»Wie bitte?«, braust er sofort auf und ich atme genervt aus.

»Manuel, ich bin nicht auf der Höhe. Mir gehen viel zu viele Sachen durch den Kopf und ich kann mich nicht konzentrieren. Ich setze heute aus und morgen sieht die Welt schon wieder ganz anders aus.« Er öffnet den Mund, um etwas zu erwidern. »Lass gut sein. Bitte. Ich hatte einen echt beschissenen Tag.«

Zu meiner Überraschung nickt er und trottet danach davon. Vermutlich, um wieder irgendwelche Kontakte mit Leuten zu knüpfen.

Stirnrunzelnd sehe ich ihm einen Moment nach, bevor ich mich um Comer kümmere und die Tatsache ignoriere, dass ich nicht nur Olivia verloren habe, sondern womöglich auch meinen besten Freund Nate vor den Kopf gestoßen habe.

***

Kraftlos schleppe ich mich in den Stall und wünschte, ich hätte noch genauso viel Energie wie Rosi übrig. Sie wedelt neben mir mit dem Schwanz, schnuppert alles Mögliche an und scheint sich einfach ihres Lebens zu erfreuen.

Nachdem ich Comer auf dem Turnier in den Hänger gestellt hatte, habe ich noch einmal versucht, mit Nate zu reden, doch er hat mich eiskalt abblitzen lassen.

Rosi biegt Richtung Reitplatz ab und ich rufe sie mit einem Pfiff zurück. Tatsächlich hört sie sogar und kommt in den Stallgang gelaufen.

Es ist bereits früher Abend und ich bin eigentlich nur noch mal hier, um Comer und meinen anderen Pferden ihr Müsli zu geben und nach dem Rechten zu sehen.

Wie erwartet, steht Comer friedlich da und hat sein Hinterbein etwas angewinkelt, während er vor sich hin schlummert. Sobald ich jedoch mit der Schüssel raschle, spitzt er die Ohren und scheint munter zu werden.

Ich fülle es ihm in den Trog, als Rosi zu bellen beginnt. Wahrscheinlich ist draußen eine Katze lang gelaufen, weshalb ich nicht weiter auf sie achte.

Sie bellt jedoch erneut und ich wende mich ihr

seufzend zu. »Rosi, ist gut, es …« Die weiteren Worte bleiben mir im Hals stecken, als ich Nate bemerke, der die Stallgasse auf mich zugelaufen kommt. Rosi rennt neben ihm her und scheint sich zu freuen, dass er hier ist. »Was machst du denn hier?«, frage ich verblüfft und kann nicht fassen, dass er da ist, nachdem er mich vorhin so ignoriert hat.

»Ich habe nachgedacht«, beginnt er und ich runzle die Stirn.

»Worüber?«

»Olivia«, antwortet er knapp und ich seufze.

»Nate, es ist nicht so einfach.«

Er lächelt. »Doch, ich denke schon. Ich weiß nicht, was deine Gründe waren, dass du mit ihr Schluss gemacht hast, aber ich denke, es wäre richtig, dass du noch mal mit ihr darüber sprichst. Ich sehe, wie sehr du leidest, und das sagt mir, dass du sehr wohl Gefühle für sie hast und sie dir nicht egal ist.«

»Natürlich ist sie mir nicht egal, aber …«

»Was auch immer du mir sagen wolltest, ich bin nicht der richtige Ansprechpartner. Sag das lieber ihr.«

Er deutet mit der Hand Richtung Eingang und ich realisiere, dass Olivia dort steht.

43. Kapitel

Olivia

Sean steht mir gegenüber und scheint kaum glauben zu können, dass ich hier bin. Mir geht es ebenso und dennoch bin ich froh, dass Nate und Lizzy mich überzeugt haben, dass ich noch mal versuchen soll, mit Sean zu reden.

Ich bin nicht mit der Hoffnung hergekommen, dass es wieder etwas zwischen uns werden könnte, aber vielleicht finde ich so einen Abschluss. Vielleicht sagt er mir endlich die Wahrheit und gibt mir so die Chance, über ihn hinwegzukommen.

Langsam gehe ich auf ihn zu und bemerke aus dem Augenwinkel, wie Nate und Lizzy uns allein lassen. Ein paar Pferde schauen gelangweilt aus ihren Boxen, doch ansonsten ist niemand hier. Nur wir.

Unschlüssig stehen wir einander gegenüber und plötzlich komme ich mir dumm vor, dass ich überhaupt hier bin. Was habe ich mir nur dabei gedacht? Glaube ich wirklich, dass er mir die Wahrheit sagen würde? Warum sollte er das jetzt tun, obwohl er doch bereits vorher so viele Chancen hatte?

»Olivia«, murmelt er meinen Namen und es klingt aus

seinem Mund wie ein Versprechen. Ich mustere ihn, sage jedoch kein Wort. Er scheint ebenfalls nicht zu wissen, was er sagen soll, und ich senke den Blick. Es war dumm, dass ich hierhergekommen bin. »Geh nicht, bitte.«

Der flehende Unterton in seiner Stimme bricht mir beinahe das Herz. »Dann gib mir einen guten Grund.«

»Es … es ist nicht so einfach.«

»Versuch es trotzdem. Für mich. Für uns«, bitte ich ihn und drehe mich wieder in seine Richtung. Er scheint ebenso gebrochen zu sein wie ich und das gibt mir aus einem dummen Grund Hoffnung.

Sean öffnet seine Lippen, scheint mir endlich eine Antwort auf meine Fragen geben zu wollen, doch stattdessen schließt er sie wieder.

»Sean, bitte. Was hat Manuel zu dir gesagt? Was hat dich so aus der Fassung gebracht, dass du das mit uns beendest?«

Ich kann sehen, wie er mit sich ringt, wie er es mir sagen will, doch irgendetwas hält ihn davon ab.

»Was immer es ist, wir bekommen das hin. Das weiß ich.«

Er schüttelt mit dem Kopf. »Du weißt gar nichts, Olivia. Es würde dich zerstören. Uns. Es ist besser so, wie es jetzt ist.«

Ich schließe kurz meine Augen und hole tief Luft. »Denkst du das wirklich? Ist es das, was du dir einzureden versuchst?«

»Gott, Olivia! Ich rede mir das nicht ein, es ist so!«

»Nein, das ist es nicht! Wie kann es das Richtige sein,

wenn wir beide leiden? Wenn es uns unvorstellbare Kraft kostet, dass wir uns voneinander fernhalten?« Ich lege ihm ein weiteres Mal mein Herz vor die Füße und bete darum, dass ich es nicht bereue.

»Weil es besser ist, als dass Manuel deine Mutter der Presse ausliefert!«, brüllt er beinahe und ich zucke zusammen.

»Was?«

»Du hast mich schon verstanden. Manuel hat mir gedroht, dass er, wenn ich die Sache zwischen uns nicht beende, in der Presse verbreitet, dass ich mit einer Frau zusammen bin, deren Mutter eine Irre ist. Ich habe keinen Schimmer, woher er das überhaupt weiß, aber er würde es eiskalt zu seinem Vorteil ausnutzen und deine Mom wie eine Verrückte darstellen. Es würde der geistigen Gesundheit von deiner Mom nur noch mehr schaden und … Ich weiß, wie viel sie dir bedeutet. Ich … ich konnte das nicht zulassen. Ich weiß, dass er dazu imstande ist und deshalb … Ich musste diese Sache im Alleingang entscheiden, da er mir keine Wahl gelassen hat. Hätte ich damals bei dem Essen nicht sofort eingewilligt, hätte er noch am selben Abend eine Mitteilung an die Presse weitergegeben. Verstehst du mich jetzt?«, fragt er so leise, dass ich es genauso gut überhört haben könnte.

Verwirrt mustere ich ihn. »Deshalb hast du dich von mir getrennt? Um meine Mom zu beschützen?«

Seine Miene wird weich und mein Herz scheint einen Schlag auszusetzen. »Ja«, murmelt er erneut so leise, dass es mehr ein Flüstern ist. Ich starre ihn an und kann es kaum glauben. »Ich wollte nicht, dass du dir noch mehr Sorgen um sie machen musst. Eigentlich wollte ich mit dir reden, aber Manuel hat mir förmlich die Pistole auf die Brust gesetzt und mir keine Wahl gelassen. Niemals wollte ich dich so verletzen, aber ich musste es tun. Ich … Es tut mir so leid.«

Zögerlich gehe ich auf ihn zu und schlinge meine Arme um ihn. Seine Augen weiten sich und er legt seine Hände sanft auf meine Hüfte. Als könnte er nicht fassen, dass ich ihm tatsächlich so nahe bin.

»Wenn Manuel …«

»Wir bekommen das hin«, unterbreche ich ihn. »Manuel wird uns das nicht kaputt machen.«

Er zieht die Augenbrauen zusammen und sieht mich an, als würde er mich das erste Mal richtig betrachten. So viel Liebe liegt in seinem Blick, nicht mehr diese kalte Distanziertheit wie an dem Tag, als er sich von mir getrennt hat. »Ich habe dich nicht verdient, Olivia.«

Bevor ich noch etwas darauf erwidern kann, neigt er mir seinen Kopf entgegen und legt seine Lippen sanft auf meine. Der Kuss ist zögerlich und so zärtlich, dass ich ihn mir genauso gut einbilden könnte. Deshalb schlinge ich meine Arme fester um seinen Nacken und er legt seine endlich um meine Hüfte.

Sean hat das alles nur für mich getan. Um mich und meine Mom zu schützen. Ich wünschte, er hätte mit mir gesprochen und mich um meine Meinung gefragt, doch Manuel hat ihm keine Wahl gelassen. Er hat das alles für mich getan. Für uns. Mein Herz schmilzt mit dieser Erkenntnis und ich lege so viel Liebe in diesen Kuss, wie ich nur kann.

Ein Händeklatschen reißt uns aus unserer Blase und ich löse mich von Sean. Für einen Moment bin ich verwirrt und muss erst in der Realität ankommen, Sean hingegen versteift sich abrupt neben mir.

Ich wende mich der Person zu, die klatscht, und mir weicht sämtliche Farbe aus dem Gesicht. Ich bin froh, dass ich noch an Sean gelehnt stehe, sonst hätten vermutlich meine Knie unter mir nachgegeben.

Manuels Klatschen kommt mir immer höhnischer vor und ich bin froh, als er es endlich gut sein lässt. Hinter ihm kommen Lizzy und Nate hereingehetzt. Offenbar haben sie ihn erst zu spät bemerkt, genau wie wir.

»Dachte ich mir doch, dass du nicht auf mich hören würdest, Sean.« Er verschränkt die Arme ablehnend vor seiner Brust und schenkt uns beiden einen gehässigen Blick. Unsere Freunde ignoriert er konsequent.

»Lass gut sein, Manuel«, knurrt Sean und stellt sich schützend vor mich.

Sein Manager läuft auf uns zu und seine kalte Miene lässt mir das Blut in den Adern gefrieren.

»Ich habe dich gewarnt«, blafft Manuel und Sean streckt seinen Rücken durch.

»Es ist mir egal. Du kannst dich nicht zwischen Olivia und mich stellen.«

»Ach, ist das so? Und was ist mit ihrer Mom? Willst du sie wirklich der Presse ausliefern?«

Ich balle die Hände zu Fäusten. »Wieso tun Sie das überhaupt? Ich habe Ihnen nichts getan.« Meine

Stimme klingt zittrig und ich hasse mich selbst dafür, dass ich so schwach wirke. Aber verdammt, dieser Mann jagt mir mittlerweile Angst ein.

Manuel wendet seinen Blick von Sean ab und mustert mich. »Du bist eine Ablenkung für ihn. Er steht kurz vor Olympia und da kann er sich so etwas nicht erlauben.« Die Art, wie er die letzten Worte ausspuckt, bringt Sean dazu, dass er nun ebenfalls die Hände zu Fäusten ballt.

»Rede nie wieder so mit ihr.«

»Sonst was?«, lacht Manuel und scheint die ganze Situation amüsant zu finden.

Sean atmet einmal tief durch, bevor er ihm antwortet. »Du bist gefeuert, Manuel. Endgültig. Und ich werde dafür sorgen, dass niemand in der Reitsportwelt auf dich hereinfällt. Nie. Wieder.« Seine Stimme klingt fest und überzeugend und ich greife nach seiner Hand, um ihm zu zeigen, wie stolz ich auf ihn bin. Er löst seine Faust sofort und verschränkt meine Finger mit seinen.

Ein warmes Gefühl macht sich in mir breit, von dem ich glaubte, dass es längst abgestorben wäre. Doch jetzt, wo Sean mir wieder so nahe ist und noch eine Chance für uns besteht, scheint mein Körper erneut zum Leben zu erwachen.

Manuels Blick gleitet zu unseren Händen und sein Lächeln verrutscht. Offenbar bringt ihn diese Zuneigungsbekundung mehr aus dem Gleichgewicht als die Tatsache, dass Sean ihn gefeuert und angekündigt hat, dass er nie mehr einen anderen Job finden wird.

»Ist das dein letztes Wort, Sean? Bist du dir ganz

sicher, dass du für sie«, abwertend zeigt er auf mich und Sean drückt meine Hand fester bei dieser gemeinen Geste, »alles aufs Spiel setzen willst?«

»Das bin ich. Und jetzt verschwinde aus meinem Leben.«

Die beiden starren sich noch einen Moment an, bis Manuel diesen Blickkontakt unterbricht. »Ganz, wie du möchtest.«

Ohne eine Reaktion abzuwarten, dreht er sich auf seinen Hacken um und stolziert an Nate und Lizzy vorbei, die wie versteinert das Gespräch beobachtet haben.

Sobald er außer Sichtweite ist, atmen wir alle auf. Mir ist sogar etwas schwindlig, doch Sean legt einen Arm um mich und gibt mir den Halt, den ich in diesem Moment so bitter benötige.

»Sean, du …«

»Sag nichts, bitte«, murmelt er und ich hebe meinen Kopf, um ihn ansehen zu können. »Ich hätte das bereits viel eher tun sollen. Ich hätte mit dir sprechen sollen und vielleicht hätten wir eine Lösung gefunden. Es tut mir leid, dass ich es erneut nicht getan habe. Sehr sogar. Ich denke jedes Mal, dass ich aus meinen Fehlern lerne und dennoch wiederhole ich sie. Ich habe dich nicht verdient.«

Er legt eine Hand um meine Wange und streicht mit dem Daumen sanft darüber. Ich schmiege mich der Geste entgegen und lächle ihn sanft an.

»Es ist okay, Sean. Wir arbeiten daran.«

Er erwidert mein Lächeln und küsst mich danach.

Die Schmetterlinge in meinem Bauch flattern wild umher und ich fühle mich einen Moment schwerelos.

»Leute, ich will euch ja nicht stören«, unterbricht uns Nate und wir lösen uns voneinander. Sean wirft mir noch einen liebevollen Blick zu, in dem so viele Versprechen liegen, dass ich gar nicht aufhören kann, zu lächeln. »Wir haben ein Problem.«

Sean runzelt die Stirn und schenkt seinem besten Freund seine Aufmerksamkeit. »Was meinst du?«

»Rosi ist weg«, sagt er und es fühlt sich so an, als wäre uns ein weiteres Mal der Boden unter den Füßen weggezogen worden.

»Was?«

»Wir finden sie nicht. Lizzy hat schon beim Suchen mitgeholfen.« Sean löst sich von mir und blickt sich panisch um, bevor er losläuft.

»Rosi! Roswitha!«, ruft er laut und rennt aus dem Stall heraus. Ich folge ihm und eine lähmende Angst packt mich, während ich mich ebenfalls nach ihr umsehe. »Rosi!«, brüllt er gequält und jedes weitere Mal, wenn er ihren Namen ausstößt, zieht sich mein Herz schmerzhaft zusammen.

»Sie ist nicht hier!«, sagt Lizzy aufgebracht und ihre Augen sind geweitet.

»Aber sie war doch vorhin noch am Stall. Sie hat die Katze beobachtet«, sage ich und fühle mich mit einem Mal unglaublich erschöpft.

»Da habe ich sie auch das letzte Mal gesehen«, bemerkt Nate und Sean rauft sich seine Haare, bevor er sich uns zuwendet.

Die nackte Angst liegt auf seinen Gesichtszügen und er ist ganz blass. »Manuel«, stößt er hervor und spricht aus, was ich eben gedacht habe. »Er muss sie mitgenommen haben. Ich habe mich schon gewundert, warum er so schnell klein beigegeben hat, nachdem ich ihm gekündigt habe.« Sein gehetzter Blick bleibt auf mir liegen und ich erkenne die Panik darin.

Er muss denselben Gedanken wie ich haben: Manuel ist jemand, der zu allem fähig ist. Und vor einem kleinen Dackel wird er erst recht nicht stoppen, wenn es ihn sein Ziel erreichen lässt, dass Sean ihm wieder hörig ist.

44. Kapitel

Sean

Noch nie in meinem Leben habe ich mich so hilflos gefühlt wie jetzt.

Nicht als Nicole mich verlassen hat.

Nicht als ich aus dem Koma erwacht bin.

Nicht als mein Leben ein einziger Trümmerhaufen war.

Doch jetzt, wo Rosi von Manuel entführt wurde, bin ich kurz vor einem Nervenzusammenbruch. Einzig und allein Olivia an meiner Seite erdet mich und gibt mir das Gefühl, dass alles wieder in Ordnung kommen könnte.

Während Olivia meinen Wagen zu der Wohnung von Manuel fährt, versuche ich mehrmals, ihn anzurufen. Er reagiert nicht, ich lande ständig auf der Mailbox. Wie viele Nachrichten ich ihm bereits draufgesprochen habe, kann ich selbst nicht mehr sagen.

Ich war so ein Narr. Wie konnte ich nur glauben, dass er es wirklich auf sich beruhen lassen würde? Ich hätte mir denken können, dass er zu so etwas fähig ist.

Mir wird schlecht bei dem Gedanken, was er Rosi antun könnte, und ich verdränge dieses Gefühl so schnell es geht.

»Hier vorn links«, sage ich zu Olivia und sie nickt und folgt meinen Anweisungen. Ich rufe Nate an, um zu erfahren, ob sie eine Spur gefunden haben.

»Noch nichts«, geht Nate ohne eine Begrüßung ran und der Kloß in meinem Hals vergrößert sich.

»Sucht weiter, okay? Wir fahren jetzt zu seiner Wohnung und danach …« Ich verstumme, da mir langsam die Ideen ausgehen. Ich weiß nicht, wo Manuel sich aufhalten könnte. Dafür hat mich sein Leben nie genug interessiert. Ich könnte nicht einmal sagen, was dieser Mann tut, wenn er mich nicht gerade schikaniert und mir irgendwelche Pressetermine aufdrängt.

»Machen wir. Kopf hoch, Sean. Er wird ihr nichts antun«, sagt Nate und legt danach auf. Ich wünschte, ich könnte seine Worte glauben, doch ich weiß, zu was Manuel fähig ist und wie wenig ihm Tiere bedeuten. Ganz besonders Rosi. Sie war ihm schon immer ein Dorn im Auge. Er würde alles tun, um an sein Ziel zu kommen, dass ich mich ihm wieder beuge.

Ich balle vor Wut die Hände zu Fäusten, Olivia bemerkt es und greift nach meinen Fingern. Sofort entspanne ich mich etwas.

»Wo jetzt lang?« Ich deute nach rechts und sie biegt ab.

»Bei dem gelben Haus bleibst du bitte stehen.« Sie nickt und kaum hat sie das Tempo verlangsamt, springe ich auch schon aus dem Auto.

Manuels Wagen ist nirgendwo zu sehen, dennoch renne ich die Treppen zur Haustür nach oben und klingle Sturm. Obwohl ich ahne, dass er nicht hier ist, will ich es nicht wahrhaben. Ich hämmere an seine Tür, brülle seinen Namen, bis meine Stimme ganz rau ist und fühle mich so nutzlos wie noch nie zuvor.

»Sean, beruhig dich, bitte!« Olivia steht neben mir und greift nach meiner Hand. Ich wende mich ihr zu und schere mich nicht darum, dass mir Tränen der Verzweiflung in den Augen brennen. »Wo könnte er noch sein?«, fragt sie mich, doch mir will nichts einfallen.

Das Klingeln meines Handys reißt mich aus meinen sinnlosen Überlegungen und ich ziehe es hektisch aus meiner Hosentasche. Manuels Name blinkt auf und mein Herz setzt einen Schlag aus.

Meine Finger beben, als ich das Gespräch annehme. »Was zum Teufel hast du mit Rosi gemacht?«, blaffe ich ins Telefon und Olivia schmiegt sich beruhigend an mich. Ich weiß, dass sie versucht, mich zu erden, doch das ist gerade zwecklos. Es pumpt so viel Adrenalin durch meine Adern, dass ich es kaum aushalte.

»Komm zum Pier. Allein«, antwortet er kalt.

»Wo ist Rosi?«

»Komm dort hin und finde es heraus.« Ich atme tief ein und aus, um nicht erneut in eine Schimpftirade zu verfallen. Ob es mir gefällt oder nicht, Manuel sitzt gerade am längeren Hebel. »Und Sean, ich meine es ernst, komm allein.«

Er legt auf, bevor ich noch etwas erwidern kann. Sofort wende ich mich Olivia zu und ihre moosgrünen Augen sind panisch geweitet.

»Wieso ist er dort? Was soll das alles?«

»Ich werde es herausfinden.«

»Nein, *wir* werden es herausfinden.«

Ich seufze und schüttle mit dem Kopf. »Ich soll allein hinkommen.«

»Sean, lass mich einfach eher dort heraus, er wird es nicht mitbekommen.«

»Und was wenn doch? Ich könnte es mir nie verzeihen, wenn dir etwas zustoßen könnte.«

»Schließ mich nicht schon wieder aus«, bittet sie mich und ich komme ins Grübeln. Hatte ich ihr nicht gerade noch versprochen, dass ich an meinen Fehlern arbeiten würde?

»Okay.«

Sie nickt dankbar. »Ich rufe Lizzy an, dass sie mit dorthin kommen soll. Du lässt mich eher raus und sie sammelt mich dann dort ein.«

Ich stimme ihr zu und bevor wir fahren, nimmt sie mein Gesicht in ihre Hände und küsst mich. Ein Versprechen schwingt darin mit, dass alles wieder gut wird. Und obwohl ich nicht daran glaube, macht sich Hoffnung in mir breit.

Bevor ich noch mehr Zeit verliere, löse ich mich von ihr und wir rennen zurück zum Wagen, um Manuel am Pier zu treffen.

***

Ich springe förmlich aus dem Wagen, nachdem ich Olivia etwas weiter vorn rausgelassen habe und am Pier angekommen bin, doch von Manuel gibt es keine Spur.

Überhaupt ist hier niemand, was vermutlich daran liegt, dass sich das Wetter extrem zugezogen hat und keinerlei Sonne mehr zu sehen ist. Wenn mich nicht alles täuscht, zieht ein Unwetter auf.

Ich will mein Handy hervorziehen, als ich eine Person bemerke, die lässig an einem Geländer steht und mich zu beobachten scheint. Vermutlich habe ich ihn durch meine Panik nicht eher gesehen.

Dieser Mistkerl, schießt es mir durch den Kopf.

Ich renne auf ihn zu und eine Brise Meerluft zerzaust mir die Haare. Der Sturm frischt immer weiter auf, doch das ist jetzt egal. Meine Sorge gilt einzig und allein Rosi.

Sobald ich bei Manuel angekommen bin, lächelt er mich überlegen an und stößt sich von dem Geländer ab, um mir entgegenzukommen. »Du hast dich wirklich an meine Worte gehalten. Zumindest dieses Mal.«

»Wo ist Rosi?«, frage ich und gehe nicht auf seine Worte ein. Sie ist nirgendwo zu sehen und dieser Umstand macht mir mehr Angst, als ich jemals zugeben würde.

»Du bekommst sie wieder, wenn wir uns einig geworden sind.«

Ich runzle die Stirn. »Einig worüber?«

»Gut, dass du fragst.« Er grinst erneut überlegen und ich würde ihm am liebsten diesen Ausdruck vom Gesicht wischen. »Als Erstes: Du wirst mich nicht entlassen.« Ich lache auf und schüttle mit dem Kopf, doch er geht gar nicht darauf ein. »Zweitens: Du wirst dich von Olivia trennen. Sie ist eine Ablenkung für dich und passt nicht in deine Welt. Es wird Zeit, dass du das endlich akzeptierst.« Er lächelt kalt und mir wird bewusst, wie krank er eigentlich ist. Wieso ist mir das vorher nie aufgefallen? Hatte ich nicht erst vor ein paar Wochen gedacht, dass er sich geändert hat? »Und drittens: Du stellst keine meiner Entscheidungen mehr infrage. Du tust das, was ich von dir verlange. Ohne Widerworte.«

Ich kann nicht fassen, dass er so einen Mist verlangt. »Du willst also, dass ich zu deiner gehirnlosen Marionette werde? Tja, tut mir leid, Manuel, aber die Zeiten sind vorbei. Ich habe lang genug nach deiner Pfeife getanzt und auf den falschen Rat meiner Mutter gehört, indem ich dir diesen Job gegeben habe. Damit ist jetzt Schluss.«

»Ach, wirklich? Dann ist dir Rosi also egal?« Ich presse die Lippen zusammen, da ich nicht weiß, was ich als Drohung gegen ihn verwenden könnte. »Kannst du denn mit der Schuld leben, dass Rosi deinetwegen gestorben ist?«

Das Blut gefriert in meinen Adern und ein Kloß macht sich in meinem Hals breit. »Wo ist sie? Was hast du mit ihr gemacht?«

»Ich würde mich an deiner Stelle schnell entscheiden. Der Sturm wird heftiger.«

Ich gehe sämtliche Optionen durch, doch es gibt keine. Sie ist hier am Pier nicht zu sehen, da es auch keine wirklichen Versteckmöglichkeiten gibt. Ich muss einwilligen, um Rosi zu retten.

»Falls du denkst, dass du mich einfach übers Ohr hauen kannst, das ist nicht möglich.« Er zieht ein Blatt Papier aus seiner Hosentasche und reicht es mir mit einem selbstgefälligen Grinsen. Ich reiße es ihm aus der Hand und meine Augen weiten sich, je mehr ich lese.

Sobald ich diesen Vertrag unterschreibe, verkaufe ich mich für den Rest meines Lebens an Manuel. Er bekommt fast alle meine Einnahmen, hat Entscheidungsgewalt über meine Pferde, welche Turniere ich bestreite und noch viel mehr, worin ich unter normalen Umständen niemals einwilligen würde.

»Das ist Wahnsinn!«, fahre ich ihn an und er lächelt. Womöglich wollte er, dass es so weit kommt. Diesem Schwein traue ich mittlerweile alles zu.

»Unterschreib, Sean.« Er hält mir einen Stift entgegen. »Rosi geht die Zeit aus.«

Meine Finger beben, als ich ihm den Kuli abnehme. Ich habe keine Wahl. Rosi bedeutet mir genau wie Olivia alles und ich kann sie nicht ihrem Schicksal überlassen. Das würde ich mir niemals verzeihen.

Ich schließe meine Augen und setze den Stift auf der gestrichelten Linie an, um mein Leben aufzugeben.

45. Kapitel

Olivia

»Sean!« So laut, wie ich kann, schreie ich Seans Namen und er hebt seinen Kopf, um in meine Richtung zu sehen. Ich weiß nicht, zu was ihn Manuel gedrängt hat, aber ich bin glücklicherweise noch rechtzeitig gekommen, um ihn davor zu bewahren, einen Fehler zu begehen. Nate stürmt gerade auf Sean zu, während Lizzy am Rande des Piers steht und mit den Bobbys telefoniert.

Ich wende meinen Blick von Sean und Nate ab, die mit Manuel streiten, stattdessen suche ich nach Rosi. Dass Manuel sie nicht bei sich haben würde, war mir klar. Er ist gerissen und mit allen Wassern gewaschen. Das ist mir heute ein weiteres Mal bewusst geworden.

Aber um Druck auf Sean ausüben zu können, muss er die Hündin dennoch in der Nähe haben. Da bin ich mir sicher.

Ich blicke mich hektisch entlang des Piers um, doch sie ist nirgendwo zu sehen. Panik wallt in mir auf, dass wir einen Fehler gemacht haben, indem wir ohne einen konkreten Plan verhindert haben, dass Sean Manuel das gibt, was er will. Genauso schnell, wie dieser Gedanke aufgekommen ist, verdränge ich ihn wieder.

»Die Bobbys sind informiert, sie sind unterwegs«, ruft Lizzy, die auf mich zugerannt kommt. Sie ist wie ich blass um die Nase, ihre Haare stehen wild ab und sie scheint ebenfalls kaum noch zu einem klaren Gedanken fähig zu sein.

»Ich finde Rosi nicht!«, antworte ich ihr, sobald sie bei mir ist. »Ich habe gedacht, sie wäre hier in der Nähe. Aber sie war weder in seinem Auto noch irgendwo entlang des Piers. Wo könnte sie nur sein?«

Lizzy presst die Lippen zusammen und scheint zu überlegen, doch je länger sie nachdenkt, umso näher rückt der Sturm.

»Habt ihr sie?«, ruft Sean und kommt ebenfalls auf uns zugerannt. Seine Unterlippe ist aufgeplatzt und ein blauer Fleck schimmert unter seinem rechten Auge. Ich hole zischend Luft, doch er winkt sofort ab. Jetzt zählt nur Rosi.

Ich sage ihm dasselbe, was ich soeben Lizzy erzählt habe. Ein panischer Ausdruck macht sich in seiner Miene breit, ehe er nickt.

»Sie muss hier irgendwo sein. Manuel meinte immer, ich solle mich beeilen, bevor der Sturm zu nahe wäre.«

Kaum hat Sean das gesagt, kommt mir ein Gedanke. Aber würde Manuel tatsächlich so etwas Gemeines tun? Wäre er so hinterhältig, ein Tier seinem Schicksal zu überlassen? Zeitgleich fällt mir ein, dass es so ist. Er hat immerhin gedroht, sie umzubringen. Natürlich ist er so kaltblütig.

»Ich weiß, wo sie ist«, platzt es aus mir heraus und

Sean blinzelt perplex.

»Was?«

»Kommt mit!«, rufe ich und renne los. Ich bete, dass wir noch nicht zu spät sind.

Während wir rennen, höre ich selbst, wie keuchend mein Atem geht. Ein Stechen macht sich in meiner Seite breit, doch ich ignoriere es.

Die Tierärztin von Button behandelt nicht nur Großtiere, sondern auch kleine Tiere. Schon öfter hat sie mir erzählt, dass hier am Pier Hunde ausgesetzt und den Launen der Natur überlassen werden. Ab und an sind sie rechtzeitig da und können das Tier noch retten. Gerade weil das eine bekannte Stelle ist. Doch leider kommen sie auch oft genug zu spät und das Tier ist bereits ertrunken.

Ich würde so einiges darauf wetten, dass Manuel diese Stelle hier kennt und Rosi angebunden hat.

Nur noch ein paar Meter trennen uns von der Stelle, an der die Hunde meist ausgesetzt werden, und ich sehe auch so, dass der Wellengang bereits gefährlich hoch ist. »Rosi!«, rufe ich. »Rosi!« Doch kein Bellen ist von ihr zu hören.

Der Gedanke, dass wir zu spät gekommen sein könnten, lähmt mich einen Augenblick lang, aber bei Sean bewirkt es das Gegenteil. Er ahnt, wo ich hinwill, denn er rennt los.

Ohne zu zögern, läuft er in das Wasser und ein grollender Donnerschlag lässt uns alle zusammenzucken. Blitze leuchten am Himmel auf und lassen meinen Puls weiter in die Höhe schnellen. Das

Unwetter ist jetzt ganz nah und so langsam wird es nicht nur für Rosi gefährlich, sondern auch für uns.

»Rosi!«, brüllt Sean und es zerreißt mir fast das Herz zu hören, welche Panik in seiner Stimme mitschwingt.

»Sie muss hier sein. Ich bin mir sicher«, sage ich zu ihm, bevor ich neben ihm im Wasser stehen bleibe. Die Kälte zerrt an mir, meine Klamotten und Schuhe saugen sich voll, doch ich verschwende keinen weiteren Gedanken daran.

An dem Mast, an dem sonst die Hunde befestigt sind, ist nichts. Das Wasser ist durch den Sturm bereits gefährlich hoch gestiegen und …

Ein Winseln ist zu hören und wir drehen uns beide nach rechts, an einen weiteren Mast. »Rosi!«, entfährt es mir und wir setzen uns abrupt in Bewegung.

Sie kann gerade noch so ihre Nase über Wasser halten. Ich greife sofort nach ihr und hebe sie hoch. Sie erschlafft völlig erschöpft in meinen Armen. Wer weiß, wie lange sie das hier bereits durchgehalten hat.

»Oh, Mausi«, sagt Sean leise und streichelt über ihren Kopf.

Obwohl sie so entkräftet ist, bringt sie für ihn ein träges Schwanzwedeln zustande.

»O Gott, Sean. Schau mal.« Ich deute auf ihren Hals und er holt zischend Luft. Manuel hat Rosi nicht einfach mit ihrem Halsband und einer Leine an den Mast gekettet, sondern mit Draht.

Je mehr Rosi versucht hat, sich zu befreien, umso tiefer hat er eingeschnitten. Es ist ein Wunder, dass sie überhaupt noch Luft bekommt.

Die Hündin beginnt in meinen Armen zu zittern und ich presse sie dicht an mich. Mir ist ebenfalls eiskalt, doch das ist jetzt egal. Erst müssen wir sie hier herausbekommen.

Sean nestelt an dem Draht herum, Rosi winselt leise, da er ihr unbeabsichtigt dabei wehtut. »Probier es am Mast. Vielleicht bekommst du ihn da ab.«

Er nickt und seine Stirn ist gefurcht, während er den Sturm und das klirrend kalte Wasser um sich vehement ignoriert. Ich wende mich Rosi zu.

»Alles wird gut, Mäuschen. Wir sind ja da. Gleich bist du hier raus und es gibt extra viele Leckerlis für dich.« Sie hebt ihren Kopf und schaut mich aus ihren großen Augen an.

Wie konnte Manuel nur zu so etwas fähig sein? Rosi hat ihm doch nichts getan.

»Ich hab's!« Stolz präsentiert Sean mir das lose Ende von dem Draht und ich seufze erleichtert.

Er legt einen Arm um mich und gemeinsam stolpern wir aus dem Wasser.

»Hier sind sie!«, ruft Lizzy vom Ufer aus und deutet auf uns. Für einen Moment weiß ich gar nicht, wieso sie das tut, doch dann bekomme ich mit, dass bereits die Bobbys hier sind sowie ein Mann mit einem schwarzen Koffer.

Vermutlich handelt es sich bei ihm um den Tierarzt. Wir werden sofort umlagert und mit Fragen bestürmt, doch meine ganze Konzentration liegt auf dem Bündel in meinen Armen.

Ich bekomme am Rande mit, wie Sean berichtet, was

mit Rosi geschehen ist. Der Tierarzt zögert nicht lange und bedeutet mir, dass ich Rosi ablegen soll. Sean hockt sich ebenso wie ich neben seine Hündin und streichelt ihr sanft über den Kopf.

»Ist das Draht?«, höre ich jemanden hinter uns erstaunt murmeln, doch ich starre weiterhin Rosi an. Im Wasser habe ich gar nicht mitbekommen, wie tief er bereits in ihren Hals eingeschnitten hat. An manchen Stellen ist es schon offen und blutet.

Der Tierarzt begutachtet das kurz, bevor er entsetzt mit dem Kopf schüttelt und eine kleine Zange aus seiner Tasche hervorholt. Mit geübten Griffen schneidet er den Draht durch und Rosi jault dabei laut auf.

Er holt danach ein paar Kompressen hervor, die sich rot färben, sobald er sie auf ihren Hals presst. »Wir müssen sofort in meine Praxis. Ich muss das näher untersuchen.«

Sean blickt panisch zu mir und ich greife nach seiner Hand und drücke sie. »Geh, ich kümmere mich hier um alles.«

»Bist du dir sicher?« Ich nicke und er gibt mir einen kurzen Kuss, bevor er Rosi vorsichtig hochhebt und dem Tierarzt zu seinem Wagen folgt.

Zurück bleibe ich mit Lizzy, zwei Bobbys und der Angst, dass Rosi womöglich doch noch sterben könnte.

46. Kapitel

Sean

Ich presse Rosi an mich, als würde mein Leben davon abhängen. Vielleicht tut es das sogar, denn der Gedanke, dass meine Hündin es nicht schaffen könnte, hinterlässt in mir ein kaltes Gefühl der Angst. Sie bedeutet mir alles, genau wie Olivia und wenn sie es nicht überleben würde …

Sie muss es einfach schaffen. Um jeden Preis.

Der Tierarzt hält vor seiner Praxis an und ich steige vorsichtig mit Rosi aus. Im Wagen hat er sein Team angerufen, sodass alle vorbereitet sind.

Eine Schwester kommt auf mich zu und will mir Rosi abnehmen, doch ich lasse es nicht zu. »Sie können nicht mit rein«, sagt sie sanft zu mir und schenkt mir ein mitfühlendes Lächeln. »Wir werden uns gut um sie kümmern.«

Ich zögere noch einen Moment, bevor ich zu Rosi in meinen Armen hinabblicke. »Alles wird gut, wir sehen uns gleich wieder.« Ihre Kulleraugen sind auf mich gerichtet, als würde sie mich verstehen, und nachdem ich sie abgegeben habe, ist mir so schwindlig, dass ich froh bin, dass ich mich setzen kann.

Seufzend lehne ich mich in meinen noch klammen Klamotten auf dem Stuhl zurück und kann selbst kaum glauben, was alles in den vergangenen Stunden geschehen ist.

Ich balle die Hände zu Fäusten und würde Manuel am liebsten eigenhändig erwürgen. Dieser verfluchte Mistkerl.

Wenn Olivia nicht im richtigen Moment gekommen wäre, hätte ich meine Seele an ihn verkauft. Ich fahre mir mit der flachen Hand über das Gesicht und fühle mich um Jahre gealtert.

Froh, dass ich hier allein bin, strecke ich meine Beine aus und versuche, Herr meiner Gedanken zu werden.

Ob meine Mutter immer noch so positiv über Manuel reden würde, wenn sie wüsste, was er getan hat? Würde sie ihn mir dann nach wie vor aufschwatzen oder würde sie endlich einsehen, dass er mich die ganze Zeit über nur benutzt hat? Ich verdränge diese Überlegungen auf später. In diesem Augenblick kann ich mich nur auf Rosi konzentrieren und hoffen, dass sie diese Tortur überlebt.

***

Ein sanftes Streicheln über meine Wange lässt mich zusammenzucken und ich schlage die Augenlider auf. Olivia sitzt neben mir und hält meine Hand.

Ich fahre mir durch die Haare und unterdrücke ein Gähnen. Ich habe nicht mal mitbekommen, dass ich eingenickt bin. »Hi«, sage ich und meine Stimme klingt ganz rau.

»Hey.«

Sofort erinnere ich mich daran, was alles geschehen ist, und meine Müdigkeit fällt abrupt von mir ab. Ich mustere sie von oben bis unten und kann nichts erkennen, dennoch muss ich nachfragen. »Geht es dir gut? Hat Manuel dir etwas getan?« Zwar hatte ich mich mit ihm geprügelt und ihn auch überwältigt, doch ihm traue ich zu, dass er Nate irgendwie abgeschüttelt und sich an ihr vergriffen hat.

Glücklicherweise schüttelt sie mit dem Kopf, bevor ich mir noch mehr Horrorszenarien ausdenken kann. »Alles in Ordnung, keine Sorge. Die Bobbys haben ihn mitgenommen. Er sitzt in Untersuchungshaft und du musst sobald wie möglich eine Aussage machen. Aber erst einmal geht es nur um Rosi.«

Ich lächle sie dankbar an und nach den letzten Stunden bin ich froh, sie hier an meiner Seite zu haben. »War schon jemand da? Weißt du etwas über ihren Zustand?« Ich werfe einen Blick auf die Uhr, bemerke jedoch, dass ich nur für eine knappe Stunde weggenickt war.

»Bisher nicht. Ich bin eben erst rein. Nate hat mich hierher gefahren und holt uns dann ab. Lizzy fährt er gerade nach Hause.«

»Ohne euch würde es Rosi vielleicht gar nicht mehr geben.« Ich muss den Kloß in meinem Hals herunterschlucken, bevor ich weitersprechen kann. »Ohne deinen Einfall hätte ich sie nie gefunden.«

Bevor ich noch mehr sagen kann, beugt sie sich mir

entgegen und küsst mich. Ihre Lippen pressen sich sanft auf meine und es fühlt sich wie der Himmel auf Erden an, als wir wieder vereint sind.

Beinahe hätte ich all das verloren …

Ich löse mich von ihr und streichle über ihre Wange. »Ich muss dir noch so viel sagen.«

Sie schüttelt mit dem Kopf. »Das hat Zeit.«

»Nein, es muss jetzt sein.« Sie zieht fragend eine Augenbraue hoch und ich atme einmal tief durch, bevor ich beginne zu erzählen. »Erinnerst du dich noch, als du mit bei meinen Eltern warst?«

»Wie könnte ich den Abend vergessen?«

Ich zucke schuldbewusst zusammen und greife nach ihrer Hand, um ihr nahe zu sein. »Dort hat Nicole doch erzählt, dass ich mich mit ihr getroffen habe.« Olivia versteift sich neben mir und nickt. Glücklicherweise entzieht sie mir jedoch nicht ihre Hand. »Ich habe mich nur mit ihr getroffen, weil ich sie wegen deiner Mutter gefragt habe. Ich wollte es dir später noch erzählen, wusste aber nicht so recht, wie ich das Thema am besten angehen soll.« Ich raufe mir die Haare und weiche ihrem Blick aus. »Nicole litt früher ebenfalls unter so etwas und ich dachte, sie hat womöglich eine Idee, wie es deiner Mom besser gehen könnte.«

»Was? Nicole?« Ich lächle freudlos und nicke.

»Leider ja. Es fing erst langsam an, ich dachte, es wären Stimmungsschwankungen, doch es wurde immer schlimmer. Manchmal kam sie kaum aus dem Bett. Egal, was ich tat, es wurde nicht besser. Sie beendete schließlich unsere Beziehung und ließ sich in einer

Klinik behandeln. Seitdem geht es ihr wieder gut, aber sie ist noch lange nicht vollständig genesen.«

»Das wusste ich nicht.«

»Niemand weiß das«, gebe ich zu und ihre Augen weiten sich. »Ich wollte dir nur irgendwie helfen, indem ich Nicole bitte, dass sie mit deiner Mom mal spricht. Dass es so nach hinten losgehen würde, hätte ich nicht gedacht. Niemals.«

»Oh, Sean.« Sie umarmt mich und ich schmiege mich ihr entgegen.

»Du bist also nicht sauer?«

Sie lacht leise und dieser Laut ist wie Balsam für meine Seele. »Wie könnte ich das? Du wolltest mir helfen.«

»Ich wollte es zumindest versuchen«, rede ich mich heraus.

»In den letzten Tagen hatte ich sehr viel Zeit zum Nachdenken«, beginnt sie und ich presse die Lippen zusammen, wenn ich daran denke, wie wir beide die vergangenen Tage gelitten haben. »Ich habe mit Mom gesprochen und ihr gesagt, dass es so nicht weitergehen kann und ich ein eigenes Leben habe.« Perplex mustere ich sie und ich kann kaum glauben, dass sie sich meiner Worte angenommen hat. Damals habe ich gedacht, dass ich sie damit womöglich beleidigt habe. »Sie hat sich einverstanden erklärt, endlich in Therapie zu gehen. Ich hoffe, dass es ihr etwas bringt und sich unser Verhältnis damit bessert.«

Zärtlich nehme ich ihr Gesicht in meine Hände und küsse sie. »Ich bin stolz auf dich«, murmle ich an ihren

Lippen und sie schlingt ihre Arme um meinen Hals.

Ich halte sie einen Moment so fest, bevor sie sich von mir löst und mich traurig lächelnd ansieht. »Mit Rosi wird auch alles wieder gut, da bin ich mir sicher.«

»Meinst du?«, frage ich und versuche, mir nicht anmerken zu lassen, wie viel Angst ich habe, dass meine Hündin stirbt.

»Ich bin mir sicher.« Olivia legt ihren Kopf an meine Schulter und ich ziehe sie an mich. Bleibt nur zu hoffen, dass sie recht behält.

***

Eine Stunde später öffnet sich die Tür vom Behandlungsraum und der Arzt kommt heraus. Er lächelt und obwohl er noch kein Wort gesagt hat, fällt mir ein Stein vom Herzen.

»Wie geht es ihr?«, krächze ich und stehe auf. Olivia verschränkt unsere Finger miteinander und ich bin froh über diese Stütze.

»Wir haben die Wunde an ihrem Hals genäht und gesäubert. Vermutlich wird sie eine Narbe davon behalten und es ist möglich, dass ihre Stimmbänder beschädigt sind, das wird sich erst zeigen, wenn sie komplett aus der Narkose erwacht ist. Sie hatte großes Glück. Sie haben sie gerade noch rechtzeitig gerettet. Wenn Sie möchten, können Sie gerne zu ihr.«

Er deutet auf die Tür hinter sich, bevor er sich entfernt und uns alleine lässt. Ich will losgehen, doch Olivia folgt mir nicht. Verwirrt drehe ich mich um, als sie meine Hand loslässt.

»Geh ruhig, Sean. Du willst bestimmt erst einmal mit ihr alleine sein.«

»Was? Nein, du gehörst doch zu uns. Schließlich willst du Rosi genauso sehr sehen wie ich, oder?« Sie nickt und ich bemerke, dass Tränen in ihren Augen schimmern.

Bevor ich weiter darüber nachdenken kann, gehen wir zu Rosi und es fühlt sich wie ein Déjà-vu an. Als sie vor ein paar Wochen von Lizzy und Olivia angefahren wurde, habe ich ebenso um ihr Leben gebangt wie jetzt.

Ich streichle sanft über Rosis Kopf, doch sie hat die Augen nach wie vor geschlossen. »Ich bin froh, dass du mit an meiner Seite bist«, murmle ich und wende mich Olivia zu.

Sie lächelt und drückt meine Hand. »Ich auch, Sean, ich auch.«

Wir sehen beide wieder zu Rosi, als sie endlich ihre Augenlider öffnet und uns mit einem matten Schwanzwedeln begrüßt.

47. Kapitel

Olivia

Zwei Wochen später

»Wollen meine zwei Lieblingsmädels noch etwas Eis?«, ruft Sean von der Küche aus und ich sehe zu Rosi, die mit dem Schwanz wedelt, als hätte sie ihn verstanden.

»Ja! Bitte mit Sahne«, antworte ich und ich höre, wie er lacht.

Einen Moment später kommt er mit drei Schüsseln um die Ecke und ich muss lachen, weil er Rosi wirklich eine mitgebracht hat. Während sich in unserer zwei Kugeln befinden, ist in ihrer nur ein kleiner Klecks.

Er stellt es vor ihr ab und sie macht sich sofort darüber her. Sean drückt mir meine Schüssel in die Hand, bevor er mir einen Kuss gibt und sich neben mich setzt.

Ich lehne meinen Kopf an seine Schulter und kann kaum glauben, dass wir an diesem Punkt angelangt sind. Manuel wird seine gerechte Strafe bekommen und muss sich wegen Tierquälerei und Erpressung verantworten. Nie wieder wird er Sean unter Druck setzen können und auch in der Reitsportwelt wird er keine Chance mehr haben. Dafür hat schon die Verurteilung gesorgt.

Seans Mutter hat sich ebenfalls bei ihm entschuldigt und obwohl sie mich nach wie vor nicht akzeptiert, bin ich froh, dass sie nicht weiter versucht, sich in unsere Beziehung einzumischen.

Auch meine Mutter hat ihr Versprechen gehalten und sich in Therapie begeben. Sie macht Fortschritte, auch wenn manche Tage härter sind als andere. Ich bin mir dennoch sicher, dass sie es schaffen wird und wir uns wieder nahe sein werden und sie sich für mich freuen kann wie noch vor ein paar Jahren.

»Wir erfüllen übrigens gerade Grund 73«, sagt Sean und reißt mich so aus meinen Gedanken.

»Grund 73?«, frage ich dümmlich nach und er lacht leise. Der Laut geht mir durch und durch und ich bin froh, dass er wieder so glücklich und ausgelassen ist.

»Auf der Liste, warum du einem Date mit mir zustimmen solltest.« Er wirft mir einen prüfenden Blick zu und lässt seine Schale mit dem Eis sinken. »Du hast sie immer noch nicht komplett gelesen?«, fragt er verblüfft.

»Doch, aber ich habe mir leider nicht jeden gemerkt«, sage ich entschuldigend.

Er lächelt sanft. »Fandest du die Idee eigentlich blöd?«

»Natürlich nicht«, erwidere ich sofort, bevor er sich Gedanken machen kann. »Es ist das Süßeste, was jemals ein Mann für mich getan hat.«

Seans Miene wird weich und er zieht mich in seine Arme. »Ich würde noch gerne mehr von den Sachen, die ich darauf geschrieben habe, mit dir machen.« Er grinst verschmitzt und ich muss lachen.

»Okay. Bekomme ich dann eine neue?«

»Alles, was du willst«, sagt er sanft und streift mit den Fingerspitzen über den nackten Streifen Haut zwischen meinem Shirt und meiner Jeans. Wohlige Wärme macht sich in mir breit und ich fühle mich so geborgen wie noch nie zuvor.

Ich löse mich dennoch von Sean und blicke in seine eisblauen Augen. Er begegnet meinem Blick fragend. »Ich liebe dich«, sage ich und er zieht überrascht die Augenbrauen nach oben, bevor er strahlt und seine Schüssel so schnell wegstellt, dass ich gar nicht mit den Blicken hinterherkomme.

»Wirklich?« Ich nicke heftig und er grinst von einem Ohr zum anderen.

»Ich liebe dich, ich liebe dich«, wiederhole ich die Worte erneut und Sean küsst mich. Nur dass dieser Kuss nicht sanft ist, sondern wild und leidenschaftlich.

Heftig atmend lösen wir uns voneinander und sehen uns an, als würden wir uns zum ersten Mal gegenüberstehen. »Ich liebe dich auch, Olivia. Ich wollte es dir schon viel eher sagen, aber ich dachte, es ist vielleicht noch zu früh und …«

Er verstummt und ich streiche über seine Wange. »Das habe ich mir auch immer gedacht, aber jetzt gerade hat es sich wie der perfekte Moment angefühlt.«

Er lächelt und nickt. Rosi gibt ein Bellen von sich, da es ihr offenbar nicht gefällt, dass wir sie ignorieren, doch in diesem Moment haben wir nur Augen füreinander.

»Ich liebe dich«, sagt er erneut, bevor er mich küsst, und ich glaube, ich werde es nie oft genug hören können.

48. Epilog

Sean

Sechs Monate später

»Los, Rosi.« Meine Hündin blickt mich leidend an und winselt. »Du musst raus. Oder willst du in die Wohnung pinkeln?« Sie gibt erneut einen kläglichen Laut von sich und ich bin fast versucht, darauf hereinzufallen. Aber nur fast.

Ich hebe sie kurzerhand hoch und trage sie die Stufen herunter. Überall liegt Schnee und es ist ziemlich eisig. Kein Wunder, dass sie nicht rauswill. Sie hasst es, wenn ihre Pfoten nass werden. Vermutlich wäre sie lieber eine Katze geworden.

Olivia wartet bereits im Wagen und ich bin froh, dass sie schon die Heizung hat laufen lassen. Noch wohnen wir nicht zusammen, aber es ist ein Umstand, den ich gerne so schnell wie möglich ändern möchte. Zwar sehen wir uns jeden Tag, doch das ist lange nicht genug.

In den letzten Monaten haben wir uns so perfekt ergänzt, dass ich selbst noch ganz erstaunt bin. Sie begleitet mich, so oft es geht, auf meine Turniere und hilft mir dort. Auch mit Button hat sie große Fortschritte gemacht. Ihrer Mutter geht es ebenfalls besser, denn sie hat sich in eine Klinik einweisen lassen. Genau da wollen wir jetzt auch hin, immerhin ist Weihnachten.

»Ist es okay, wenn wir noch kurz bei Nate vorbeifahren?«

»Klar. Wir sind sowieso zu früh dran.« Ich beuge mich zu ihr und küsse sie, obwohl ich eigentlich lieber so viel mehr mit ihr anstellen würde.

»Wie war dein Tag bisher? Alles okay?«

Sie berichtet mir davon und ich lausche ihrer melodischen Stimme. Noch immer kann ich nicht glauben, dass sie meine Freundin ist.

»Und deiner?«, fragt sie und sieht kurz zu mir.

Ich lege eine Hand auf ihr Knie und mit der anderen streichle ich Rosi, die es sich auf meinem Schoß bequem gemacht hat.

»Ganz okay. Ich habe dich vermisst.«

Ihre Wangen röten sich und ich liebe es, dass sie selbst nach einem halben Jahr immer noch so auf mich reagiert. »Was machen wir denn bei Nate?«

»Ich will ihm nur sein Geschenk bringen. Vermutlich ist er im Stall und passt wie eine Glucke auf seine Stute auf.«

Olivia lacht, obwohl sie weiß, dass es mein Ernst ist. Nate ist mit jedem weiteren Monat vorsichtiger geworden und würde sie vermutlich am liebsten in Watte einpacken. Dabei hat er noch ein paar Monate vor sich.

Wenig später kommen wir dort an und ich schnalle mich ab. »Kommst du mit?«

»Klar, gerne.«

Ich setze Rosi in dem Schnee ab und sie winselt sofort los. Manchmal ist meine Hündin wirklich eine Mimose.

Ich gehe zu Olivia und greife nach ihrer Hand. Gemeinsam gehen wir auf den Stalleingang zu und ich muss über Rosi lachen, die als Erste drinnen ist.

Wie ich bereits erwartet habe, steht Nate tatsächlich bei der Box seiner Stute und schaut hinein. Er blickt auf, sobald er uns hört, und winkt.

»Beobachtest du schon wieder deine Stute?«, ziehe ich ihn auf und er lacht.

»Ich wollte nur sehen, ob alles okay ist.«

»Das willst du immer.« Er grinst und begrüßt Olivia.

»Wir wollten dir nur kurz ein Geschenk bringen. Fährst du dann noch zu deiner Familie?«

»Ja, in einer Stunde geht es los. Und ihr?«

»Wir sind auf dem Weg zu meiner Mom«, erklärt Olivia. »Mit Seans Eltern ist es … nun ja … immer noch schwierig.« Nate blickt verständnisvoll drein und nickt.

Zu meinem Vater habe ich guten Kontakt, aber meine Mutter akzeptiert Olivia einfach nicht, weshalb wir uns entfremdet haben. Vermutlich kommt sie doch nicht ganz darüber hinweg, dass ich Manuel nicht wieder eingestellt habe. Mittlerweile habe ich einen neuen Manager, der auf meine Wünsche und Vorstellungen eingeht.

»Warum schenkt ihr mir eigentlich etwas?«, reißt mich Nate aus meinen Gedanken und ich grinse.

»Mach einfach auf. Ich habe es gesehen und direkt an

dich gedacht.«

Er öffnet das kleine Paket und holt zwei Fohlenhalfter heraus. Er begutachtet die Inschrift und ich bemerke, wie seine Miene weich wird. *Daddys Little Princess* steht auf dem einem und auf dem anderen: *Daddys Little Prince.*

»Je nachdem, was es wird, kannst du es nutzen.«

»Sean, ich … Danke.« Er lächelt mich ergriffen an und ich klopfe ihm auf die Schulter.

»Wird schon alles gut gehen. Mach dir nicht so viele Gedanken.«

»Ich versuche es ja.«

Wir ziehen ihn noch etwas auf, bevor wir zurück zum Wagen gehen. Rosi kann es kaum erwarten, denn sie steht bereits vor der Beifahrertür und tänzelt hin und her.

Ehe ich einsteigen kann, hält Olivia mich auf.

»Das war sehr süß von dir.«

Ich lächle. »Es ist doch nur ein kleines Geschenk.«

»Nate bedeutet es viel.«

»Ich wollte ihm eben etwas Hoffnung machen, dass alles klappen wird.«

Ich ziehe Olivia in meine Arme und küsse sie. Sie schmiegt sich an mich und mit einem Mal kommt mir der Gedanke, wie es wohl wäre, wenn wir beide ein Kind bekommen würden.

Ein tiefer Frieden erfüllt mich und ich lege so viel Liebe in den Kuss, wie ich nur kann.

»Ich liebe dich so sehr, Sean.«

»Und ich dich erst«, antworte ich, bevor ich sie ein weiteres Mal küsse und wir dabei Rosis empörtes Bellen ignorieren.

Ende Band 1.

Wie geht es weiter?

Wie du dir bestimmt bereits gedacht hast, bekommen auch die besten Freunde von Sean und Olivia eine Geschichte.

Der zweite Band wird voraussichtlich im November 2022 erscheinen und ich hoffe, du bist wieder mit dabei. :-)

Wie immer freue ich mich über eine Rezension, falls dir die Geschichte von Olivia und Sean gefallen hat! So unterstützt du mich und hilfst mir dabei, neue Leser auf das Buch aufmerksam zu machen. Zudem freue ich mich natürlich stets über eine Rückmeldung, zu meiner Arbeit. :-)

Wenn du auf den Laufenden mit meinen Büchern bleiben willst, dann folge mir gerne in den sozialen Netzwerken (Instagram: chloejackson94 und TikTok: chloejackson_94) oder abonniere meinen Newsletter auf www.chloejackson.de.

Wir lesen uns,
deine Chloe.

Kennst du schon ...

... den ersten Teil der »Jumping Heart« – Reihe?

Und darum gehts:

Was würdest du tun, wenn dein Freund und Mentor bei einem Reitunfall stirbt und dir das Pferd vererbt, das daran schuld ist?

Was tust du, wenn deinem größten Konkurrenten jedes Mittel recht ist, um dieses Pferd zu bekommen?

Und was machst du, wenn du dich ausgerechnet in ihn verliebst?

Ein gefühlvoller und spannender Roman, in dem sich zwei Feinde zwischen Liebe und dem Erfolg im Profisport entscheiden müssen.

Impressum

Chloe Jackson
c/o Lisa Marschallek
Karl-Schiefer-Str. 43
08393 Meerane

Lektorat: David Rohlmann
Korrektorat: SKS-Heinen
Cover: Alexander Kopainski

www.chloejackson.de

Printed in Poland
by Amazon Fulfillment
Poland Sp. z o.o., Wrocław

45647594R00246

schäfer verlag

Sechs weitere Heinrich-Gerhard-Fälle sind in diesem Verlag erschienen:
Schwälmer Tanz, 322 Seiten (ISBN 3-000-16731-5)
Die Spur des Mädchens, 322 Seiten (ISBN 3-93948200-5)
Froschkönig, 322 Seiten (ISBN 3-939482-01-3)
Benjamin, 272 Seiten, (ISBN 3-939482-02-1)
Übers Grab hinaus, 344 Seiten, (ISBN 3-939482-06-4)
Falscher Schein, 368 Seiten, (ISBN 3-939482-07-2)

Henning Schäfer, Jahrgang 1942, liebt wie sein Held im Roman seine nordhessische Heimat, die er auf ausgedehnten Spaziergängen durchstreift. Der pensionierte Arzt, Vater dreier Kinder und dreier Enkeltöchter, lebt mit seiner Frau auf einem alten Gutshof und frönt dort seinen Leidenschaften Malerei, klassischer Musik und natürlich dem Schreiben.